Lauren DeStefano

Flammendes Land

Aus dem Englischen
von Andreas Decker

cbt

Dieses Buch ist auch als E-Book erhältlich.

MIX
Papier aus verantwortungsvollen Quellen
FSC® C014496

Verlagsgruppe Random House FSC® N001967

1. Auflage
Deutsche Erstausgabe Juni 2018

Die amerikanische Originalausgabe erschien 2015
unter dem Titel »Burning Kingdoms«
bei Simon & Schuster, New York.

Aus dem Englischen von Andreas Decker
Lektorat: Catherine Beck
Umschlaggestaltung: semper smile, München
Umschlagmotiv: © Shutterstock
(Mirelle, BERNATSKAYA OXANA, Yurlick)
he · Herstellung: ang
Satz: Buch-Werkstatt GmbH, Bad Aibling
Druck: GGP Media GmbH, Pößneck
ISBN: 978-3-570-31202-5
Printed in Germany

www.cbj-verlag.de

Für Mina Baptista.
Auf die nächsten siebenundzwanzig Geburtstage.

Irgendwo wartet etwas Unglaubliches
auf seine Entdeckung.

Carl Sagan

1

Kurz nach der Erschaffung der Welt folgten die Menschen. Von diesem Tag an war es ein ständiger Balanceakt zwischen Leben und Tod. Es steht keinem Menschen zu, ihn infrage zu stellen.

Das Buch allen Seins, Kapitel 1

Schnee. So bezeichnen die Leute auf dem Boden dieses Wunder.

»Gottverdammter Schnee«, murmelt unser Fahrer schon zum zweiten Mal, während mechanische Arme die Bestäubung von der Scheibe wischen.

Hören zu müssen, wie ein Gott so bezeichnet wird, ist wie ein Stich in die Brust. Ich frage mich, welchen Gott er meint. Man sollte annehmen, dass der Gott des Bodens weniger nachsichtig ist als der des Himmels. Rachsüchtig. Das würde Sinn ergeben, da der Gott des Bodens uns in den Himmel gesperrt hat, weil wir zu selbstsüchtig waren.

Aber ich frage nicht. Seit ich Pen gesagt habe, alles käme wieder in Ordnung, habe ich kein Wort mehr von mir gegeben.

Das ganze Weiß blendet; Schweiß rinnt mir den Nacken hinunter, denn trotz der stürmischen Kälte draußen ist es im Fahrzeug schrecklich heiß. Diese Luft schmeckt metallisch.

Meine Eltern machen sich bestimmt Sorgen, denke ich, bevor mir wieder bewusst wird, dass sie nicht mehr da sind. Nicht mehr zu Hause sind. Sie sind jetzt Farben im Großen Zufluss, einem Ort, den die Lebenden nicht wahrnehmen können.

Ich drücke Basils Hand. Neben mir hat Prinzessin Celeste die Hände an die Scheibe gelegt und starrt durch das Fenster. Eine Stadt schält sich langsam aus dem Schnee. Zuerst besteht sie nur aus rechteckigen Schatten, dann schießen Farbstreifen durch den Himmel. Von den Gebäuden blinken viereckige Lichter.

Mein Bruder sitzt in einem der anderen Fahrzeuge. Nachdem wir den Metallvogel verlassen hatten, der uns von Internment in die Tiefe trug, haben uns die Männer in den schweren schwarzen Mänteln aufgeteilt, wie es ihnen in den Sinn kam. Sie stießen uns auf die Sitze und behaupteten, uns an einen warmen und sicheren Ort zu bringen. Ihnen schien nicht klar zu sein, dass man uns vor Hunderten von Jahren von diesem Ort verbannt hat.

Der Fahrer betrachtet uns im Rückspiegel. »Es war wirklich ein Glück, dass Sie es vor dem Blizzard nach unten geschafft haben.«

Ich weiß nicht, was das bedeuten soll. »Blizzard« ist ein neues Wort, das auf meiner Zunge holpert und darum bettelt, ausgesprochen zu werden.

Basil blickt in den Himmel, als wollte er einen Weg nach Hause finden, aber die einzige Antwort, die er erhält, besteht aus dem Weiß, das aus den Wolken fällt. Für ihn wäre jetzt der richtige Augenblick gekommen, um zu bedauern, mir an diesen Ort gefolgt zu sein – unsere Verlobung zu bedauern. Vielleicht haben sich die Entscheidungsträger darin geirrt, uns für den Rest unseres Lebens aneinanderzubinden; wir haben uns immer umeinander gekümmert, aber er folgt der Logik, während ich eine Träumerin bin. Wo ich unvorsichtig bin, ist er geduldig. Und jetzt wird er meinetwegen seine Eltern oder seinen kleinen Bruder niemals wiedersehen.

Ich will seinen Namen sagen, damit er mich ansieht, habe aber Angst, was laute Worte mit dem seltsamen Gleichgewicht zwischen dem Fahrer und uns dreien anrichten könnten.

Der Mantel des Manns scheint eine Art Uniform zu sein. Möglicherweise ist er ein Wachmann – oder wie auch immer man sie am Boden nennt. Vielleicht sorgt man hier unten ja nicht für Ordnung.

Prinzessin Celeste rammt mir den Ellbogen in die Seite. Nachdem sie meine Aufmerksamkeit hat, deutet sie mit dem Kopf auf ihr Fenster. Draußen steht eine große Maschine ein Stück von den Gebäuden entfernt. Sie erinnert an einen riesigen Metallkäfer, dessen Beine in die Luft ragen. Jedes Bein ist in einer anderen Farbe gestrichen, und an den Spitzen sind anscheinend Wolken.

Ich vermag nicht zu sagen, ob die Prinzessin zu lächeln versucht. Ihre Augen funkeln noch immer, aber dieses eine Mal ist sie kleinlaut.

Unser Fahrzeug kommt rollend zum Stehen. Ich blicke

aus dem Fenster auf Basils Seite. Die anderen Fahrzeuge halten neben uns an. Ich will hinausstürmen und zu meinem Bruder und Alice. Und zu Pen, die mit den Tränen kämpfte, als ich sie das letzte Mal sah.

Aber ich rühre mich nicht. Basil fasst meinen Arm, als wollte er mich beschützen.

Der Fahrer tritt hinaus in den Schnee, und die kalte Luft schneidet in meine Haut, bevor er die Tür wieder schließt.

Die Prinzessin ergreift als Erste das Wort. »Das ist es? Dort draußen ist keine Menschenseele zu sehen. Von diesem Ort hat man uns verbannt?«

In den anderen Fahrzeugen werden Türen geöffnet. Ich sehe Alice zuerst. Ein Mann will sie zu dem Gebäude führen, vor dem wir angehalten haben, aber sie weicht ihm aus und greift in den Wagen, um Lex zu helfen.

Der Anblick meines Bruders, dessen Gesicht so weiß wie der Schnee ist, raubt mir jede Vernunft. Ich öffne die Tür.

»Warte«, sagt Basil.

»Ich muss ihn wissen lassen, dass es mir gut geht«, erwidere ich.

Basil versteht. Er steigt zuerst aus und lässt dabei meine Hand nicht los. »Lex«, rufe ich.

Sofort hebt sich der Kopf meines Bruders, den er bis jetzt müde gesenkt hatte. »Morgan?« Seine Stimme klingt erleichtert und panisch zugleich. »Schwester?«

»Ich bin hier«, sage ich. »Ich bin genau hier.« Die Worte liegen schwer auf meiner Zunge. Diese Kälte trifft mich bis ins Mark. Ich will nach meinem Bruder greifen, aber einer der Uniformierten drängt Basil und mich auf das Gebäude zu. Schon bevor sich seine Türen öffnen, kann ich seltsames und unbekanntes Essen riechen.

Ich beiße mir auf die Lippe und werfe zumindest einen letzten Blick über die Schulter, bevor man mich ins Haus führt. Ich kann Lex und Alice sehen; hinter ihnen blitzen einen Augenblick lang Pens blonde Locken auf.

Ich halte mich an Basils Hand fest, als hinge mein Leben davon ab. Möglicherweise tut es das auch.

Man führt uns zu einer Reihe Metallstühle, dann bekommt jeder von uns Tee.

Er sieht seltsam aus. Dünn. Vermutlich hat man am Boden andere Kräuter. Und ein anderes Ökosystem.

Ich trinke den Tee nicht. Ich traue ihm nicht. Aber ich weiß seine Wärme an meinen Handflächen zu schätzen. Obwohl wir aus dem Schnee raus sind, zittern wir immer noch alle. Welch einen Anblick müssen wir diesen uniformierten Männern bieten: Leute, die in einem Metallvogel vom Himmel fielen und in einer Reihe sitzen, ohne auch nur ein Wort von sich zu geben.

Allein der Professor fehlt. Ich habe einen der Uniformierten sagen hören, dass er sich weigert, das Flugzeug zu verlassen.

»Flugzeug« ist auch ein neues Wort.

Hinter einem Schreibtisch sitzt ein anderer Mann in Uniform und starrt uns an. Seine Blicke wandern zwischen uns und einem offenen Buch auf dem Tisch hin und her. »Von euch wird keiner reden, was?«

Stille.

»Ich kriege immer die Verrückten«, murmelt er mehr zu

dem Buch als zu uns. »Vergangene Woche den Vigilanten mit der Maske, und diese Woche eine Gruppe aus einem Flugzeug, das nur aus Türen und Fenstern besteht.«

Vermutlich meint er den Metallvogel. Als man uns eilig dort wegbrachte, konnte ich einen flüchtigen Blick daraufwerfen und ihn zum ersten Mal im Tageslicht sehen. Die Beschreibung des Manns ist nicht weit von der Wahrheit entfernt.

Die Tür fliegt auf. »Sind Sie das?«, ruft jemand.

Ich zucke zusammen und Basil nimmt meinen Arm.

Dieser Mann trägt einen langen schwarzen Mantel, der voller Schnee ist, trotzdem ist sein Haar tadellos gekämmt und trocken. Aufgeregt wie ein Kind sieht er uns an. »Ihr seid die Leute, die vom Himmel gefallen sind?«

»Sie reden nicht«, sagt der Uniformierte. »Ich glaube nicht, dass sie auch nur ein Wort von dem verstehen, was wir sagen.«

»Wir können Sie ausgezeichnet verstehen, vielen Dank«, sagt die Prinzessin. »Aber bis jetzt hat sich uns niemand vorgestellt.« Anmutig stellt sie ihre Tasse auf den Boden, steht auf und streckt dem Mann im Mantel die Hand entgegen. Er soll ihre Knöchel küssen, aber stattdessen schüttelt er ihr die Hand, und zwar so grob, dass ihr ganzer Körper zuckt. Aber falls die Prinzessin überrascht ist, zeigt sie es nicht; sie behält die Pose, die sie für alle jungen Mädchen auf Internment zu einer Ikone machte.

»Dann entschuldige ich mich«, sagt der Mann im Mantel. »Ich bin Jack Piper, der einzige Berater von König Ingram IV.«

Im Blick der Prinzessin blitzt Entzücken auf.

»Ich bin Celeste«, sagt sie. »Die einzige Tochter von König Lican Furlow.« Sie hält inne. »Dem Ersten.«

Jack Piper lacht, und ich kann nicht sagen, ob er sie charmant oder unzurechnungsfähig findet.

»Sie müssen mir alles über Ihren Vater und sein Königreich erzählen«, sagt Jack Piper. »Aber für den Augenblick habe ich für Sie alle eine vernünftige Unterkunft besorgt.«

Die Prinzessin sieht mich an, ihre Schultern sind vor Aufregung ganz angespannt.

Sie ist völlig verrückt. Das weiß sie auch. Es ist ihr Wahnsinn, der ihr als Einziger von uns den Mut verlieh, das Wort zu ergreifen. Sie will Prinzessin bleiben, ganz egal, in welches Königreich sie auch gefallen sein mag.

•••

Man verfrachtet uns wieder in die Fahrzeuge. »Autos«, höre ich sie jemand nennen. Sie sind alle schwarz und in der Nähe der vorderen Tür sind Ersatzreifen befestigt. Sie stoßen dunkle Wolken durch Rohre aus, während der Fahrt rütteln die Sitze. Ich versuche Vergleichsmöglichkeiten mit den Zugwagen zu Hause zu finden, aber es gibt keine. Wir haben nichts dergleichen. Das ist eine andere Welt.

»Sie werden uns nichts tun«, flüstert mir die Prinzessin ins Ohr. »Das wäre nicht zivilisiert.«

»Ich weiß nicht, wie du dir da so sicher sein kannst«, sage ich.

»Das ist die übliche Diplomatie«, behauptet sie. »Ich habe dafür ein richtiges Talent, hat Papa gesagt. Er glaubt, ich könnte sogar zur Entscheidungsträgerin werden, wenn ich alt genug bin. Ich muss eine Beschäftigung finden, sobald mein Bruder der König ist.«

Entscheidungsträger ist einer der wenigen Berufe, die man sich nicht aussuchen kann. Entscheidungsträger werden erwählt und privat unterrichtet. Sie halten unsere Gesellschaft in ihren Händen, entscheiden, wer in der Schlange Jungen und wer Mädchen bekommen und wer mit wem verlobt wird. Und das ist nur ein kleiner Teil ihrer Aufgaben. Die Position ist so mächtig, wie es nur möglich ist. Außer natürlich das Königtum.

Die Vorstellung von Prinzessin Celeste als Entscheidungsträgerin lässt mich erschaudern. Wir lernten uns kennen, nachdem sie und ihr Bruder mich und Pen mit Betäubungspfeilen ausschalteten und im Keller des Uhrenturms einsperrten.

Aber das spielt nun alles keine Rolle mehr.

Der Wagen hält vor einem Gebäude, das in dem weißen Sturm kaum auszumachen ist. Soweit ich es sagen kann, hat es die Farbe von Sand und abgerundete Ecken. Und es ist größer als jedes Gebäude auf Internment. Wieder bringt man uns eilig von den Wagen durch die Eingangstür.

Drinnen ist alles rot und golden.

Hinter mir murmelt Alice Lex etwas ins Ohr. Er kann nichts davon sehen. Ich frage mich, ob er von den Unterschieden zwischen dem Boden und unserer Heimat überhaupt etwas mitbekommt. Mal abgesehen von der lächerlichen Kälte.

»Willkommen, willkommen in meinem bescheidenen

Heim«, sagt Jack Piper. Er zieht den Mantel aus, und einer der Fahrer steht schon bereit, um ihn zu nehmen.

Pen und ich wechseln ungläubige Blicke. Sein Heim? Dieses Gebäude ist vermutlich größer als unser ganzes Apartmenthaus.

»Kinder!«, ruft Jack.

Über uns ertönen eilige Schritte, dann kommen sie oben an der Treppe zum Vorschein und versuchen, einander zur Seite zu stoßen. Als sie bemerken, dass sie Publikum haben, zupfen sie an der Kleidung herum, glätten das Haar und marschieren hintereinander die Treppe hinunter.

Sie nehmen vor uns der Größe nach Aufstellung; sie haben alle Jack Pipers hellbraunes Haar. Die Kleinste hat noch zwei Zöpfe, der Größte ist schlank und hoch aufgeschossen, mit runden Gläsern vor den Augen. Anscheinend dienen sie zur Vergrößerung, aber ich verstehe nicht, warum er sie im Gesicht trägt.

»Das ist mein Sohn«, sagt Jack Piper und deutet auf den Jungen mit den Gläsern. »Jack junior, aber wir nennen ihn alle Nimble. Der Flinke, so wie in dem Kinderlied. Aber das kennen Sie vermutlich nicht. Und das ist Gertrude.« Die Zweitgrößte senkt schüchtern den Blick. »Das ist Riles.« Der Drittgrößte, ein Junge, grinst uns frech an. »Und Marjorie. Und das ist Annette.«

Das Kleinste der Mädchen macht mit der Anmut einer Tänzerin in einer Spieldose einen Knicks. »Es ist mir ein Vergnügen, Sie kennenzulernen.«

»Kommen Sie wirklich von der schwebenden Insel?«, fragt der Junge.

»Riles, wo bleiben deine Manieren!«, wird er sofort von einem der anderen Kinder gerügt.

Der Junge mit den Gläsern betrachtet uns nüchtern. »Willkommen«, sagt er, »in der Hauptstadt von Havalais.«

Ich verstehe diesen Namen nicht, den er gerade gesagt hat. *Hawawas?* Theatralisch deutet er auf die Buchstaben, die hinter ihm in der Wand eingraviert sind:

HAVALAIS: HEIMAT DER SCHWEBENDEN INSEL

2

»Fünf!«, flüstert Pen, nachdem sie hinter uns die Tür geschlossen hat. »Ich habe fünf Kinder gezählt. Die sind ja vielleicht dreist!«

»Pst«, mache ich. »Jemand könnte dich hören.«

»Ach was, wer soll uns schon hören? Dieses Gebäude hat mehr Räume als Internment Einwohner.«

»Er arbeitet für den König«, sagt Celeste. »Er könnte ein Spion sein. Auch wenn wir nichts zu verbergen haben.«

Pen kneift die Augen zusammen. »Mit dir hat niemand geredet, Eure verfluchte Hoheit.«

»Ich will euch nur helfen«, erwidert Celeste. Sie setzt sich aufs Bett und glättet den Rock. »Schließlich bin ich von uns die Einzige, die sich mit Öffentlichkeitsarbeit auskennt.«

»Was für Öffentlichkeitsarbeit denn?«, ruft Pen. »Du und dein Bruder habt den Uhrenturm doch nur verlassen, um zum Vergnügen mit Pfeilen auf Leute und Tiere zu schießen.« Sie sieht mich an. »Ich teile mit ihr nicht das Zimmer. Solange sich keine abschließbare Tür zwischen uns befindet, bekomme ich kein Auge zu.«

Man hat uns dreien ein Zimmer zugeteilt, das ungefähr so groß ist wie das Apartment, in dem ich mit meinen Eltern gelebt habe. Jack Piper hat uns mitgeteilt, dass wir in den Schränken etwas zum Anziehen finden. »Und am Ende des Korridors könnt ihr euch frisch machen.« Eines der Kinder hatte damit geprahlt, dass sie sowohl oben wie auch unten heißes Wasser zur Verfügung hätten; das wäre ziemlich revolutionär.

Keiner von uns hat infrage gestellt, wie man uns einteilte und dann in die Schlafzimmer schickte. Wir lassen das alles mit der nötigen Vorsicht auf uns zukommen.

»Pen, komm her. Versuch dich zu beruhigen.« Ich setze mich auf das Bett daneben und klopfe auf die Decke.

Sie kaut auf den Knöcheln herum und geht weiter auf und ab.

»Also gut«, sagt Celeste. »Ich weiß, dass wir nicht den besten Anfang hatten …«

»Du hast uns entführt und meinen Verlobten mit dem Messer bedroht«, sagt Pen.

»Ja, und du hast versucht, meinen Bruder zu ermorden. Wir dürften also quitt sein. Und auch wenn du das nicht glauben wirst, weiß ich das eine oder andere über Menschen. Das hier ist die Heimat der schwebenden Insel, so steht es unten auf dem Schild. Also wissen sie ganz genau, wo wir herkommen. Sie sind interessiert, vielleicht sogar fasziniert. Sie wissen nichts darüber, wie unsere Stadt regiert wird, und jetzt haben sie zum ersten Mal Gelegenheit, darüber etwas zu erfahren. Vielleicht können ihr König und mein Vater ja ein Bündnis eingehen.«

»Wach endlich auf, ja?« Pen wendet sich uns zu. Hinter ihr tanzen die weißen Flocken gegen den Fensterrahmen. »Ihr König und dein Vater können gar nichts tun. Das war eine einmalige Reise. Wir können nicht mehr nach Hause. Nie wieder.«

»Unsinn«, erwidert Celeste. »Warum solltet ihr Internment verlassen, wenn ihr keine Möglichkeit zur Rückkehr habt?«

Pen sieht weg. Ihr Gesicht ist rot angelaufen. Ihre Augen schimmern feucht.

»Wir hatten keine andere Wahl«, sage ich leise. »Wir waren Flüchtlinge.« Ich starre zu Boden; er scheint aus irgendeinem Material zu bestehen, das man zu einem riesigen Oval geschnitten hat. Es ist so üppig, dass ich noch die Abdrücke unserer Schritte sehen kann. Hier ist selbst der Bodenbelag anders. Ich fürchte mich vor dem, was uns erwarten wird, wenn die Sonne diesen Schneebelag schmilzt. »Pen hat die Wahrheit gesagt. Wir können niemals wieder zurück.«

»Ihr vielleicht nicht«, meint Celeste. »Aber ich muss zurückkehren. Selbstverständlich werde ich das.«

Pen lacht grausam.

Celeste hebt den Kopf.

»Wir sollten uns umziehen«, meine ich. Das ist das Einzige, das mir einfällt, wenn es um die unmittelbare Zukunft geht. Wir werden neue Kleidung finden. Wir werden lernen, wie man sich anpasst. Ganz egal, wie unmöglich das auch erscheint.

Ein Teil des Raums wird von einer hölzernen Trennwand

abgeteilt. Dahinter schlüpfen Pen und ich in die Kleider, die wir uns aus dem Schrank ausgesucht haben. Auf den Bügeln hängen die kostbarsten Kleider, die ich je gesehen habe – nichts als Blumenmuster, Spitze und Stoffschichten. Pen hilft mir mit den Knöpfen an meinen Handgelenken und richtet die Spitze an meinen Schlüsselbeinen. Während wir einander gegenüberstehen, verzieht sich ihr Mund. Mit zitternder Hand bedeckt sie die Augen. »Ach, Morgan«, flüstert sie.

Ich lege ihr den Arm um die Schultern. »Ich weiß.« Jetzt sind wir so gut wie verwaist. Meine Eltern sind im Großen Zufluss, aber sie wird ihre niemals wiedersehen, ob sie nun noch leben oder nicht.

»Wir dürfen nicht weinen«, sagt sie entschlossen.

»Nein. Stärke zeigen, weißt du noch?«

Sie nickt, zieht sich zurück und streicht mein Haar von den Schultern.

Ich kneife sie in die Wange und sie lächelt.

Jenseits der Trennwand räuspert sich Celeste. »Was glaubt ihr, was sind das für Frauen, die solche Kleider tragen?«

Pen knurrt.

»Und wie nennen sie wohl dieses Material?«, fährt Celeste fort.

»Vielleicht gehören sie ja Mrs Piper«, sage ich.

»Er hat nichts von einer Frau erwähnt, oder?«, fragt Celeste.

Ich trete hinter der Trennwand hervor und Pen folgt mir. »Vielleicht gibt es hier ja keine Ehefrauen«, meint sie.

»Vielleicht kommen die Frauen nur vorbei, um Eier zu legen und dann wieder zu verschwinden.«

Ich kann mir nicht helfen und muss lachen. »Pass auf, was du sagst«, meint Celeste, aber sie lacht auch.

»Das ist mein Ernst.« Pen mustert kritisch ihr Spiegelbild in dem ovalen Spiegel, dessen Rahmen mit getrockneten Blumen verziert ist. »Was für eine Frau könnte fünf Kinder zur Welt bringen? Könnt ihr euch das vorstellen? Das ist doch unmenschlich.«

»Danach zu fragen, wäre ungehörig«, finde ich. »Wir müssen nach einem Ring Ausschau halten.«

»Er trug einen Ring«, sagt Celeste. »Er war aus Metall. In der gleichen goldenen Farbe wie die Vorhänge unten. Gold ist eine seltsame Wahl für einen Ehering, oder?«

»Danach können wir nicht fragen«, wiederhole ich entschieden. »Falls wir unsere Gastgeber beleidigen, könnte man uns rauswerfen in den Schnee. Und dann?«

Pen geht um mich herum und streicht dabei mit dem Finger durch mein Haar. Es hebt sich und fällt – so glatt, wie es ist, nimmt es sofort wieder seine Form an. »Und wenn er seine Frau getötet hat? Und wir die nächsten sind?«

»Bist du immer so finster drauf?«, fragt Celeste.

Ein Klopfen an der Tür lässt uns verstummen. Ich hake mich bei Pen ein.

»Entschuldigen Sie.« Es ist eines der Kinder. Ein Mädchen. »Unten wird das Abendessen serviert.«

Der Gedanke an etwas zu essen bereitet mir Übelkeit. Einen Augenblick lang habe ich fast das Ausmaß dieser

Prüfung vergessen, aber die seltsame Affektiertheit in der Stimme des Kinds bringt sie wieder in Erinnerung.

»Vielen Dank«, sagt Celeste liebenswürdig.

»Sollten wir überhaupt etwas davon zu uns nehmen?«, flüstert Pen mir ins Ohr. »Und wenn es vergiftet ist?«

Ich bin nicht scharf darauf, die Erfahrung mit dem vergifteten Süßgold noch einmal durchzumachen. »Wir sollten zumindest so tun.«

»Lassen wir doch Ihre Hoheit essen, dann sehen wir, ob sie überlebt.«

Celeste, die ihr zur Krone geflochtenes Haar richtet, hält inne und wirft uns im Spiegel einen finsteren Blick zu.

• • •

Jack Piper ist ein Mann, der nach Ordnung strebt; so viel ist sicher. Seine Kinder tun alles der Größe nach geordnet, und das schließt auch das Platznehmen an dem größten Esstisch ein, den ich je gesehen habe. Er nickt ihnen zu, und sie schlagen die gefalteten Servietten auf und legen sie sich auf den Schoß.

»Ich muss Sie zu den goldenen Vorhängen beglückwünschen«, sagt Celeste. »Zu Hause haben wir nicht so viel goldenen Stoff.«

Zu Hause. Was für eine Vorstellung.

Riles' schnaubendes Lachen zeigt deutlich, dass er uns für die seltsamsten Geschöpfe auf der Welt hält. »Sie haben keine goldenen Stoffe?«

»Was haben Sie denn noch alles nicht?«, will eines der jüngeren Mädchen wissen.

»Seid nicht unhöflich«, befiehlt Nimble ihnen.

»Ja, hier unten ist Gold sehr populär«, sagt Jack. »Es ist ein Edelmetall.«

Mir wäre nie der Gedanke gekommen, ein Metall könnte wertvoller als das andere sein. Irgendwie sind sie alle praktisch.

»Gibt es bei Ihnen Schinken?«, fragt Annette, die Kleinste. Sie meint es nicht spöttisch; sie will es wirklich wissen. »Denn den gibt es heute.«

»Ich glaube nicht«, sagt Celeste. Sie scheint kein Problem damit zu haben, für uns alle zu sprechen. »Was ist das?«

»Das kommt vom Schwein«, sagt Annette. Mit dem Finger drückt sie die Nase nach oben und grunzt.

»Die gibt es bei uns nicht«, sagt Pen, bevor die Prinzessin wieder antworten kann. »Und wir essen Tiere auch nicht sehr oft. Nur bei besonderen Gelegenheiten.«

Annette sieht sie an, als hätte sie so etwas noch nie gehört.

»Das sind genug Fragen«, sagt Jack. »Unsere Gäste sind einen langen Weg gekommen und sie haben sich einen entspannten Abend verdient. Wir haben noch genug Zeit, uns näher kennenzulernen.«

Lex und Alice fehlen am Tisch, genau wie Judas und Amy. Ich werfe einen Blick durch die Tür und sehe nur noch viel mehr Türen und eine Treppe, die zu weiteren führt.

Im Kamin prasselt ein Feuer. Ich kann seine Wärme aus dem benachbarten Zimmer strömen fühlen. Sicherlich eine effektive Methode, um warm zu werden, aber in den letzten zehn Jahren sind auf Internment die meisten Gebäude mit Elektroheizungen ausgestattet worden. Das haben wir der Sonnenenergie zu verdanken, die in den Glasländern eingefangen wird. Ich hätte den Boden für fortschrittlicher gehalten, haben wir uns mithilfe unserer Fernrohre doch so viele Ideen entliehen. Aber wir scheinen gleichauf zu sein, vielleicht sogar etwas weiter.

Eine Sache, von der der Boden mehr als genug hat, ist freier Raum. Ein Haus, das praktisch die Größe einer ganzen Sektion von Internment hat, und so viele Kinder, wie eine Familie nur haben will. Dutzende Fenster und Vorhänge und Schränke, die vor Kleidung beinahe bersten, ganz egal, ob sie überhaupt jemand trägt oder nicht.

Eine junge Frau in einem schwarzen Kleid, das mit Metallknöpfen übersät ist, bringt das Essen. Sie stellt jedes Tablett präzise auf die Decke, dann deckt sie die heißen Gerichte ab. Es gibt genug, um doppelt so viele Leute satt zu machen, wie am Tisch sitzen.

Die kleinste Piper bietet sich an, ein Dankgebet zu sprechen. Also neigen wir alle die Köpfe, während sie einen Reim aufsagt, der mit »Wir danken dir, Gott« anfängt und dann alles auf dem Tisch auflistet. Sie fügt großzügig »Bitte« und »gesegnet sei« hinzu. Am Ende sagt sie noch: »Und bitte segne auch Mutter. Und sag ihr, sie soll bitte ein Telegramm schicken.«

»Wir bitten nicht um solche Dinge«, rügt Riles sie.

»Das sagst du.«

»Mir hat das Gebet gefallen«, sagt Nimble. Er blinzelt seiner kleinen Schwester zu und sie grinst.

Jeder greift nach dem Besteck und bedient sich. Pen, Basil, Thomas und ich nehmen eine bescheidene Portion von allem, aber wir sind nicht mutig – oder vielleicht auch dumm – genug, um auch davon essen zu wollen.

»Ihr Akzent ist wunderbar«, sagt Gertrude. Sie zwingt die Worte hervor, als hätte sie erst genug Mut dafür sammeln müssen. Sie ist die Zweitälteste und hat rosige Wangen. Das Haar fällt lockig über ihre Schultern und bedeckt ein Auge.

»Akzent?«, wiederhole ich.

»Ja. Sagt Ihnen das Wort nichts? Es ist die Art, auf die Sie sprechen. Alles ist so betont. Sie klingen alle wissbegierig. Ich finde das hübsch.«

»Vielen Dank«, sagt Celeste strahlend. »Wo wir herkommen, spricht jeder auf diese Weise. Es wäre mir gar nicht in den Sinn gekommen, dass es auch anders geht.«

»Man kann auf viele Weisen sprechen«, meint Nimble. »Auch wenn König Ingram es vorzieht, mit der einen Nation, die die gleiche Sprache wie wir spricht, Krieg zu führen.« Er sieht Celeste an. »Sie kommen aus einer Politikerfamilie. Erscheint Ihnen das klug?«

»Das reicht.« Jack Piper tupft sich mit der Stoffserviette den Mund ab. »Deine Darstellung unseres Königs ist in unserem Haus nicht willkommen, Nimble. Wir haben darüber gesprochen.«

Nimble verdreht die Augen hinter den Gläsern. Die anderen Kinder kichern lautlos über ihre Teller gebeugt.

»Befinden Sie sich im Krieg?«, will Celeste wissen.

»Der Esstisch ist nicht der richtige Ort für eine

politische Diskussion«, erwidert Jack Piper. »Vielleicht morgen, wenn Sie alle Gelegenheit hatten, sich auszuruhen.« Er beugt sich zurück, um unter den Tisch blicken zu können. »Und da wir gerade von Dingen sprechen, die nicht angebracht sind, was habe ich dir darüber gesagt, die Strümpfe nach unten zu rollen, Gertrude?«

Sie errötet. »Ja, natürlich«, sagt sie. »Es tut mir leid, Vater.«

Während der Mahlzeit erklärt uns Jack, dass dieses Gebäude in den warmen Jahreszeiten als etwas dient, das man als Hotel bezeichnet. Aber jetzt ist Winter, darum ist es geschlossen. In der Nähe gibt es etwas, das Themenpark heißt, und in einer Jahreszeit, die er als Sommer bezeichnet, reisen Leute aus der ganzen Nation an, um einen Blick auf die schwebende Insel erhaschen zu können. Hier unten am Boden gibt es ebenfalls Fernrohre, allerdings hindert Internments Position und Höhe sie daran, außer der Unterseite der Stadt viel sehen zu können.

»Der Gedanke, dass Sie so viel Interesse an unserer bescheidenen Stadt haben, ist schmeichelhaft«, sagt Celeste. »Ich – wir alle würden diesen Park gern einmal sehen.«

»Nun, dann muss ich – wir – ihn Ihnen zeigen«, sagt Nimble. Wie er sie bei diesen Worten ansieht, lässt sie doch tatsächlich erröten.

Nach dem Essen stehlen Basil und ich uns einen Augenblick in dem Korridor vor meinem Schlafzimmer. Wir befinden uns in etwas, das man Ostflügel nennt. Sein Zimmer befindet sich in etwas, das Westflügel heißt. So viele Wörter für ein Gebäude.

Unsere Blicke treffen sich. Gleichzeitig platzen wir heraus: »Geht es dir gut?«

Er stützt die Hand neben meinem Kopf an die Wand, und ich fühle mich in seinem Schatten und seinem Duft, der an Sonnenlicht und Zuhause erinnert, so sicher. So rundum sicher.

»Ja«, sage ich. »Mir geht es gut. Und dir?«

»Ist das die Wahrheit?«

»Können wir es nicht einfach dabei belassen, dass es so ist? Was sollen wir sonst tun?«

»Morgan …«

Ich lege ihm die Finger auf die Lippen. »Nicht. Bitte. Im Augenblick ertrage ich kein Mitleid.«

»In Ordnung.«

Mit dem Kopf deute ich auf die geschlossene Tür neben uns. »Pen und ich müssen uns mit der Prinzessin ein Zimmer teilen. Pen glaubt, sie wird uns im Schlaf umbringen.«

»Ich sollte bei dir schlafen«, sagt er.

»Wir können nicht ändern, wo sie uns untergebracht haben, das weißt du. Es könnte sie beleidigen. Es war schon sehr freundlich von ihnen, uns überhaupt aufzunehmen.«

»Du hast recht. Und früher oder später werden sie sich diese Freundlichkeit teuer bezahlen lassen.«

»Was werden sie von uns verlangen, was meinst du?«, frage ich.

»Falls es der Weg hinauf nach Internment ist, werden sie bald enttäuscht sein, oder?« Er bemüht sich zu lächeln.

»Ich sehe dich morgen früh, falls die Prinzessin dich und Pen nicht umbringt und Judas mich nicht tötet.«

»Wir müssen überleben, und wenn auch nur, um zu sehen, welches arme Tier die Pipers fürs Frühstück braten.« Ich stelle mich auf die Zehenspitzen, um ihn zu küssen. »Gute Nacht.«

Als ich nach dem Türknauf greife, schnappt er sich mein Handgelenk. »Wir sollten auch die Gelegenheit nutzen, um uns mit diesem Königreich vertraut zu machen. Falls wir fliehen müssen.«

»Fliehen.« Ich versuche nicht zu lachen, dabei ist es so absurd. »Basil, wo sollten wir schon hin?«

Aber er scheint besorgt zu sein. »Findest du es nicht seltsam, dass sie einen Themenpark gebaut haben, nur um die ›magische schwebende Stadt‹ betrachten zu können, aber als unsere Gruppe zu Boden fällt, will der König uns geheim halten?«

»Das ist seltsam«, gebe ich zu. »Aber an dieser Welt ist bis jetzt alles seltsam.«

»Was sollte ihn daran hindern, uns alle zu töten, falls er das will? Niemand würde es erfahren.«

»Daran habe ich noch gar nicht gedacht.« Ein Frösteln überkommt mich. »Oh, Basil, glaubst du wirklich, das könnte passieren?«

»Ich wollte dir keine Angst machen. Aber wir sollten das im Hinterkopf behalten.«

Ich nicke. »Wir werden uns mit der Stadt vertraut machen. Pen könnte ja einen Stadtplan zeichnen.« Ich zwinge mich zu einem Lächeln. »Das wird sich alles klären, Basil.«

Wieder schenkt er mir das gleiche nachdenkliche Lächeln. »Gute Nacht.«

Nachdem ich mich gewaschen und eines der vielen Nachthemden aus dem Schrank angezogen habe, mache ich mich auf die Suche nach Alice und Lex. Sie sind mit Sicherheit zusammen. Als ich die Tür am Ende des Korridors erreiche und klopfe, antwortet niemand. Aber unten schimmert Licht durch. »Hallo?« Ich drehe den Türknauf. »Alice?«

»Sei leise«, sagt Judas. »Schließ die Tür hinter dir.«

Er kniet neben Amy auf dem Boden. Ihre Haut ist gerötet, ihr Haar verschwitzt. Den toten Blick in ihren Augen erkenne ich.

»Ich wollte vor dem Abendessen nach ihr sehen und fand sie mitten in einem Anfall«, sagt er. »Er war schlimm.«

»Sie liegt seit dem Essen auf dem Boden?« Ich berühre ihre Stirn, und sie zuckt zusammen und stöhnt, dabei ist sie eigentlich nicht bei Bewusstsein.

»Ich habe Angst, sie zu bewegen«, sagt er. »Daphne hat immer gesagt, man soll sie nicht bewegen, solange sie noch die Augen geöffnet hat. Man soll warten, bis es den Anschein hat, dass sie schläft.«

Daphne wollte Medizinerin werden, bevor man sie ermordete, und sie wusste bestimmt, wie man die Anfälle ihrer Schwester behandeln muss. Trotzdem erscheint es nicht richtig, ein krankes Kind so am Boden liegen zu lassen.

»Ich hole Lex«, sage ich.

»Nein.« Er greift nach meinem Arm und zieht mich wieder nach unten. »Sie braucht absolute Ruhe. Sie mag es nicht, wenn man sie in diesem Zustand sieht. Dann fühlt sie sich nur schwach.«

»Sie ist krank, Judas. Sieh sie dir doch an. Sie braucht einen Arzt und mehr als Lex haben wir nicht.«

Er betrachtet Amy. Ihre Lippen zucken, als würde sie mit einem ihrer Geister sprechen.

»Sie braucht einen Arzt«, wiederhole ich.

»Du verstehst nicht«, sagt er. »Du verstehst es einfach nicht. Wenn du helfen willst, hole einen feuchten Lappen aus dem Wasserraum, damit wir versuchen können, ihr Fieber zu brechen.«

Ich tue ihm den Gefallen und tauche das grüne Handtuch im Wasserraum ins Wasser.

»Ihre Eltern haben gehofft, dass sie dem irgendwann entwächst.« Er tupft ihre Wangen ab, dann den Nacken. »Aber es wurde nur schlimmer, als sie älter wurde. Und die Pillen und die Sitzungen bei den Spezialisten haben mehr geschadet als genutzt.« Er sieht mich an. »Willst du etwas Verrücktes hören?«

»Was denn?«

»Sie hat mich dazu gebracht, an ihre Erscheinungen zu glauben. Sie schwört, dass sie zu ihr sprechen.«

»Das halte ich nicht für verrückt. Unser Geschichtsbuch hält nichts vom Unerklärlichen, aber das bedeutet nicht, dass es das nicht gibt.«

Ihre Augen sind nun geschlossen. Sie hat sich den Träumen ergeben, die ihren aufgewühlten Verstand heimsuchen. Hoffentlich ist dieser Schnee bald verschwunden. Ich hoffe auf einen strahlenden Morgen voller Sonne. Bestimmt wird es ihr helfen, wenn sie sieht, dass das Sonnenlicht überall gleich ist, ob nun auf Internment oder dem Boden. Das muss es einfach.

•••

Als ich den Wasserraum verlasse, kommt mir Pen entgegen. »Da bist du ja«, sagt sie. »Du hast mich mit Prinzessin Eingebildet allein gelassen. Es ist ein Wunder, dass ich sie nicht umgebracht habe.« Sie beugt sich näher an mich heran. »Was ist? Du siehst besorgt aus.«

Ich ziehe sie in den Wasserraum und schließe die Tür. Dann erzähle ich ihr von Basils Theorie, Jack Piper und der König könnten uns verstecken wollen, für den Fall, dass man uns umbringen will.

Pen scheint das kaum zu überraschen. »Ja, daran habe ich auch schon gedacht.« Sie steht am Waschbecken und schrubbt sich das Gesicht mit einem Waschlappen. »Soweit wir wissen können, bringen diese Leute Fremde schon seit Urzeiten einfach um. Oder sich selbst. Oder einfach jeden. Es ist schon sehr seltsam, sich in einer Welt zu befinden, über deren Vergangenheit man nichts weiß.«

»Also was sollen wir tun?«

»Wie du schon gesagt hast, wir sollten uns so gut mit diesem Königreich vertraut machen, wie wir können.«

»Glaubst du, du bekommst eine Karte hin?«

»Falls sie eine Bibliothek haben, gibt es dort bereits eine Karte des Königreichs. Ich könnte sie kopieren und meine eigenen Beobachtungen hinzufügen.«

»Jack Pipers älteste Tochter scheint ungefähr in unserem Alter zu sein«, sage ich. »Vielleicht können wir uns ja mit ihr anfreunden und auf diese Weise etwas über die Familie erfahren.«

Pen zuckt mit den Schultern. »Könnten wir. Allerdings bezweifle ich, dass sie über die Absichten ihres Vaters Bescheid weiß. Er scheint sich hauptsächlich über seine Kinder zu ärgern. Aber vielleicht könnte sie uns ein paar Dinge beibringen.«

Sie setzt sich neben mich auf den Badewannenrand. »Ich glaube, wir wären gut beraten, von ihr zu lernen, aber wir sollten ihr nicht vertrauen. In dieser Welt sollten wir niemandem vertrauen.«

3

Am nächsten Morgen scheint die Sonne, aber es ist nicht das Gleiche.

Pen steht vor den Vorhängen und teilt sie mit den Händen. Jenseits des Fensters schimmert es nur weiß.

Celeste schläft noch und dreht sich von der Helligkeit fort, murmelt protestierend.

Pen bedeutet mir mit einer Kopfbewegung, zum Fenster zu kommen. »Komm her und sieh es dir an«, flüstert sie. »Als würden wir uns in einer unvollendeten Zeichnung befinden.«

Selbst das Wasser am Horizont ist grau und weiß. Es funkelt, wo es in der Ferne verschwindet. Diese Stadt wird nicht von einem Zug eingerahmt. Es gibt keine Grenze. Sie könnte unendlich weitergehen, bis zu einem Horizont, bei dem man zehn Lebensspannen brauchen würde, um ihn zu erreichen.

Ein Luftzug dringt durch den Fensterrahmen; ich bekomme eine Gänsehaut.

»Ich kann diesen Anblick kaum ertragen«, sagt Pen aufgeregt.

»Er ist wunderschön.« Pen sieht mich an und ich grinse. Sie weiß, was ich denke. »Das können wir nicht machen, das ist dir doch klar. Wir würden erfrieren.«

Mit beschwingten Schritten läuft sie zum Schrank, wirft mir einen schweren Mantel zu und nimmt sich selbst einen. »Was nutzt uns dieser Unsinn mit der Tapferkeit, den wir uns immer erzählen, wenn wir uns nicht wenigstens ein bisschen verrückt verhalten?«

»Wovon redet ihr da?«, murmelt Celeste unter der Decke.

»Nichts«, erwidert Pen. »Ich habe mich auf dem Weg zum Wasserraum verirrt. Frauenprobleme.«

»Vielen Dank für diese charmante Information«, sagt Celeste.

Wir stehen reglos da, bis wir sicher sind, dass die Prinzessin wieder eingeschlafen ist, dann öffnet Pen die Tür. Als sie quietscht, zuckt sie zusammen.

Es ist noch früh und im Hotel herrscht Stille. Der weiche Boden hilft dabei, unsere Schritte zu verbergen. Trotzdem bewegen wir uns ganz langsam. »Sieh dir nur diese Farbmalereien an«, sagt Pen. »Die Rahmen sind größer als wir.«

Ich zerre an den Mantelaufschlägen und habe Mühe, mich an das Gewicht auf meinen Schultern zu gewöhnen. »Glaubst du, das sind Porträts von existierenden Personen?«

»Sieh dir diese Farben an.« Pens Fingerspitzen schweben über dem Porträt einer Frau, deren Schultern von einem Pelz verdeckt werden, aber sie traut sich nicht, die

Leinwand zu berühren. »Sie sind so reichhaltig. Hätte ich solche Farben, würde ich auch mit einer so großen Leinwand arbeiten wollen.«

Mein nächster Schritt lässt eine Bodendiele ächzen, was uns beide zusammenzucken lässt. Den Rest des Wegs zur Tür laufen wir.

Über Nacht hat sich der Schnee bis auf Kniehöhe angesammelt, aber die Kälte ist überraschend erträglich. Pen breitet die Arme aus und lässt sich vorneweg in das weiße Pulver fallen. Als sie wieder daraus hervorkommt, ist ihr Gesicht ganz rot, und Schneeklumpen verwandeln sich auf ihrer Haut in Wasser.

»Nicht so weich, wie du dir vielleicht erhofft hast«, sagt sie und zieht an meinem Arm. Mit einem Aufschrei stürze ich neben sie.

»Es gibt so viel davon«, sage ich. »Wenn das schmilzt, muss die ganze Welt darunter doch matschig sein.«

»Unsere kleinen Wolken haben uns das alles vorenthalten«, meint Pen. »Wer hätte das je gedacht?«

Zum Spaß jagen wir einander, behindert von dem Gewicht an unseren Füßen. Wir bespritzen uns, als wäre es das Wasser eines verzauberten, funkelnden Sees.

Pen geht auf die Knie und versucht mit dem Finger eine schwebende Stadt zu zeichnen, aber Schnee erweist sich als schlechte Leinwand.

Ich blicke in den Himmel und sehe nur noch mehr Weiß. In meinem ganzen Leben hatte der Himmel keine andere Farbe als Blau.

»Pen!«, stoße ich hervor.

»Was? Was ist?« Sie braucht einen Augenblick, bis sie entdeckt, worauf ich zeige, und dann ist sie ganz stumm. Beide starren wir das Ding an und drehen die Köpfe, um es nicht aus den Augen zu verlieren, während es aufsteigt und außer Sicht flattert.

»War das …«

»Ein Vogel.« Das Herz ist mir in den Hals gerutscht.

»Das war das Perfekteste, was ich jemals gesehen habe«, sagt Pen.

»Glaubst du, er wird jemals landen?«

»Nicht, wenn er auch nur einen Funken Verstand hat.«

Ein Geräusch in der Ferne zerstört den Augenblick. An der Gebäudeseite versucht ein Mädchen, einen Baum hochzuklettern. Wir gehen auf sie zu, bis ich das wogende Haar und die geraden Säume ihrer braunen Handschuhe genau erkennen kann.

»Gertrude?«, sage ich.

Sie springt zu Boden und schlägt die Hand vor die Brust. »Meine Güte, Sie haben mich fast zu Tode erschreckt.« Verlegen lächelt sie. »Sie können mich Birdie nennen. Das tut jeder.«

»Sag doch du zu uns«, meint Pen. »Wolltest du in unser Schlafzimmer einbrechen?«

Gertrude schaut nach oben. »Ist das euer Zimmer? Es tut mir leid, aber vor diesem Raum steht der stabilste Baum. Würde es euch stören, wenn ich ihn gelegentlich als Durchgang benutze? Ich bin eine Art Nachteule.«

»Also, uns wäre das egal«, erwidert Pen. »Aber wer weiß schon, was Ihre Stinkende Königliche Hoheit denkt?

An deiner Stelle würde ich mich nicht von ihr erwischen lassen.«

Gertrude späht wieder zum Fenster, diesmal aber nachdenklich. Ihr Atem produziert kleine Wölkchen. Sie trägt einen Mantel, der zu dünn für diese Kälte erscheint, allerdings hat sie genug Perlen um den Hals, damit sie als Schal dienen könnten.

»Eure Prinzessin ist eine Spaßbremse, was?«

»So könnte man es auch ausdrücken«, sage ich.

»Sobald sie eine Schwachstelle entdeckt, stürzt sie sich gnadenlos darauf«, sagt Pen. »Hey, ich weiß, das ist eine blöde Idee, aber warum nimmst du nicht die Tür?«

»Vater schließt sie ab.«

»Jetzt ist sie nicht mehr verschlossen«, sage ich. »Wir haben sie gerade geöffnet.«

»Wenn du uns Bescheid gibst, sorgen wir dafür, dass sie nicht verschlossen ist, wenn du dich rausschleichen willst«, bietet Pen an. »Dann brauchst du nicht durchs Haus schleichen oder durch unser Fenster klettern und alle erschrecken.«

»Das würdet ihr tun?«, fragt Gertrude.

»Zu Hause habe ich mich dauernd rausgeschlichen«, sagt Pen. »Da gab es diese kleine Höhle im Wald. Erinnerst du dich daran, Morgan?«

Wie könnte ich mich nicht daran erinnern? Das ist doch erst eine Woche und ein ganzes Leben her. Ich kann nur nicken. Plötzlich habe ich das Gefühl, in Tränen ausbrechen zu müssen, falls ich auch nur ein Wort sage.

Gertrude lächelt. Es ist ein ehrliches, mädchenhaftes

Lächeln, das nicht von ihrem dicken Eyeliner und den blutroten Lippen beeinflusst wird. »Danke«, sagt sie. »Ich sollte mich waschen, bevor Vater uns fürs Frühstück weckt. Ich muss ja wie ein Straßenmädchen aussehen.«

Sie ist ein schüchternes Mädchen in der Kleidung einer Rebellin. Der Boden ist ihr Zuhause, aber er ist groß, und ich glaube, dass sie wie Pen und ich sein muss – sie versucht, diese seltsame Welt zu entschlüsseln, die sich ihr Stück für Stück enthüllt.

Pen hat vermutlich recht. Gertrude Piper – Birdie – wird kaum etwas über die politischen Geschäfte ihres Vaters wissen, trotzdem würde ich sie gern näher kennenlernen.

Nachdem sie im Haus verschwunden ist, sieht Pen mich an. »Was bitte schön ist eine Nachteule?«

Ich zucke mit den Schultern.

Als man uns zum Frühstück ruft, ist Birdie so frisch gewaschen und strahlend wie ihre Brüder und Schwestern. Keine Spur von Kosmetik auf dem Gesicht. Ich bin mir nicht sicher, wie sie das nach einer schlaflosen Nacht schafft, aber niemand hegt einen Verdacht. Allerdings entgeht mir nicht, dass Nimble ihr den Ellbogen in die Seite stößt, als sie ihren Platz neben ihm einnimmt.

Vor uns werden Teller abgestellt. Dort liegt etwas Gelbes und Flockiges, daneben befinden sich kleine graubraune Küchlein. »Eier!«, verkündet Annette glücklich.

Pen kann ihre Skepsis nicht verbergen. »Die Eier von was?« Wir haben noch nie davon gehört, dass man etwas in Eiform essen kann.

»Von Hühnern«, sagt Annette.

»Hühner sind Vögel«, erklärt Nimble und wartet auf unsere Reaktion.

Ich schiebe die Hände unter den Tisch. Ich hatte bereits vorher Schwierigkeiten, mich zum Essen zu zwingen, aber jetzt besteht nicht mehr die geringste Hoffnung, dass diese Mahlzeit meine Lippen berührt.

»Wir essen nicht oft Grünzeug«, fügt er hinzu.

»Spar dir das, Nim«, flüstert Birdie. Sie räuspert sich. »Wo ist Vater?«

»Anderswo beschäftigt«, sagt Nimble. »Er versucht mit ein paar anderen Königsmännern den verrückten Alten zu überreden, dieses klapprige Flugzeug zu verlassen.«

»Ihr solltet mit diesem kleinen Mädchen sprechen – wie heißt sie noch mal?«, sagt Celeste. »Seine Enkelin.«

»Amy«, sagt Judas. »Und sie ist noch nicht wach. Die Reise hat sie erschöpft.«

»Wie erschöpft kann sie schon sein?«, will Celeste wissen. »Davon haben wir uns doch schon alle erholt. Mit Ausnahme deines Bruders, Morgan.«

Bei Lex' Erwähnung balle ich die Fäuste. Sie spricht so herablassend von Leuten, die sie gar nicht kennt. Sie versteht nicht, wie das für Amy und Lex ist. Sie hat keine Ahnung von Blindheit oder auslaugenden Anfällen. Oder was es bedeutet, keine Adlige zu sein.

»Geht es Amy gut?«, flüstert Basil neben mir.

Ich blicke auf den Teller mit dem seltsamen Essen und schüttle den Kopf. Ich weiß es nicht. »Ich sehe nach ihr«, sage ich.

»Man muss zuerst fragen, ob man aufstehen darf«, sagt Annette.

»Darf ich aufstehen?«

»Ja.«

Als ich die Tür von Amys Zimmer öffne, steht sie am Fenster. Der Schlaf hat ihr Haar zerzaust.

»Hier sind wir also«, sagt sie.

»Hier sind wir. Ich bin heute Morgen nach draußen gegangen. Mir war gar nicht klar, wie kalt es wirklich ist, bis ich reinkam und meine Finger wieder Gefühl hatten.«

»Das klingt wundervoll«, sagt sie. Aber ihre Stimme ist gedämpft, und als sie sich mir zuwendet, ist ihr Blick umwölkt.

»Möchtest du was essen?«, frage ich. »Die Gerichte sind seltsam, aber die Prinzessin scheint sie zu mögen. Pen hat sie gewissermaßen als Vorkosterin benutzt.«

Amy schüttelt den Kopf. »Mein Magen erholt sich noch von der Reise. Aber ich werde unruhig.«

»Möchtest du vielleicht an die frische Luft? Sie könnten unsere Hilfe dabei brauchen, den Professor zu überreden, den Vogel zu verlassen.«

Bei der Vorstellung hellt sich ihre Miene auf.

»Und wo wir gerade von Vögeln sprechen, ich habe heute einen echten Vogel gesehen. Er flog direkt am Himmel und verschwand.«

»Hast du nicht«, stößt sie hervor.

»Davon muss es noch mehr geben. Vielleicht sehen wir ja einen. Zieh dich schnell an.«

»Kommst du auch mit?«, will sie wissen.

»Klar, wenn du möchtest.«

»Und könntest du Judas sagen, er soll hierbleiben?«

»Ich kann mit ihm reden, aber …«

»Wenn ich versuchen soll, meinen Großvater zum Ausstieg zu überreden, dann sind das meine Bedingungen«, sagt sie. »Ich will mich anziehen.«

Sie scheucht mich aus dem Zimmer und schließt die Tür.

»Schön, dass es dir besser geht«, murmle ich zu dem Türknauf.

Judas ist alles andere als begeistert, ausgeschlossen zu werden, aber die Erleichterung, Amy auf den Beinen zu sehen, sorgt dafür, dass er sich mit ihren Bedingungen einverstanden erklärt. Allerdings nicht, ohne sich vorher meinen Arm zu schnappen und mir eine eindringliche Warnung mit auf den Weg zu geben. Falls ihr etwas in meiner Obhut passieren sollte, bringt er mich um.

Er bedroht mich nicht das erste Mal so, aber es ist das erste Mal, dass ich ihm glaube. Jetzt, da seine Verlobte tot ist, ist Amy das Einzige, das etwas wie eine Familie für ihn darstellt. Ihre hinfällige Gesundheit und ihre sture Tapferkeit geben ihm einen guten Grund zur Sorge.

»Ich werde sie beschützen, als wäre sie meine Familie«, verspreche ich.

»Als hättest du mich geboren, als du fünf warst«, sagt Amy höhnisch. Das ist ihre Art, uns daran zu erinnern, dass sie kein Kind mehr ist.

»Keine Angst«, sagt Nimble. »Ich bin ein alter Profi darin, bei diesem Wetter zu fahren.«

Er fährt langsam und betrachtet uns gelegentlich im Rückspiegel. »Ich kam nicht umhin, heute Morgen die Spuren draußen zu sehen«, sagt er.

»Wir haben noch nie zuvor Schnee gesehen«, erwidere ich.

»Dann muss das ein echter Schock gewesen sein. Was gibt es denn bei euch? Regen?«

»Regen?«, frage ich.

Er lacht und lässt das Lenkrad an den geöffneten Handflächen vorbeigleiten. »O Mann.«

Wir scheinen uns der nahegelegenen Stadt nicht zu nähern, so lange wir auch fahren. Aber wir kommen an dem Feld mit den seltsamen Maschinen vorbei, die mir bei unserer Landung aufgefallen sind. Ich deute mit dem Kopf darauf. »Was ist das?«

»Das ist der Themenpark«, erklärt Nimble. »Achterbahnen und Doppeldecker, die einem das Gefühl geben sollen, höher als mit einem Flugzeug zu fliegen. Für einen Penny kann man durch ein Teleskop die Unterseite der magischen schwebenden Insel betrachten.«

»Der magischen schwebenden Insel?« Amy rümpft die Nase. »So nennen uns die Leute?«

»Wie nennt ihr sie denn?«

Amy sagt »Internment«, während ich zugleich »Heimat« sage.

»Internment«, wiederholt Nimble mehrmals und schmeckt das Wort. »Wie in ›interniert‹. Gruselig.«

»Das ist überhaupt nicht gruselig«, widerspreche ich.

»Vielleicht ist es das doch«, meint Amy. »Nicht sofort. Man muss eine Weile dort gewesen sein, um es so zu betrachten.«

Danach ist sie still.

Wir kommen an etwas vorbei, das aussieht wie ein Garten aus Steinen, und Amy holt zischend Luft. Ihr Kopf ruckt nach oben, ihr Blick schärft sich.

»Was ist los?«, frage ich. »Bekommst du einen neuen Anfall?«

Sie kniet sich auf die Sitzbank und sieht durch das Rückfenster zu, wie der Garten kleiner wird.

»Dieser Ort verschafft auch mir eine Gänsehaut, Kleine«, sagt Nimble.

»Was ist das denn?«, frage ich.

Er sieht mich im Rückspiegel mit hochgezogenen Brauen an. »Was macht ihr auf Internment mit euren Toten?«

Amys Stimme ist ganz klein, als sie spricht. »Wir verbrennen sie. Bis sie nichts mehr und im Nirgendwo sind.«

Ich versuche Nimble den Großen Zufluss zu erklären, wie wir unsere Toten verbrennen, damit alles Schlechte in ihnen wegfallen kann, während das Gute eine Masse aus Farben im Himmel wird, die die Lebenden nicht wahrnehmen können. Das habe ich mein ganzes Leben lang geglaubt, aber jetzt, wo ich am Boden bin, ergibt das nicht mehr so viel Sinn wie früher.

Hier unten begraben sie ihre Toten. Markieren die Stelle mit einem Stein, auf dem Daten und Namen stehen. Lassen zur Erinnerung Blumen zurück.

Es muss schön sein, so viel Raum verschwenden zu können.

»Hast du jemals jemanden begraben müssen?«, fragt Amy.

»Könnte ich nicht behaupten«, sagt Nimble.

Auch das muss schön sein.

Er hält den Wagen an. »Wir sind da.« Der Vogel ist wenige Schritte entfernt. Er ist von Männern in Mänteln umgeben.

»Guten Morgen, Jungs«, sagt Nimble, während er mir und Amy die Tür öffnet. »Wir haben uns gedacht, dass ihr nicht viel Glück darin hattet, ihn zu überreden herauszukommen, also habe ich Hilfe mitgebracht. Das hier ist die Enkelin des alten Mannes.«

Nach einer kurzen Diskussion erklärt sich Jack Piper, der die erfolglose Operation zu befehligen scheint, damit einverstanden, Amy hineinzulassen. »Du begleitest sie«, befiehlt er Nimble.

»Nein«, meint Amy. »Ich muss allein gehen, sonst ist das sinnlos. Er ist ziemlich stur.«

Die Männer wechseln Blicke. Jack zögert. Amy deutet mit dem Kopf auf den roten Metalltrichter, den er in Händen hält. »Darf ich?«, fragt sie.

Ihre Direktheit scheint ihn so zu verblüffen, dass er ihn ihr gibt. Sie hält den Trichter vor den Mund. »Opa, ich bin's. Amy.« Ihre Stimme wird verstärkt. »Ich bin hier, um mit dir zu reden.«

Sie gibt Jack den Trichter zurück. »Vielen Dank.«

Die nächsten Sekunden verstreichen, ohne dass etwas geschieht, dann werden Schlösser entriegelt. Amy eilt an uns vorbei und öffnet die Tür, verschwindet in der Dunkelheit und schließt sie hinter sich.

Die Männer sind erstaunt. Sie hat mit wenigen Worten geschafft, was sie den ganzen Morgen ergebnislos versucht haben.

Nimble verschränkt die Arme. »Die ist ja ein richtiger Knaller«, sagt er.

Ich weiß nicht, was das bedeutet, aber es klingt passend. »Man kann sie nur schwer von etwas abhalten.« Meine Stimme verhallt, während ich zurücktrete und den Vogel betrachte. So wie der Boden wie eine Steppdecke aus Land aussah, ist der Vogel wie eine Steppdecke aus Metallstücken in verschiedensten Farben. Er ist mindestens drei Stockwerke hoch und kippt ein Stück zur Seite; er steht auf Beinen, die aus Klingen gemacht sind, die sich durch den Boden wühlen sollen. Die Schwingen sind jetzt eingeklappt, wie bei einem toten Käfer.

Er sieht nicht danach aus, als könnte er fliegen, höchstens, als würde er aus dem Himmel fallen und den Boden zerstören, auf dem er aufschlägt. Trotzdem erfüllt mich sein Anblick mit Staunen. Es erstaunt mich, dass man so ein Ding direkt unter der Nase des Königs im Geheimen planen, konstruieren und zusammenschweißen konnte. Für uns war er eine Zuflucht. Er ist die Verkörperung unserer Rebellion, unserer Befreiung. Er ist das Ding, für das meine Eltern, Amys Schwester und zahllose andere gestorben sind. Ihn zu erschaffen, hat fast ein ganzes Leben lang gedauert.

Ich verstehe, warum der Professor ihn nicht verlassen will.

Bei meiner Betrachtung habe ich mich von den anderen

entfernt, aber Nimble ist mir gefolgt. »Ich finde es beeindruckend, dass dieses Ding geflogen ist.«

»Ich auch«, sage ich. »Hätte ich die Wahl gehabt, hätte ich ihn vermutlich nicht betreten.«

Sofort verstumme ich. Ich habe zu viel gesagt. Was werden Jack Piper und seine Familie tun, wenn ihnen klar wird, dass wir alle Flüchtlinge sind? Zumindest alle bis auf die Prinzessin und Thomas, der als ihre Geisel mitgeschleppt wurde.

Aber interessiert es die Leute hier unten überhaupt, was die Menschen auf diesem winzigen schwebenden Felsen so hoch über ihnen treiben?

»Klingt, als gäbe es Ärger im Paradies«, sagt Nimble.

»Paradies?«

»Eurer perfekten kleinen Insel.« Er deutet mit dem Kopf nach oben.

Ich folge seinem Blick und hoffe, Internment sehen zu können. Aber da ist nur ein Himmel voller Wolken. Diese Wolken haben keinerlei Ähnlichkeit mit denen, wie ich sie kenne – leichte luftige Dinger, die jeden Tag um mich herum treiben. Diese Wolken sind schwer und grau, und ich habe das Gefühl, dass sie trauern.

»Perfekte Orte gibt es nicht«, sage ich. Die Wolken geben die Sonne frei, ihr Licht blendet mich. Ich schirme die Augen ab.

»Du weißt das und ich weiß das«, sagt er. »Versuch das mal unserem König zu sagen, und man vertreibt dich aus dem Königreich. Seiner Meinung nach reicht ein Luftangriff auf die richtigen Orte. Und sobald sich die

Aschewolken aufgelöst haben, haben wir unser eigenes Utopia.«

Ich habe keine Ahnung, was eine Bombe anrichten kann, aber sicherlich wäre nicht viel dazu nötig, um eine so kleine Stadt wie Internment zu vernichten.

»Knaller, Bomben«, sage ich. »Offensichtlich gefallen euch Dinge, die etwas in Brand stecken.«

»Auf Internment gibt es nicht viele Brände, vermute ich mal?«

»Schon ein ganz winziger löst Panik aus.« Für die Menschen hier unten ist ein Feuer wie im Blumenladen vermutlich keiner weiteren Erwähnung wert, aber es hat ausgereicht, um ganz Internment aufzubringen.

Ich spüre seinen Blick, während ich am Himmel nach einer Spur der Stadt suche. Ich weiß, was er denkt. Das es dumm von uns war hierherzukommen. Wir haben unsere sichere kleine Insel verlassen und sind direkt in ein Königreich abgestiegen, das sich im Krieg befindet. Aber während man hier unten mit Explosivstoffen kämpft, werden am Himmel andere Kämpfe ausgetragen. Lautlose Revolutionen. Genauso lautlose Morde.

»Du hast nicht die geringste Ahnung«, flüstere ich. Ich bin mir nicht sicher, ob die Worte ihm oder mir gelten.

Die Tür des Metallvogels öffnet sich quietschend und Amy steigt die Leiter allein hinunter. Sie spricht mit Jack und seinen Männern, deren enttäuschte Mienen deutlich machen, dass ihr Versuch, den Professor nach draußen zu locken, erfolglos geblieben ist.

»Gut, gut. Es sieht so aus, als gäbe es gleich einen neuen Sturm. Versammeln wir uns wieder, nachdem ich mit Seiner Majestät gesprochen habe. Nim, bitte bring unsere Gäste nach Hause.«

»Geht klar, Vater.«

Im Auto sagt Amy: »Mein Großvater kommt schon noch raus. Aber er liebt diesen Metallvogel. Er hat Angst, dass man ihn vernichtet, wenn er ihn verlässt.«

»Wieso glaubst du dann, dass er herauskommen wird?«, will Nimble wissen.

»Ihm geht bald der Proviant aus. Er hat mich gebeten, ihm neue Vorräte zu bringen, und ich habe ihm gesagt, wenn er was essen will, muss er eben herauskommen.« Sie streicht Schnee von den Schultern ihres Mantels.

»Aber wenn er so stur ist, wieso bist du dir sicher, dass er nicht lieber verhungert als rauszukommen?«

»Das wird er schon nicht. Dazu ist er viel zu neugierig auf diesen Ort. Schon bald wird er sich die Insekten mit einem Vergrößerungsglas ansehen und Bodenproben nehmen. Ihr werdet schon sehen.«

Der Wagen setzt sich in Bewegung. Der Himmel ist wieder dunkler geworden. Die Sonne steht hinter den Wolken, so wie Licht, das aus einem Ei schlüpfen will. Ich habe das Gefühl, erstickt zu werden.

Aber Amy scheint es nun besser zu gehen. Ihre Augen funkeln in ihrem üblichen Blau, sie bestaunt die in der Ferne befindliche Stadt mit offenem Mund.

»Wie nennt ihr diesen Ort, an dem ihr eure Toten begrabt?«, fragt sie.

»Friedhof«, sagt Nimble.

»Darf den jeder besuchen?«

»Du willst den Friedhof besuchen?«

»Wenn es geht.«

»Ich wüsste nicht, was dagegen spricht«, meint Nimble. »Allerdings gibt es da nicht viel zu sehen. Leute besuchen ihre geliebten Angehörigen, nachts treiben sich dort Kinder herum, die einander erschrecken wollen. Mehr passiert an solchen Orten nicht.«

»Begrabt ihr eure Toten immer?« Ich versuche mir nicht anmerken zu lassen, wie entsetzlich ich diese Sache finde.

»Nicht immer«, erwidert Nimble. Sein Ton ist fröhlich bis zur Grenze zum Sarkasmus. »Manchmal äschern wir sie auch ein. Vermutlich macht ihr das dort oben so, wo ihr doch so wenig Land habt.«

»Es ist am vernünftigsten«, sage ich.

»Es ist nicht so, dass wir hier unten etwas dagegen haben, Sachen zu verbrennen«, fährt Nimble fort. »Die meisten Häuser haben einen Feueraltar. Tatsächlich hat das Hotel auch einen. Den benutzen sogar die Gäste.«

»Ihr verbrennt Leichen auf eurem Rasen?« Mir dreht sich der Magen um.

»Keine Toten. Opfergaben«, sagt Nimble. »Wenn man unseren Gott um etwas Wichtiges bitten will, verbrennt man etwas, das einem wirklich am Herzen liegt.«

Endlich ein Ritual, das ich nicht verschwenderisch finde. Irgendwie klingt es sogar poetisch. »So etwas Ähnliches haben wir auch auf Internment«, sage ich. »Einmal im Jahr verbrennen wir unsere wichtigsten Bitten und übergeben sie dem Wind, damit sie erhört werden.«

»Einmal im Jahr.« Nimble stößt einem Pfiff aus. »Hier unten könntet ihr jeden Tag etwas verbrennen, wenn ihr wollt. Hier gehen niemandem die Wünsche aus.«

»Also verbrennt ihr oft Sachen.«

»Ich persönlich nicht. Ich glaube nicht besonders daran.«

Sobald der Wagen vor dem Friedhof angehalten hat, ist Amy auch schon weg. Sie lässt die Wagentür offen stehen und das Innere füllt sich mit Kälte.

»Wir werden nicht lang weg sein«, sage ich entschuldigend. Ich erwarte nicht, dass er ein Mädchen wie Amy versteht. Ihm kann nicht klar sein, was der Rand mit ihr gemacht hat.

Ich rechne mit irgendeinem Urteil oder einer weiteren Bemerkung, wie seltsam sie ist. Aber er sagt nur: »Ich halte den Wagen für euch warm.«

Der Friedhof wird von Hecken eingezäunt, und der Eingang besteht aus kunstvollen Eisentoren mit fliegenden Kindern, die irgendein Saiteninstrument halten.

Als ich Amy finde, kniet sie im Schnee. Sie hat das Gestrüpp zur Seite geschoben, bis die Worte auf dem Grabstein vor ihr lesbar sind. »Lila Pike. Dort steht, dass sie in dem Jahr gestorben ist, in dem sie geboren wurde.«

»Das ist schrecklich.«

»Ich frage mich, was passiert ist.«

Ich nicht.

Ich schaue von dem Stein auf. Er ist nur eine von

Hunderten unbekannter Geschichten. Namen, Daten, Blumen in Vasen, die unter den weißen Massen sich selbst überlassen wurden.

Am Boden gibt es so viel Land, dass sie aus ihren Toten einen Garten machen können. Dabei spielt es keine Rolle, ob jemals jemand zu Besuch kommt oder nicht.

Amy sieht mich über die Schulter an. Sie hebt die Brauen. »Was passiert wohl, wenn man hier begraben wird und die Jahre vergehen, bis jeder, den man kannte, ebenfalls tot ist? Wer kommt dann zu Besuch? Oder ebnen sie alles ein und fangen wieder von vorn an?«

»Das weiß ich nicht. Es kommt mir vor wie eine große Verschwendung – das alles hier.«

»Vielleicht auch nicht. Gäbe es einen Ort, an den ich gehen und meine Schwester besuchen könnte, mit ihr sprechen könnte – ich glaube, das würde mir gefallen.«

»Ich glaube nicht, dass ich meine Eltern an so einem Ort besuchen könnte. Hier gibt es keine Geister. Nur Steine.«

»Hier gibt es Geister«, sagt Amy überzeugt. »Aber diese Geister sind nicht unsere.«

Ich weiß nicht, was sie meint. Sie ist ein seltsames kleines Mädchen, das seltsame Dinge sagt, aber ihre absonderlichen Bemerkungen unterscheiden sich von denen anderer Kinder. Sie spricht voller Überzeugung. Und wenn sie aus ihren Anfällen erwacht, ist da echte Trauer, und diese Trauer verweilt tagelang bei ihr.

Und auch wenn ich eigentlich nicht an die Dinge glaube, von deren Existenz sie überzeugt ist, glaube ich dennoch nicht, dass es das alles nur in ihrer Vorstellung gibt. Ein normales Mädchen würde sich glückliche Dinge vorstellen wollen.

Ein Windstoß rüttelt an den nackten Ästen, und ich verschränke die Arme, als er mich erreicht.

Ich würde jetzt gern gehen, aber Amy könnte dank ihrer Anfälle und Judas' übertriebener Behüterei nicht mehr häufig Gelegenheit haben, etwas zu erforschen, und wenn sie das möchte, dann sollte sie es auch tun dürfen.

Der Wind frischt auf, als wollte er uns vertreiben. Das verrostete Tor schwingt an seinen Scharnieren. Eine Aufforderung zu gehen.

Aber das quietschende Tor ist nicht der einzige Laut. Ein leises Pfeifen ertönt, gefolgt von einem so lauten Krachen, dass Amy auf die Füße springt. »Was war das?« Ein weiteres Krachen ertönt. Es ist so schrecklich laut.

Direkt voraus bilden die Grabsteine einen Pfad zum Horizont. Sie geben keine Antwort. Und sie reagieren auch nicht auf den wogenden schwarzen Rauch, der dort aufsteigt, wo noch vor Sekunden ein Gebäude stand.

Ich denke an Nimbles Worte. Bomben.

»Komm!« Ich schnappe mir ihren Arm und laufe zum Tor. Ich blicke nicht zurück. Sie keucht neben mir, hält aber mit mir Schritt. Flüchtig kommt mir der Gedanke, dies könnte einen ihrer Anfälle auslösen, aber ich weiß nicht, ob es noch eine Explosion geben wird.

An dem Tag, an dem der Blumenladen in Flammen aufging, hatte ich die Befürchtung, dies könnte die Macht haben, meiner kleinen Welt ein Ende zu bereiten. Wie hätte ich wissen sollen, dass unter uns viel größere Brände stattfinden? Alles, was ich gesehen habe, sind noch furchteinflößendere Methoden der Vernichtung, die kein Ende finden.

Nimble rast los, bevor ich Gelegenheit habe, die Wagentür zu schließen. Der Wagen rutscht auf dem Eis.

»Sieht aus, als wären die Damen gerade rechtzeitig für den Spaß gekommen«, sagt er.

4

Als wir ins Hotel zurückgekehrt sind, kann man die schwarzen Rauchwolken von dort aus sehen. Sie wogen in der Ferne wie eine riesige Wassermasse, löschen die Wolken am Himmel einfach aus. Die Sonne hat die kluge Entscheidung getroffen, sich völlig vor uns zu verbergen.

Rutschend kommt der Wagen vor der Haustür zum Stehen. »Geht rein«, sagt Nimble.

»Kommst du nicht mit?«, frage ich.

»Nachdem ich geparkt habe«, sagt er. »Luftkrieg ist schlecht für den Lack.«

Die Haustür öffnet sich, und da stehen die Piper-Kinder, genau in der richtigen Reihenfolge. Alle haben den gleichen entsetzten Blick. »Nim!«, ruft Birdie, als er um das Gebäude rast.

»Wo will er hin?«, fragt Riles.

»Er will im Kutschenhaus parken. Seine dämliche Vernarrtheit in diesen blöden Bus«, sagt Birdie.

»Ich helfe ihm«, verkündet Riles, aber Birdie schnappt ihn am Kragen, als er an ihr vorbeiwill.

»Sei kein Dummkopf.« Sie zerzaust ihm das Haar. »Lass für ihn die Tür auf.«

»Was ist passiert?«, fragt Basil.

Alle sind voller Fragen. Alle reden. Die Worte dringen nicht zu mir durch, jedenfalls nicht richtig. Ich begebe mich ans nächste Fenster und schiebe mich hinter die goldenen Vorhänge, um zu verfolgen, wie sich der Rauch mit dem Himmel verbindet.

»Das ist wie der Brand im Blumenladen, nur tausendmal schlimmer, nicht wahr?« Celestes Stimme lässt mich zusammenzucken. Sie steht neben mir. Nun sind wir beide durch den Vorhang von den anderen getrennt.

»Woher willst du das wissen? Oder hast du aus deinem Fenster im Uhrenturm zugesehen?«

»Wenn du es genau wissen willst, an diesem Tag war ich mit meinem Bruder auf der Jagd. Wir waren ein gutes Stück weit weg, aber ich konnte den Rauch riechen.«

Die Prinzessin anzufauchen, wird nichts bringen. Auch wenn ihr Vater und seine Henkersknechte das Feuer gelegt haben, um die Rebellion zu bekämpfen, hatte sie nichts damit zu tun. Sie hat aus ihrer abgründigen Seite kein Geheimnis gemacht, aber als sie mich und Pen gefangen hielt, bekam ich ein Gespür dafür, wie wenig sie von den Plänen ihres Vaters wusste. Sie war nicht daran interessiert, sich ihrer nicht einmal bewusst. Sie wollte nur, dass ich ihr zum Boden helfe. Weiter nichts.

»Also dafür hast du dein schwebendes Königreich verlassen.« Mit dem Kopf deute ich nach draußen. »Bist du froh, dass du mitgekommen bist?«

Sie holt tief Luft, nimmt die Schultern zurück. »Du hast Angst, also will ich diese Verbitterung mal ignorieren. Aber langsam klingst du wie deine unverschämte Freundin. Und du bist besser als sie. Das weiß ich. Außerdem wollte ich mich nicht streiten.«

»Was wolltest du dann?«

»Natürlich nach dir sehen.«

Ich betrachte sie aus dem Augenwinkel.

»Schon gut. Außerdem wollte ich wissen, was du dort draußen erlebt hast.«

»Ich hörte eine Explosion, dann habe ich den Rauch gesehen. Nimble hat es als Luftangriff bezeichnet.«

Celeste legt Daumen und Zeigefinger zu einem Rahmen zusammen, den sie nachdenklich ans Fenster hält. »Glaubst du, das passiert schon die ganze Zeit unter uns?«

»Ich weiß es nicht. Ich kann mir nicht vorstellen, wie jemand in einer Welt leben kann, wo so etwas häufig geschieht.«

Celeste sieht mich an. Ihr Lächeln ist breit und strahlend. »Dann sind wir ja genau rechtzeitig gekommen, um sie zu retten, findest du nicht?«

•••

Ich bringe Alice und Lex ein Essenstablett. Mir fällt sonst nichts ein, wie ich mich nützlich machen könnte. Ich erzähle ihnen von der Explosion und dem Qualm. Und ich erzähle ihnen von dem Friedhof.

Welchen Wert können die Menschen am Boden dem Leben schon beimessen, wenn sie so viel Land haben, auf dem sie ihre Toten begraben können? Was sind schon ein paar Grabsteine mehr? Aber diesen Gedanken behalte ich für mich. Stattdessen sage ich: »Die Prinzessin glaubt, wir können ihnen helfen.«

Alice sieht besorgt aus. »Hat sie verraten, warum sie uns begleitet hat?«

»Nein. Aber sie scheint ziemlich verzweifelt zu sein. Jedenfalls genug, um Pen und mich zu verhören und Thomas mit dem Messer zu bedrohen, damit wir sie nicht aus dem Vogel werfen.«

Lex' Transkriptionsmaschine steht neben dem Bett auf dem Boden, und das Fehlen des kupfernen Geruchs, den ihr Motor sonst verbreitet, verrät mir, dass er sie seit unserer Ankunft nicht benutzt hat. An dem Abend, an dem ich vergiftet wurde, haben wir alle eilig die Flucht ergriffen. Ich war bewusstlos und lag in Basils Armen im Sterben. Aber Alice dachte daran, sich die eine Sache zu schnappen, die Lex mit Sicherheit bei Verstand halten wird; sie muss gewusst haben, dass es keinen Rückweg mehr gibt.

Lex sitzt mit untergeschlagenen Beinen neben dem Ding am Boden und spielt mit einer rechteckigen Uhr aus Metall herum. Ihr Ticken versorgt ihn mit einem Anker und erinnert ihn daran, dass die Sekunden selbst in seiner ewigen Dunkelheit niemals enden. Die Stunde braucht er nicht zu wissen; er muss nur wissen, dass sie immer noch vergeht.

»Vielleicht fängt dieser Krieg ja gerade erst an«, meint Alice.

»Die Pipers werden bestimmt eine Gegenleistung für unsere freundliche Aufnahme erwarten. Das glaubt zumindest Basil«, sage ich. »Ich habe darüber viel nachgedacht, aber ich kann mir einfach nicht vorstellen, wie wir behilflich sein könnten. Schließlich haben wir genauso wenig Verbindungen nach Hause wie sie. Wir können nicht zurück.«

»Das wissen sie nicht.« Lex hat den Kopf gesenkt, seine Stimme krächzt. »Hoffentlich wird ihnen nicht klar, wie machtlos wir doch sind.«

Alice blickt stirnrunzelnd in ihren Tee. Dann kniet sie sich neben Lex und ersetzt die Uhr in seinen Händen mit der Tasse. »Trink das. Und dann sollten wir etwas essen. Wir werden unsere Kräfte noch brauchen.«

»Wozu?«, fragt Lex.

»Um zu leben«, antwortet sie mit dieser unerschütterlichen Lebhaftigkeit, für die ich sie immer geliebt habe. »Ich weiß nicht, was auf uns zukommt, aber wir sollten uns besser darauf vorbereiten, uns ihm zu stellen.« Sie führt die Tasse an seine Lippen und zwingt sie ihm auf. Er runzelt die Stirn und sie gibt ihm einen Kuss darauf. »Trink das.«

•••

Stunden vergehen, aber Jack Piper kehrt nicht zurück. Die Kinder beschäftigen sich mit einem Spiel, bei dem es um ein Brett mit Rechtecken geht.

Nimble betritt das Haus.

»Ich habe gar nicht mitbekommen, dass du draußen warst«, sagt Birdie und schaut von ihrer Rechenaufgabe auf.

Er schiebt einen Lappen in seine Tasche. »Auf dem Autositz war ein Fleck, der mich gestört hat.«

»Dafür bist du hinausgegangen und hast deine

Sicherheit riskiert? Nach einer Bombardierung? Manchmal glaube ich, du liebst diesen Wagen mehr als uns.«

»Birdie, sei nicht albern.« Er schnippt gegen ihr Haar. »Natürlich bedeutet mir dieser Wagen mehr.«

Sie verdreht die Augen und bläst Radiergummikrümel vom Blatt.

Mir wird klar, dass der Wagen seine einzige Zufluchtsstätte ist. Die Pipers leben in diesem riesigen Haus, aber jede Ecke davon gehört ihrem Vater, und jede ihrer Bewegungen wird genau in Augenschein genommen. Doch dieser kleine Ort gehört allein Nimble, und er kann ihn überall hinbringen, wohin er will.

Ein Teil von mir, der wie eine Mahnung aus fernen Tagen ist, erwartet den Wachmann, der gleich kommt und den Bildschirm anstellt, damit wir die Nachrichtenübertragung sehen können. Aber es gibt keine Wachmänner. Es gibt keine Bildschirme. Hier gibt es nur etwas namens Transistorradio. Seine Knöpfe lassen es aussehen, als würde es eine ständig überraschte Miene machen. Und es teilt uns auch jetzt keine Nachrichten mit. Es spielt irgendwelche fröhliche Musik, die mich daran erinnert, dass das hier nicht mein Zuhause ist.

Celeste und Nimble sitzen am Kamin. Zwischen ihnen erheben sich Bücherstapel. Auf ihrem Schoß liegen aufgeschlagene Bücher, aber sie sehen sich an. Ich bekomme ein paar Wortfetzen mit. Könige. Tod. Irgendetwas, das sich Doppeldecker nennt. Sie ist fasziniert und aufgeregt.

Basil, Pen, Thomas und ich sitzen zusammen auf der weichen Unterlage. Man nennt das einen Teppich; er hat nichts mit den winzigen Läufern gemeinsam, die meine Mutter und Lex aus alten Lumpen webten. »Weißt du, woran mich das erinnert?«, fragt Pen.

»Jetzt sag nicht eine dazu passende Passage aus unserem Geschichtsbuch«, erwidert Thomas.

»Natürlich.« Sie hebt den Kopf. »Das ist wie die Geschichte der finsteren Zeit. Vor Hunderten von Jahren entdeckte Phinneas Hart eine Möglichkeit, die Energie der Sonne zu speichern und als Treibstoff zu benutzen. Das sollte Internment revolutionieren, aber sein gieriger Bruder, der Bankier, riet ihm, für die neue Technologie Geld zu verlangen. Der Gott des Himmels war über diese Zurschaustellung von Gier so erbost, dass sich der Himmel mit Wolken füllte. Und diese Wolken verhüllten die Sonne. Feldfrüchte verkümmerten. Die Kinder und die Ältesten erkrankten zuerst, aber langsam breitete sich die Krankheit auf alle aus.

Phinneas erkannte, was da geschah, und er ignorierte die Ideen seines Bruders. Monatelang schuftete er, um die Grundlagen für die Gläsländer zu schaffen, und dafür wollte er nicht einen Geldgutschein.«

»Ja, diese Geschichte konnte ich nie so richtig glauben«, meint Thomas.

»Weil du ein Heide bist«, sagt Pen. »Auf jeden Fall gab der Gott des Himmels das Sonnenlicht wieder frei, aber nur mit der Warnung, dass es kostenlos sein sollte. Beim kleinsten Anzeichen von Gier würde er den Menschen die Quelle dieser Gier wegnehmen. Darum ist es auch gegen das Gesetz, Wind- oder Solarenergie bezahlen zu müssen. Kein König darf so etwas bestimmen.«

»Warum erinnert dich das an die finstere Zeit?«, will Basil wissen.

Pen starrt ihren Verlobungsring an und dreht ihn ununterbrochen. »Eben darum. Das passiert aus Gier. Alles wird zerstört, bis es nichts mehr gibt, das man sich nehmen könnte.«

Thomas nimmt sie in den Arm und in einer seltenen Zurschaustellung von Zuneigung lehnt sie sich gegen ihn.

»So schlimm ist das nicht«, sage ich, obwohl ich es nicht so ganz glaube. »Der Boden ist viel größer als Internment. Diese Bomben können unmöglich alles vernichten.«

»Verstehst du es denn nicht?« Pen schüttelt den Kopf. »Dieser ganze freie Raum hat sie anmaßend gemacht. Sieh dir doch nur an, wie groß ihre Häuser sind. Sieh dir doch nur an, wie viele Kinder sie haben. Eine Rauchwolke und ein paar Explosionen sind nur der Anfang, Morgan. Diese Menschen sind zum Untergang verdammt, und es spielt nicht die geringste Rolle, wo wir herkommen. Jetzt sind wir darin verwickelt, und zwar wir alle.«

»Ich habe ja so ein Glück, mit einer Optimistin verlobt zu sein«, sagt Thomas.

Gereizt seufzt sie. »Dann nehmt mich eben nicht ernst. Ihr werdet schon sehen.«

»Ich nehme dich ernst, Pen. Ich mache mir nur Sorgen, dass du völlig die Kontrolle verlierst, wenn du so redest.«

Sie will ihm widersprechen, aber ich sage: »Lasst uns sehen, ob uns die anderen bei ihrem Spiel mitmachen lassen.«

Meinetwegen hört Pen mit der Debatte auf.

Die Brettspiele sind alle einfach, schnell und hirnlos. Birdie vergisst oft, dass sie dran ist, weil sie besorgt zur Tür starrt. Als sie sich endlich öffnet, fährt sie beinahe aus der Haut. Sie rennt los, um ihrem Vater den Mantel abzunehmen.

Nimble sieht von seinem Buch auf. »Was hast du herausgefunden?«

»Die Ufer sind zerstört«, sagt Jack.

»Das Krankenhaus?«

»Nein, aber das könnte nur eine Frage der Zeit sein.«

Marjorie, Riles und Annette machen große Augen, und Jack lächelt sie an. »Nichts, weswegen man sich Sorgen machen müsste, Kinder«, sagt er. »Das ist alles nur ein Spiel, das unser König Ingram mit König Erasmus spielt.«

»Was bekommt der Gewinner?«, will Annette wissen.

»Etwas sehr Kostbares. Einen sehr wichtigen Ort.« Er nickt Celeste zu, die auf der anderen Seite des Raumes aufsteht. »Prinzessin, wenn ich Sie unter vier Augen sprechen dürfte.«

»Aber natürlich.« Sie folgt ihm aus dem Zimmer, dicht gefolgt von Nimble. Birdie eilt ihnen hinterher, nur um die Tür vor der Nase zugeschlagen zu bekommen.

Stirnrunzelnd drückt sie das Ohr ans Holz und stolpert beinahe, als sich die Tür wieder öffnet und Nimble den Kopf durch den Spalt steckt. »Vater sagt, ihr sollt ohne uns essen.«

»Aber …«

Die Tür schließt sich wieder.

»Riles«, flüstert Birdie. Er hat bereits ihre Gedanken

gelesen. Er steigt auf die Sofalehne und klettert auf ihre Schultern. Er ist gerade groß genug, um einen Spalt an der Wand zu erreichen. Dort drückt er das Ohr gegen sein Trinkglas, das die Töne verstärkt, und lauscht. Offensichtlich haben die beiden daraus eine Wissenschaft gemacht.

»Worum geht es?«, will sie wissen.

»Keine Ahnung, sei still.«

Er lauscht noch ein paar Sekunden lang und Birdie streckt unbehaglich den Rücken. Ich bin gerade zu dem Schluss gekommen, dass sie sein Gewicht nicht länger tragen kann, als er nach unten klettert.

»Niemand ist gestorben«, sagt er. »Mehr konnte ich nicht verstehen. Das ist doch gut, oder?«

Birdie sieht besorgt aus. »Ich weiß es nicht.« Dann blinzelt sie ihre Melancholie weg. »Ich schulde dir nach dem Abendessen eine Portion Eis, aber verrate das nicht deinen Schwestern.«

»Immer wieder ein Vergnügen, mit dir Geschäfte zu machen«, sagt er.

5

»Das gefällt mir überhaupt nicht«, sagt Pen und schrubbt sich das Gesicht mit einem nassen Lappen ab. »Ihre Hinterhältige Hoheit spricht jetzt schon seit Stunden mit Jack Piper.«

Ich lehne mich in der entleerten Wanne zurück und lasse die Beine über den Rand baumeln. »Worüber sprechen die nur, was glaubst du?«

»Wenn sie schlau ist, verrät sie ihm nicht, wie Internment regiert wird. Aber sie ist so blöd wie ein Stein und sie hört sich gern reden.« Energisch fängt Pen an, ihr Haar zu flechten. »Wenn ich an meine Mutter und all diese Menschen dort oben denke, könnte ich … Ich ertrage es einfach nicht.«

»Was denn?«

»Wie machtlos sie alle gegen das sein werden, was ich heute gesehen habe. Eine Bombe und alles wäre weg. Und hier unten schießt man sie ab, als wäre das gar nichts.«

Sie lässt den Zopf fallen und bemüht sich, ihn zu richten, aber sie scheint ihre Hände nicht beruhigen zu können.

»Pen.« Ich greife nach ihr. Schmollend setzt sie sich

auf den Badewannenrand. Ich flechte ihr Haar. »Es ist völlig sinnlos, darüber nachzudenken. Alle Bomben des Bodens können Internment nicht erreichen. Nichts kann das. Nicht einmal dieser Vogel, den wir heute Morgen gesehen haben.«

»Nicht einmal wir«, flüstert sie gebrochen.

Ich lege die Arme um ihre Taille und ziehe sie zu mir in die Wanne. Damit hatte ich sie zum Lachen bringen wollen, aber sie lässt sich einfach nur gegen mich sinken.

»Erzähl mir noch eine Geschichte aus dem Geschichtsbuch«, sage ich. »Wie wäre es mit dem Baum, von dem endlos Früchte wuchsen, nachdem die Plage die Ernte zerstört hat?«

»Das war keine Plage. Das bringst du immer durcheinander. Es war eine Dürre. Die Seen wurden nicht aufgefüllt. Die Menschen verloren den Glauben an den Gott des Himmels. Fische verfaulten in der Sonne.«

»Und dann?«

»Du kennst die Geschichte.« Sie seufzt. Dann windet sie sich, bis sie sich aus der Badewanne befreien kann. »Ich gehe ins Bett.«

Sie streckt mir die Hand entgegen und ich lasse mich auf die Beine ziehen. Ich bin überhaupt nicht müde, aber es gibt nichts mehr zu tun. Je früher wir schlafen, desto schneller wird es morgen sein. Und vielleicht bekommen wir ja dann ein paar Antworten.

Als ich das Licht ausmache, ist Celeste immer noch nicht zurückgekehrt. Pens und mein Bett werden von einem kleinen Tischchen mit einem schwarzen Buch und einem

Wecker getrennt. In der Dunkelheit erscheint das Ticken viel lauter. Nur Pens Herumwälzen übertönt es.

Ich rege mich nicht. Ich fürchte die kommenden Tage, dafür sorgen meine Schuldgefühle. Falls diesen Krieg erleben zu müssen der Preis für meine Neugier ist, dann akzeptiere ich das. Aber Pen hat nie darum gebeten. Genauso wenig wie Basil und Thomas. Und sie sind alle meinetwegen hier, auf die eine oder andere Weise.

Leise quietschend öffnet sich die Tür und lässt den matten Glanz des Kaminfeuers unten in der Lobby herein.

»Das wird verdammt noch mal auch Zeit, Prinzessin«, murmelt Pen. »Wehe, du blendest uns mit dem Licht.«

»Ich bin es«, flüstert Birdie. »Es tut mir leid, aber Vater ist noch immer unten, und ich … Ich brauche diesen Baum.«

Sie klingt so ängstlich, wie ich mich fühle.

Ich setze mich auf. »Ist es dort draußen überhaupt sicher?«

»Das ist mir egal«, erwidert sie.

»Dann haben wir ja etwas gemeinsam«, sagt Pen. »Nimm uns mit.«

»Oder ihr verratet mich?«, sagt Birdie unglücklich.

»Natürlich nicht«, erwidert Pen. »Aber es wäre anständig von dir, uns einzuladen. Wir lassen dich ja auch unser Fenster benutzen.«

Birdie zögert. »In diesem Zimmer werdet ihr aber nichts Passendes zum Anziehen finden. Diese Kleider gehören alle meiner Mutter. Ich will sehen, ob ich etwas Besseres finde.«

Wir stopfen unsere Betten mit Kissen aus. Birdie ist

beeindruckt von der Sicherheit, mit der Pen und ich den Baum herunterklettern. Obwohl die Äste vereist sind. »Wir sind alle gute Kletterer«, sagt Pen und springt zu Boden. »Irgendwann kann man nur noch nach oben klettern und dann wieder nach unten.«

»Und wo geht es jetzt hin?«, will ich wissen.

»Wir müssen ein Stück gehen«, entschuldigt sich Birdie. »Aber im Hafen können wir die Fähre nehmen. Früher hat die um neun geschlossen, aber seit Kriegsbeginn hat der König beschlossen, dass die Stadt niemals schläft. Seiner Meinung nach zeigt das König Erasmus unsere Überlegenheit.«

»Selbst wenn gerade eine Bombe explodiert ist?«, frage ich.

»Dann erst recht. Das Cranlin wird bis zum Sonnenaufgang geöffnet sein. Das ist unser Kino. Habt ihr auf Internment Filme? Also sich bewegende Bilder?«

Ich stelle mir ein verschwommenes, schwarz-weißes Bild vor, so wie das Schulfoto von Daphne nach ihrer Ermordung. Ich stelle mir vor, wie sich das Bild bewegt und ihre stoisch blickenden Augen blinzeln. Es verursacht ein Frösteln. »Das klingt furchteinflößend.«

»Nicht im Mindesten!« Birdie lacht über Pens und meinen überraschten Ausdruck. »Das ist das Allergrößte.« Sie schlingt die Arme um unsere Hälse und zieht uns mit sich. »Anscheinend muss ich euch viel zeigen, Mädchen.«

Sie macht uns mit dem Hafen bekannt und der aufgewühlten Wasserfläche, die sie als Ozean bezeichnet. »Ist das ein großer See?«, fragt Pen.

»Viel, viel größer und voller Salz. Und das Meer enthält viel mehr Geschöpfe als Seen. Wale, Haie und Meerjungfrauen – die haben menschliches Haar, wisst ihr?«

»Unvorstellbar«, hauche ich.

Birdie hüpft und schaut zu den Lichtern, die über das Wasser auf uns zukommen. »Das ist die Fähre.«

Pen stößt mir den Ellbogen in die Seite. »Sieh doch nur!«

Aber ich versuche mir noch immer vorzustellen, was für ein Fisch wohl Menschenhaar haben könnte. Als ich den Blick auf das Wasser richte, scheint das Licht jetzt mit Strähnen gefüllt zu sein.

Über uns schwebt ein mit Kratern übersäter leuchtender Mond. Es ist so seltsam, wie er jetzt genauso nahe erscheint wie zu der Zeit, in der wir oben im Himmel lebten und die Wolken an der Stadt vorbeistrichen.

Die Fähre begibt sich hinaus aufs Wasser und lässt meinen Magen und die Lungen zurück auf dem trockenen Land. Wie schnell ich doch den Nachmittag mitsamt den Ängsten, die er brachte, vergesse. Pen und Birdie rahmen mich an der Reling ein. Wir halten nach Meerjungfrauen und Flossen Ausschau.

Pen sieht zwischen dem Hafen und den Stadtlichtern in der Ferne hin und her. Ich kenne sie. Sie verfolgt den Kurs und vertraut ihrem Gedächtnis Einzelheiten an, die den meisten entgehen würden. Sie wird tagelang Karten zeichnen. Schon als Kind fertigte sie Karten von jedem Ort an, an dem sie war, zeichnete sie mit Buntmalpens auf den Handrücken und an Wände, falls sie nicht rechtzeitig ein

Stück Papier fand. Das wurde ein Teil von ihr, so offensichtlich wie das Grün ihrer Augen. Und eines Tages wurde das zu ihrem Namen, was nie jemand infrage stellte. So sicher war das.

»Da ist eine!« Birdie zeigt auf eine Stelle, an der das Wasser voller Blasen ist. Da ist ein Kopf mit Haaren so silbrig wie das Licht auf dem Wasser zu sehen, und sobald er wieder untertaucht, blitzt eine Flosse von der Länge meines Unterarms auf. Pen quietscht vor Begeisterung.

»Sie kommen nie in Landnähe, und vermutlich werdet ihr ihre Gesichter nicht sehen, aber sie flirten gern.«

»Hast du je eine von ihnen aus der Nähe gesehen?«, frage ich.

»Einmal. Ich war mit Nim fischen und sein Haken verfing sich in ihrem Haar. Ich schwöre, sie stieß dieses Jammern aus, das man noch im Himmel gehört hat. Das hat ihn so erschreckt, dass er die Angel fallen ließ. Möglicherweise hatte sie es sogar darauf abgesehen. Sie sammeln gern Menschendinge. Was mich daran erinnert, passt auf euren Schmuck auf. Ich habe einmal gesehen, wie eine von ihnen in die Höhe schnellte und einer Frau die Perlenkette vom Hals riss.« Die Erinnerung lässt sie ihren Hut festhalten.

Pen und ich schließen die Fäuste um unsere Verlobungsringe.

Die Ozeanwellen schlagen gegen die Fähre. Sie sind viel aufgewühlter als bei unseren Seen. Das ist auch kein Wunder, wenn der Ozean mit so vielen schwimmenden Kreaturen gefüllt ist.

»Unter der Wasseroberfläche könnte es Städte geben«,

sagt Pen. »Eine ganze Gesellschaft mit Gebäuden, die aus Dingen von Menschen errichtet wurden.«

»Es gibt mehr Shrimps, als du je essen könntest«, sagt Birdie.

Pen verzieht das Gesicht. »Haben die auch Menschenhaare?«

Birdie lacht. Hier draußen erscheint sie nicht niedergeschlagen. Sie besteht nicht nur aus »Bitte« und »Danke« und »Ja, Vater«. Sie erzählt uns von allen Meeresgeschöpfen, die ihr einfallen – harte kleine Fische, die wie Sterne aussehen und wie Hände über den Meeresboden kriechen, und Wale, die ein ganzes Dorf verschlingen könnten, wenn sie wollten.

»Ein Fisch, der groß genug ist, um eine Person zu fressen.« Pen ist außer sich vor Begeisterung. »Was für ein abstruser Tod, im Verdauungstrakt eines Fischs zu sterben.«

»Wale sind keine Fische«, sagt Birdie, was eine noch absurdere Vorstellung ist.

»Du lebst in einer seltsamen Welt«, stellt Pen fest.

Die Fähre hält an, und sobald wir wieder an Land sind, stolpere ich schwindelig gegen die beiden, was uns alle kichern lässt. Ein paar Passanten starren uns an, aber das macht nichts. Wir sind jung, wie verzaubert und klimpern mit Perlen. Wir sind unberührbar.

Der Boden unter meinen Füßen ist mir sehr bewusst. Er ähnelt so gar nicht den Pflastersteinen in meiner Heimat. Stattdessen ist er fest und schwarz; seine Pfade breiten sich aus wie ein flachgedrückter Baum. Und sie alle führen zu hellen Lichtern, Musik und Möglichkeiten.

»Zum Kino geht es hier entlang.« Birdie zieht an unseren Händen.

»Es macht gar nicht den Anschein, dass ihr euch im Krieg befindet«, sage ich.

»So ist es König Ingram am liebsten«, sagt sie.

»Bist du ihm schon mal begegnet?«, fragt Pen.

»Oft sogar. Vater bringt ihn zum Essen mit, falls es etwas zu besprechen gibt. Das ist eine Ehre. Der König ist paranoid, was Gifte betrifft, und er vertraut nicht vielen Leuten, wenn es um die Zubereitung seines Essens geht.«

»Unser König kommt auch nicht oft an die Öffentlichkeit«, sagt Pen. »Er und seine Familie leben in einem Uhrenturm voller Verliese.«

»Wie mittelalterlich. Mädchen, wir sind da!«

Das Kino ist ein keilförmiges Gebäude, dessen obere Kante von einem hellen Lichtband gesäumt wird. Darin stehen die Worte »ETIENNE JONES DOPPELVORSTELLUNG«.

»Was für ein ungewöhnliches Schild«, sage ich.

»Das ist eine Laufschrift«, sagt Birdie. Sie gibt einem Mann hinter einer Glasscheibe ein paar Münzen und wir treten ein. Sie führt uns in einen schwach beleuchteten Raum voller Stühle, der bereits bevölkert ist. »Das wird euch gefallen«, verspricht sie.

Pen betrachtet die Mädchen in der ersten Reihe, die eine Flasche kreisen lassen. Ich kann von hier aus riechen, dass es sich um irgendein Tonikum handelt, das zu Hause nicht in der Öffentlichkeit erlaubt wäre.

Hier scheint sich niemand daran zu stören.

Ich räuspere mich laut. »Was war das noch mal für ein Name an dem Gebäude?«

»Etienne Jones«, sagt Birdie. »Sie ist der größte Star des Königreichs. Wartet, bis ihr sie gesehen habt.«

Ich starre den riesigen Bildschirm an, der die ganze Wand vor uns einnimmt wie ein Riesenfoto, das darauf wartet, entwickelt zu werden.

Dann wird der Bildschirm dunkel und die Musik fängt an. Pen hakt sich bei mir ein und drückt meinen Arm. Jetzt, wo sie guter Laune ist, scheint die Welt nicht mehr so furchteinflößend zu sein. Es gibt nicht nur Krieg und Vernichtung.

Der Film mit den beweglichen Bildern ist grau und sprunghaft. Lippen bewegen sich, dann erscheinen für uns die Worte, damit man sie lesen kann. Etienne Jones hat kurz geschnittenes Haar und dunkel geschminkte Augen; wenn sie die Straße mit klappernden Absätzen entlanggeht, drehen sich alle Männer nach ihr um, lassen Hutschachteln fallen und bekommen die Ellbogen ihrer Frauen zu spüren.

Aber das Bild ist lediglich eine Projektion. Der Bildschirm besteht nur aus Stoff. Und auch wenn unsere Bildschirme auf Internment bedeutend kleiner sind und niemals zur Unterhaltung genutzt werden, sind sie dennoch technisch weiterentwickelt. Ich frage mich, wie es sein kann, dass unsere winzige schwebende Stadt technologisch fortschrittlicher ist.

Stundenlang schauen wir dem Spektakel der fröhlichen Schauspieler auf der Leinwand zu, und unser Gelächter steigert sich zu einem Brausen, weil es mit dem aller anderen verschmilzt.

Als wir wieder auf der Straße stehen, habe ich nicht die geringste Ahnung, wie spät es ist.

»Ich habe diese Geschichte gehört, die ihr da erzählt habt«, sagt Birdie. »Von der finsteren Zeit und der Solarenergie.«

»Die steht in unserem Geschichtsbuch«, sagt Pen.

»Sie kennt die Geschichten alle auswendig«, sage ich.

»Habt ihr das riesige schwarze Buch auf eurem Nachttisch gesehen? Das ist *Das Buch allen Seins*«, sagt Birdie. »Vater besteht darauf, dass jeder Gast eins hat. Er glaubt, er kann jedermanns Seele retten. Ich persönlich halte das alles für einen Haufen Unsinn. Jedenfalls das meiste.«

»Wurde es so wie unser Geschichtsbuch von Propheten geschrieben?«, fragt Pen.

»Propheten, ja.«

»Und der Gott des Bodens hat ihnen gesagt, was sie schreiben sollen?«

»Nun.« Birdie überprüft ihr Spiegelbild in einem Schaufenster und fummelt an einer Haarlocke herum. »Wir sagen nicht ›Gott des Bodens‹. Es ist einfach nur ›Der Gott‹.«

»Nur den einen? Für den Boden und den Himmel und alles andere?«, fragt Pen.

»Ich glaube schon«, antwortet Birdie.

Pen sieht mich an, als wäre das das Dümmste, was sie je gehört hat, und vielleicht ist es das auch. In der Hoffnung, ein neues Thema zu finden, sehe ich mich um. Thomas hat recht. Das ist genau die Art von Gerede, das sie ausrasten lässt.

Eine Ablenkung in Form blecherner Musik, die aus einer offen stehenden Tür kommt, findet uns, ob sie nun willkommen ist oder nicht. Pen hält uns an und wirft einen Blick hinein. Es riecht nach Rauch und Tonikum. Gläser klirren, es wird gelacht. Tabletts befördern sprudelnde Getränke.

Pen ist wie hypnotisiert. »Was ist das?«, fragt sie und schlägt nach mir, als ich sie weiterziehen will. Ich folge ihrem Blick zu einer Frau, die auf einem Tisch steht und mit den Hüften wackelt. Perlen klirren als schimmernde Ovale an ihrem Hals und sie reißt ihr Bein in einem hohen Bogen über den Kopf eines liebeskranken Jungen. Ihre Lippen sind rot, und mir wird klar, dass Birdie versucht hat, ihrem Aussehen nachzueifern.

»Das ist ein Messingclub«, sagt Birdie. Ihre Stimme ist beinahe nicht zu hören.

Pens Augen funkeln, und sie macht einen Schritt darauf zu, aber Birdie zieht sie zurück. »Da können wir nicht rein«, stößt sie hervor.

Pen sieht die Hand, die sie festhält, tief enttäuscht an. »Warum nicht?«

»Es geht einfach nicht«, behauptet Birdie.

»Es muss spät sein«, sage ich.

»Wir müssen uns sowieso wieder reinschleichen«, meint Pen. »Warum also nicht noch etwas Spaß haben?«

Birdie stottert und blickt besorgt über die Schulter.

»Mach jetzt keinen Rückzieher«, mahnt Pen. »Ich habe gesehen, wie du nach Hause gekommen bist, nachdem die

Sterne schon zu Bett gegangen sind.« Und mit diesen Worten stürzt sie sich ins Getümmel.

»Es tut mir so leid, Birdie, manchmal ist sie einfach so«, sage ich und eile hinter Pen her. Ich will mir gar nicht ausmalen, welchen Ärger sie an so einem Ort bekommen könnte, an dem in jedem Glas Tonikum schimmert.

Pen ist bereits durch mehrere Vorhänge aus Rauch gestoßen. Sie hält direkt auf die Tänzerin zu, die hochgewachsen und so dürr ist, dass sie ausgehöhlt wirkt. Ein Mann am Tisch hält anscheinend ihre Schuhe in der Hand.

Die Tänzerin lächelt Pen an, und es ist, als hätten sie sofort etwas gemeinsam, denn unter der ganzen Schminke liegt Melancholie in ihrem Blick.

Aber vielleicht ist es auch meine Melancholie. Ich bin mir da nicht sicher.

Die Musik endet nicht, aber sie verändert sich. Die Tänzerin steigt vom Tisch, und dabei beugt sich der Mann mit den Schuhen vor, um einen Kuss zu erhalten. »Tut mir leid, Mac«, sagt sie mit einem breiten Lächeln. »Die Bank ist geschlossen.«

Birdie bleibt neben mir stehen, und wir beide sehen zu, wie sich die Tänzerin mit Pen unterhält. Ihre Worte verstehen wir nicht, aber sie legt die langen Arme um Pens Schultern und sagt etwas, bevor sie ihr einen Kuss auf die Wange gibt. Und dann ist sie weg und winkt mit ihren Schuhen über dem Kopf, um einen weiteren Tanz anzufangen.

Pen fährt trunken vor Glück auf dem Absatz zu uns herum.

Birdie und ich sind sofort an ihrer Seite.

»Was hat sie gesagt?«

»Du musst es uns verraten!«

»Sie sagte: ›Jetzt ist unsere Zeit gekommen, um Königinnen zu sein.‹« Das zu wiederholen, lässt sie den Kopf ein Stück höher tragen. »Und dann hat sie mir noch gesagt, keine Holzpennys zu nehmen.«

Ich habe nicht die geringste Ahnung, was das bedeuten soll, aber Pen strahlt. Mit einer Hand hebt sie drei fast leere Gläser vom Tisch der Tänzerin und drückt uns zwei davon in die Hände.

»Pen!«, sage ich.

»Was? Ist ja nicht so, als würde das noch jemand trinken. Kommt schon, einen Toast.« Sie hebt ihr Glas. »Auf die Krönung der drei Königinnen. Ach, macht nicht so ein Gesicht. Ihr werdet mich doch wohl nicht allein trinken lassen, oder?«

Misstrauisch hebt Birdie ihr Glas. Ich glaube, sie hat noch nie zuvor so etwas getrunken, obwohl das hier niemand ahnen würde; sie sieht so selbstbewusst aus. Ich hebe mein Glas, um ihr zu zeigen, dass das nicht so schlimm ist.

»Wie schmeckt das?«, fragt Birdie.

»Woher soll ich das wissen?« Pen lacht. Es ist ein schönes, freies Lachen. »Das ist deine Welt, nicht meine.«

»Also los«, sage ich. »Rein damit.«

Das Tonikum des Bodens brennt stärker als alles, was ich je auf Internment probiert habe, nicht einmal aus den unzähligen Flaschen, die Pen und ich fanden, nachdem wir das Schloss am Schrank ihrer Mutter geknackt hatten. Birdie hustet, und Pen klopft ihr voller Mitleid auf den Rücken.

»Kommt«, sagt Pen. »Suchen wir uns etwas Gelbes oder Pinkes. Nichts Pinkes ist jemals bedrohlich.«

Nach dem vierten oder fünften Glas hat Birdie aufgehört, das Zeug wieder auszuhusten, bevor sie es herunterschlucken kann. »Hier drin kann ich mich nicht einmal selbst denken hören.«

»Geht es nicht genau darum?« Pen macht die Tanzschritte nach, die sie die ganze Zeit beobachtet hat. Sie lassen sie verrückt aussehen, als wollte sie unsichtbare Käfer zertrampeln.

Ich lache. »Darum geht es also?«

»Ich glaube nicht, dass irgendjemand das weiß.« Sie schnaubt, was uns alle hysterisch kichern lässt. »Das Tanzen und die Musik und die Haare und die Kleider – das ist alles so herrlich geschmacklos.«

»Wir sollten wirklich gehen«, sagt Birdie.

»Für ein Mädchen, das sich nachts rausschleicht, bist du eine Spaßbremse«, meint Pen.

»Birdie hat recht«, sage ich.

»Morgan, gerade du solltest mehr als sonst jemand froh sein, dass wir hier sind. Hast du nicht dein ganzes Leben lang genau davon geträumt?«

Sie hat recht und doch irrt sie sich. So weit meine Erinnerung zurückreicht, habe ich vom Boden geträumt, aber nicht einmal die größte Vorstellungskraft in der Geschichte der Menschheit hätte das hier vorhersehen können. Es ist alles so hell und schnell und furchteinflößend.

»Tanz mit mir!«, sagt Pen und schnappt sich meine Arme. Ich weiche zurück und ziehe sie in Richtung Tür.

»Meine Freundin, du bist verknöchert«, sagt Birdie und kichert Pen an.

Ich weiß nicht, was das bedeutet, aber vermutlich trifft das auch auf sie zu.

Als wir nach draußen an die kalte Luft stürzen, breitet Pen die Arme aus und wirft den Kopf zurück. »Ich kann nicht glauben, dass wir damit in aller Öffentlichkeit durchgekommen sind.«

»Gibt es denn auf Internment keine Flüsterkneipen?«, fragt Birdie. Sie rutscht auf einem Stück Eis aus und ich schnappe mir ihren Arm.

»Da gibt es nur Flaschen, Schlösser und vorgezogene Vorhänge«, sagt Pen. Sie versucht auf der Bürgersteigkante zu balancieren, was ihr aber nicht gelingt. »Diese Kälte zieht das Feuer direkt aus meinen Adern«, murrt sie. »Ich glaube, ich bin schon wieder nüchtern.«

»Bist du nicht«, versichere ich ihr.

»Ich weiß nicht, wie ihr beiden das schafft«, sagt Birdie. »Der Boden schwankt.«

»Ist das nicht toll?« Mit einem Kreischen lässt sich Pen in einen Schneehaufen fallen. »Morgan ist eine kontrollierte Betrunkene«, sagt sie zu Birdie, während sie aufsteht.

»Von wegen kontrolliert«, sage ich. »Ich weiß nicht einmal, wo wir sind.«

»Ich schon, alles in Ordnung«, sagt Birdie. »Habt ihr so etwas schon oft getan?«

»Hin und wieder«, sage ich. »Nicht oft.«

»Nicht oft«, wiederholt Birdie und lässt meinen Akzent über die Zunge rollen.

»Nur, wenn wir zusammen sind«, sagt Pen. »Wir haben einen Pakt. Wir trinken niemals, um unsere Sorgen zu ertränken, und wir trinken nur gemeinsam.«

»Warum?«

»Weil es sonst gefährlich ist«, erkläre ich und kämpfe gegen ein Frösteln an, das nicht allein vom Wind stammt. Lex. An dem Tag, an dem wir erfuhren, dass Lex nie wieder würde sehen können, trank ich meinen ersten Schluck Tonikum. Meine Eltern hielten in seinem Krankenzimmer Wache und schickten mich nach Hause in die leere Wohnung. Aber Pen wartete auf den Stufen auf mich; sie nahm mich bei der Hand und führte mich zu unserer geheimen Höhle. In ihrer Tasche klirrten die Flaschen. Dieser Tag war wie ein Ozean, voller Kreaturen, die mich in ungewisse Tiefen ziehen wollten.

Es ist, als wüsste Pen, woran ich denke, denn sie legt den Arm um meine Schultern und gibt mir einen Kuss auf die Wange.

Dann sieht sie Birdie an. »Ich wüsste gern mehr über euren einsamen Gott.«

»Der Teil ist langweilig«, meint Birdie. »Die Einzigen, die mir aus dem Lehrstoff gefallen haben, sind die Wesenheiten.«

»Was sind Wesenheiten?«, frage ich. Ich hatte gehofft, Pen von der Trauer über unseren fernen Gott fernhalten zu können, aber wenn wir schon in dieser Welt leben müssen, sollten wir ihren Glauben kennenlernen.

»Sie sind wie Wächter«, sagt Birdie. »Sie machen die Elemente sicher. Sie sind die ersten Geschöpfe, die es auf der Welt gab, und alles stammt von ihnen ab.«

»Also sind die Wesenheiten menschlich«, sagt Pen.

Birdie schüttelt den Kopf, verliert das Gleichgewicht und kichert, als sie stolpert. »Da ist Aresi, die keinen Körper hat. Sie lebt im Wind und kann an tausend Orten zugleich sein. Dann ist da Terra, die Dinge wachsen lässt, und wenn Lebendiges stirbt, ist es ihre Aufgabe, ihren Geist ins Leben nach dem Tod zu führen.«

»Also ist es ihre Schuld, dass Internment am Himmel schwebt.« Ich lache.

»Sie muss uns nicht gemocht haben«, sagt Pen.

»Vielleicht hielt sie uns für tot, und die ganze Stadt blieb auf dem Weg ins Jenseits stecken.« Und nachdem ich diese Worte ausgesprochen habe, wird mir deutlich klar, wie betrunken ich noch immer bin.

»Weil ich am Wasser aufwuchs, musste ich viel über Ehco lernen«, fährt Birdie fort. »Als die Welt erschaffen wurde, war er das erste Geschöpf des Meeres, und er war so klein wie ein Wurm. Also fragte er Gott, warum er in dieser Wassermasse leben musste, und Gott erklärte es ihm. Wenn Er die Menschheit in die Welt setzen würde, würde sie manchmal Wünsche haben, die Er nicht erfüllen könnte. Und dann würde die Menschheit wütend auf ihn werden – und auch traurig, und dieser ganze Zorn und diese Trauer würden einen Ort brauchen, an den sie gehen konnten. Darum erhielt Ehco die Aufgabe, sie zu verschlingen und in seinem Körper zu bewahren, damit sie die Welt nicht zerstörten. Damals war er ganz klein, aber schon bald sollte der Ozean das Einzige sein, das groß genug war, um ihn aufzunehmen. Schließlich teilte er sich selbst in mehrere Stücke – ein Stück in jedem Ozean.«

Pen verdreht den Hals, um einen Blick auf das Wasser in der Ferne werfen zu können. »Euer Ozean scheint endlos zu sein, aber bestimmt wäre er nicht groß genug, um sämtliche Wut und Trauer der Welt aufzunehmen.«

»Das sind nur Geschichten. Die Menschen widmen ihnen ihr Leben. Mein Vater ließ uns Teile vom *Buch* auswendig lernen, aber ich habe schon als kleines Mädchen nicht daran geglaubt. Ausgenommen vielleicht an Ehco.«

»Warum gerade Ehco?«, will ich wissen.

»Begegne ich Zorn und Trauer, kann ich einfach nicht glauben, dass sie völlig umsonst gewesen sein sollen. Mir gefällt die Vorstellung von dem großen Ungeheuer im Meer, das alle schlechten Gedanken behält, damit wir sie loslassen können.«

Sie ist einen Schritt langsamer geworden, und Pen und ich nehmen sie bei den Händen, um zurück ins Hotel zu kommen.

•••

Ich hatte befürchtet, mich bei unserer Rückkehr an der Prinzessin vorbeischleichen zu müssen, aber ihr Bett ist leer und ordentlich gemacht. Das graue Licht des frühen Morgens folgt uns durch das Fenster hinein.

»Sie kann unmöglich immer noch bei deinem Vater sein«, sagt Pen.

Birdie öffnet die Tür und wirft einen Blick in den Korridor. »Nein. Der Kamin ist aus«, flüstert sie. »Vater macht ihn immer aus, bevor er zu Bett geht.« Sie torkelt in einer unerfreulichen und vertrauten Weise und eilt mit vor den Mund gehaltener Hand zum Wasserraum. Hier nennt man das Badezimmer, aber das ergibt irgendwie nicht viel Sinn, denn die Badewanne ist nur ein kleiner Teil der Verwendung dieses Raums.

Stöhnend lässt sich Pen vornüber aufs Bett fallen. »Ich würde ja sagen, dass ich das morgen früh spüren werde, aber es ist bereits morgen, und ich spüre es.«

Ich helfe ihr unter die Decke. »Was glaubst du, womit die Prinzessin beschäftigt ist?«, murmelt sie in ihr Kissen.

Dankbar lasse ich mich auf mein Bett fallen. »Was auch immer es ist, wir dürfen uns nicht anmerken lassen, dass wir ihre Abwesenheit bemerkt haben.«

»Sie ist nur eine Prinzessin«, sagt Pen. »Vergiss nicht, wir sind jetzt Königinnen.«

Ich schließe die Augen und sehe Internment in Silber gehüllt vor mir. Jeder hat schwarze Lippen und bemalte Augen. Der Zug fährt quer über die Leinwand, und bei seinem letzten Wagen bin ich schon nicht mehr wach.

6

»Los, aufstehen!«, ruft Annette und klopft an unserer Tür, während sie ihre Runde durch das Hotel macht. Seit unserer Ankunft hat sie das jeden Morgen getan. Der Satz scheint tausend Mal widerzuhallen, während sie gegen alle Türen pocht.

Pen stöhnt und zieht sich die Decke über den Kopf.

Im Nebenbett regt sich Celeste. Sie muss irgendwann reingekommen sein, nachdem sich Pen und ich reingeschlichen hatten. Sie beklagt sich nicht, aber ihre aufgedunsenen Augen verraten mir, dass es ihr noch schlechter geht.

»Morgan«, sagt sie. »Hat dir dein Vater jemals etwas über die Glasländer erzählt?«

»Warum sollte er?« Ich verdrehe den Kopf, um mich im Spiegel zu sehen, und der Anblick reicht, um im Bett bleiben zu wollen.

»Ich hatte gedacht, er wäre als Wachmann vielleicht dorthin gerufen worden.«

»Er hat mit mir nicht über seine Arbeit gesprochen.« Das Dröhnen in meinem Kopf stiehlt die Aufmerksamkeit von dem Schmerz in meiner Brust; sie spricht so gleichgültig über meinen Vater, dabei ist ihr Vater für seinen Tod verantwortlich.

Celeste tritt hinter die Trennwand, im nächsten Augenblick fliegt ihr Nachthemd über den Rand.

»Ich schätze mal, dass du nicht viel über die Arbeit deines Vaters weißt, Margaret«, sagt sie.

»Nenn mich nicht so, niemals«, befiehlt Pen unter der Decke. »Und woher willst du wissen, was ich über die Arbeit meines Vaters weiß?«

»Ich weiß über die Menschen von Internment Bescheid«, erwidert Celeste vorlaut.

»Nun, dann weißt du ja auch, dass du meiner Meinung nach aus diesem Fenster dort springen solltest. Und zwar mit Anlauf.«

»Er arbeitet dort, richtig?« Celestes herablassende Fröhlichkeit lässt sich von Pens Tonfall nicht aus der Ruhe bringen. »Ich habe heute eine Audienz beim König, und hätte eine von euch über ein paar Informationen verfügt, die Seine Majestät nützlich finden würde, hätte ich sie benutzen können. Ehrlich gesagt macht mich die Vorstellung, allein gehen zu müssen, etwas nervös.«

Pen setzt sich auf. Ihr Haar ist ein blondes, von einem Stromschlag getroffenes Tier auf ihrem Kopf. »Der König? Wie hast du das denn geschafft?«

Celeste kommt hinter der Trennwand hervor und greift nach der Bürste auf ihrem Nachttisch. »Ganz egal, was du von mir hältst, Pen« – sie betont den Namen –, »ich bin die Tochter eines Königs. Und das hier ist ein Krieg. Ich bin die Einzige, die im Namen meines Vaters verhandeln kann.«

Plötzlich ist Pen ganz nüchtern. Sie wirft die Decke zurück und steht auf. »Es kann unmöglich dein Ernst sein, Internment in dieses Chaos hier unten verwickeln zu wollen. Du glaubst doch wohl nicht, dass dein Vater das will.«

Celeste lacht den Spiegel an. »Ich glaube, ich kenne meinen Vater besser als du. Und ich habe die Absicht, König Ingram seine Unterstützung zu übermitteln. Mein Bruder, der Prinz, würde mich unterstützen.« Ihr Blick ruht auf Pen. »Aber er ist nicht hier.«

Pen greift nach dem Kragen und zerknüllt ihn. »Das ist nicht Internments Krieg. Glücklicherweise können die Menschen des Bodens Internment nicht erreichen, sonst würden sie es vernichten.«

Celeste lächelt. Es ist ein hoffnungsfrohes, träumerisches Lächeln. »Aber bald wird ihnen das möglich sein. Sie haben mechanische Vögel – sie bezeichnen sie als Flugzeuge. Die können fast so hoch fliegen wie Internment. Und jeden Tag lernen sie mehr und verbessern sie. Es ist nur eine Frage der Zeit.«

Pen sieht aus, als würde sie sich gleich übergeben. Sie hat recht. Man könnte Internment ganz leicht vernichten; der Kriegsführung des Bodens ist es nicht gewachsen.

Aber Celeste könnte ebenfalls durchaus recht haben und dieser Gedanke lässt mein Blut erstarren.

»Also hat Pen offensichtlich kein Interesse.« Celeste wendet sich mir zu. »Was ist mit dir, Morgan? Ich könnte eine Mitbürgerin von der magischen schwebenden Insel gebrauchen.« Der Name, den man uns verliehen hat, lässt sie unwillkürlich kichern. »Als Tochter eines Wachmanns weißt du bestimmt mehr, als du zugibst.«

»Ja«, sage ich. »Ich würde gern mitgehen. Danke.«

Pen will etwas sagen, aber dann schließt sie den Mund wieder und eilt aus dem Zimmer. Das Geräusch der zuschlagenden Wasserraumtür lässt mich zusammenzucken.

Celeste legt die Bürste weg. »Wir sehen uns beim Frühstück«, sagt sie fröhlich.

Ich finde Pen auf dem Badewannenrand sitzend vor; ihre Augen tränen, ihr Gesicht ist gerötet. Ich kann riechen, dass sie sich eben übergeben hat. Es ist nicht nur das Tonikum – das verträgt sie ganz gut –, es ist der Gedanke, ihr Zuhause ein zweites Mal zu verlieren.

»Das können sie nicht«, flüstert sie. »Sag mir, dass sie Internment nicht erreichen können.«

»Ich finde heraus, was ich kann«, verspreche ich, tauche einen Waschlappen in kaltes Wasser und gebe ihn ihr. »Brechen wir nicht in Panik aus, bevor ich den König gesehen habe.«

Mit blankem Entsetzen in den Augen starrt sie mich an.

»Pen? Ich suche dir jetzt etwas zum Anziehen heraus, dann gehen wir zum Frühstück. Und wir verfallen nicht in Panik.«

Wie benommen nickt sie.

»Sag es.«

»Wir verfallen nicht in Panik«, wiederholt sie.

Nach einem tiefen Atemzug ist sie bereit, sich dem Morgen zu stellen.

Basil und Thomas warten unten an der Treppe. »Guten

Morgen«, sage ich vielleicht zu fröhlich und küsse Basil auf die Wange.

Ich gebe Pen einen Ellbogenstoß, was sie dazu verleitet, Thomas einen ausdruckslosen Blick zuzuwerfen. Aber vielleicht ist da auch Besorgnis, denn er mustert sie scharf, als auch sie »Guten Morgen« sagt. Das sehe ich sofort.

Basil sieht mich auf die gleiche Weise an.

»Na schön«, sage ich. »Birdie hat uns gezeigt, wo die Tonika stehen, und wir waren noch lange in ihrem Zimmer und haben uns bei einer Flasche unterhalten.«

Es überrascht mich, wie leicht mir die Lüge über die Lippen kommt. Ich habe Basil noch nie angelogen. Aber wenn die Menschen vom Boden in der schwebenden Insel Magie zu finden glauben, sind sie vielleicht zu blind, um die Magie zu erkennen, die sich in dieser Stadt verbirgt. Auf silbernen Leinwänden und Messingclubs, in den wunderschönen Dieben, die im Ozean leben und gestohlene Gegenstände der Menschenwelt in Tiefen bringen, die nicht mal das Sonnenlicht mehr erreichen kann.

Ich verspüre ein unerklärliches Bedürfnis, diese Magie zu beschützen. Oder sie für mich selbst zu behalten, versteckt in dem Blut, das mein pochendes Herz umspült.

Pen hat nicht das geringste Problem mit der Lüge. Geheimnisse haben sie schon immer getröstet. »Sieh mich nicht so an«, sagt sie zu Thomas und zeigt ihm den Rücken ihrer Ringhand. »Ich habe meine Jungfräulichkeit nicht bei einem Kartenspiel verloren. Ich bin noch immer deine Verlobte, ganz egal, wie tief wir aus den Wolken gestürzt sind.«

Ich habe nicht die geringste Ahnung, warum ich das so

witzig finde. Vielleicht hat sie es gesagt, um mich zu amüsieren.

Thomas räuspert sich, dann blickt er von Pen zu mir. »Es heißt, ihr werdet heute Morgen König Ingram kennenlernen.«

»Morgan tut das«, sagt Pen. »Ich will nichts damit zu tun haben. Das macht mich alles krank.«

Mehr will sie nicht zu dem Thema sagen. Sie drängt sich zwischen den Jungs vorbei und geht ins Esszimmer. Das ist seine Bezeichnung. Hier gibt es so viele Zimmer, dass man nicht in der Küche essen muss, wo die Mahlzeiten zubereitet werden.

Thomas blickt ihr stirnrunzelnd nach.

• • •

Im Wagen hakt sich Celeste bei mir ein und kreischt aufgeregt.

Zwei Schulmädchen. Was für ein Publikum für einen König, der mehr Land kontrolliert, als für eine Person gut ist.

Jack Piper sitzt am Steuer, während Nimble uns die Sehenswürdigkeiten erklärt. Er ist gut gelaunt, aber ich sehe nur weitere Ziele für Bombenangriffe. Das Ufer ist kaum erwähnt worden und über die Opfer ist kein Wort gefallen.

»Das ist unser Hospital«, sagt Nimble. »Saint Croix.«

Wenn das Hotel die Größe einer Stadt hat, beansprucht das Krankenhaus die Größe von zehn für sich. »Morgan«, sagt Celeste. »Dein Bruder ist doch Mediziner, nicht wahr?«

Mir gefällt gar nicht, mit welcher Selbstverständlichkeit sie heute Morgen ständig über meine Familie spricht.

»Das war er. Bevor er sein Augenlicht verloren hat.«

»Der Mann, der sein Zimmer nie verlässt?«, fragt Nimble. »Das ist dein Bruder? Der mit der Rothaarigen verheiratet ist?«

»Ja.« Dann füge ich schnell hinzu: »Wie lange gibt es euer Krankenhaus denn schon?«

»Es wurde in dem Jahr eröffnet, in dem Riles geboren wurde. Seitdem scheint man es jedes Jahr zu vergrößern.«

Celeste beugt sich näher heran. »Ich will, dass wir Freundinnen werden.« So leise, wie sie es sagt, ist es nur für meine Ohren bestimmt. »Ich kann Menschen toll einschätzen, und ich habe ein bestimmtes Gefühl, was dich angeht.«

Ich habe die Stunden nicht vergessen, die ich gefesselt im Uhrenturm saß, während sie und ihr Bruder mir Weintrauben brachten, als wäre ich ein Schoßtier oder ein Spiel. Aber das scheint jetzt alles so weit weg zu sein. Es geschah an einem Ort, den ich nicht einmal sehen kann, wenn ich danach Ausschau halte, denn der Himmel ist ständig bewölkt. »Ich finde es mutig von deinen Eltern, bei der Konstruktion dieses Metallvogels mitgemacht zu haben«, sagt sie. »Es tut mir leid, dass sie nicht hier sind. Das ist mein Ernst.«

»Danke«, erwidere ich, weil mir die passenden Worte nicht einfallen wollen. Mein Kopf schmerzt, mein Mund fühlt sich an wie mit Schafswolle gefüllt. Ich muss an die betrunkene und in Qualm und Lärm tanzende Pen denken, die vergessen wollte, was wir hinter uns zurücklassen mussten. Und an den blauen Vogel, der über unsere

Köpfe hinwegschwebte, ohne sich seiner Großartigkeit bewusst zu sein oder sich für die albernen Sorgen der Menschen zu interessieren.

»Mir tut es auch wegen deines Bruders leid«, sage ich zu Celeste, weil es richtig erscheint. Obwohl ein Teil von mir der Ansicht ist, dass er durchaus verdient hat, was Pen ihm angetan hat.

Celeste lächelt durchtrieben. »Er wird ja so eifersüchtig sein, wenn ich ihm von diesem Ort erzähle. Wir haben immer schon sehr miteinander gewetteifert.«

»Ist dir je die Möglichkeit in den Sinn gekommen, dass wir es nicht zurück schaffen?« Die Frage entschlüpft mir einfach.

»Natürlich nicht.« Die Prinzessin blinzelt nicht einmal. »Hab etwas Vertrauen.«

»Zu wem?«

»Nun.« Sie zieht die Brauen zusammen. »Dazu, wie sich die Dinge nun einmal entwickeln, schätze ich. Und zu mir.«

Ich erwidere ihr Lächeln. Wir sind alle zum Untergang verdammt.

Wir fahren durch die Straßen, in denen sich Pen, Birdie und ich vergangene Nacht herumgetrieben haben. Wir passieren Frauen in langen Mänteln, die eine Fundgrube an Knöpfen sind, mit Hüten, die aussehen wie zusammengefaltetes Papier und mit Blumen und großen weißen Kügelchen versehen sind, die Birdie als Perlen bezeichnet hat. Auch sie sind ein Schatz des Meeres.

Celeste keucht auf und legt beide Hände gegen die

Scheibe, als wir an einem Laden voller Pelzmäntel vorbeifahren. »Was für Tiere haben denn solche Pelze?«

Nimble sieht sie an. »Magst du Pelze?«

»Nicht nur Pelze. Wenn ich ein Tier selbst töten kann, ist alles daran zu verwenden«, sagt sie. »Mein Bruder schnitzt mir Glücksbringer aus den Knochen.«

Sie sagt das, als wäre es die natürlichste Sache auf der Welt.

»Nur nichts verschwenden, was?«, fragt Nimble.

Sie lächelt und zupft an einer Locke.

Die Stadt ist wie ein riesiges, schuppiges, schlafendes Geschöpf angelegt. Die Gebäude werden größer und wieder kleiner, dann werden sie weniger, bis nur noch ein verschneites Feld zu sehen ist, das kein Ende zu haben scheint. Diese ganze Leere ist so furchteinflößend. Sollte ich den Wagen verlassen, wird sie mich verschlingen und ich zu einem Nichts werden. So fühlt sich das an.

Jack und Nimble unterhalten sich über das Ufer. Celeste sagt nichts, aber ich sehe, wie sie zuhört und in sich aufnimmt, was sie kann. Geld scheint das Wichtigste dabei zu sein, so wie die Dinge hier unten gehandhabt werden. Auf Internment muss man sich kaum darüber Sorgen machen. Solange wir Arbeit haben, stellt man uns ein Apartment zur Verfügung und gibt uns jede Woche ein paar Geldgutscheine, um Lebensmittel und irgendwelchen Schnickschnack zu kaufen, auf den wir Lust haben. Die Vorstellung, dass jemand mittellos sein könnte, fällt auf schreckliche Art auf diesen König zurück, dabei habe ich ihn noch nicht einmal kennengelernt.

Am Horizont zeichnet sich nun eine andere Stadt ab,

deren Spiegelbild in dem sie umgebenden Wasser wie ein eifersüchtiger Zwilling wirkt.

»Ist das die Hauptstadt von Havalais?«, frage ich.

Nimble kichert. »Das ist das königliche Schloss.«

Pen hielt das Hotel schon für zu protzig, aber das hier hätte sie in Rage versetzt. Womit könnte man nur all diese Zimmer füllen? Ein König könnte sein ganzes Leben lang an diesem Ort leben und würde trotzdem nicht genug Zeit haben, aus allen Fenstern zu blicken.

Ich stelle mir einfach vor, dass es eine Stadt ist. Ich stelle mir vor, dass das Wasser der Himmel ist und wir nach Hause kommen.

»Das ist wunderschön«, sagt Celeste. Anscheinend will sie so tun, als wäre sie als Adlige nicht in einem archaischen Uhrenturm groß geworden. Aber in unserer Welt sind Schlösser eine Fantasie, vielleicht sogar ein Mythos. Wir begegnen hier etwas weit jenseits dessen, das man uns vorzustellen beigebracht hat. Zumindest das haben sie und ich gemeinsam.

Wir passieren eine Reihe Tore; als wir die Brücke überqueren, die das Königsschloss von seinem Königreich trennt, treten Männer aus Türen, die so groß sind wie ganze Apartments, und weisen Jack an, wo er parken soll. Celeste winkt einem von ihnen zu. Er fängt ihren Blick auf, bleibt aber reglos. Die Männer des Königs sind stoisch.

Es sind fünf Männer nötig, um uns zu den Türen zu geleiten, zwei Männer, um diese Türen zu öffnen, und vier, um uns die Mäntel abzunehmen. Man führt uns über Pfade aus gemusterten Teppichen, vorbei an Porträts und

Blumen und Tapeten, deren Blumen und Wirbel funkeln, wo das Sonnenlicht auf sie trifft.

»Seine Majestät wird Sie gleich empfangen«, sagt einer der Männer mit einer steifen Verbeugung. »Bitte nehmen Sie Platz.«

Ich bin mir nicht sicher, warum Celeste den starken Drang verspürt, dass wir Freundinnen sein sollen, aber sie spielt die Rolle äußerst pflichtbewusst und setzt sich dicht neben mich auf das Sofa. Sie richtet meinen Rocksaum. Birdie zufolge gehören diese Kleider ihrer Mutter. Sicherlich erkennt Jack Piper sie, aber er lässt sich nichts anmerken. Vielleicht bleiben die Frauen wirklich nur so lange, bis sie Eier gelegt haben.

»Was gibt es zu grinsen?«, fragt Celeste.

Ich räuspere mich. »Nichts.«

»Seid nicht nervös«, sagt Nimble. »König Ingram ist zwanglos. Ihr braucht keinen Knicks zu machen oder dergleichen.«

Ich frage mich, wie hier unten wohl die Definition von zwanglos aussieht. König Furlow hätte auch keinen Knicks erwartet. Und auch wenn dieses Schloss riesig ist, erscheint es albern, sich je gewünscht zu haben, eins zu besuchen. Es ist unvernünftig groß und drinnen völlig seelenlos. Vielleicht hatte ich auf etwas Magisches oder Historisches gehofft, aber ich sehe nur Gier. Ich würde den Uhrenturm vorziehen, der vor Hunderten von Jahren Stein für Stein gebaut wurde, und zwar nicht allein für den König und die Königin, sondern für unsere ganze Stadt.

Meine Eltern starben, weil sie zum Boden wollten, und

mein Bruder und Amy haben sich bei dem Versuch, nur einen einzigen Blick darauf zu erhaschen, ihr Leben lang verstümmelt. Aber jetzt frage ich mich, ob die Lage auf Internment so schlimm war wie diese Ereignisse.

Ich fühle mich schuldig, weil ich so wütend auf meine Eltern und meinen Bruder war. Das lässt meine Gedanken verstummen.

Die Türen öffnen sich mit einem theatralischen Ächzen. Celeste steht auf und zieht mich mit sich. Ihre Augen strahlen. »Euer Majestät«, sagt sie mit einem Nicken, das die perfekte Mischung aus kühl und freundlich ist.

Der König ist trotz der Pracht seines Heims unscheinbar. Er ist klein und schmal, das Haar ist glatt zurückgekämmt und im Nacken gelockt. Er trägt einen dunklen Anzug mit aufwendigen kupferfarbenen Aufschlägen, die über seine Schultern führen. Wo Nimble zwei runde Gläser vor den Augen trägt, hat König Ingram nur eines, das mit einer Goldkette an einer Tasche befestigt ist. Er hält es vor das linke Auge, während er uns mustert.

»Ich bin wohl in der Gegenwart von zwei Prinzessinnen?« Er setzt sich in einen Stuhl, der in einem Lichtstrahl steht. Es sieht sehr arrangiert aus.

»Sie schmeicheln mir, Euer Majestät«, sage ich. Die Worte liegen sauer auf meiner Zunge. »Aber es gibt nur eine Prinzessin von Internment und sie steht neben mir.«

»Celeste Furlow«, sagt sie. Ihr Lächeln ist etwas angespannt. An Förmlichkeiten ist sie gewöhnt, aber nicht einmal sie kann sich sicher sein, was sie von dem Benehmen dieses Königs halten soll.

Ich fange an, sie zu mögen.

»Sie sind unsere Hausgäste«, sagt Nimble und blinzelt ihr zu, als er glaubt, dass es niemandem auffallen wird. »Und die Prinzessin war ganz besonders daran interessiert, bei den Kriegsanstrengungen zu helfen.«

»Sie kommen also von der schwebenden Insel, wie mir Mr Piper berichtet hat.« König Ingram bedeutet uns, uns zu setzen. »Ich war draußen, um mir dieses Ding anzusehen, das Sie in unser bescheidenes Königreich gebracht hat. Was für eine Art Flugzeug ist das?«

Nach einigem Schweigen begreife ich, dass ich die Einzige im Raum bin, die darauf antworten kann.

»Der Professor hat es nie als Flugzeug bezeichnet, Euer Majestät. Tatsächlich kennen wir dieses Wort auf Internment nicht.«

»Was sie damit sagen will, Euer Majestät, wir haben noch keine Flugzeuge gebaut«, sagt Celeste, eifrig darauf bedacht, die Integrität unserer Stadt zu bewahren. Ich höre ihr ihre Verlegenheit an und sie macht mich zornig. Internment ist ein großartiger Ort, und sie sollte stolz darauf sein, es als ihr Zuhause zu bezeichnen. Sie sollte es zumindest ein bisschen vermissen. Wie könnte sie nicht? Jedes Mal, wenn ich zum Himmel blicke und entdecke, dass die Wolken es vor mir verbergen, ist das wie ein Messerstich ins Herz. Ich fühle mich verstoßen.

»Internment hat nicht vor, ein Flugzeug zu bauen«, sage ich. »Unsere Stadt wird von Winden umgeben, und jeder, der versucht, sie zu verlassen, wird entweder verletzt oder getötet.«

»Unsinn«, sagt der König. Allerdings betrachtet er mich interessiert. »Wenn das der Fall ist, wie können Sie dann hier sein?«

Ich bin mir nicht sicher, ob ich ihm von der Rebellion erzählen soll oder von König Furlows schmierigem Verhalten. Ich stelle Celestes Verhalten infrage, bin aber noch nicht bereit, ihre Behauptung, die beiden Städte könnten irgendwie zusammenarbeiten, so einfach abzutun. Also sage ich nur: »Es war ein Experiment, das seit mehreren Jahrzehnten vorbereitet wurde. Der Professor entsann eine Möglichkeit, sich einen Weg durch den Boden der Stadt zu graben. Er hält eine Rückkehr für unmöglich. Zumindest mit seiner Maschine.«

Das Auge des Königs funkelt interessiert hinter seinem Glas, und ich erkenne, dass ich zu viel verraten habe. Denn er sagt: »Sie alle verließen Internment in der Erwartung, es niemals wiederzusehen?«

»Was sie sagen wollte …«, beginnt Celeste, aber der König unterbricht sie.

»Sie müssen nicht für sie sprechen. Sie ist nicht stumm. Fahren Sie fort, Miss …«

»Stockhour«, sage ich. »Morgan Stockhour, Euer Majestät. Und ich meinte … Nun, ich glaube, man könnte uns als Forscher betrachten.« Es ist ein schwacher Versuch, das schönzureden, was ich getan habe.

Celeste mischt sich schnell ein. »Wir haben Fernrohre – so wie die, mit denen Sie die Sterne und unsere Insel betrachten. Die Könige von Internment studieren Ihre Technologie seit Generationen. Wir waren zuversichtlich, dass Sie bald eine Möglichkeit finden, uns zu erreichen.«

Fehlerlos. Sie muss sich zurechtgelegt haben, was sie sagen wird. Recht stolz auf sich, hebt sie den Kopf.

»Also sind Sie nach unten gekommen, um uns willkommen zu heißen.« König Ingram klingt skeptisch.

»Da ist noch etwas anderes«, sagt Nimble. »Ihre Hoheit ist zu bescheiden, um es von selbst anzusprechen.«

»Ach?«, fragt der König.

Celestes Gesicht nimmt einen argwöhnischen Ausdruck an. Steif und förmlich sitzt sie da, die Hände im Schoß gefaltet. »Wie Sie sich vorstellen können, bleibt bei Internments geringer Größe wenig Raum für Fortschritte.« Sie senkt den Blick, sammelt sich und schaut dann den König an. »Meine Mutter, die Königin, ist sehr krank. Ohne Behandlung wird sie bald sterben.«

Und mit diesen wenigen Worten ergibt alles einen Sinn. Die Betäubungspfeile und meine Geiselnahme, um mir Informationen abzupressen. Ihrem Vater oder den Wachmännern die Wahrheit zu verschweigen, nachdem wir geflohen waren und dabei ihren Bruder verletzt hatten. Sich in den Vogel zu schleichen und Thomas ein Messer an die Kehle zu halten, damit wir sie nicht herauswarfen.

Sie war keine verzogene Prinzessin, die mit ihrem kleinen Paradies unzufrieden und auf größere Dinge aus war, und sie versuchte auch nicht, uns zu quälen wie das Wild, das sie zum Vergnügen jagte. Sie war verzweifelt.

König Ingram versteht das als politischen Schachzug.

»Wir wissen, dass Sie keine Schwester haben. Gibt es einen Prinzen?«

»Ja, meinen älteren Bruder.« Celeste zögert. »Er ist im Moment krankheitsbedingt verhindert.«

König Ingram schiebt das Glas in die Brusttasche. »Also habe ich Internments voraussichtliche Erbin in meinem Salon sitzen?«

»Ja«, sagt sie mit einiger Überwindung. »Wenn Sie es so ausdrücken wollen.«

»Es ist unerheblich, wie ich es ausdrücken möchte«, erwidert der König. »Ihre Mutter stirbt, und Ihr Bruder ist nicht in der Lage, den Thron zu übernehmen.«

»Nicht im Augenblick, Euer Majestät, aber …«

»Also sind im Augenblick Sie diejenige.« Er lächelt und die Falten seines Gesichts breiten sich aus. Er bricht in ein Lachen aus, das, weil es von einem so zierlichen Mann kommt, überrascht. »Ich finde, Sie sollten mit beiden Händen zupacken. Sie sind die einzige Hoffnung Ihres Königreichs. Ja, ich glaube, wir können zusammenarbeiten. Ich wäre ein Narr, würde ich darauf verzichten.«

Ich weiß nicht, was er damit meint. Ich weiß nur, dass ich die Vorstellung, ihn mögen zu können, aufgegeben habe.

Das Gespräch wendet sich Flugzeugen, Doppeldeckern, Flughöhen und Atmosphären zu. Dem König zufolge sitzt Internment in einer Höhe von 35 000 Fuß oberhalb der Troposphäre, in einer Zone, die man Stratosphäre nennt. Die mächtigsten Fluggeräte des Königreichs schaffen im Augenblick kaum, die Troposphäre zu verlassen; die Stratosphäre überstehen sie sowieso nicht. Aber eine neue Art von Flugzeug ist im Gespräch, das Internment möglicherweise erreichen könnte. Er bezeichnet es als Jet.

»Wir haben uns alle möglichen verrückten Hoffnungen gemacht, die schwebende Insel besuchen zu können«, sagt König Ingram. »Aber dann begann der Krieg und wir mussten uns um wichtigere Dinge kümmern. Zwischen den Königreichen Havalais und Dastor liegt ein Archipel. König Erasmus und ich sind, sagen wir, geteilter Meinung, wem es gehören soll.«

»Ein Archipel ist eine Inselgruppe«, erklärt Nimble.

»Ja, vielen Dank, das habe ich verstanden«, sagt Celeste, obwohl ich mir da gar nicht so sicher bin. Es gibt keinen Grund, warum wir so etwas wissen sollten. Ich habe gerade erst gelernt, was ein Ozean ist. Celeste sieht den König an. »Verstehe ich das richtig? Dieser Krieg dreht sich nur um eine Inselgruppe?«

»Es sind nicht die Inseln«, erwidert der König. »Sie sind zu klein, um bewohnt werden zu können. Aber dort gibt es etwas Kostbares. Im Erdboden gibt es eine natürliche Substanz, die sich Phosan nennt. Als Gestein ist es nicht von großem Nutzen. Aber sobald es geschmolzen und raffiniert ist, könnten ein paar Gallonen eine Stadt ein Jahr lang mit Energie versorgen.«

Falls der Krieg bereits absurd erschien, als ich dachte, es ginge um Inseln, halte ich ihn jetzt, wo ich weiß, dass es um Treibstoff geht, für doppelt absurd. Sonnenlicht kostet nichts und treibt Internment an; außerdem gibt es genug davon. Aber das sage ich nicht, da ich mich mit Sicherheit nur wieder um Kopf und Kragen rede.

»Ich bin fest davon überzeugt, dass mein Vater gern helfen würde, um in seinem Namen zu sprechen«, sagt Celeste. »Wenn Sie uns nach Internment zurückbringen können und Ihre Ärzte bereit wären, meiner Mutter zu helfen, würde er Ihnen bestimmt erlauben, Internment als eine Art Basis zu benutzen. Es ist eine sehr vorteilhafte Stellung, da geben Sie mir bestimmt recht.«

Genau dagegen war Pen. Der Gedanke lässt mein Herz schneller schlagen. Wie kann Celeste die Tochter eines Königs sein und nicht erkennen, welches Risiko sie da eingeht?

Aber vielleicht kennt sie es ja, und die Alternative besteht darin, ihre Mutter sterben zu lassen.

Und jetzt muss ich an meine Mutter denken, die mir, wie ich glaubte, schlafend den Rücken zukehrte. Hätte ich sie nicht gerettet, wäre mir das möglich gewesen? Mein Vater, der in dem Chaos getötet worden war. Und Lex, einst so voller Energie und Leben, nun aber ein gebrochener Mann. Ich würde sie alle retten wollen, und der Preis wäre das Letzte, worüber ich mir den Kopf zerbrechen würde.

7

Auf der Rückfahrt zum Hotel ist Celeste sehr still. Mehrere Male ertappt sie sich dabei, wie sie unruhig auf dem Sitz herumrutscht und versucht, sich unter Kontrolle zu bringen.

Havalais rauscht an unseren Fenstern vorbei. Da wir bereits alles gesehen haben, ist es jetzt lange nicht mehr so interessant. Die Sonne ist hell, der Schnee verwandelt sich langsam in Pfützen. Ich entdecke Spuren von Bürgersteigen und Gras. Ich frage mich, ob sich das Gras jemals von diesem langen Begräbnis erholen wird, aber ich frage nicht. Jeder im Wagen respektiert die angespannte Stille.

Jack lässt uns vor der Hoteltür aussteigen und fährt weiter, um im Kutschenhaus zu parken.

In der Ferne sind Judas und Amy zu sehen. In dicke Mäntel gehüllt, bauen sie aus Schnee kaum erkennbare Tiere. Neugierig erwidern sie meinen Blick.

»Morgan«, sagt Celeste. Ihre Stimme ist uncharakteristisch sanft. »Ich halte es nicht für nötig, dass jeder am Boden von meiner Mutter erfährt. Als jemand, der viel erdulden musste, verstehst du sicherlich, warum ich so etwas gern für mich behalten möchte.«

»Natürlich.« Das ist sogar die Wahrheit. Seit der Nacht, in der sie mich betäubt in ihren Turm zerrte, habe ich das erste Mal das Gefühl, sie wenigstens teilweise zu verstehen.

»Vor allem nicht deiner unerträglichen Freundin.« Ihr will nicht gelingen, den Blick vom Schnee zu nehmen.

»Celeste?«

»Ja?«

Ich berühre ihre Schulter. Überrascht blickt sie auf meine Hand auf dem Wollstoff. Aber sie schüttelt sie nicht ab. Vielleicht versteht ein Teil von ihr, dass das unser Schicksal ist. Die einzige Belohnung für ihre mutigen Bemühungen wird nur etwas Trost sein. »Das mit deiner Mutter tut mir wirklich leid.«

Das entringt ihr fast ein Lächeln; sie nickt kaum merklich.

»Ich sollte sehen, was Nim macht«, sagt sie. »Entschuldige mich.«

Sobald sie weg ist, stürmen Pen und Birdie aus der Tür. Es ist schön zu sehen, dass sie sich so gut von den Abenteuern der vergangenen Nacht erholt haben. Pen legt eine Perlenkette um meinen Hals und zieht mich fast auf Atemnähe zu sich heran. »Du musst uns *alles* erzählen!«

Ich werfe einen Blick zur offenen Tür hinter ihr, wo die Kinder in der Lobby herumtollen.

»Es muss nicht hier sein«, sagt Birdie. »Wir können überallhin. Ich habe meine Schularbeiten für heute fertig.«

Ich nicke Judas und Amy zu, die sich noch immer um

dieses Schneetier bemühen, während sie so tun, als würden sie nicht die Ohren spitzen. »Wir sollten sie dazu einladen«, sage ich. »Und Basil und Thomas.«

Pen verzieht das Gesicht. »Müssen wir Thomas dabeihaben?«

»Das betrifft auch sie«, sage ich. »Heute Abend spreche ich mit Lex und Alice.«

»Warum verlassen sie eigentlich nie ihr Zimmer?«, fragt Birdie. »Ich begegne dem Rotschopf eigentlich nur auf dem Weg zum Badezimmer. Sie ist ein echtes Püppchen. So schön. Und meine Schwestern lieben sie.«

Birdie kann nicht wissen, wie traurig es mich macht, an Alice' Schönheit erinnert zu werden, genau wie an all die Dinge, die sie und mein Bruder unter anderen Umständen hätten haben können.

»Es ist kompliziert« ist alles, was mir dazu einfällt.

Pen rettet mich, indem sie Judas und Amy zuruft: »Kommt schon! Wir alle wissen, dass ihr es wollt.« Sie geht ins Haus, um die Jungs zu suchen, und während Judas und Amy näher kommen, wende ich mich an Birdie.

»Kannst du dir den Wagen leihen? Oder sollten wir die Fähre nehmen?«

»Nim würde der Schlag treffen, wenn ich auch nur nach dem Wagen frage.« Sie verdreht die Augen. »Da jetzt die Sonne herausgekommen ist, könnten wir einen Elegor mieten.«

»Was ist ein Elegor?«, fragt Amy aufgeregt.

»Ein sehr großes und sehr langsames Tier«, sagt Birdie. »Wir könnten einen für den Tag mieten, und für ein paar

Pennys würden die Jungs im Verleih einen Korb anschirren.«

»Wie sehen die denn aus?«, fragt Amy.

»Sie sind toll, du wirst sie lieben«, sagt Birdie. »Sie sind größer als ein Auto und haben dunkle, seidige Wimpern, so lang wie deine Hand.« Sie hält die behandschuhte Hand in die Höhe. »Und sie bewegen sich nicht sehr schnell, aber sie lieben es, wenn man nett mit ihnen spricht und sie mit Zuckerrohr füttert.«

Basil, Pen und Thomas gesellen sich zu uns, und wir gehen los. Birdie erzählt Amy von dem Stall voller Elegors in der Stadt, wie sie es mögen, an der Wange getätschelt zu werden, und wie menschlich sie sein können, wenn es um Gefühle geht.

Ich gehe zwischen Basil und Judas, und mein Schweigen muss sie gequält haben, weil Judas schließlich sagt: »Wie tief stecken wir im Schlamassel?«

»Ich weiß nicht, ob wir das überhaupt tun«, antworte ich.

Pen hüpft über die Risse auf dem Bürgersteig. »Ich habe nachgedacht.«

»Worüber, Schatz?«, fragt Thomas.

»Sobald die Wolken verschwunden sind, werden wir Internment wieder sehen. Es könnte unser Stern sein.« Beinahe zertritt sie ein verkümmert aussehendes Unkraut, das aus einem Riss wuchert. Sie lässt es leben für den Fall, dass es wieder blüht, wenn das Wetter wärmer wird. »Ich finde, das wäre besser, als es gar nicht zu haben.«

•••

Birdies Beschreibung stimmte, der Elegor ist wesentlich größer als ein Auto. Gäbe es auf Internment so schwere Tiere, hätte es meiner Meinung nach niemals am Himmel bleiben können; es würde über dem Wasser schweben und ständig kippen, je nachdem, wohin diese Dinger trotten. Die kurzen Beine sind so dick wie Baumstümpfe. Auf dem Rücken ist ein Korb mit einer Klappleiter befestigt.

Ich müsste Angst haben, aber jede Sorge, die ich über die Sicherheit des Korbs habe, wird von dem beruhigenden Murmeln der Kreatur bei unserem Einstieg verringert. Einer der Jungs des Miethauses tätschelt das Gesicht des Elegors und das Tier biegt verzückt die große, seilähnliche Nase.

Judas will Amy die Leiter hinaufschieben, und sie schlägt nach ihm und macht ihm klar, dass es ihr gut geht und er die Finger von ihr lassen soll. Seine Sorge kann ich ihm nicht verübeln. Es braucht so wenig, um ihre Anfälle auszulösen.

Pen steigt nach ihnen in die Höhe. »Du musst hier raufkommen und dir das ansehen.« Sie schwingt ein rotes Seidenkissen, das sie von einer der Sitzbänke genommen hat. »Wir sitzen hier wie Könige.«

»Wenn wir auf ihnen reiten, tut meine kleine Schwester Annie gern so, als wären wir Prinzessinnen«, meint Birdie.

»Nein, keine Prinzessinnen«, sagt Pen und zieht mich rein, als ich die oberste Sprosse erreicht habe.

»Königinnen«, stimme ich ihr zu.

»Auf jeden Fall.« Birdie betont jede Silbe und sieht uns über die Schulter an, während sie nach den Zügeln greift. Außerhalb des Hotels erscheint sie stets so glücklich.

Basil und Thomas betrachten uns misstrauisch. Ihnen

ist klar, dass man ihnen etwas vorenthalten hat. Als Basil neben mir Platz nimmt, tätschle ich beruhigend sein Knie. Er hat sich zwischen Judas und mich gesetzt, um seinen Standpunkt deutlich zu machen. Er hat nicht vergessen, dass man Judas des Mordes an seiner Verlobten Daphne beschuldigt hat, und ein Teil von ihm hält das noch immer für die Wahrheit.

Mit einem Ruck setzt sich der Elegor in Bewegung und ich verkrampfe mich.

»Keine Angst«, sagt Birdie. »Der Korb ist auf ein Dutzend verschiedene Weisen festgemacht. Er wird nicht runterfallen.«

Basil lässt mich nicht aus den Augen. Als er sieht, dass ich mich etwas beruhigt habe, sagt er: »Was hast du heute Morgen erfahren?«

Viel mehr als das, worauf ich vorbereitet war, so viel steht fest.

Ich erzähle ihnen von den Flugzeugen, der Höhe und dem Phosan. Ich erzähle ihnen alles. Nur den langsamen Tod der Königin unterschlage ich. Dieses Geheimnis zu lüften, ist nicht meine Angelegenheit, und ich möchte gern glauben, dass mein Versprechen an Celeste etwas bedeutet.

»Um Energie?« Pen schneidet eine Grimasse. »Darum geht es bei diesem Krieg?«

»Das ist keine beliebige Energie«, erklärt Birdie. »Auf diesem Archipel ist Phosan ein natürlicher Rohstoff. Es würde Tausende von Jahren dauern, um ihn zu erschöpfen, falls das überhaupt möglich wäre. Das ist ein echtes Weltwunder.«

Pen sieht nachdenklich aus. »Was ist erforderlich, damit dieses Phosan zu verwerten ist?«

»Ich glaube Hitze«, sagt Birdie. »Die Männer des Königs haben sich auf der ganzen Welt umgesehen und es existiert nichts Vergleichbares. Man kann ungefähr eine Million Bilder des Zeugs finden, aber bis jetzt hat es noch niemand abgebaut.«

»Wenn so wenig davon so ergiebig ist, warum können sie es sich dann nicht teilen?«, fragt Amy.

Birdie zieht an den Zügeln. »Das ist die große Frage, nicht wahr? König Ingram und König Erasmus befürchten beide, das jeweils andere Königreich könnte es zur Aufrüstung benutzen, falls sie es sich teilen. Beide wollen es für sich selbst, um genau das zu verhindern.«

Selbst ein so junges Mädchen wie Amy kann erkennen, warum das widerwärtig ist. »Sie führen Krieg, um die Niederlage in einem noch größeren Krieg zu vermeiden, den es möglicherweise nicht einmal geben wird?«

»Einfach ausgedrückt, ja.«

Pen ist ganz still geworden; ihr Körper bewegt sich im Rhythmus mit den Schritten des Elegors, während sie die Stadt betrachtet. Ich stoße sie mit dem Fuß an und sie schenkt mir ein schwaches, abgelenktes Lächeln.

»Wie ist dieser König Ingram so?«, will Judas wissen.

Birdie zuckt mit den Schultern. »Er ist Politiker.«

»Also mit anderen Worten schrecklich.«

Birdie lacht, bestreitet es aber nicht.

Die Unterhaltung wendet sich Havalais' Hauptstadt zu und wie der Themenpark im Sommer ist. Pen hat kein Wort davon mitbekommen. »Birdie«, platzt sie heraus, »habt ihr hier Bibliotheken?«

»Natürlich haben wir Bibliotheken«, sagt Birdie. »Willst du etwas herausfinden?«

Pen schüttelt den Kopf. »Ich suche nur nach Ähnlichkeiten zwischen hier und meinem Zuhause.« Sie lehnt den Kopf gegen das Geländer zurück und starrt in den Himmel, bis die Wolken die Sonne freigeben und sie gezwungen ist, den Blick zu senken.

Sie hat sich bemüht, das alles zu akzeptieren, aber ich habe Angst, was ohne ihre Heimat aus ihr werden soll. Wenn sich die vielen Jahre, die sie in unser Geschichtsbuch investiert hat, einfach in Wohlgefallen auflösen, bis sie am Ende nur noch die ineinander verhedderten Fäden in Händen hält, die einst für sie einen Gott ausmachten.

Seltsamerweise sorge ich mich auch um die Prinzessin, deren Mutter ohne einen Arzt aus diesem riesigen Hospital sterben wird. Wie wird sie das Wissen beeinflussen, dass sie niemals zurückkehren kann und ihr Königreich völlig umsonst verlassen hat?

Aber noch größer ist meine Angst vor diesen Dingern, die sie Flugzeuge nennen. Denn ganz egal, ob Internment etwas dadurch gewinnt oder nicht, könnten König Ingram und seine Armee schon bald einen Weg zu der Stadt finden. Auch ohne unsere Hilfe.

Das ist die schlimmste Sorge. Denn man kann nichts dagegen tun.

Birdie hat angefangen, Fremdenführerin zu spielen. Die grimmige Unterhaltung wird zu einer fröhlichen

Geografiestunde. Basil lehnt sich an mich heran und spricht mit einer Lautstärke, die nur ich hören kann. »Das alles verheißt nichts Gutes, oder?«

Ich schüttle den Kopf. »Ich wüsste nicht, wie das für irgendjemanden ein gutes Ende nehmen sollte. Internment wäre einem Krieg hilflos ausgeliefert.«

Er hat mehr zu verlieren als ich. Seine Eltern und sein kleiner Bruder sind noch immer dort oben und haben nicht die geringste Ahnung, was unter ihrer Zuflucht vor sich geht. Denn genau das ist es für uns: eine Zuflucht. Der König hat Leute ermordet, weil sie gehen wollten, aber auch, wenn seine Taten erbärmlich waren, komme ich langsam zu der Ansicht, dass er es für die einzige Möglichkeit hielt, seine Stadt zu beschützen. Für die Sicherheit der Bevölkerung zu sorgen. Sie am Himmel zu halten. Vielleicht hat er durch die Fernrohre verfolgt, was am Boden vor sich geht.

Und wo bleiben bei allem meine Eltern? Sicherlich wollten sie meinem Bruder und mir nur Sicherheit bieten. Internment war unser Zuhause, aber sein Rand raubte meinem Bruder das Augenlicht, und seine Regierung nahm ihm und Alice ihr Kind weg, bevor es überhaupt zur Welt kommen konnte. Internment ist eine mangelhafte Welt, die über einer weiteren mangelhaften Welt schwebt.

»Ich fürchte, wir können nirgendwo anders hin«, sage ich zu Basil.

»Wir sind hier.«

»Für den Augenblick«, platze ich heraus.

Pen erwacht aus ihrem Brüten. »Diese ständige Bewegung bereitet mir Übelkeit.«

Sofort mache ich mir Sorgen. Das Essen ist für uns alle eine Herausforderung, aber Unsicherheit und Missmut haben Pen jeglichen Appetit geraubt. Seit unserer Ankunft hatte sie außer Sauerstoff eigentlich nur das Tonikum im Messingclub zu sich genommen. Es war nur eine Frage der Zeit, bevor sich die Wirkung zeigt.

Thomas sieht finster drein und legt ihr den Handrücken gegen die Stirn. »Ist dir richtig schlecht? Ich habe dir gesagt, du sollst mehr essen.«

»Es ist nicht meine Schuld, wenn Gemüse hier unten kaum mehr als eine Beilage ist. Ich würde gern etwas essen, das nicht bei jeder Mahlzeit für meinen Appetit sein Leben lassen musste.« Aber sie legt den Kopf auf seine Schulter, und er kann nichts anderes tun, als sich zu sorgen und darauf zu bestehen, dass sie sich auf der Stelle hinlegt.

Der Ritt auf unserem Elegor nimmt ein vorzeitiges Ende, aber das stört mich nicht. Nach allem, was ich heute Morgen erfahren habe, würde ich mich auch gern hinlegen.

Aber sofort nach unserer Rückkehr und nachdem ich Pen in unser Zimmer gefolgt bin, schließt sie hinter uns die Tür. »Du musst mir alles erzählen, was du über dieses Phosan erfahren hast«, sagt sie mit ihrem üblichen Schwung.

»Pen! Dann geht es dir in Wirklichkeit gut?«

Sie winkt die Frage weg. »Dafür ist jetzt keine Zeit. Thomas wird gleich mit Brühe und Toast hier sein, mehr Zeit haben wir nicht. Das muss unter uns bleiben. Was hast du erfahren?«

»Was ich bereits erzählt habe. Es ist eine Substanz, die

man als Treibstoff benutzen kann, sobald man sie verarbeitet hat.«

»Wie sieht sie aus?«

»Ich habe kein Bild gesehen.« Ihre Nervosität ist deutlich spürbar. »Warum? Was weißt du?«

»Vermutlich nichts, aber wir müssen in eine Bibliothek, bevor sie schließt. Wenn Thomas weg ist, werde ich so tun, als würde ich schlafen. Dann verschwinden wir aus dem Fenster.«

»Wir hätten doch Birdie fragen können.«

»Nein. Niemand. Darf. Es. Wissen.« Ihre Worte sind langsam und überlegt. Sie legt sich auf ihr Bett. »Ich habe eine dieser Touristenbroschüren durchgeblättert, die in der Lobby liegen. Wir finden die Bibliothek auch ganz bestimmt allein.«

»Wie schaffst du das?«

»Was?«

»In einer fremden Stadt problemlos deinen Weg zu finden.«

Sie zuckt mit den Schultern. »Es ist doch ganz egal, in welcher Stadt man ist. Es sind nur Gebäude mit Nummern. Das ist leicht.«

In der Tat ist Thomas bald mit Brühe und Toast da. Eigentlich müsste ich es unehrlich von ihr finden, ihm solche Sorgen zu machen, aber es wird ihnen beiden guttun, wenn er sie eine Weile verwöhnen kann. Außerdem hat er Malpapier mitgebracht, was für Pen immer schon die beste Medizin war. Als ich das Zimmer verlasse, sehe ich schon einen Stift in ihrer Hand; schon hat sie mit einer neuen Karte begonnen.

Fast eine Stunde später kommt Thomas mit einem leeren Tablett und einem besorgten Ausdruck herunter. »Fieber hatte sie keins«, sagt er, »aber sie schläft. Sie hat mich gebeten, sie nicht zum Essen zu wecken. Dieser Aufenthalt am Boden hat seinen Preis gefordert.«

»Da stimme ich dir zu«, sage ich, und es ist die Wahrheit.

»Morgan.« Er zögert. Dabei macht er einen unbehaglichen Eindruck, und ich weiß, was er denkt.

»Sie hat kein Tonikum getrunken«, sage ich. »Sie ist nur müde.«

Er nickt, aber zu beruhigen scheint ihn das nicht.

Als ich mich davonstehlen kann, weil ich angeblich ein Nickerchen machen will, trägt Pen bereits ihren Mantel. Sie kann gar nicht schnell genug in die Bibliothek kommen. Wir haben kein Geld für die Fähre oder einen Elegor. Also müssen wir zu Fuß gehen. Ich kann einen Häuserblock nicht vom anderen unterscheiden, aber Pen sucht sich einen Weg, als würde sie schon ihr ganzes Leben hier wohnen. Immer wieder hat sie betont, wissen zu müssen, wo sie sich befindet, und sie hat es sich zur Aufgabe gemacht, ihre Umgebung genau zu kennen.

»Hier.« Pen reicht mir ein gefaltetes Taschentuch, als sie mein Schniefen nicht länger erträgt. »Du solltest wirklich eins einstecken. Dank dieser Kälte läuft meine Nase so gut wie ununterbrochen.«

»Als würde man in einem Kühlkasten leben«, sage ich. »Ich glaube, der Gott des Bodens will uns wie Lebensmittel frisch halten.«

Sie schenkt mir ein flüchtiges Lächeln, während sie die Tür zur Bibliothek öffnet. »Also glaubst du noch immer an die Götter? Oder ist das nur noch eine Redewendung?«

»Ich weiß es nicht«, gestehe ich. Andererseits weiß ich es schon eine ganze Weile nicht mehr. »Es fällt schwer, an dies oder das zu glauben, wenn die Antwort nur aus Stille besteht.«

Wir betreten die Bibliothek. Pen schließt die Augen und holt tief Luft.

»Alles in Ordnung mit dir?«, frage ich.

»Bücher riechen hier unten genauso wie zu Hause.«

Die Bücher sind um uns herum in runden Ebenen angeordnet, die mit Schrägen und Leitern erreichbar sind. Das Katalogsystem ähnelt dem System in den Bibliotheken zu Hause, und Pen braucht nur wenige Augenblicke, um das Gesuchte zu finden. Bald sitzen wir an einem Tisch. Vor uns liegt etwas, das sich Weltatlas nennt, dazu kommen mehrere Bücher über Mineralien, Chemie und fossile Energien. Die Glätte dieses Papiers schlägt mich in seinen Bann; ich kann es nicht ändern. Perfektes weißes Papier mit kräftiger schwarzer Tinte. Es ist nicht recycelt und es gibt auch keine Geister von seinem vorherigen Leben in anderen Büchern. Diese Bücher, die mit Themen gefüllt sind, die ich kaum verstehe, sind das Schönste, das mir bis jetzt auf dieser Welt begegnet ist.

Pen zieht ihre neueste Karte aus der Manteltasche und streicht sie auf dem Tisch glatt.

»Was ist das?«, frage ich, während sie den Atlas durchblättert.

»Das hier ist Havalais und das da Dastor. Und zwischen ihnen befindet sich der Archipel. Zumindest habe ich mir das so gedacht.« Sie hält die Seite neben den aufgeschlagenen Atlas und die Ähnlichkeit ist erstaunlich. Sie zeigt auf eine kleine Landmasse, die in der Nähe von Havalais schwebt. »Das da ist Internment. Es ist weit von dem Archipel entfernt, aber dessen Inseln sind alle zu klein und zerklüftet, um bewohnbar zu sein. Das waren doch deine Worte, oder?«

»So hat es der König gesagt.«

»Was wäre, wenn sich Internment einst genau dort befunden hat, bevor es ein Teil des Himmels wurde?«

»Aber es befindet sich jetzt doch hier, Abertausende Schritte entfernt.«

Pen zuckt mit den Schultern. »Internment ist aus dem Boden gebrochen und hat mehrere Hundert Jahre in der Luft verbracht. Es ist weitergetrieben. Ist das so schwer zu glauben?«

»Möglicherweise nicht«, gebe ich zu. Ihre Augen funkeln. Sie ist an dieser Welt interessiert, wie sie sich einst für Internment interessiert hat. Das ist schön zu sehen. Es macht mir Hoffnung. Vielleicht kann sie sich anpassen. Vielleicht gelingt es uns beiden. »Was hältst du von der ganzen Sache?«

»Es ist das Phosan«, sagt Pen mit gesenkter Stimme. »Schnapp dir eines dieser Bücher. Hilf mir, ein Bild davon zu finden.«

Wir durchsuchen die Glossare und die Bilder auf den Seiten, bis ich es finde. »Hier!« Ich lege das aufgeschlagene

Buch zwischen uns. Das Bild zeigt eine Höhle auf dem Archipel. Die Abbildung ist grau und weiß, aber die zerklüfteten Phosanklumpen sind deutlich an den Wänden und der Decke zu sehen. Ich hatte mir einen schwarzen Stein vorgestellt, aber es erinnert eher an funkelnden und durchsichtigen Quarz.

Pens Lippen bewegen sich, während sie den Text unter dem Foto liest. Ihre Fröhlichkeit weicht Sorge. Sie sieht mich an. »Meine Annahme, dass dieses Archipel übrig geblieben ist, nachdem Internment dort freigebrochen ist, stützt sich auf das Vorkommen des gleichen Erdreichs. Es ist nicht wie normale Erde. Es produziert diese Substanz. Hier unten nennt man sie Phosan, aber auf Internment ist es Sonnenstein. Er benötigt nur Hitze und Licht, um Energie zu produzieren.«

»Das haben wir auf Internment? Wo denn?«

»Das kann man fast überall ausgraben. Aber du hast es fast jeden Tag deines Lebens betrachtet. Die Glasländer bestehen daraus.«

»Bist du dir da sicher?«

»Vollkommen. Mein Vater bringt ständig Stücke davon für seine Arbeit mit nach Hause. Bevor es weiterverarbeitet wird, ist es nichts Besonderes.« Pen tippt auf meinen Verlobungsring. »Es wird auch zu ihrer Herstellung verwendet. Es ist so gut wie unzerstörbar, viel besser als Glas.«

»Ich war immer der Ansicht, unsere Verlobungsringe würden aus ganz gewöhnlichem Glas bestehen.«

»Das denken die meisten. Vermutlich gab es nie einen Anlass, warum du das infrage stellen solltest.«

Sie ist ein Genie, und hier sitzen wir umgeben von Menschen, die nicht die geringste Ahnung haben, was sie herausgefunden hat. Die Pracht und den Schrecken, die es entfesseln könnte.

»Darum wolltest du dich herausstehlen«, sage ich.

»Wir dürfen es keiner Seele verraten.« Sie schnappt sich mein Handgelenk und hält es so fest, dass ihre Knöchel weiß hervortreten. »Morgan, das darf niemand erfahren. Die Suche nach diesen Steinen wird einen Aufruhr verursachen.«

Ich starre auf Pens handgezeichnete Karte. Sie ist die Arbeit eines Wunderkinds, zugleich aber auch eines schwermütigen Mädchens voller Heimweh, das sich die Zeit nahm, Meerjungfrauen und Seesterne im Wasser und die Wolken am Himmel zu zeichnen. Die Wolken bilden eine Schutzbarriere über Internments Oberfläche und schirmen es von allem ab, was darunter geschieht.

Pen starrt die Karte an, dann faltet sie sie in der Mitte und reißt sie in Stücke.

•••

»Sollten wir es nicht dem Professor sagen?«, frage ich auf dem langen Rückweg zum Hotel.

Pen schüttelt den Kopf, ihre Locken erzittern zustimmend. »Wir können ihm nicht vertrauen.«

»Das glaube ich aber doch«, sage ich. »Er hat so viel riskiert, um dort wegzukommen. Er wäre bestimmt nicht für einen Plan, der alle wieder nach oben bringt. Er will ja nicht mal seinen Vogel verlassen.«

»Niemand«, beharrt Pen. »Ich vertraue nur dir genug,

um meine Theorien mit dir zu teilen. Das bedeutet kein Thomas, kein Basil und auch keinen Professor. Vertraue es nicht mal deinem Tagebuch an. Ich werde uns einen vernünftigen Stadtplan zeichnen, den wir dann als Referenz benutzen können.«

»Es ist nur …« Ich zögere. »Und wenn es gar nicht so schlimm ist? Wenn Internment und Havalais einander helfen könnten?« Gegen besseres Wissen denke ich an Celeste und die todkranke Königin.

Bevor ich den nächsten Schritt gemacht habe, packt mich Pen an den Schultern und stößt mich mit dem Rücken gegen einen Steinzaun. »Hör mir zu«, sagt sie. Ich spüre die Wärme ihres Atems. Ihre Finger graben sich in meine Schultern. »Du versuchst immer, allen zu helfen, und dafür liebe ich dich. Das ist mein Ernst. Aber daraus kann nichts Gutes entstehen. Wüsste dieser König, dass etwas so Mächtiges direkt über seinem gierigen Kopf schwebt, würde Internment sofort aufhören, die magische schwebende Insel zu sein. Augenblicklich würde es sich in ein Bergbaugebiet verwandeln. Es wäre erledigt. Meine Eltern, die Familien von Thomas und Basil, jeder, den wir je gekannt haben, würde vernichtet werden. Verstehst du das? Sag mir, dass du das verstanden hast.«

Ihre Augen sind rot und schimmern feucht. Ich wische die erste fallende Träne mit dem Daumen fort. »Ich verstehe es.«

Sie lässt mich los, tupft sich die Augen mit dem Taschentuch ab und räuspert sich. »Geht es dir gut? Ich habe dir doch nicht wehgetan?«

Ich greife nach ihrer Schulter und sie zuckt zusammen. »Du hast nicht die geringste Ahnung, wie leid es mir tut, dass du meinetwegen in die ganze Sache verwickelt wurdest.«

»Ich bin selbst schuld.« Sie zieht die Nase hoch. »Hätte ich nicht den Prinzen angegriffen, hätte ich nicht die Flucht ergreifen müssen. Davon abgesehen hätte ich nicht zurückgelassen werden wollen.«

»Ach, Pen, nicht weinen.«

»Das tue ich nicht.« Sie putzt sich die Nase. »Wirklich nicht.«

Aber die Tränen kommen noch immer und bei ihrem Anblick kann ich mich kaum zusammenreißen. Gleich darauf schniefen wir beide und liegen uns in den Armen.

Ein eiskalter Wind dringt durch unsere Kleidung; sein Heulen ist so laut, als hätte er etwas zu dem Geheimnis zu sagen, das nun unsere besorgten Gedanken beschäftigt.

8

Bei unserer Rückkehr durch das Schlafzimmerfenster geht gerade die Sonne unter. Pen zieht ihr Nachthemd an und geht wieder zu Bett, als hätte sie es nie verlassen.

»Soll ich dir nach dem Essen etwas mitbringen?«, frage ich.

»Das ist egal«, erwidert sie leise.

»Ich hasse es, dich so sehen zu müssen.«

Sie umklammert das Kissen und vergräbt das Gesicht darin. »Es ist alles in bester Ordnung.« Ihre Stimme ist gedämpft.

»Vielleicht geht Birdie heute Abend ja noch weg. Und nimmt uns mit.«

»Das würde mir gefallen. Und wenn du nichts dagegen hast, wäre ich jetzt gern eine Weile mit meinen Gedanken allein.« Um das noch zu unterstreichen, seufzt sie dramatisch, wälzt sich auf den Rücken und breitet die Arme aus. »Und mach das Licht aus.«

Ich glaube, Belustigung in ihrer Stimme zu hören, bin mir aber nicht sicher.

Ich gehe in den Wasserraum – nein, ins Badezimmer. So nennt man es hier unten und ich sollte mich daran gewöhnen. Falls ich je gehofft habe, jemals nach Internment zurückzukehren, hat sich das in die Hoffnung verwandelt, dass das niemals geschieht. Pen hat recht, das ist mir klar. Also, warum kann ich nicht aufhören, daran zu denken, dass Celeste den ganzen Weg auf sich genommen hat, um das Leben ihrer Mutter zu retten? Ich vermag keine der beiden Realitäten zu akzeptieren – ein zerstörtes Internment oder ein unerreichbares. Ich kann nur zu einem Schluss kommen: Es muss eine Möglichkeit geben, jeden zufriedenzustellen. Sobald ich sie gefunden habe, werde ich sie Pen mitteilen, und sie wird mir zustimmen. Die Chance auf eine Rückkehr wird sie froh stimmen.

Ein Arm schlingt sich von hinten um meine Taille, eine Hand legt sich auf meinen Mund. Ich will gerade einen Schrei ausstoßen, da höre ich Judas' Flüstern. »Still!«

Ich reiße mich von ihm los. »Ich hasse es, wenn du das tust!«, flüstere ich. »Meine Aufmerksamkeit kann man auch auf andere Weise erregen.«

»Ich wollte nicht, dass uns jemand hört.« Er hat mich gegen die Badezimmertür in die Ecke gedrängt. »Ich habe gesehen, wie du und deine unerträgliche Freundin sich rausgeschlichen haben.«

»Pen ist nicht unerträglich, Judas. Sie hat nur einen schmerzlichen Verlust erlitten. Genau wie der Rest von uns.«

»Das gilt nicht für uns alle«, sagt er. »Und ich vertraue ihr nicht.«

»Das wird ihr das Herz brechen. Und warum spielst ausgerechnet du dich plötzlich zum Richter auf?«

»Weil ich glaube, dass ihr beiden etwas vorhabt. Habt ihr mit dem Professor gesprochen?«

»Das geht dich zwar nichts an, aber nein«, erwidere ich. »Wir waren nur am Hafen, um uns die Meerjungfrauen anzusehen.«

»Ihr seid in die entgegengesetzte Richtung gegangen.«

»Also schreibst du jetzt einen Spionageroman? Warum interessiert dich überhaupt, ob wir gehen oder wo wir hingehen?«

»Ich bin nur ...« Er unterbricht sich, als müsste er etwas Bitteres herunterschlucken. »Ich habe mir nur Sorgen gemacht, sie könnte dich vielleicht dazu überreden, etwas Dummes zu tun.«

Ich sollte mich beleidigt fühlen, aber er senkt den Blick. Diese Worte sind ihm nicht einfach gefallen, das erkenne ich nun. »Als du dich das letzte Mal im Dunklen davongestohlen hast, um sie zu treffen, wurdet ihr beide von dem Prinz und der Prinzessin entführt.«

»Das war ja wohl kaum unsere Schuld. Und darf ich dich daran erinnern, dass ich bei einer anderen Gelegenheit so geistesgegenwärtig war, dich in den See zu stoßen und vor diesen Wachmännern zu verstecken. Obwohl du meine Entscheidung jetzt wirklich auf die Probe stellst.«

»Das ist nicht unsere Welt. Muss ich dich wirklich daran erinnern?« Judas will wohl energisch klingen. »Was du für sicher hältst, ist es möglicherweise nicht. Und du weißt nie, wer dich vielleicht beobachtet.«

»Wir haben uns nur die Meerjungfrauen angesehen«, wiederhole ich. Er glaubt mir nicht, das sehe ich, aber ich blicke ihm direkt in die Augen, um ihn zu überzeugen. Ich bin nie eine gute Lügnerin gewesen, aber das Versprechen, das ich Pen gegeben habe, sorgt dafür, dass ich glaubwürdig klinge.

»Einst kannte ich ein Mädchen, das deine Neugier hatte. Und dein Bedürfnis, etwas Gutes zu tun, sich Dinge aufzubürden, die eine viel zu große Last für die Schultern eines Mädchens sind«, sagt Judas. »Sie wurde für ihre Bemühungen umgebracht.«

Er bricht den Blickkontakt zuerst ab und einen Augenblick lang blitzt Schmerz in seinen Augen auf. Er meint Daphne. Das Mädchen, mit dem er verlobt war. Das Mädchen, dessen Ermordung er beschuldigt wurde, als man es aufgeschlitzt auf den Schienen fand. »Du sollst nur vorsichtig sein«, sagt er bereits im Gehen. »Das ist alles.«

•••

Während des ganzen Essens sehe ich Daphne Leanders Schulfoto vor meinen Augen. Ihr gescheites Beinahe-Lächeln, ihre Glitzerschminke. Und ich erinnere mich an den Tag, an dem der Zug rückwärts fuhr und mich diese kleine Veränderung in meiner Routine mit Entsetzen erfüllte. Dabei hatte ich nicht wissen können, wie sehr sich mein Leben verändern würde. Ich hatte nicht wissen können, dass Daphnes Leben bereits vorbei war.

Jack Piper redet trotz der starren Miene seines ältesten Sohns ununterbrochen über Politik, und ich frage mich, was während unseres Aufenthalts hier noch auf uns zukommen wird. Es gibt keinerlei Hinweise darauf, dass König Ingram unseren Tod will, aber dieses Warten hat mich nervös gemacht.

Basil will mich mit einem Spaziergang unter den Sternen verzaubern, aber die kalte Luft hat meine Nase verstopft. Ich entschuldige mich, um ein Bad zu nehmen und mich mit einem von Birdies Büchern ins Bett zu verziehen. Er war selbst in der Stadt, genau, wie er versprochen hat, um sich mit ihr vertraut zu machen, aber seit der Bombardierung verabscheue ich die Vorstellung, dass er dort allein unterwegs ist. Doch bin ich besser, wenn ich mich mit Birdie herausschleiche?

Pen sitzt bei meinem Eintreten auf dem Bett und zeichnet etwas, das sie vor der Prinzessin verbirgt, die auf ihrem Bett sitzt und versucht, Wolle in ein Kleidungsstück zu verwandeln.

Celeste schnaubt. »Was sind wir doch für ein fröhlicher Haufen«, meint sie.

Pen radiert etwas aus, pustet die Überreste weg und macht weiter. Ihr Schweigen ist eindringlich.

»Nimble sagt, dass sich die Ufer von der Bombardierung erholen sollten«, sagt Celeste. »Das war mehr eine Warnung als ein richtiger Angriff.«

Pen knallt den Stift auf ihre Zeichnung. »Ich kann mich bei deinem Geplapper nicht konzentrieren.«

»Ich wollte nur Konversation machen«, erwidert Celeste.

Pen deutet mit dem Kopf auf die Wolle. »Ist das etwa eine Beschäftigung, bei der man viel reden muss?«

Ich fühle zwei Augenpaare auf mir ruhen, blicke aber nicht von meinem Buch auf. Irgendeine belanglose Liebesgeschichte über ein ganz normales Mädchen, das das Herz eines genauso normalen Jungen erobert hat. Trotzdem würde ich gern wissen, wie es weitergeht. Auf Internment werden sämtliche Hochzeiten schon bei der Geburt arrangiert. Manchmal auch schon vorher.

»Wenn du dich so benehmen musst, bitte schön«, sagt Celeste. »Ich gehe nach unten, wo man meine Gesellschaft vielleicht zu schätzen weiß.«

»Wie soll das gehen? Gibt es dort eine Treppe, die dich zu einer anderen Welt bringt, noch tiefer als die hier?«

»Pen!«, fauche ich.

Überrascht sieht sie mich an. »Hast du etwas hinzuzufügen, Morgan?«

»Du bist unnötig grob, das ist alles.«

»Entschuldigung. Ich hatte ja keine Ahnung, dass ich mich in Gegenwart der Prinzessin und ihrer Vertrauten befinde.«

Die Worte sind verletzend, und nichts, was ich sagen könnte, würde sie nicht noch schlimmer machen. Da spricht ihr gebrochenes Herz; zumindest rede ich mir das ein. Ich konzentriere mich wieder auf das aufgeschlagene Buch, verstehe aber kein Wort, so verletzt bin ich.

»Selbst für deine Verhältnisse bist du heute Abend besonders bösartig«, sagt Celeste zu Pen.

»Bösartig?«, wiederholt Pen. »Ich sage dir, was bösartig ist. Ein Vater, der für den Mord an einem Schulmädchen verantwortlich ist. Erinnerst du dich an Daphne Leander?

Und das ist nur eines der Opfer deines Vaters. Zwei Unschuldige zu entführen und sie als Geiseln festzuhalten, als wären sie deine Spielzeuge, das ist ebenfalls bösartig. Und es ist bösartig, die Zerstörung einer ganzen Stadt voller Menschen in Kauf zu nehmen, nur damit du Königin spielen und den Tag retten kannst. Du bist nichts als eine selbstsüchtige, selbstsüchtige Göre.«

»Ich spiele doch keine …« Celeste verstummt, um sich wieder zu beherrschen. »Ich spiele nicht die Königin. Ich versuche nur, die Dinge zu verbessern.«

»Die Dinge waren gut, wie sie waren.«

»Wenn du das behauptest, dann weißt du nichts über Internment.«

»Ich weiß genug. Es wurde aus einem bestimmten Grund vom Boden getrennt. Und wir sind nur aus einem einzigen Grund jetzt hier: weil uns dein Vater vertrieben hat. Und du hattest nicht das Recht, dich uns aufzudrängen. Du gehörst nicht her. Du gehörst in diesen verfluchten Uhrenturm, wo du deine Hirsche jagen und deine blöden Spiele spielen kannst, ohne auch nur etwas über das wahre Leben wissen zu müssen.«

»Pen«, mahne ich.

»Und du!«, ruft sie. »Man hat deine Eltern umgebracht. Ist es dir denn völlig egal, dass sie dafür verantwortlich ist?«

»Das ist nicht ihre Schuld. Das war der König.«

»Da besteht nicht der geringste Unterschied!«

»Es gibt einen Unterschied«, sagt Celeste. Ihre Stimme ist ganz leise. Mit gesenktem Blick steht sie vom Bett auf. »Und ich höre mir das nicht an.« Bebend holt sie Luft, und ich glaube, dass Pen sie tatsächlich zum Weinen gebracht hat. Aber sie lässt es uns nicht sehen. Sie verlässt das Zimmer mit ihrer Wolle und den Nadeln, und jeder ihrer Schritte bewahrt die Haltung einer Prinzessin, ob sie sich nun in ihrem Königreich befindet oder nicht.

Pen glättet die Decke über ihren Knien. Sie meidet meinen Blick. »Ich will keine Lektion von dir hören«, warnt sie.

»Du hast das Recht, verletzt zu sein«, sage ich. »Aber du hast nicht das Recht, meine Eltern als Hilfestellung für deine Argumente zu benutzen. Das werde ich nicht noch einmal sagen.«

Ich schließe das Buch und mache es mir auf dem Bett bequem, wende ihr dabei den Rücken zu.

Sie sagt kein Wort. Aber der Stift kratzt nicht über das Papier. Kein Laut deutet darauf hin, dass sie sich überhaupt bewegt. Schließlich steht sie auf und löscht das Licht.

Der Schlaf kann Daphne Leander nicht aus meinen Gedanken vertreiben. Ich sehe sie auch in meinen Träumen.

•••

Das Öffnen der Tür schreckt mich auf.

»Seid ihr wach?«, flüstert Birdie.

»Ja. Pass auf, dass du Ihre ach so Königliche Hoheit nicht weckst«, antwortet Pen.

Meine Matratze gibt unter Pens Gewicht nach, als sie zu mir kriecht und mir das Haar aus dem Gesicht schiebt. »Sind wir Freunde oder Feinde?«

Ich grunze und sie schüttelt mich. »Komm mit uns. Bitte? Bitte, bitte, bitte.«

Ich bin noch immer sauer, aber vermutlich werde ich keine andere Entschuldigung bekommen, und vielleicht habe ich ein paar ihrer Worte sogar verdient.

»Dann geh von mir runter, damit ich mich anziehen kann.«

Ein kalter Windhauch fährt ins Zimmer, als Birdie das Fenster öffnet, und Celeste murmelt im Schlaf. Pen greift nach dem stärksten Ast und klettert nach unten. Ich folge ihr, dann kommt Birdie, die das Fenster lautlos schließt.

»Ein Film?«, fragt sie.

»Ein Messingclub?«, fragt Pen hoffnungsvoll und tanzt auf dem Weg zur Fähre.

»Das sollten wir lassen«, erwidert Birdie. »Wir sind minderjährig. Jemand könnte mich erkennen und es meinem Vater sagen. In dieser Stadt wird so viel geklatscht.«

»Was kann man sonst noch tun?«, will ich wissen.

Birdie legt den Kopf in den Nacken und blickt zu den Sternen. Es ist, als hätte die Kälte sie geschärft, damit sie für uns nun heller strahlen. »Oh!« Birdie schnappt sich unsere Handgelenke und geht zurück in Richtung Hotel. »Keiner von euch war jemals in einem Themenpark, oder?«

»Können wir dort mit einer Bahn fahren?«, fragt Pen.

»Nun, nein«, antwortet Birdie. »Ich habe nur den Schlüssel fürs Tor und er passt auch bei einigen der Restaurants. Normalerweise ist Nim für die Bahnen zuständig.«

»Können wir uns reinsetzen und so tun, als würden wir fahren?«, frage ich. Selbst das ist mehr, als wir je getan haben.

Birdie lacht. »Klar, wenn ihr wollt.«

»Was ist mit den Fernrohren?«, fragt Pen.

Bei der Vorstellung, durch eine Linse blicken zu können, vielleicht meine Heimat betrachten zu können, bekomme ich eine Gänsehaut. Ich weiß nicht, wie das sein wird, ob es alles einfacher oder unendlich viel schwerer machen wird.

»Klar«, sagt Birdie, als wäre das eine ganz alltägliche Attraktion. Für sie und jeden anderen am Boden ist es das vermutlich auch.

Der Park ist mit komplizierten Bahnen und Restaurants gefüllt, aber die Teleskope, wie sie hier heißen, sind die Hauptattraktionen. Sie stehen im Herzen der Anlage, oben auf einem Turm mit einem Andenkenladen. Als wir die Treppe emporsteigen, die sich um den Turm windet, zählt Birdie eine Liste der Dinge auf, die man hier verkauft: Schlüsselketten, Spielzeugflugzeuge, Hemden und falsche Pässe, damit die Leute so tun können, als würden sie eine Reise zu der magischen schwebenden Insel unternehmen.

»So etwas Albernes habe ich ja noch nie gehört«, sage ich.

»Verdirb es für das Mädchen nicht«, meint Pen. »Wenn sie glauben will, dass wir genauso interessant sind, dann lass sie.«

»Ihr seid interessant«, sagt Birdie. »Ich habe mich immer gefragt, was für Leute dort oben leben. Welche Sprache sie sprechen. Ob sie grüne Haut und Antennen haben. Wer hätte geglaubt, dass wir so gleich sind?«

»Ich habe mir das Gleiche vorgestellt«, sagt Pen. »Den Teil mit den Antennen.«

Oben auf dem Turm ist eine Reihe Teleskope am Geländer befestigt. »Vermutlich ist nicht viel zu sehen.« Birdie holt ein paar Münzen aus der Jackentasche. Hier kostet selbst der Himmel Geld. »Es ist immer noch ziemlich bewölkt.«

»Vielleicht kann ich ja einen Stern aus der Nähe sehen. Ich habe mich immer gefragt, ob sie Gesichter haben«, sagt Pen. Sie kneift ein Auge zu, während sie in das Fernrohr blickt. Ich trete einen Schritt zurück; ich will nicht zugeben, welche Angst ich habe, mich ihr anzuschließen. Birdie wirft eine Münze in einen Schlitz neben einem Schild, auf dem SEHT DIE SCHWEBENDE INSEL steht.

»Siehst du was?«, frage ich.

»Sterne«, seufzt Pen. Sie schwenkt das Fernrohr und versucht, ihren Weg nach Hause zu finden.

»Vielleicht kannst du einen anderen Planeten sehen«, meint Birdie.

Pen löste sich blinzelnd von dem Fernrohr. »Einen was?« Sie sieht mich an, als würde ich es wissen, aber ich kann nur mit den Schultern zucken.

Birdie starrt uns an, als hätten wir wirklich Antennen auf dem Kopf. »Ihr kommt aus dem Himmel«, sagt sie. »Wie könnt ihr nicht alles wissen, was dort passiert?«

»Wolken, Sonne, Mond, was gibt es da zu wissen?«, fragt Pen.

Birdie scheint uns deswegen zu bemitleiden. Ich weiß, was sie denkt. »Wir haben unsere ganze Zeit damit verbracht, nach unten zu sehen«, sage ich. »Nicht nach oben.«

»Wisst ihr was?« Birdie hakt sich bei uns unter. »Ich

habe einen Restaurantschlüssel, und ich glaube, zu dieser Unterhaltung würde sehr gut etwas Gin passen.«

•••

Ich bin mit meinem zweiten Glas fast fertig, und je wärmer mir wird, desto glaubhafter scheint es zu sein, dass der Boden in Wahrheit keine flache Ebene unter Internment ist.

Pen fährt mit dem Finger über den Glasrand. »Wenn dieser Planet rund ist, dann laufen die Menschen auf der anderen Seite also kopfüber?«

»Das ist relativ«, sagt Birdie. »Für sie ist es nicht kopfüber. Alle stehen aufrecht.« Sie füllt unsere Gläser nach.

Pen leert ihres in Sekunden; sie wirft den Kopf zurück und starrt von unten nach oben auf das Fenster hinter ihr.

»Wie erträgst du das?«, haucht sie. »Da draußen ist so viel. Wie erträgst du das?«

Meiner Meinung nach ist es schon mutig von ihr, sich den Sternen zuzuwenden. Sie erscheinen mir nicht mehr so wie früher. Wie viele Götter muss es dort geben? Wie viele Planeten, Monde, Sonnen?

Vielleicht stehen wir ja doch auf dem Kopf. Ich vermag es nicht mehr zu sagen.

Pen setzt sich aufrecht und fällt dabei beinahe vom Stuhl. »Dein Blick ist ganz glasig«, sagt sie zu mir.

»Ich fühle mich, als würde ich schweben«, erkläre ich.

Birdie starrt mit zusammengekniffenen Augen auf das Etikett der Ginflasche. »Wirklich?«

»Nein, ich meine, ich dachte, mit dem Boden wäre Schluss«, sage ich. »Ich hielt ihn für den endgültigen Untergrund. Aber das ist er nicht. Es gibt überhaupt keinen Grund, oder? Nur Sterne für alle Ewigkeit, die in den Abgrund leuchten.«

»Vielleicht kommt er hinten ja wieder nach oben«, sagt Pen. Ihre Augen sind weit aufgerissen: Ich habe ihr Angst gemacht.

»Eines Tages werden wir es wissen«, sagt Birdie. »König Ingram sagt, dass ein Mann auf dem Mond gehen wird.«

»Vielleicht auch nicht«, erwidert Pen. »Vielleicht ist das eines der Dinge, die uns zu wissen nicht erlaubt sind.«

»Jedenfalls nicht bald«, sagt Birdie. »Wir müssen uns mit einem Krieg beschäftigen. Und zum Mond zu reisen, wird Geld kosten und Jahre dauern, selbst wenn man in dieser Sekunde damit anfangen würde. Wer weiß? Vielleicht erlebe ich es ja noch, falls ich hundert werde.«

»Oder tausend«, meint Pen.

»So lange wird das bestimmt nicht dauern.«

»Aber das könnte es.«

»Wisst ihr, was ich denke?«, frage ich. »Ich denke, wir sollten den Professor danach fragen.«

»Was sollte er wissen?«, fragt Pen.

»Er kannte eine Möglichkeit, den Boden zu erreichen. Er war klug genug, nicht immer auf König Furlows Regeln zu hören. Man kann davon ausgehen, dass ihn das zumindest interessiert.«

Birdie hält die Ginflasche ins Licht und sieht zu, wie ihre Muster beleuchtet werden. »Er will nicht aus dieser Konstruktion kommen, hat Vater gesagt.«

»Vogel«, berichtigen Pen und ich sie gleichzeitig.

»Ich weiß, wie wir ihn dazu bringen, mit uns zu reden«, sage ich. »Amy sagt, er hat bald nichts mehr zu essen. Ich wette, wenn wir etwas bringen, würde er die Tür öffnen.«

Pen schüttelt den Kopf. »Wir sollen ihm einfach sagen, dass es ein Universum gibt, das unendlich ist? Das würde er nicht glauben.«

»Wir glauben es«, sage ich.

»Wir sind betrunken«, erwidert Pen.

»Wenn wir wieder nüchtern sind, wird es immer noch wahr sein«, stellt Birdie fest.

»Das ist ein Problem für morgen.« Pen schiebt ihren Stuhl vom Tisch zurück, geht hinter die Theke und streicht mit den Fingern über die Flaschen. »Dieses ganze Gerede über Planeten und die Ewigkeit wird langsam deprimierend.«

»Wir könnten uns in eine der Bahnen setzen«, schlage ich vor.

»Ein guter Plan, falls Birdie das schafft.«

»Klar«, sagt Birdie. Das Wort wird von einem lauten Rülpsen begleitet. Entsetzt schlägt sie sich beide Hände vor den Mund. Aber uns lässt das lachen. Und das Lachen lässt uns vergessen, worüber wir sprechen. »Ihr habt einen schrecklichen Einfluss«, sagt sie. »Ist jeder von eurer schwebenden Insel so?«

Pen drückt meine Schultern. »Wir sind vom gleichen Schlag. Wir sind wie eine Doppelgeburt.«

Birdie rümpft die Nase. »Eine was?«

»Wenn zwei Babys gleichzeitig geboren werden und genau gleich aussehen«, erkläre ich.

Das lässt sie in hysterisches Gelächter ausbrechen. »Oh«, sagt sie, »ihr meint Zwillinge! Ich liebe es, wie ihr redet. Ich könnte euch den ganzen Tag lang zuhören, das ist mein Ernst.«

»Wir unterhalten andere gern.« Pen bringt einen anmutigen Knicks zustande. »Selbst wenn nichts von dem, was wir sagen, so witzig ist.«

»Ich weiß etwas, das witzig ist«, sagt Birdie.

»Was denn?«, frage ich.

»Ein großes Geheimnis. Niemand im Königreich weiß davon.«

»Nun«, sagt Pen. »Jetzt musst du es uns verraten.«

Birdie betrachtet uns mit weit aufgerissenen Augen, dann schnaubt sie und lacht. »Ich gehöre dem Königshaus an.«

Pen klatscht in die Hände. »Das gefällt mir. Lasst uns alle für den Rest der Nacht Könige sein.«

»Wir können keine Könige sein«, berichtige ich sie. »Wir sind Mädchen.«

»Und wenn schon, sind wir eben Mädchen. Wir können sein, was wir wollen, und heute Nacht will ich ein König dieser verrückten Welt sein.«

»Nein.« Birdie schüttelt den Kopf. »Ich bin tatsächlich die Dritte in der Thronfolge. König Ingram ist mein Großvater.«

Ihr ist nichts mehr von ihrer Fröhlichkeit anzumerken. Ich beuge mich näher zu ihr. »Wie ist das möglich?«

»Vor vielen Jahren, als der König noch jung und seine Frau noch am Leben war, schwängerte er eine Dienerin. Er gab ihr eine Abfindung und sie zog das Kind allein groß. Meinen Vater.«

»Das erfindest du«, sagt Pen undeutlich.

Birdie schüttelt den Kopf und ihr Haar weht um ihren Kopf. »Wie sich herausstellte, war die Königin unfruchtbar, und sie konnten keine Kinder haben. Also ist mein Vater nun der einzige Prinz. Aber das ist wie diese große geheime Schande und niemand im Königreich darf das jemals erfahren.«

»Aber wer erbt dann den Thron, wenn König Ingram stirbt?«, will ich wissen.

»Mein Vater«, sagt Birdie. »Das ist alles bereits genau festgelegt. Man wird einfach sagen, dass der König sein Königreich seiner vertrauten rechten Hand vererbte, weil es keine Nachkommen gab. Niemand wird jemals erfahren, dass mein Vater in Wirklichkeit sein Sohn ist.«

»Du bist eine Prinzessin«, platze ich heraus.

Sie kichert und nimmt einen Schluck. »Das bin ich.« Sie steht auf und schiebt ihren Stuhl an den Tisch. »Gehen wir los und erforschen das Königreich, ja?«

Sie nimmt uns bei den Händen und führt uns in den Themenpark. Das Metall der Bahnen funkelt im Mondlicht wie zur Erde gefallene Sterne.

Wir verbringen den Rest der Nacht damit, auf die Sitzbänke von Wagen zu steigen, die uns nirgendwohin bringen. Ich stelle mir vor, wie einer von ihnen zum Leben erwacht und uns rasend schnell von hier fortbringt. Vorbei an Internment, vorbei an den Sternen, der Sonne und dem Mond – zu dem, was jenseits davon liegt.

9

Das kalte Wetter hat seinen Preis von Basil gefor-dert. Als er nicht zum Frühstück kommt, finde ich ihn mit der Decke über dem Kopf. Ich ziehe sie weg und sein Gesicht ist ganz rot.

»Basil?« Ich berühre seine Stirn. Sein Blick ist glasig und finster.

»Sind wir zu Hause?«, fragt er.

»Nein.« Ich streiche über sein Gesicht, berühre beide Wangen. »Du hast Fieber. Ich hole einen kalten Lappen.«

»Geh nicht. Ich habe die ganze Nacht geträumt, ich wäre in einer Welt aus Türen, und du würdest ununterbrochen durch sie gehen.«

»Das war nur ein Traum. Ich bin hier.«

Er seufzt, schließt die Augen. »Du riechst wie ein Tonikum«, sagt er.

»Bist du sauer?« Ich beiße mir auf die Lippen. »Birdie hat uns letzte Nacht in den Themenpark mitgenommen, dort haben wir uns eine Flasche geteilt.«

»Pen hat dich begleitet?« Er öffnet die Augen.

Ich nicke.

»Sei vorsichtig, Morgan. Sie ist nicht so stark wie du.«

»Pen ist einer der stärksten Menschen, die ich kenne.«

»Nicht das«, sagt er. »Du weißt, was ich meine.«

Obwohl ich nie über Pens Vorliebe für Tonika spreche, wenn ich es vermeiden kann, gehört das nicht zu den Dingen, die sich vor jedem verbergen lassen. Was als besorgniserregende Gewohnheit begann, ist im Laufe der Zeit zu einem Teil ihrer Persönlichkeit geworden.

Ich klettere auf das Bett und schmiege mich an ihn, lege das Kinn auf seine Schulter. »Ich weiß«, sage ich. »Keine Sorge. Schlaf einfach.«

Den größten Teil des Morgens schläft er unruhig, und ich fange an, mir Sorgen zu machen. Es könnte mehr als eine Erkältung sein. Während er schläft, habe ich Stunden, die ich über Viren nachgrübeln kann, die es vielleicht in dieser fremden Luft gibt, oder dass unser Immunsystem ohne Internments gemäßigtes Klima angegriffen wird.

Aber irgendwann am Nachmittag ist er wieder wach und möchte etwas essen. »Was soll ich dir bringen?«, frage ich und streiche ihm das verschwitzte Haar aus der Stirn. Er hat wieder an Farbe gewonnen und ist nicht mehr so fleckig.

»Irgendwas, das Ähnlichkeit mit dem hat, was ich kenne«, sagt er. Sein Lächeln ist voller Bedauern, auch wenn es vermutlich beruhigend sein soll. Ich kenne ihn und weiß, dass er unser Zuhause vermisst.

»Basil, es tut mir so leid«, sage ich.

»Du hättest nichts anderes tun können«, erwidert er.

Noch vor wenigen Wochen saßen wir an einem warmen Tag im Gras und ich gestand ihm meine Neugier auf den

Rand. Meiner Meinung nach bedeutete sie, dass mit mir etwas nicht stimmte. Ich machte mir Sorgen über die Spezialistin des Königs und vergaß nie, die Pille zu nehmen, damit ich nicht das durchmachen musste, was Alice durchgemacht hatte. Ich machte mir Sorgen über meine Eltern, während ich mich abmühte, die Leere zu füllen, die mein Bruder mit seinem Sprung hinterließ.

All diese Dinge wirken jetzt so klein und weit weg wie ein Stern. Damals hatte ich nicht wissen können, was bald darauf geschehen würde.

»Ich will es wieder in Ordnung bringen«, sage ich.

»Die Prinzessin glaubt, dass die Flugtechnologie Fortschritte macht«, sagt er. »Vielleicht eines Tages.«

»Möglicherweise sind wir dann schlimmer dran. Mittlerweile hoffe ich fast schon, dass das nie geschieht.« Die Last meiner Trauer und Schuld droht mich zu zermalmen, also stehe ich auf, als könnte mich das davon befreien. »Ich hole dir etwas zu essen.«

Zu meiner Freude begegne ich Alice in der Küche, die der Köchin hilft, ein Tablett Gebäck zuzubereiten. Seit unserer Ankunft war sie an Lex' Seite gebunden, aber sie hat es noch nie lange ausgehalten, nichts zu tun. Gestern hat sie auch das Zimmer eine Weile verlassen, um den Kindern Geschichten zu erzählen und mit ihnen zu spielen.

»Wie geht es Basil?«, fragt sie mich.

»Hungrig. Ich wollte sehen, ob ich etwas für ihn finde.«

»Das dachte ich mir schon. Ich habe etwas Suppe in den Kühlkasten gestellt. In ein paar Minuten habe ich sie warm gemacht.«

»Schon gut. Das kann ich auch tun«, sage ich, obwohl ich nicht die geringste Ahnung habe, wie ich mit diesem fremden Herd klarkommen soll. Obwohl, ehrlich gesagt konnte ich auch zu Hause nicht besonders gut damit umgehen.

Und es ist ein seltsamer Herd, minzgrün mit mehreren Fächern und sechs Flammen.

»Schatz, lass mich dir helfen«, sagt Alice.

»Ich bin seine Verlobte«, erwidere ich schärfer als beabsichtigt. »Ich sollte zumindest dazu fähig sein, Suppe aufzukochen, wenn er hungrig ist.« Diese kleinen Gesten müssen etwas bedeuten, und der Ring, den ich trage, muss noch immer dafür stehen, dass wir füreinander sorgen. Auch wenn es hier unten kein Gesetz gibt, das das verlangt.

Es gelingt mir, die Suppe warm zu machen, ohne das Hotel niederzubrennen, und Basil trinkt sie ohne jede Beschwerde, ob sie nun gut ist oder nicht. In der Zwischenzeit sitze ich auf der Fensterbank, das Porträt eines mürrischen Mädchens gegen eine Welt, die unter dem Schnee langsam Konturen annimmt.

»Dich beschäftigt etwas«, meint Basil.

»Mich beschäftigen viele Dinge.«

»Abgesehen vom Offensichtlichen. Hat es etwas mit vergangener Nacht zu tun?«

Er ist mit der Suppe fertig, also stelle ich die Schüssel auf dem Nachttisch ab und lege mich neben ihn ins Bett. Er nimmt mich in den Arm und ich schließe die Augen. Seine Berührung vermittelt noch immer Trost. Das gibt mir die Hoffnung, dass wir in dieser Welt wenigstens etwas Normalität finden werden.

Ich erzähle ihm von dem Teleskop und den Planeten, von den großartigen Träumen dieser Menschen, auf dem Mond spazieren zu gehen. Ich erzähle ihm alles. Aber ich verrate nicht das Vertrauen von Internments Prinzessin oder das meiner besten Freundin, die sich einander an die Kehle gehen, während ich genau dazwischenstehe. Ich erzähle ihm nicht, wie machtlos ich mir vorkomme und welche Schuld ich trage.

Am Ende sage ich nur: »Ich weiß nicht, was ich tun soll.« Das wird zu meinem Mantra. Mein Kopf schmerzt noch immer von diesem Gin und mein Mund ist ganz trocken. Was bin ich doch für ein Häufchen Elend. Mit Sicherheit niemand, der das Vermächtnis meiner Eltern weiterführen kann.

Basil spürt genau, dass da mehr ist, als ich sage. Aber er bedrängt mich nicht und dafür bin ich dankbar. Anscheinend ist er der Einzige auf diesem Planeten, der mich nicht als Ablage für Geheimnisse betrachtet. Und er ist stets so geduldig mit mir.

»Ruh dich aus«, sagt er.

»Sollte ich das nicht zu dir sagen?«

Er drückt einen Kuss auf meinen Scheitel. »Dir muss man das öfter sagen als mir.«

Das sind die letzten Worte, bevor wir eindösen. Ich kann so tun, als wäre der Schutz seiner Arme das Einzige, was wichtig ist, und dass wir uns in unserer eigenen Welt befinden, als wir einschlafen.

• • •

Bei meinem Erwachen ist es dunkel und ich fühle mich viel schlechter. Die Kopfschmerzen sind schlimmer geworden, und ich will nur ein heißes Bad nehmen und dann zu Bett gehen, vorzugsweise ohne einen weiteren Streit meiner Zimmergenossinnen.

Basil schläft tief und scheint auch nicht länger von innerer Unruhe gepeinigt zu werden. Das Fieber ist gesunken, aber ich hole eine kalte Kompresse für seine Stirn, bevor ich nach oben gehe. Er soll wissen, dass ich noch immer da bin, um für ihn zu sorgen.

Celeste öffnet die Badezimmertür in dem Moment, in dem ich nach der Klinke greife. »Ach, Morgan, gut. Genau die Person, mit der ich sprechen wollte.«

»Ich?«

Sie wirft einen Blick über meine Schulter auf den Korridor der geschlossenen Türen; hinter jeder könnte ein Lauscher stehen. Sie zieht mich ins Badezimmer und schließt die Tür hinter uns.

»Ich treffe mich morgen mit König Ingram. Ich wollte dich einladen, mich zu begleiten. Er betrachtet den Metallvogel noch immer als Risiko. König Erasmus soll auf keinen Fall von unserer Anwesenheit erfahren, also wird er ihn wegschaffen, ob der Professor nun aussteigt oder nicht.«

»Das möchte ich sehen«, sage ich.

»Falls dich das interessiert, lässt es sich bestimmt einrichten. Aber darauf wollte ich nicht hinaus. Ich hatte gehofft, mit dem König sprechen zu können, das ist alles.«

Ich sollte gehen, wenn auch nur, um die Pläne des Königs zu erfahren. Aber ich hasse die Rolle, in die man mich gedrängt hat. Darin muss ich die nutzlosen Bemühungen der Prinzessin verfolgen, ihre Mutter zu retten, während ich mich verstohlen bemühe, sie zu sabotieren, um die Sicherheit von ganz Internment zu gewährleisten. »Worüber willst du denn mit ihm reden?«

»Ehrlich gesagt glaube ich nicht, dass er Internment als nützlichen Verbündeten in diesem Krieg betrachtet. Seit unserem Besuch hat Nimble mit ihm gesprochen, und anscheinend wäre es eine zu große Belastung ihrer Ressourcen, ihre ganze Aufmerksamkeit auf diese Flugzeuge zu konzentrieren. An dieser Front ist ihre Technologie König Erasmus' bereits voraus.«

»Was ist damit, dass du vermutlich die Thronfolgerin bist und er ein Narr wäre, wenn er nicht hilft?«

»Daran hat sich nichts geändert. Aber angesichts des Kriegs rückt das erst einmal nach hinten. Seit unserer Begegnung hat er mit seinen Beratern gesprochen und ist zu dem Schluss gekommen, dass seine Verantwortung allein seinem Königreich gilt, während es ihn am dringendsten braucht.«

Ich scheine den Blick nicht von den Fliesen nehmen zu können. »Ich weiß nicht, wie ich seine Meinung ändern sollte. Du hast doch einen viel höheren Status als ich.«

»Ich könnte deine Unterstützung als Mitbürgerin von Internment gebrauchen.« Die Hoffnung in ihrer Stimme ist fast unerträglich. »Und ... nun ja. Als jemand, der genau weiß, wie es ist, jemanden verloren zu haben.«

Das erregt meine Aufmerksamkeit. Plötzlich bekomme ich nur noch schwer Luft.

»Mein Vater ist sehr stur. Er fürchtet sich vor dem Boden und jedem Fortschritt. Und als meine Mutter an der

Sonnenkrankheit erkrankte, hat er um jede Behandlung gebeten, die unsere Ärzte haben. Aber natürlich hat das alles nichts bewirkt. Sie wird jeden Tag schwächer.«

»Dann leidet sie also unter der Sonnenkrankheit.« Das ist das Gleiche wie ein Todesurteil. Es beginnt als kleines Geschwür und breitet sich dann aus, bis es jedem Befallenen das Leben ausgesaugt hat.

Celeste greift nach meinen Händen und überrascht mich damit. Sie hält sie zwischen uns in die Höhe, und ich könnte schwören, ihren Puls in den Fingerspitzen pochen zu spüren. »Was Pen gesagt hat, stimmt nicht. Ich hatte nichts mit deinen Eltern zu tun. Weder mein Bruder noch ich hatten Einfluss auf die Entscheidung meines Vaters, und auch wenn ich gern abstreiten würde, dass er dafür verantwortlich ist, kann ich das wohl nicht.«

Ich konzentriere mich auf die hellen grauen Blumen, die auf die Wand gemalt sind. Tränen drohen sich ihren Weg zu bahnen.

»Da ist noch ein Problem.« Celestes Stimme wird leiser, die Verzweiflung weniger ausgeprägt. »Mein Vater hat von Panik ausgelöste, falsche Entscheidungen getroffen, um sein Königreich daran zu hindern, mit dem Boden in Kontakt zu treten. Aber das könnte sich alles ändern. Man müsste ihm nur begreiflich machen, dass eine Allianz möglich wäre.«

Ich schlucke etwas Schmerzvolles herunter. »Wie kannst du dir so sicher sein, dass diese Allianz von Vorteil ist?«

»Wie kann man sich überhaupt jemals bei etwas sicher sein? Aber wir haben keine andere Wahl.«

»Wir sollen Freundinnen werden. Das wünschst du dir«, sage ich. »Und als deine Freundin glaube ich, du solltest dich auch auf das Scheitern deiner Pläne vorbereiten. Hast du das auch nur einen Moment lang in Betracht gezogen? Möglicherweise sitzt du für den Rest deines Lebens in dieser Welt fest. Das könnte uns allen so gehen.« Meine Worte sind ganz sanft, aber das beraubt sie nicht ihrer Dringlichkeit.

Sie drückt meine Hände. »Diese Einstellung nützt mir nichts. Wenn ich etwas so Großes erreichen will, muss ich von meinem Erfolg überzeugt sein. Und zwar jede Sekunde, jeden Tag.«

Ich rufe mir in Erinnerung, dass sie mich gegen meinen Willen entführt hat. Sie hat gedroht, mich zu töten. Ich muss kein Mitleid mit ihr haben. Ich muss ihr nicht helfen wollen.

»Ich habe dich eingeladen, mich morgen zu begleiten«, sagt sie. »Die Entscheidung liegt bei dir, aber ich hoffe, du kommst mit.«

Sie lässt meine Hände los und öffnet die Tür. »Falls du ein Bad nehmen willst, denk daran, das Wasser vorher kurz laufen zu lassen. Es kommt kalt heraus.«

Mit diesen Worten geht sie.

•••

Bevor ich zu Bett gehe, sehe ich noch bei Lex und Alice vorbei. Ihr Leben in dieser Welt entspricht ihrem Leben auf Internment. Lex murmelt eine Geschichte in seine Transkriptionsmaschine, während Alice geduldig ihre Ehe zusammenhält wie ein Stück Schnur um einen Stapel alter Liebesbriefe.

»Gute Nacht«, sagt sie und küsst meine Wange. »Er trauert«, flüstert sie dann, »und das ist ein seltsamer Ort. Er wird sich bald daran gewöhnt haben.«

»Gute Nacht, Lex«, sage ich. »Du erinnerst dich doch noch an mich? Deine einzige Schwester?«

Er spricht lauter auf die Transkriptionsmaschine ein und blendet mich aus.

Früher habe ich mir Sorgen gemacht, wenn er sich so verhielt, aber jetzt macht es mich nur noch wütend.

•••

In dieser Nacht bin ich die Einzige im Hotel, die nicht schlafen kann. Selbst Pen ist ziemlich früh eingeschlafen, nachdem sie über Kopfschmerzen klagte. Sie hat dafür die Prinzessin verantwortlich gemacht und die Trennwand zwischen ihre Betten gezerrt. Um das Misstrauen ihres Vaters zu beschwichtigen, hat Birdie, die noch immer wegen letzter Nacht verkatert war, den ganzen Tag so getan, als hätte sie sich den Magen verdorben. Sie kommt nicht zu uns; heute Nacht wird es kein Abenteuer geben.

Ich lausche dem Ticken der Uhr auf dem Nachttisch. Am Boden wird die Zeit auf die gleiche Weise gemessen. Monate und Tage auch. Ich hatte größere Unterschiede zwischen ihnen und uns erwartet, aber die Unterschiede sind nur kulturell. Wie wir haben sie zwei Augen. Wie wir haben sie ein schlagendes Herz. Und Birdies Freundschaft war so selbstverständlich und natürlich, wie sie gewesen wäre, wenn wir uns auf Internment kennengelernt hätten.

Aber wenn ich in die Zukunft blicke, bin ich mir nicht sicher, mich selbst dort zu sehen. Aber ich bin mir auch nicht sicher, mich nach Hause zurückkehren sehen zu können. Ich kann das Gefühl nicht abschütteln, in einem Himmel voller Sterne zu schweben und mich an nichts festhalten zu können.

Und der Schlaf wird mit Sicherheit niemals kommen. Als ich es nicht länger ertrage, steige ich aus dem Bett und vergewissere mich, ob das Schlafzimmerfenster unverriegelt ist; falls ich es später noch brauchen sollte. Leise begebe ich mich in die Küche, packe ein paar Äpfel und Brot in eine Stoffserviette. Dann mache ich mich auf den Weg zum Metallvogel.

Mittlerweile habe ich diese Straßen oft genug benutzt, um zum Landeplatz des Vogels zu kommen. Er ist weit vom Stadtkern entfernt, also gibt es keine Straßenlampen, die für Licht sorgen. Aber das spielt keine Rolle. Die Sterne erinnern sich an mich; ich wurde unter ihnen geboren und habe mein ganzes Leben unter ihnen verbracht. Sie werden immer meinen Weg erhellen.

Der Schnee fängt an zu schmelzen; es ist, als hätte Havalais eine Flut erlebt. Der Nachthimmel spiegelt sich in den Pfützen, und vermutlich könnte ich mich daran gewöhnen, hier zu leben. Ich würde die Geschichtsbücher auswendig lernen und kleine Gaben ins Meer werfen, um mich mit den Meerjungfrauen anzufreunden. Lex wird aus seinem Schneckenhaus kommen, er und Alice werden ein Apartment finden und mich manchmal zum Essen einladen. Und es gibt kein Entfernungsdatum mehr. Basil und ich können hundert Jahre alt werden. Wir könnten einmal um den Planeten reisen und nie das Gefühl haben, auf dem Kopf zu stehen. Für uns wird das ein Wunder sein.

Vielleicht ist es die Stille dieser Nacht oder die Klarheit der Sterne. Vielleicht bin ich desillusioniert. Aber ich fühle mich mutig genug, um es mit dieser Welt aufzunehmen. Und auch mit dem Mond, sollte es je die Möglichkeit geben, ihn zu erreichen.

Als ich den Metallvogel erreiche, fühlt er sich an wie ein Teil aus einer fernen Zeit.

Ich steige die Leiter hinauf und klopfe an der Metalltür. »Professor Leander? Ich bin es, Morgan Stockhour.«

Drinnen erklingt ein Schaben, dann tritt wieder Stille ein.

»Ich habe etwas zu essen gebracht.«

Keine Antwort.

»Das Essen hier ist gar nicht so anders, wenn man weiß, wonach man suchen muss. Man isst hier oft Tiere. Und seltsamerweise trinkt man die Milch von Kühen. Ich kann nicht behaupten, dass sie mir schmeckt. Danach war mir irgendwie übel. Aber wie dem auch sei, ich habe Ihnen einen Apfel und etwas Brot gebracht.«

Die Tür öffnet sich einen Spalt. »Um Himmels willen – hörst du endlich auf zu reden? Du lockst noch die Tiere an.«

Ich beuge mich vor und versuche, in den Vogel zu spähen. »Tiere?«

»Ja, ja. Die sind ganz seltsam. Mit runden roten Augen und Reißzähnen.«

»Darf ich dann reinkommen?« Hoffnungsvoll halte ich das Bündel in die Höhe. »Ich bin allein. Versprochen.«

Der Professor greift nach dem Essen, aber ich halte es zurück. »Zuerst lassen Sie mich rein.«

»Oh, schon gut, schon gut. Falls es Beobachter gibt, haben sie dich bereits gesehen.« Die Tür öffnet sich weit und dort steht Professor Leander mit einer Laterne. Bei meinem nächsten Besuch muss ich unbedingt daran denken, Kerzen mitzubringen; auch davon kann er nicht mehr viele haben.

»Niemand beobachtet uns«, sage ich. »Das ist nur ein leeres Feld.«

»Hier ist nichts so, wie es scheint«, behauptet er, während er die Leiter zur Küche hinaufsteigt. Sie ist noch immer mit Geräten gefüllt, die ohne Strom nicht funktionieren. Ich frage mich, womit er eigentlich gerechnet hat.

»Man will Sie hier rausholen, müssen Sie wissen. Morgen wird der König diesen Vogel wegschleppen, ob Sie ihn nun verlassen oder nicht.«

»Ja, ja.« Lautstark beißt er in einen Apfel. »Das habe ich erwartet. Judas und Amy haben mir von dem Krieg erzählt.«

»Judas hat Sie besucht?« Warum fühle ich mich hintergangen? Schließlich ist es ja nicht so, als würde ich mich nicht wegschleichen und Geheimnisse hüten. »Wann?«

»Hin und wieder. Allerdings weigert er sich, Essen zu bringen. Er besteht darauf, dass ich herauskomme.«

»Warum tun Sie es nicht?«

»Wilde.« Er hebt die Laterne und ich sehe die vielen Falten in seinem Gesicht. »Ihr alle habt Glück, noch eure Haut zu haben. Glück, dass sie sie euch nicht genommen haben.«

»Sie sind nicht furchteinflößend. Es sind Menschen, genau wie wir.«

Er isst den Apfel, drängt sich an mir vorbei und steigt die Leiter hoch. Die Laterne nimmt er mit und lässt mich im Dunkeln stehen. Im nächsten Moment sagt er: »Willst du einfach da stehen bleiben?«

Ich folge ihm nach oben und dann durch den Gang, der zur Steuerkanzel führt, die fast nur aus Fenstern besteht. Er pustet die Laterne aus und Sternenlicht füllt den Raum. Einen Augenblick lang ist es wie zu Hause.

»Siehst du, da.« Er zeigt über das Wasser zu der Stelle, wo die Lichter der Hauptstadt funkeln. »Diese Technologien haben wir kopiert. Wir haben ihre Gebäude und ihre Züge kopiert, aber ihre Sitten nicht.«

»So anders ist es nicht.«

»Sie schläft nie.« Seine Stimme ist ein Zischen. »Sie ruhen nie. Sie bauen ununterbrochen, steigen eine endlose Leiter hinauf, bis sie es in den Himmel schaffen. Es ist nur eine Frage der Zeit.«

»Sie meinen, bevor sie Internment erreichen.« Ich versuche, ihn zu verstehen.

»Internment, den Mond, den verfluchten Großen Zufluss, damit sie mit den toten Geistern schwimmen können.«

Gegen jede Vernunft blicke ich zum Himmel und versuche diesen nicht wahrnehmbaren Lichtstreifen zu entdecken. »Hier glaubt man nicht an den Großen Zufluss.«

»Gärten aus Leichen«, murmelt er. »Wie Menschen mit ihren Toten umgehen, verrät alles, was man wissen muss.« Sein Gesicht ist so nahe, dass ich den Apfel in seinem Atem riechen kann. »Du darfst an diesem Ort nicht sterben.«

Ich weiche zurück. »Ich wüsste nicht, wie ich das verhindern sollte.«

Er schüttelt den Kopf und sieht wieder zur Stadt. Es ist eine seltsame Stadt, aber ich versuche, sie vertraut erscheinen zu lassen.

»Warum bist du hier?«, fragt er nach einigem Schweigen.

»Um Sie vor morgen zu warnen«, sage ich. Aber wo er jetzt diese Frage gestellt hat, bin ich nachdenklich. »Wenn Sie den Boden so widerwärtig finden und nicht damit einverstanden waren, wie Internment regiert wurde, was würden Sie vorziehen – hier oder dort zu sein?«

»Es geht nicht um mich«, antwortet er. »Nicht um mich. Ich werde nicht mehr lange auf dieser Welt sein. Diese Reise war für meine Enkelin. Ihre Eltern haben sie mit ihrer Behandlung langsam umgebracht. Als Daphne ermordet wurde, haben sie ihr perfektes Kind verloren. Sie haben vergessen, dass sie noch eins hatten. Sie wollten Amy schon bald für unzurechnungsfähig erklären lassen. Sie wegsperren.«

Ich muss an die vielen Abende denken, an denen ich Amy im Wald fand. Sie hatte sich in der Höhle versteckt, war auf Bäume geklettert, hatte behauptet, niemand würde zu Hause ihre Abwesenheit bemerken. »Bestimmt vermissen sie sie.«

»Sie sind erleichtert«, sagt er. »Aber was viel wichtiger ist, *sie* ist es auch.«

»Sie ist krank«, platze ich heraus. »Judas versucht das zu verbergen, aber da er Sie besucht und auf Sie hört, sollten

Sie ihn davon überzeugen, sie in ein Hospital zu bringen. Soweit ich es verstanden habe, verfügen die Ärzte hier über größeres Wissen.«

»Wenn du deiner Haut keinen Wert beimisst«, sagt der Prozessor.

Er setzt sich ans Steuer und streicht mit den Fingern über die Knöpfe und Hebel, die keine Funktion mehr haben – wie Eltern, die ihr schlafendes Kind liebkosen. Und zwischen seinem Daumen und Zeigefinger entdecke ich eine dunkle Masse. Das frühe Zeichen der Sonnenkrankheit.

•••

Auf dem Rückweg habe ich das Gefühl, beobachtet zu werden. Die Paranoia des Professors ist ansteckend, aber wenn ich meine Ohren anstrenge, höre ich nur das Rauschen der wechselnden Gezeiten. Es vermittelt die ganze Last, die sie tragen. Es trägt das Spiegelbild des ganzen Himmels.

Als ich in mein Bett zurückkehre, fühle ich mich, als würde ich die gleiche Last tragen.

»Ich habe mich schon gefragt, wann du zurückkommst«, flüstert Celeste von der anderen Seite der Trennwand. »Es hat mich überrascht, dass du dieses Mal allein warst.«

»Ich weiß nicht, was du da andeuten willst.« In der Dunkelheit versuche ich, mich in der Decke zu graben. »Ich wollte nur spazieren gehen, ohne jemanden zu stören.«

»Du musst mich nicht anlügen. Ich fühle mich nicht ausgeschlossen, weil ich die nächtlichen Partys verpasst habe. Ich brauche meine acht Stunden.«

»Dann nutze sie.« Sie verstummt, und ich habe Zeit, meine Schärfe zu bedauern. »Es tut mir leid.«

»Pen besitzt dich nicht, weißt du«, sagt sie. Kühl. Praktisch. »Du musst sie nicht in jeden Moment deines Lebens mit einschließen.«

Jetzt bin ich an der Reihe, beleidigt zu sein. Diese Worte von einem Mädchen, dessen Bruder jeden Satz beendet, den es in seiner Gegenwart beginnt.

Im Gegensatz zu mir entschuldigt sie sich nicht für ihre Offenheit. Sie lässt sie in der Dunkelheit verweilen, das Letzte, was ich vor dem Einschlafen höre.

10

Da ist etwas Seltsames am morgendlichen Himmel. Im Hotel scheint es jeder zu spüren, ausgenommen Celeste, die ein wahres Energiebündel ist und unablässig über ihr Treffen mit dem König plappert. »Es findet direkt nach dem Frühstück statt«, sagt sie. »Hast du dich entschieden, ob du mich begleitest?«

»Ja, hast du?« Pen verdreht die Augen. Aber als die Prinzessin nicht hinsieht, nickt sie mir schnell zu, was mir verrät, dass ich sie begleiten soll.

Ich habe mich längst dafür entschieden, aber nicht, weil Pen es will. Der Professor sollte ein freundliches Gesicht sehen, wenn man ihn aus seinem Lebenswerk zerrt.

»Ich würde sehr gern mitgehen«, behaupte ich und imitiere den mürrischen Ausdruck, den Pen zeigt, während die Prinzessin im Spiegel ihr Erscheinungsbild kontrolliert. Pen wirft eine Kette nach mir.

Celeste lächelt. »Ausgezeichnet. Dann sehen wir uns beim Frühstück.«

Sobald die Prinzessin weg ist, wendet sich Pen mir zu. »Du musst mir alles erzählen.«

»Das *muss* ich überhaupt nicht«, erwidere ich.

Pen drückt meine Schultern nach unten, bis ich auf der Bettkante sitze. Sie steigt hinter mich und macht sich an meinem Haar zu schaffen. Sie behauptet immer, es mache sie nervös, wie ich mein Haar wie einen nassen Lappen über die Schulter hängen lasse. Pen glaubt an ein makelloses Erscheinungsbild zu jeder Zeit. Das ist die Grenze zwischen Leben und Aufgeben. Unter den blutunterlaufenen Augen, der fahlen Haut und dem unordentlichen Haar ihrer Mutter verweilen noch immer Spuren einer hübschen Frau, die langsam stirbt.

»Was ist nur in dich gefahren?«, sagt sie. »Du bist so empfindlich. Ist es Basil? Ist er sehr krank?«

»Ich habe früher am Morgen nach ihm gesehen. Ihm geht es schon viel besser.«

»Was ist es dann?«

»Ich bin nur müde.«

Sie zieht an einer Haarsträhne. »Weißt du, was ich mir überlegt habe? Wenn der Krieg vorbei ist, könnten wir uns in der Stadt ein eigenes Apartment suchen. Vielleicht würde Birdie mit uns kommen.«

»So etwas kostet hier Geld. Die werden nicht zugeteilt.«

»Dann suchen wir uns eben Arbeit.«

»Was ist mit Thomas und Basil?«

»Du bist so ein braves Mädchen«, neckt sie mich. »Du hältst die Regeln der Verlobung aufrecht, obwohl das Gesetz nicht hinsieht.«

»Ich werde Basil immer noch heiraten.«

»Dann heirate ihn. Es muss ja nicht morgen sein.«

Sie stößt mich in Richtung Spiegel, damit ich ihr Werk betrachten kann. Mein Haar ist auf eine Seite geschoben und zu einem Fischschwanz geflochten, der als Knoten endet.

»Das sieht nett aus«, finde ich.

»So kannst du den Tag in Würde in der Gegenwart von königlichen Familien verbringen, wenn ich das mal sagen darf.«

Sie legt das Kinn auf meine Schulter. Wir starren unsere Spiegelbilder nieder, als wären sie eine Bedrohung. Wer wir sind gegen die, die wir sein sollen.

•••

Die Wolken haben die Farbe von Schlamm angenommen. Sie sind schwer und irreal, breite Striche auf einem von Pens ausgefalleneren Farbmalereien, wenn sie sich fantasievoll fühlt und der Ausdruck in ihren Augen zeigt, wie unerreichbar sie ist. Besorgt starre ich nach oben, während sich der Wind bemüht, meine Frisur kaputt zu machen. Celeste hält ihren geborgten Hut fest. An der Seite ist eine violette Blume mit blauem Stängel festgesteckt, die die Helligkeit ihrer Augen unterstreicht. Falls sie sich wegen des Himmels sorgt, lässt sie es sich nicht anmerken. Sie beobachtet, wie die Männer des Königs einen Kreis um den Metallvogel bilden. Dieses Mal haben sie Maschinen mitgebracht, die wie riesige Metallungeheuer aussehen. Eines hat zwei lange Finger, ein anderes Zähne, die begierig sind, die Erfindung des Professors in Stücke zu reißen.

»Er ist wirklich stur, nicht wahr?«, fragt Celeste. »Sie werden es auseinandernehmen, ob er nun herauskommt oder nicht.« Beim nächsten Windstoß drückt sie den Rock gegen die Knie. »Ich wünschte, sie würden sich beeilen.«

Die Maschine mit den langen Fingern rollt vorwärts. Als das Metall knirschend nachgibt, sehe ich weg. Stimmen befehlen dem alten Mann durch ein Megafon, herauszukommen, aber ich kann nur an die Masse an seiner Hand denken, die ihn das Leben kosten wird.

Ich laufe los. Celeste ruft mir nach, aber ich renne zu dem Metallvogel, vorbei an den Männern mit Gewehren und Megafon. Ich klettere die Leiter nach oben. Niemand hält mich auf. Die Maschine reißt noch immer an der Steuerkanzel. Glas zersplittert.

»Professor Leander!«, rufe ich. Ich zerre an der Tür. Sie ist nicht verriegelt.

Er befindet sich nicht auf der Hauptebene und ich steige die Leiter zum Steuerraum hoch. Kalte Luft streicht durch den Gang; das Metall ächzt, als es wieder zur Ruhe kommt.

Ich finde ihn vor den Kontrollen. Er starrt die freie Fläche an, die einst seine Windschutzscheibe war. Die Maschine hat aufgehört, daran zu reißen, aber auch nur, weil ich eingestiegen bin. Sein Leben war ihnen völlig egal.

»Wir müssen gehen«, sage ich.

Er schließt die Augen. »Also hier endet es?«

»Es beginnt.«

Ungläubig sieht er mich an. Unsere Blicke treffen sich, und ich sehe genau, wie ihn die Erkenntnis trifft: Ich bin es, die dort steht. Ich bin die einzige Person auf diesem runden, zur Hälfte kopfüber hängenden Planeten, die für ihn gekommen ist. Und ich glaube, dass er für mich aufsteht und nicht für sich selbst.

Den ganzen Weg zur Tür klagt und flucht er leise vor sich hin. Ich lege die Hand auf den Türriegel. »Bereit?«

»Sind sie dort draußen sehr barbarisch?«, will er wissen.

»Nur ein bisschen.«

Er hält mir das Buch hin, das er sich auf dem Weg nach draußen geschnappt hat. *Die Geschichte von Internment.* Zu Hause liegt es überall herum, aber das muss die einzige Ausgabe sein, die der Boden jemals zu Gesicht bekommen wird. Plötzlich ist dieses Buch, das ich als Schülerin jeden Tag in der Hand gehabt habe, zum letzten seiner Art geworden. »Ich möchte, dass deine Freundin das bekommt. Die angehende Kartografin, die mir diese schöne Karte gezeichnet hat.«

»Sie können es ihr selbst geben. Sie wird begeistert sein.«

Er drückt es mir in die Hände und stößt die Tür auf.

Die Männer des Königs stehen still da. Die Prinzessin ist in ihrer Mitte und ringt die Hände. Sie wirft mir einen nervösen Blick zu.

»Damen haben Vortritt«, sagt der Professor.

Ich steige nach unten, und die Männer heben in dem Moment, in dem mein Fuß die Erde berührt, die Gewehre und zielen auf den Professor. Dieser bizarre Mann mit den ungekämmten Haaren flößt ihnen Misstrauen ein. Ich schaue zu ihm hoch. In seinem Blick liegt keine Vernunft. *Tu nichts Dummes. Tu bloß nichts Dummes.*

Er streckt die Hände in die Höhe, um zu zeigen, dass er

unbewaffnet ist. In unserer Welt gibt es keine Gewehre; die Bezeichnung ist mir nur deshalb geläufig, weil Jack Piper über die Artillerie des Königs geprahlt hat. Aber es ist, als wüsste der Professor davon. Es ist, als wüsste er alles. Welch schreckliche Last das doch sein muss.

Unter den aufmerksamen Blicken von einem Dutzend Männern mit einem Dutzend Gewehren steigt er langsam nach unten und die Kälte lässt ihn zittern. Der König ist nicht einmal da. Er hat seine Männer, seine Erlaubnis und seinen Segen gegeben, aber für das schmutzige Werk der Zerstörung und des Abtransports der Wrackteile versteckt er sich in seinem Schloss.

Der Professor setzt einen Fuß auf den Boden, dann den anderen. Und dann bricht er mit einem leisen Grunzen zusammen.

•••

Celeste stört es nicht, dass ihre Zeit mit dem König beschnitten wird. So hat sie Gelegenheit, das Hospital von Havalais zu besuchen. Außerdem ist sie stets dafür, die Sonnenseite der Dinge zu finden, wie sie mich wieder einmal erinnert. Der Fahrer des Königs macht die große Tour.

»Ist das nicht erstaunlich?«, fragt Celeste.

»Eigentlich mag ich Krankenhäuser nicht besonders«, erwidere ich.

Der Fahrer prahlt über die erstklassige Technologie der Einrichtung. Bluttransfusionen und Verbrennungsstationen. Etwas, das man Krebs nennt. Es überrascht ihn, dass wir noch nie davon gehört haben. Davon gibt es so viele verschiedene Arten, und wir müssten das mit Sicherheit auf Internment haben, nur unter einer anderen Bezeichnung.

Celeste fängt an, die Symptome ihrer Mutter zu beschreiben.

Ich versuche, den im Gebäude herrschenden Lärm die Worte übertönen zu lassen. Ich will nichts über Krankheit, Tod oder Medizin hören. Es ist seltsam, wie dieses Krankenhaus die gleichen Erinnerungen hervorzurufen scheint wie das zu Hause.

Das Geschichtsbuch drücke ich an die Brust. Der Prinzessin ist es noch immer nicht aufgefallen, so sehr hat sie sich in die Betriebsamkeit dieses Hauses vertieft. Eine weitere grausame Sache, die Krankenhäuser mit sich bringen – Hoffnung.

So viele Türen stehen offen und enthüllen die Kranken und Sterbenden. Ich konzentriere mich auf die Bodenfliesen, um meine Gedanken mit etwas anderem zu beschäftigen. Ich bemerke jeden Unterschied zwischen ihnen und den Böden zu Hause. Die Architektur dieser Gebäude weist keine großen Unterschiede auf. Es ist nur neuer und heller. Man macht bereits Pläne, das Ufer wieder zu bebauen, hat Jack Piper gesagt. An Ziegeln und Mörtel herrscht kein Mangel, nicht mal zu Kriegszeiten.

Ich kann nicht überhören, wie sich die Prinzessin nach Fruchtbarkeitsbehandlungen erkundigt. Auf Internment ist das der wichtigste Flügel eines Krankenhauses. Geschlechter werden vorherbestimmt, damit auch jeder das passende Gegenstück erhält. Wir haben kleine graue Bildschirme, die in eine Gebärmutter schauen können. So etwas gibt es hier nicht. Die Geschlechter werden dem Zufall überlassen. Gesundheit und Wachstumsrate können durch Blutentnahmen festgestellt werden, aber es gibt keine Möglichkeit, sich visuell davon zu überzeugen. Die meisten Eltern sind damit zufrieden, wenn ihre Kinder gesund sind, sagt der Fahrer des Königs. Sie sollen nur gesund zur Welt kommen und dafür sorgen die Ärzte. Was den Rest ihres Lebens angeht, sind sie auf sich selbst gestellt.

Als wir das Krankenhaus endlich wieder verlassen, bin ich froh. Ich weiß nicht, was Celeste alles erfahren hat, aber ihre Fröhlichkeit hat sie verloren, und die sich anschließende Begegnung mit dem König ist ernst. Noch mehr über den Krieg. Er wird für König Erasmus' Bomben keine Vergeltung üben. Er würde gern bis zum richtigen Augenblick warten, bevor er die Ankunft von Besuchern von der magischen schwebenden Insel verkündet. Wann? Vielleicht im Frühling. Das ist, wenn der Schnee verschwunden ist und die Blumen wieder anfangen zu blühen.

Der König und Jack Piper haben alles genau festgelegt. Im Augenblick erklären sie jedem, der sich dafür interessiert, dass wir Verwandte aus Übersee sind, von einer neutralen Insel namens Norsup. Und wenn der richtige Augenblick gekommen ist, werden sie verkünden, wer wir in Wirklichkeit sind. Das wird eine wunderbare Gelegenheit sein und genau das, was Havalais nach diesem ganzen Kriegsgerede braucht.

Celeste hasst die ganze Warterei. Besonnen und energisch breitet sie eine Idee nach der anderen aus, wie sich Havalais jetzt mit Internment verbünden könnte.

»Das ist im Augenblick einfach nicht durchführbar«, sagt der König.

»Es muss doch etwas geben, das Internment und Sie brauchen können«, erwidert Celeste. »Unsere Stromerzeugung ist etwas weiterentwickelt. Sie haben Filme, wir haben etwas Ähnliches, aber mit Ton.«

»Es wird eine großartige Sache werden, wenn sich Havalais und Internment begegnen«, sagt König Ingram. »Aber das wird noch dauern.«

Zeit. Sie hat keine Zeit. Das denkt sie; in ihrem Kopf tickt ununterbrochen eine Uhr. Die Zeit tötet ihre Mutter. Die Zeit wird der Untergang ihres schwebenden Königreichs sein.

• • •

Der Fahrer hält uns die Tür auf und wir steigen ein.

»Hautkrebs«, flüstert sie, nachdem die Tür ins Schloss gefallen ist. Sie sieht mich an. »Das ist die Sonnenkrankheit. Zumindest sieht es so aus.«

»Kann das denn geheilt werden?«, frage ich.

»Es gibt Behandlungsmethoden. Aber so etwas haben wir am verdammten Himmel nicht, also wird uns das hier unten nicht das Geringste nützen.«

»Es tut mir leid. Wirklich.«

Der Fahrer setzt sich hinter das Steuer und wir fahren los. Celeste krümmt sich zusammen und verbirgt das Gesicht zwischen den Knien. Zum ersten Mal seit unserer Ankunft verliert sie die Fassung. »Ich will nicht glauben, dass du recht hattest.« Sie setzt sich wieder auf. »Als du gesagt hast, dass mein Plan möglicherweise scheitert, da habe ich gedacht: ›Was weiß die schon? Sie ist nur ein Mädchen ohne auch nur einen Tropfen adliges Blut.‹ Aber die Liste der Unterschiede zwischen uns wird mit jedem Tag, den wir hier verbringen, kürzer.« Mit dem Kopf deutet sie auf die Schaufenster, an denen wir vorbeikommen. Luxuriöse Pelzmäntel in Dunkelbraun und Rauchgrau. Dazu passende Hüte und Taschen. Schuhe, die uns groß genug machen würden, um Wolken vom Himmel zu pflücken, damit wir sie nach Lust und Laune formen könnten. »In meiner Brieftasche habe ich Geldgutscheine«, sagt sie. »Aber die sind hier wertlos. Es ist einfach nur Papier. Alles, was ich habe, sind ein paar Zettel.«

Das drückt es wirklich perfekt aus.

Ich nehme ihre Hand. Es ist ein trauriges Angebot, aber sie drückt meine Finger und scheint einfach dankbar zu sein, etwas zu haben, an dem sie sich festhalten kann.

Den Rest der Fahrt über ist sie still. Es hat eine Zeit gegeben, in der ich für ihr Schweigen dankbar gewesen wäre, aber jetzt verstärkt es nur noch die Last jener dunkler werdenden Wolken über unseren Köpfen. Der Himmel ist voller Traurigkeit.

»Als würden die Wolken knurren, so klingt das, findest du nicht?«, frage ich, als wir aus dem Wagen steigen.

Sie sieht nach oben und nickt.

Und dann macht der Himmel ein Geräusch, lauter als ein Knurren. Ein durchdringendes Donnern, das uns beide zusammenzucken lässt. *Das muss eine weitere Bombe sein,* schießt mir durch den Kopf. Ich warte auf den Rauch. Ich warte darauf, dass das Hotel vor uns in Flammen aufgeht.

Aber der Fahrer zeigt keine Regung. Ein kurzes Stück entfernt verlässt er das Kutschenhaus und geht zur Hintertür, die in die Küche führt. »Ihr Mädchen solltet besser reingehen«, ruft er uns zu. »Es sieht nach Regen aus.«

Verwirrt sehen Celeste und ich uns an. Aber dann bleibt ihr Mund offen stehen und sie hält die Hand auf. Ich verstehe nicht, bis ich einen Wassertropfen auf mein Gesicht aufprallen spüre. Dann noch einen. Es folgen Tausende, die überall um uns herum in die Tiefe strömen, als würden sie aus dem Himmel fliehen. Ein weiteres Donnern erschüttert die Erde.

Ich schiebe das Geschichtsbuch unter meine Bluse, damit es trocken bleibt.

Celeste lacht und breitet die Arme aus.

Was für eine ungewöhnliche Welt.

• • •

Basil will nach draußen und den Regen selbst spüren, aber ich hindere ihn daran, den Mantel anzuziehen. »Du bist noch immer nicht gesund«, sage ich. »Draußen ist es eiskalt. Und dieses flackernde Licht – wenn das gefährlich ist?«

Wir stehen an seinem Schlafzimmerfenster und er grinst mich an.

»Was?«, frage ich.

»Du sorgst dich um mich.«

»Natürlich sorge ich mich um dich. Wo ich herkomme, fallen Dinge nicht einfach zufällig aus dem Himmel. Ich will nicht, dass du darunterstehst, nicht mit dieser Erkältung.«

»Das ist das gleiche Wasser wie in unseren Seen auf Internment«, sagt er. »Nur dass sich Internment über den Sturmwolken befindet, also muss es der Boden absorbieren.«

»Wenn Pen dich so reden hören würde, würde sie dich darüber belehren, dass unsere Seen ein Geschenk des Himmelsgotts sind.« Ich starre zu den Lichtern der Stadt in der Ferne, zum Ozean. »Ich wünschte, Thomas und sie kämen zurück. Haben sie gesagt, wo sie hinwollen?«

»Sie haben es niemandem verraten. Haben sich einfach irgendwann nach dem Frühstück davongestohlen.«

Sie müssen solche Angst haben. Das Wasser klingt wie lauter werdender Applaus. Ein weiteres Donnern lässt mich keuchen.

Basil steht hinter mir und hält meine Arme. »Das ist Donner.«

»Wodurch wird das verursacht? Will ihr Gott ihnen etwas sagen?«

»Das ist nur Wetter. Annette hat mir Tee gebracht, als ich zu krank war, um aufstehen zu können. Sie hat mir alles über das verschiedene Wetter erzählt, das es hier unten gibt.«

»Ich frage mich, was als Nächstes vom Himmel fällt. Vielleicht Fische, die in all diesem Wasser schwimmen.«

Basil lacht. Sein Atem kitzelt in meinem Nacken. Er küsst mich unter dem Ohr. Ich schließe die Augen. »Du bist in Sicherheit«, sagt er.

Ich glaube ihm.

Als er meine Haut wieder küssen will, wende ich den

Kopf und fange ihn mit dem Mund auf. Die Welt draußen flackert hell.

»Pass in Judas' Nähe auf«, murmelt er. Als er mich wieder küssen will, weiche ich zurück.

»Was meinst du?«

»Wir befinden uns jetzt in einer anderen Welt. Es mag den Anschein haben, dass sich die Regeln geändert haben. Aber das ändert nicht, wer wir sind oder was wir getan haben.«

»Du meinst, dass man ihn des Mordes beschuldigt hat.« Ich trete einen Schritt zurück. »Wie kommst du jetzt darauf?«

»Thomas und ich teilen uns mit ihm das Zimmer.« Mit dem Kopf deutet Basil auf eines der leeren Betten. »Wir sind nicht davon überzeugt, dass er in Ordnung ist. Und du magst ihn, das weiß ich …«

»Ich mag ihn? Meiner Meinung nach hat er seine Verlobte nicht ermordet. Das hat ihm der König in die Schuhe geschoben, davon bin ich überzeugt. Das ist nicht das Gleiche, wie jemanden zu mögen.«

»Du sollst nur vorsichtig sein. Das ist alles. Mehr will ich nicht.«

»Vorsichtig«, wiederhole ich. »Warum höre ich ständig dieses Wort? Warum vertraut niemand darauf, dass ich vorsichtig bin?«

»Ich vertraue dir, Morgan. Natürlich tue ich das. Aber ihm vertraue ich nicht. Er könnte deine Freundlichkeit ausnutzen, das ist alles.«

»Wie soll er mich ausnutzen? Ich habe nichts zu bieten.«

Er senkt den Blick, seine Wangen röten sich. Er braucht nicht auszusprechen, was er denkt. Vermutlich könnte er es nicht einmal. Ich weiß nicht, ob ich wütend sein oder ihn beruhigen soll. Diese verrückte Welt unter den Wolken sorgt ständig dafür, dass ich mit mir im Unreinen bin.

»Das würde ich nie tun, Basil«, sage ich. »Und deine Andeutung verletzt mich dann doch.«

Basil hat immer in allem recht gehabt, was mich angeht. Er kannte sogar meine Fantasien über den Rand, bevor ich den Mut aufbrachte, es ihm zu erzählen. Aber dieses Mal liegt er so falsch, dass es alles andere ausgleicht.

»Wie ich sagte« – er richtet den Blick auf den Himmel, der wie ein wildes Tier grollt und wogt, und nicht auf mich –, »ihm vertraue ich nicht.«

•••

Alice hat den Donner in eine Geschichte verwandelt. Der Kamin ist die einzige Lichtquelle in dem Wohnzimmer und sie wirft Schatten an die Wände. Die Kinder sehen gebannt zu. Sogar Birdie, die die Beine über die Armlehnen des Stuhls gelegt hat und sie baumeln lässt, hat ihr Buch abgesetzt, um die Geschichte der Prinzessin zu hören, die sich in einen Geist auf der anderen Seite des Sees verliebt hat.

Die Kinder unterbrechen Alice, um noch mehr Einzelheiten zu erfahren – alles nur, damit die Geschichte nicht endet. Was für Geschöpfe leben in dem See? Welche Farbe hat das Haar der Prinzessin?

Eine Weile lehne ich im Türrahmen und lausche der Aufregung in ihrer Stimme. Es ist lange her, seit ich sie das letzte Mal gehört habe. Es ist lange her, seit sie so gut vortäuschen konnte, glücklich zu sein.

Sie beschreibt gerade den Wind voller Sternenstaub, der die Sicht der Prinzessin auf ihren geliebten Geist versperrt, als sie meinen Blick erwidert. »Und was geschieht dann?«, fragt sie mich.

»Sie lebten glücklich bis an ihr Ende?«

»So einfach kann das nicht sein!«, schmollt Annette.

»Ist es auch nicht«, sagt Riles überzeugt.

»Es gab da etwas, das die Prinzessin wollte«, wendet sich Alice an sie. »Etwas, das der Geist ihr nicht geben konnte.«

Ich wünsche mir, ich müsste nicht hören, was sie als Nächstes sagen wird.

»Ein Kind.«

Annette und Marjorie hören mit weit aufgerissenen Augen zu. Sie wollen unbedingt, dass diese Prinzessin eine richtige Romanze hat, und wie kann eine so wichtige Sache fehlen, wenn sie glücklich bis an ihr Ende leben sollen?

Ich bleibe nicht, um zu hören, wie die Geschichte endet. Als ich die oberste Treppenstufe erreiche, bin ich so traurig und wütend, dass ich nicht weiß, was ich mit mir anfangen soll. Das gibt mir den Mut, den ich brauche, um meinen Bruder zu konfrontieren.

Ich klopfe nicht an. Ich öffne einfach die Tür. Er hört auf, in sein Transkriptionsgerät zu murmeln. Er weiß, dass ich es bin. Er erkennt eine Person an ihren Schritten. An der Atmung und wie der Türknauf gedreht wird. Er kann auf alles hören außer auf Worte. Was ich sage, darauf hört er nicht mehr.

»Warum hast du es getan?«, will ich wissen.

»Was denn, Schwesterchen?«

»Warum bist du gesprungen? Du musstest wissen, dass du dabei verletzt wirst. Dass es Alice und uns allen schaden würde.«

Er schüttelt den Kopf und wendet sich wieder seiner Maschine zu. »Nicht jetzt. Ich bin mitten in einer Tragödie. Ein Mann will seine Schwester töten, weil sie ihn bei seinem Meisterwerk stört.«

Er greift nach dem Knopf, der die Transkriptionsmaschine wieder einschaltet, aber ich entreiße sie ihm. Er greift nach dem Papierstreifen, der seiner Reichweite entgleitet.

»Sag es mir«, verlange ich.

Er steht langsam auf und tastet sich an der Wand entlang. »Morgan, wenn du irgendwas mit meinem Roman machst, dann bringe ich dich um.«

»Ja, ja, schließlich wollen wir nicht, dass Papier und eine Maschine Schaden nehmen. Schließlich ist das ja nicht so etwas Triviales wie eine lebendige Person.«

»Du benimmst dich wie eine dumme Göre.«

»Du bist ein Geist«, sage ich. »Begreifst du das nicht? Du benimmst dich, als wäre bereits alles vorbei. Vielleicht wolltest du ja sterben, als du vom Rand gesprungen bist, aber das bist du nicht, nicht wahr? Und es ist völlig sinnlos, so zu tun, als wärst du es.«

Ein helles Flackern taucht das erbärmliche Zimmer in sein Licht, aber davon bekommt er nichts mit. Ich weiche in die Ecke zurück. Die Transkriptionsmaschine wiegt schwer in meinen Händen. Ich halte sein Herz und alle seine Gedanken. Einzelne Stücke. Das ist alles, was ich je von ihm bekommen werde.

Leise sagt er: »Ich bin dort nicht hingegangen, um zu sterben.«

»Was war es dann?«

»Ich wollte nicht mal springen. Ich wollte nur sehen, was es dort draußen gibt. Das ist alles. Das ist ganz schön ins Auge gegangen, was?«

Er setzt sich auf die Bettkante. Seine Knie zittern. Ich drücke die Transkriptionsmaschine an die Brust. Ihre Räder haben schwarze Spuren auf meinen Armen hinterlassen. Sie ruiniert das Kleid, das einer Frau gehört, die mir noch nie begegnet ist. »Du hast im Krankenhaus gearbeitet, Lex. Du hast gewusst, was der Rand mit Menschen anstellt.«

Er zuckt mit den Schultern. »Darüber habe ich nicht nachgedacht. Vielleicht stimmt ja, was man sagt, und der Wind dort raubt den Leuten wirklich den Verstand. Ich bin über die Gleise gestiegen und einfach weitergegangen, Schritt für Schritt. Ich habe über Augenblicke meines Lebens nachgedacht, aber witzigerweise in umgekehrter Reihenfolge. Ich dachte an Alice in ihrem Hochzeitskleid und diese roten Blumen, die sie in Händen hielt, als sie auf mich zutrat. Ich dachte daran, wie ich unter Wasser die Augen geöffnet und diese Forelle angesehen habe. Ich dachte an den Tag deiner Geburt. Weißt du, du warst so klein. Ich durfte dich nur durch eine Scheibe betrachten. Aber du hast mich angesehen und du warst so furchtlos.

Als wüsstest du etwas, das ich nicht wusste. Etwas, das ich vergessen hatte, weil mir nicht klar war, dass ich es meiner Erinnerung anvertrauen sollte. Also habe ich die Worte ›Vergiss das nicht‹ durch die Scheibe gehaucht. Das war das Erste, was ich zu dir gesagt habe. Bevor ich an jenem Morgen zum Rand gegangen bin, kam ich runter und fand dich vor Mutters Ankleidetisch. Dein Gesicht war voller Schminke und du hast mich im Spiegel angesehen. Das war derselbe Blick.«

An diesen Morgen kann ich mich genau erinnern. Ich war gerade mal dreizehn und wollte sehen, wie ich aussehen würde, wenn ich älter war. Aber ich hatte es falsch gemacht. Bevor ich zur Akademie ging, rieb ich mir die Schminke vom Gesicht, aber als man kam und mich über den Zwischenfall mit meinem Bruder informierte, konnte ich sie noch immer in meinen Poren spüren und auf den Lippen schmecken. Seitdem hatte ich für Schminke nie mehr viel übrig.

»Ich habe den Rand erreicht«, fährt Lex fort. »Und dann sah ich nach oben und die Welt war stehen geblieben. Es gab keinen Zaun. Keine Geräusche. Das Gras hörte einfach auf. Und ich hatte das Gefühl, dort unten würde die Lösung für einfach alles warten. Ich musste mich nur durch die vielen Wolken graben. Also habe ich mich vorgebeugt, um sehen zu können.«

Tränen stehen in meinen Augen. Es ist schrecklich von mir, ihn dazu zu zwingen. »Also war das Letzte, das du gesehen hast, eine Lösung, die sich unter den Wolken versteckte.«

»Nein. Das Letzte, was ich gesehen habe, war ein Traum, der tagelang anhielt. Ich träumte von einem grauen Ding auf einem Bildschirm. Ich war im letzten Augenblick seines Lebens gefangen, und ich träumte, ich könnte sein Herz schlagen hören. Dann bin ich eines Tages aufgewacht, und das einzige Herz, das schlug, war meins. Das Ding war weg und seitdem gibt es nur Finsternis.«

Er senkt den Kopf. Seine Hände liegen geöffnet und leer in seinem Schoß.

Zögernd knie ich mich neben ihm auf das Bett. Ich gebe ihm die Transkriptionsmaschine zurück. Er dreht sie um und glättet das Papier, aber sie scheint ihm nicht mehr so viel zu bedeuten wie noch vor ein paar Minuten.

»Nimble Piper trägt Gläser, die seiner Sicht helfen«, sage ich. »Ohne sie ist er fast blind, hat er gesagt.«

Er schüttelt den Kopf. »So einfach ist das nicht, Schwesterchen. Nicht mal in meinen Erinnerungen sehe ich Bilder. Ich glaube nicht, dass ich den Unterschied zwischen Rot und Blau benennen könnte. Das kann man nicht zurückgeben, als würde man einen Schalter umlegen.«

»Einen Versuch ist es wert. Es gibt so viele Dinge, die es wert sind, gesehen zu werden. Das ist eine neue Welt da draußen.«

Er lacht humorlos. »Gibt es in dieser Welt nicht auch Grausamkeit?«

Ich lege den Kopf auf seine Schulter. Er zerzaust mir das Haar, zögert aber, als er den Zopf fühlt. Er hat nicht mit der Veränderung gerechnet. Für ihn bin ich noch immer dreizehn Jahre alt und sehe ihn im Spiegel.

»Das ist nur ein Teil davon, Lex. Die Dinge sind schrecklich, dann werden sie besser, und alles fängt wieder von vorn an.«

Ich steige vom Bett, öffne das Fenster, und der Geruch feuchter Erde füllt das Zimmer. Ich nehme meinen Bruder beim Arm, und er lässt seine Transkriptionsmaschine tatsächlich los und sträubt sich nicht, als ich seine Hand aus dem Fenster schiebe.

Regen sammelt sich auf unseren Handflächen und tropft auf den Fensterrahmen.

»Sturmwolken«, sagt Lex. »Man kann sie durch die Fernrohre betrachten.«

»Wir haben kein Fernrohr«, sage ich. »Wir haben ein Fenster, und das ist so viel besser, findest du nicht?«

Er hebt die Brauen. Dann lächelt er und versucht, es zu verbergen. Niemand soll sehen, dass er da drin noch lebendig ist.

»Heute ist es ein offenes Fenster«, sage ich. »Ganz kleine Schritte. Wir erarbeiten uns den Weg zur Tür, und dann kümmern wir uns um das, was auf der anderen Seite ist.«

• • •

Pen stürmt in unser Schlafzimmer. Aus ihrem Haar tropft Wasser zu Boden, schwarze Schminke läuft ihre Wangen hinunter. Im ersten Augenblick vermag ich nicht zu sagen, ob sie verzweifelt oder aufgeregt ist, aber dann prustet sie vor Lachen. »Warst du da draußen?«, fragt sie. »Ist das nicht unglaublich?«

»Ich hatte solche Sorge, dass du Angst bekommst«, antworte ich.

»Ach, zuerst war es auch furchterregend. Thomas und ich waren am Hafen, dort hörten wir dieses laute Knallen, als würde der Gott des Himmels mit einer Peitsche schlagen. Ich dachte, die Welt geht unter. Aber niemand um uns herum schien es zu bemerken, und als das Wasser herunterfiel, hoben einige der Leute diese merkwürdigen Stöcke, die sie dabeihatten und die dann über ihren Köpfen erblühten.«

Sie wringt ihr Haar aus und macht dunkle Flecken auf den Teppich. »Es war wunderbar. Aber ich brauche ein heißes Bad, bevor ich mir noch den Tod hole. Dort unten ist es so kalt, ich weiß nicht, wie sie das ertragen. Ich fühle mich, als wäre die Kälte in meinen Knochen gefangen. Hast du je das Gefühl …«

Sie verstummt, weil ich sie in eine Umarmung ziehe. Sie riecht wie Wolle und feuchte Luft, sowie nach dem Duft, den sie sich aus einer der vielen Kommoden in diesem riesigen Gebäude geborgt hat.

Unsicher erwidert sie die Umarmung. »Willst du über etwas reden?«

Mein Verlobter glaubt, ich würde mich von einem Mörder verführen lassen, mein Bruder ist viel zu jung, um aufgegeben zu haben, und Alice erfindet unten Geisterkinder.

»Nein«, sage ich. »Nimm dein Bad. Danach habe ich ein Geschenk für dich.«

Mit dem Kopf deutet sie auf ihr Bett. »Ist das die Beule unter meiner Decke?«

Ich schiebe sie in Richtung Tür. »Später«, sage ich.

Sie nimmt das kürzeste Bad in der Geschichte dieser

und unserer Welt, davon bin ich überzeugt. Sobald sie unser Zimmer betreten hat, eilt sie zum Bett und schlägt die Decke zurück.

Ich lehne mich auf meinem Bett auf die Ellbogen und kann nicht aufhören zu lächeln.

»Morgan«, keucht sie. »Wo hast du das gefunden?«

»Der Professor hat es mir gegeben. Er sagte, als Geschenk für meine Freundin, die angehende Kartografin.«

Sie hält es mit beiden Händen und starrt das Titelbild an. Mir kommt der Gedanke, dass ihre Enkel dieses Buch eines Tages in ihrem Besitz haben werden; dann wird es abgenutzt und vergilbt sein, und der kostbarste Besitz, den die Familie je haben wird, denn es ist das Einzige, was noch von der magischen Insel übrig ist, die außer Reichweite schwebt.

Pen schlägt sich die Hand vor den Mund, um ihr Schluchzen zu unterdrücken. Sofort sind ihre Augen rot und feucht.

»Ich hatte gehofft, es würde dich glücklich machen«, sage ich.

»Das bin ich auch.« Sie wischt die Tränen mit dem Handrücken ab. »Ich glaube, das könnte der großartigste Tag meines Lebens sein.« Sie fällt neben mir aufs Bett. »Als hätte sich der Himmel geöffnet und dieses Wasser geschickt, um alle bösen Sachen abzuwaschen, die mir je passiert sind.« Sie stößt mich mit der Schulter an. »Ich liebe diesen Tag und ich liebe dieses Buch. Und ich liebe dich mehr als das Leben, Morgan Stockhour.«

»Ich liebe dich auch.« Ich muss nicht mal über diese

Worte nachdenken, so leicht fallen sie mir und so sicher bin ich mir mit ihnen. Also warum kann ich sie nicht Basil sagen? Er hat mir oft genug gesagt, dass er mich liebt.

»Pen?«

»Ja?«

»Hast du Thomas je gesagt, dass du ihn liebst?«

Sie rümpft die Nase. »Warum sollte ich solche Dinge sagen?« Sie legt sich zurück, hält das Geschichtsbuch über den Kopf und seufzt glücklich. »Was sollte ich zuerst lesen? Ich glaube, etwas über die Sterne.«

11

Der Regen verwandelt sich in Schnee und der Schnee in Regen. Seit Wochen führen diese beiden Wetterzustände eine Art Tanz auf. Das ist viel mehr, als wir gewöhnt sind, und wir alle leiden irgendwann unter laufenden Nasen und Fieber.

Jack Piper sagt, wir müssten uns nur an die Kälte gewöhnen, dann wird es uns gut gehen. Birdie versieht unseren Tee heimlich mit Gin. »Das macht euch wieder fit«, behauptet sie. »So sagen wir hier unten.«

Die Tage verschwimmen. An einem Nachmittag, an dem ich mich zu krank fühle, um aufzustehen, lege ich den Kopf auf Basils Knie, während er mir im Bett vorliest. Der Regen ist so normal für mich geworden, dass ich ihn manchmal nicht einmal mehr bewusst höre, aber der Donner lässt mich noch immer zusammenzucken.

Basil lässt sich nicht aus der Ruhe bringen und liest weiter, aber er fährt mit den Fingern durch mein Haar.

»Was hast du da gerade gelesen?«, frage ich. »Dieses Mädchen in dieses Ding zu werfen.«

»Ein Vulkan. Ich glaube, das ist eine Art Berg mit Feuer

drin. Um diesen Vulkan zu beschwichtigen, bringen sie ein Opfer. Sonst wird er die ganze Insel mit Lava überfluten. Ich glaube, Lava ist eine Art geschmolzener Stein.«

»Also ist der Vulkan ein Gott?«

»Hör einfach zu. Es wird alles erklärt.«

Pen döst vom Fieber gequält in ihrem Bett. Sie murmelt: »Das ist die albernste Geschichte, die ich je gehört habe.«

»Ich könnte eine andere nehmen«, schlägt Basil vor.

»Nein«, erwidert sie. »Ich will wissen, ob sie es durchziehen.«

»Ich verstehe nicht, warum sie sie in den Vulkan werfen«, sage ich.

Basil räuspert sich. »Weil sie Jungfrau ist.«

»Wir könnten Morgan in den Vulkan werfen«, meint Pen. »Das sollte mindestens zehn Inseln retten.«

»Sei still.« Meine Wangen brennen. »Lies weiter.«

Pen schafft es nicht bis zum Ende der Geschichte. Als das junge Mädchen von dem Helden, der von jenseits des Ozeans kommt, gerettet wird, schläft sie tief und träumt. Wie ich sie kenne, von einem anderen Mädchen, das keine Helden braucht.

Basil legt das Buch auf den Nachttisch und tupft mein Gesicht mit dem feuchten Tuch ab, in das einmal ein Eiswürfel gewickelt war. Aber es ist noch immer kühl, noch immer eine Linderung.

»Mir gefällt es nicht, dich so zu sehen«, sagt Basil.

»Das ist nur eine Erkältung«, antworte ich. »Du hattest sie und bist schon wieder gesund.«

Donner erschüttert die Wände. Ich schließe die Augen

und sehe den Vulkan, der flüssiges Feuer spuckt. Das Mädchen und der Held treiben auf dem Meer fort. Sie blicken nicht einmal zurück.

Basil sagt etwas, das ich kaum verstehe. Morgan, Liebe, hier, der Regen.

»Ja«, sage ich, dabei weiß ich nicht einmal genau, wozu.

•••

Ich öffne die Augen und werde von Amys blondem Haar begrüßt, das auf meinem Kissen liegt. Ihr Gesicht liegt unter der Decke begraben. »Du hast im Schlaf gesprochen«, sagt sie.

»Was tust du hier?«

»Ein schlechter Traum. Du hast doch nichts dagegen, oder?«

Ein Blitz füllt den Raum. Die Schatten von Regentropfen verhüllen die Wände. »Was hast du denn geträumt?«

Sie gähnt. »Internment stürzte ab. Der Himmel war voller Schreie, und die Wolken haben sie eingefangen wie ein Netz. Ich kann es noch immer hören.«

Sie drückt sich an mich. Die Nähe stört mich nicht; sie lässt mich an zu Hause denken. Auf dem Boden ist zu viel freier Raum, jeder ist so weit von allen anderen entfernt.

Ich berühre ihre Stirn. Auch sie leidet unter diesem Wetter. »Internment wird nicht abstürzen. Du hast nur Fieber.«

»Würde es stürzen, würde es vielleicht in den Ozean fallen.« Ihre Stimme ist schläfrig. »Und forttreiben.«

Ein seltsames, seltsames Mädchen.

»Manchmal sorge ich mich um dich«, sage ich.

»Ich sorge mich auch um dich«, erwidert sie.

»Warum?« So müde. Ich schließe die Augen und treibe auf einem Ozean in der Farbe ihrer Haare. Gold und Gelb und Weiß funkeln im Sonnenlicht.

»Du musstest alles zusammenhalten. Deine Eltern und deinen Bruder. Lex hat das gesagt.«

»Wann hat er das gesagt?«

»Bei der Springergruppe. Wir mussten sagen, was wir wegen unserem Sprung bedauern. Das hat der König als Teil der Therapie verlangt. Jede Woche etwas Neues. Lex bedauert viel, und größtenteils geht es darum, was mit dir passiert ist.«

Das vertreibt meine Schläfrigkeit. Ich öffne die Augen. Lex hat nie über das gesprochen, was bei der Springergruppe vor sich geht, hat es nicht mal Alice gesagt. Das war nicht erlaubt. Aber wir sind jetzt weit weg von Internments Regeln. »Was hat er denn erzählt?«

Amys Stimme wird leiser; sie schläft ein, falls sie überhaupt je wach war. »Er hat alles zerstört, hat er gesagt, und du warst die Einzige, die versucht hat, alles wieder zu kitten. Aber das hast du nicht geschafft. Zu viele Stücke fehlten oder waren viel zu kaputt.«

Das stimmt. Ich habe Jahre mit dem Versuch verbracht, meine Mutter aus ihrer Melancholie zu holen, habe versucht, sie zum Reden zu bringen. Ich habe versucht, keinen Schaden anzurichten, habe sie nie meine Tränen sehen lassen, damit sie nicht zwei kaputte Kinder hatten. Als sie den Anblick dessen, was aus ihrem Sohn geworden war, nicht länger ertragen konnten, ging ich eine Etage höher und brachte meinem Bruder Botschaften und Essen. Ich versuchte, meine Eltern nicht länger zu brauchen, obwohl ich das jeden Tag und jede Sekunde verabscheute. Lex verabscheute.

Ich schließe die Augen, aber es ist zu spät. Tränen bahnen sich ihren Weg. Sie sind stumm. Niemand soll sie sehen.

»Ich habe keine gute Arbeit geleistet«, sage ich.

»Das stimmt nicht«, murmelt Amy. »Sie haben dich alle im Stich gelassen.«

»Warum sagst du all diese Dinge?«

»Weil es jemand tun musste«, sagt sie. »Du machst es noch immer. Du versuchst sie alle zusammenzuhalten. Manchmal geht das aber nicht.«

•••

Ich träume von meiner Mutter. Sie arbeitet an einer ihrer Stickarbeiten. Die Wolken werden von seltsamen Lichtstreifen durchzogen.

Blitze.

Sie wusste, was Blitze sind.

•••

Celeste fällt dem Wetter als Letzte zum Opfer. Sie kämpft dagegen an, steht jeden Morgen auf und zwingt sich die Treppe hinunter.

Mit glasigem Blick starrt sie ihren gefüllten Teller an.

»Würdest du bitte wieder zu Bett gehen, bevor du uns alle ansteckst?«, verlangt Pen.

Unter dem Tisch versetze ich ihr einen Tritt.

»Mir ist aufgefallen, dass es in letzter Zeit keine Treffen mit dem König gab«, sagt Thomas.

Celeste schüttelt den Kopf. Ihre Stimme ist ein Flüstern. »Nein. Keine Treffen.«

Schuld durchzuckt mich wie ein Stich. Ich starre in den Schoß auf meine Hände. Mein Verlobungsring besteht aus Sonnenstein. Oder Phosan, wie es hier heißt. Dieses Geheimnis könnte das Leben ihrer Mutter retten und unsere Heimat zerstören.

Basil entgeht meine Blässe nicht. Ob ich mich wieder krank fühle? Ich schüttle den Kopf und zwinge das Frühstück herunter, obwohl sich alle Pipers irren. Ich habe mich nicht an den Geschmack von Eiern gewöhnt, und ich begreife nicht, wie sie alle auf frisches Obst verzichten können, bis das Wetter wärmer wird.

Aber heute wird es keine frischen Erdbeeren geben. Es wird nur Regen, Schnee und Wolken geben, die Internment verbergen.

Ich hoffe, wir verdorren nicht alle, während wir auf das Sonnenlicht warten. Ich hoffe, dass das Geheimnis des Sonnensteins das richtige ist, das es zu bewahren gilt.

12

Der erste Tag des Frühlings riecht wie Kupfer.

Frühling. Das Wort ist allgegenwärtig. Annette füllt die Zimmer mit Papierblumen und Schleifen. Amy liebt das. Sie folgt Annette von Zimmer zu Zimmer, sie vollenden die Zeilen improvisierter Lieder der anderen.

»Bald können wir fischen gehen«, sagt Birdie beim Mittagessen. Sie ist mutiger geworden, steckt die Rocksäume mit Nadeln höher und trägt am Tisch Lippenstift, sehr zum Missfallen ihres Vaters. Wir haben ihr Mut gemacht, sagt sie.

Ich mache mir Sorgen, dass wir alle leichtsinnig geworden sind. Pen ist süchtig nach unseren beinahe nächtlichen Abenteuern geworden, und an manchen Tagen zieht sie allein los, ohne bei ihrer Rückkehr zu verraten, wo sie war. Sie zieht Gin dem Schlaf vor. Sie lacht lauter als früher. Sie hat gute und schlechte Tage, und an schlechten Tagen schließt sie sich im Badezimmer ein und lässt das Wasser laufen, um ihre Tränen zu übertönen. Mir macht sie keine Vorwürfe. Es ist eben, wie es ist, sagt sie und will nichts davon hören, in den Himmel zurückzukehren. Sie tupft die Augen mit den mit Blumen bestickten Handtüchern ab und lächelt ihr Spiegelbild an. »So. Schon besser«, pflegt sie dann zu sagen.

Jetzt klingt ihre Stimme fröhlich. »Das hört sich nach viel Spaß an.«

»Es ist noch zu kalt für die Fische«, sagt Nimble. »Aber ich werde heute die Boote abdecken, falls jemand mitkommen will.«

Annette und Marjorie heben eifrig die Hände.

»Jeder, der groß genug ist, an die Packungen mit den Frühstücksflocken zu kommen«, schränkt er ein.

Sie murren.

Nach dem Frühstück führen Nimble und Birdie uns zur Anlegestelle. Mindestens ein Dutzend Boote schaukeln an Seilen. Sie sind in blaue Decken gehüllt – Nimble bezeichnet sie als Abdeckplanen. Die Boote gehören zum Hotel. Die Pipers vermieten sie an Gäste. Meiner Meinung nach sind einige der Boote groß genug, um dort leben zu können.

Pen kniet am Rand des Kais nieder und greift ins Wasser. »Wie tief ist das?«

»Hier?«, fragt Nimble. »Ungefähr drei Meter, glaube ich.«

Sie steht auf. Von ihren Fingern tropft Wasser auf die Holzbohlen. Mit dem Kopf deutet sie auf den Horizont. »Und dort draußen?«

Nimble lacht. »Mehr als drei Meter. Hunderte. Tausende.«

Sie lächelt mich über die Schulter an. Es ist ein durchtriebenes, aber melancholisches Lächeln. »Willst du bis dorthin schwimmen?«

Ich vermag nicht zu sagen, ob sie Spaß macht. Thomas hakt sich bei ihr ein; er geht kein Risiko ein. »Dazu ist es zu kalt, Liebling.«

»Vermutlich würde dich nicht die Kälte erwischen«, meint Nimble. Er zieht an der Plane und enthüllt ein weiteres Boot, das halb so groß wie unsere Wohnung zu Hause ist. Birdie hilft ihm dabei, sie zusammenzufalten.

»Nicht?«, sagt Pen. »Wie würde ich dort draußen denn sterben?«

»Die Meerjungfrauen könnten dich für einen Schatz halten und nach unten zu ihrer Sammlung zerren«, sagt er. »Ein Wal könnte dich verschlucken. Oder ein Hai könnte dir einen Arm oder ein Bein abbeißen, dann würdest du verbluten. Aber wahrscheinlich wärst du irgendwann erschöpft und würdest ertrinken.«

Sie starrt den Ozean an, als würde sie seine Herausforderung annehmen.

Die Wolken am Himmel reißen auf. Wie zum Beweis, dass es einen Gott des Himmels gibt, der auf sie aufpasst, sorgen sie für eine Ablenkung. »Seht doch!«, ruft Birdie.

Wir alle folgen ihrem Blick. Zum ersten Mal erhaschen wir einen Blick auf unser Zuhause; es ist so klein wie ein Stein am Himmel.

Basil zieht mich an seine Seite. Wir beschatten die Augen und starren so lange in die Höhe, wie wir es ertragen können, bevor das Sonnenlicht zu grell wird.

»Wir sollten durch das Fernrohr schauen«, sage ich zu Pen. Aber sie ist weg. Nicht im Wasser, aber auf dem Weg, der sie zurück ins Hotel bringt. Thomas geht ihr nach, und als sie es bemerkt, läuft sie los. Sie war immer die bessere Sportlerin von ihnen beiden und er kann nicht mithalten. Er beugt sich nach vorn, um wieder zu Luft zu kommen, während sie gerade erst angefangen hat. Als er sich wieder erholt hat, ist sie bereits außer Sicht.

»Sollen wir ihr nachgehen?«, fragt Birdie.

Ich schüttle den Kopf. »Wenn sie will, kommt sie zurück.« Die Erinnerung an unser Zuhause war sicherlich zu schmerzlich.

Thomas versucht noch immer, sie einzuholen. Er ist verrückt nach ihr – das war er schon immer. Seit Kurzem glaube ich, dass Liebe mit Wahnsinn gleichzusetzen ist. Es kann unmöglich eine geistig normale Handlung sein. Sie ist unruhig und immer auf der Jagd. Sie wird aus dem Himmel fallen, um zu bekommen, was sie will.

• • •

Erst zum Abendessen kommt Pen aus ihrem Versteck. Ich bin mir nicht sicher, wo sie den ganzen Tag gesteckt hat, aber sie trägt eine Krone aus gelben Blumen im Haar. »Butterblumen!«, sagt Annette. »Gibt es die bei euch auf der schwebenden Insel?«

»Ja«, sagt Pen. »Aber wir nennen sie Strahlentropfen. Wie Tropfen eines Sonnenstrahls.«

»Die sind doch gar nicht aus Sonne gemacht«, hält Annette dagegen.

»Und auch nicht aus Butter. Auf Internment gibt es nicht einmal Butter. Das ist eine eurer seltsamen Erfindungen.«

»Warum gibt es denn bei euch keine Butter?«, will Riles wissen.

»Weil wir nichts zu uns nehmen, das aus einem Euter entfernt wird.« Sie ist kurz angebunden, aber ich kann ihrer Stimme die Traurigkeit anhören. Mit der Gabel malt sie Kreise auf ihren Teller und starrt das ungewohnte Essen an, das diese Welt zu bieten hat. Sie wird es runterwürgen, wenn ihr Hunger groß genug ist. Aber an den meisten Abenden spielt sie nur damit herum und sagt: »Vielen Dank, es war köstlich.«

Für den Rest der Mahlzeit ist sie still und meldet sich nur zu Wort, als Nimble eine Bootsfahrt im Mondschein vorschlägt. Da sagt sie, das würde nach einem Abenteuer klingen.

Nach dem Abendessen folge ich ihr nach oben und wir suchen uns für die Bootsfahrt Mäntel und Hüte aus.

»Wo bist du den ganzen Tag gewesen?«, frage ich und setze ihr einen Glockenhut auf. Auf Internment haben wir etwas Ähnliches, das wir Hüllenhut nennen. Sie mustert ihn einen Augenblick lang, bevor sie zu dem Schluss kommt, dass er nicht zu ihrem Kleid passt.

»Im Themenpark. Ich hatte kein Geld für das Fernrohr, also bin ich herumspaziert.«

»Warst du in der Restaurantbar?«

Sie zuckt mit den Schultern.

»Pen. Wir hatten einen Pakt.«

Einen Augenblick lang starrt sie über meine Schulter, bevor sie mir in die Augen schaut. »Ich brauche keinen weiteren Thomas, der mit mir redet, als wäre ich ein Kind. Einer ist mehr als genug. Ich werde jetzt an dir vorbeigehen, mich nach unten begeben und im Mondschein mit einem Boot fahren.« Sie nimmt die Butterblumenkrone vom Bett, wo sie sie hingeworfen hat, und setzt sie mir auf. »Du darfst mich gern begleiten.«

Sie verlässt das Zimmer, und sie muss sich nicht umsehen, um sich zu vergewissern, ob ich ihr folge.

Der Abend ist warm, und ich ziehe den Mantel auf dem Weg zur Anlegestelle aus.

»Gib ihn mir, ich trage ihn«, sagt Thomas. Irgendwie habe ich mich hinter Basil, Pen, Birdie, Nimble und der Prinzessin eingereiht, deren munteres Geplapper den Abend erfüllt.

»Schon gut«, erwidere ich und drücke den Mantel an die Brust.

»Du siehst besorgt aus.«

»Bin ich aber nicht«, lüge ich.

»Pen hat dir doch sicherlich verraten, was sie heute so gemacht hat.«

Die Vorstellung, zwischen den beiden zu stehen, bereitet mir sofort Unbehagen. Ich finde Pens Geheimniskrämerei nicht richtig, aber ich enthalte Basil ebenfalls Dinge vor, also weiß ich, dass sie ihre Gründe haben muss. Darüber zu urteilen, steht mir nicht zu.

»Du könntest sie fragen.«

»Nun, das wird nichts bringen, oder?« Zum ersten Mal in diesen vielen Jahren, die ich Thomas kenne, entdecke ich einen scharfen Unterton in seiner Stimme. Als würde er mich herausfordern. »Sie erzählt mir nicht alles, was sie dir erzählt.«

»Ich kann nicht beurteilen, ob das stimmt.«

»Nicht? Mir erzählt sie, dass sie es hier toll findet. Das

ist eine offensichtliche Lüge. Sie sagt, sie will sich eine neue Identität erschaffen und in der Stadt leben. Aber die Stadt ist laut, dreckig und gar nicht so wie zu Hause. Pen ist hier gefangen – das sind wir alle. Aber sie will einfach nicht sagen, was sie wirklich denkt, nämlich, dass sie nach Hause will.«

Ich habe gerade genug Mut, um zu erwidern: »Zu ihren Gedanken kann ich nichts sagen. Mir gegenüber hat sie nichts dergleichen erwähnt und diese Unterhaltung solltest du mit Pen führen. Entschuldige mich.« Ich eile los und hole Basil und die anderen ein.

Pen hat mein Gespräch mit Thomas nicht mitbekommen. Sie geht ein Stück abseits von der Gruppe und betrachtet die Sterne, zeigt auf sie und sagt lautlos ihre Namen. Ein Kapitel des Geschichtsbuchs ist dem Geist eines jeden Tiers gewidmet, das in den Sternkonstellationen unsterblich gemacht wurde. Blicke ich nach oben, sehe ich nur Sterne, aber Pen kennt sämtliche Namen. Sie weiß mehr als jede Person, der ich je begegnet bin. Die Götter und die Glasländer und der Archipel, der diesen Krieg ausgelöst hat. Jedes Mal, wenn sie den Mund aufmacht, besteht die Möglichkeit, dass sie etwas Tolles sagen wird.

Aber in letzter Zeit verbirgt sie diese Fähigkeit, möglicherweise hält sie sie hier für verschwendet.

Sie nimmt den Blick nicht von den Sternen, bis wir an der Anlegestelle sind.

Nimble hilft einem nach dem anderen ins Boot. Celeste drückt sich an seiner Seite herum. In letzter Zeit sind die beiden unzertrennlich geworden, und ich frage mich, ob sie überhaupt noch an den Jungen denkt, mit dem sie verlobt wurde. Ich frage mich, ob sie akzeptiert hat, ihn nie wiederzusehen.

»Das ist ein Boot?«, fragt Pen. »Es ist gewaltig. Wo führt diese Tür hin?«

»Unter Deck«, antwortet Nimble. »Keine Sorge, es wird eine Führung geben.«

»Noch eine?«, flüstert Celeste ihm zu und kichert. Vermutlich glaubt sie, dass ich sie nicht hören kann, und ich habe vor, sie in diesem Glauben zu bestärken.

Also zeigt uns Nimble das Boot, das er als Yacht bezeichnet. Es gibt ein Ruderhaus mit einem Holzrad und ein Gestell voller Tonikum-Flaschen, an deren Korken Preisschilder hängen.

»Das ist die Bar«, sagt er. »Wir berechnen nach Gläsern.«

»Es ist teuer.« Birdie schnappt sich eine Flasche. »Aber anscheinend wurde eine gestohlen. Hm. So ein Pech.«

»Meine kleine Schwester ist verdorben«, meint Nimble. »Das billige Zeug konntest du nicht nehmen?«

Sie drückt die Flasche an sich. »Wir haben Gäste.«

Pen steigt die Treppe hinauf und starrt aufs Wasser. »Verlassen wir den Hafen?«

»Das geht nicht«, sagt Nimble. Er entzündet die Laterne, die oben über der Treppe hängt. Sie taucht die Yacht in mattes Licht.

»Vater würde uns umbringen.« Birdie verdreht die Augen. »Von uns wird erwartet, alles instand zu halten, aber ohne seine Anwesenheit können wir nirgendwohin mit den Yachten.«

»Warum nicht?«, will Pen wissen. »Fürchtet er, ihr könntet sinken und ertrinken? Dann hätte er doch immer noch drei Kinder übrig.«

»Pen, wie kannst du nur so etwas Schreckliches sagen?«, rüge ich sie.

»Ich habe nur Spaß gemacht.«

»Er befürchtet, die Boote könnten beschädigt werden«, sagt Birdie. »Wir können trotzdem unseren Spaß haben. Keine Angst.« Sie schwenkt die Flasche über dem Kopf. »Nim, hole die Gläser.«

Ein Boot dieser Art habe ich noch nie zuvor gesehen, mit Sitzen und Platz zum Verweilen. Zu Hause haben wir Ruderboote für zwei Personen, aber die sind fürs Fischen gedacht und nicht zur Freizeit. Und unsere Seen sind klein, wir können immer das gegenüberliegende Ufer sehen.

Ich finde diesen ganzen Ort schwindelerregend. Birdie füllt ein Glas mit einem sprudelnden Tonikum und gibt es mir. »Champagner«, sagt sie. »Zum Feiern.«

»Was feiern wir denn?« Pen setzt sich neben mich.

»Die wahre Liebe.« Birdie zeigt mit der Flasche auf Nimble und Celeste, deren Hände in dem Moment auseinanderfahren, in dem ihnen bewusst wird, dass alle anderen zusehen.

Pen stößt mich an, aber ich bin noch immer zu verletzt von ihrem Verrat, um mich an diesem Klatsch erfreuen zu können. Ich schmiege mich an Basil.

Celeste setzt sich so weit von Nimble entfernt, wie nur möglich ist. »Ein Vollmond«, sagt sie und zeigt zum Himmel.

»Nein, das ist er nicht«, sagt Pen. »Das ist der zunehmende Dreiviertelmond. Vollmond ist erst morgen.«

»Habe ich das eigentlich schon allen erzählt?«, sagt Celeste fröhlich. »Unsere Pen weiß alles über alles.«

»Du solltest mehr über den Himmel wissen«, gibt Pen zurück. »Schließlich bist du danach benannt worden. Celeste die Reine.«

»Die was?«, fragt Birdie.

»Reine sind Märtyrer«, sagt Pen.

»So etwas wie Heilige?«

»Das ist eines eurer Wörter. Aber ja, wenn du so willst. Du würdest Celeste als Heilige bezeichnen. Sie hat sich die Pulsadern aufgeschnitten, um ihren Folterknechten zu entkommen, die von ihr verlangten, sich öffentlich gegen den Gott des Himmels zu wenden.« Pen sieht jeden von uns an, als würde sie eine Geschichte vor dem Kaminfeuer erzählen. »Sie starb und wurde für ihr Opfer belohnt. Sie wurden zu einem Fixstern am Himmel. Wenn ihr mich fragt, war das nicht viel. Nur ein Stern.«

»Ich liebe deine Geschichten«, sagt Birdie und bricht die Anspannung geschickt mit einer weiteren Runde Champagner. »Welcher Stern ist es denn?«

Pen wirft den Kopf zurück, um den Himmel zu betrachten. »Ach, du weißt schon. Einer von ihnen. Es ist nicht wichtig.«

Thomas betrachtet den nachgefüllten Champagner in Pens Glas mit einem Stirnrunzeln.

Die Unterhaltung wendet sich den Sternen zu. Birdie erklärt die Konstellationen und wofür sie stehen.

Thomas spricht leise mit Pen; der Rest von uns bekommt nur ein Murmeln mit. Sie nickt, aber als er den Arm um sie legen will, weicht sie ihm aus. »Ich will schwimmen gehen«, verkündet sie.

»Aber nicht in diesem Wasser«, sagt Nimble. »Hier lauern nachts viele Dinge.«

»Wie Haie?« Pen klingt entzückt. Sie legt die Arme um mich. »Erzähl uns von ihnen. Die klingen ja so bedrohlich, nicht wahr, Morgan? Allein schon das Wort. ›Haie‹. Du musst mit den Zähnen knirschen, wenn du es sagst.«

»Wie sehen sie denn aus?«, frage ich.

»Du hast noch nie einen gesehen?«, fragt Nimble. »Was habt ihr eigentlich in eurem Wasser?«

»Forellen«, antworten wir alle wie aus einem Mund.

»Dann stellt euch eine sehr große Forelle vor, mit einer großen Rückenflosse und dem Verlangen nach Blut.«

Pen fröstelt aufgeregt. »So groß wie ein Mensch?«

»Du passt leicht in seinen Magen.«

Thomas nimmt die Flasche weg, als Pen danach greift. Sie hat mehr als genug, das können wir alle sehen. Vermutlich hatte sie schon vor dem Champagner genug, aber ich bin mir da nicht sicher. Sie ist so gut darin geworden, es vor anderen zu verbergen.

»Ich fürchte mich nicht vor euren übergroßen Fischen.« Pen lässt mich los und fällt zurück auf ihren Sitz. »Man muss schon ziemlich blöd sein, um von einem Fisch gefressen zu werden. Sehe ich für dich blöd aus?«

Pen gehört zu den klügsten Menschen, die ich kenne, aber seit sie den Himmel verlassen hat, hat sie ein bisschen den Verstand verloren.

»Wir wollen das ja nicht herausfordern, Liebling«, sagt Thomas. Normalerweise genießt er fantastische Ideen, wie von einem Raubfisch gefressen zu werden, aber ich glaube, er hat wie ich die Befürchtung, Pen könnte selbst mit der geringsten Ermunterung etwas Unüberlegtes tun. Auf Internment gab es nicht viele Bedrohungen, aber hier auf dem Boden leben die Menschen damit. Für jemanden, der die Dinge auf Pens Weise betrachtet, ist es nicht sicher – so als müsste jeder Winkel der Welt erobert werden.

»Ich würde gern sehen, was alles in diesem Wasser lebt«, sagt Celeste und schaut über die Schulter auf das Mondlicht, das sich auf der Oberfläche bricht. »Aber bei Tageslicht.«

Pen lässt den Mantel fallen. »Im Tageslicht erscheint alles sicherer«, murmelt sie mir zu. »Sollen wir schwimmen gehen? Nur wir. Keine Prinzessinnen.«

Im Gegensatz zu ihrer Mutter kann sie sich völlig klar ausdrücken, wenn sie betrunken ist, aber wie mir ein gewisser Unterton in ihrer Stimme verrät, spreche ich nicht mit der normalen Pen. Irgendwas stimmt nicht. Ich habe gelernt, nichts zu sagen, das sie als streitsüchtig empfinden könnte. »Jetzt können wir nicht ins Wasser«, sage ich. »Vielleicht ja morgen.«

Thomas erwischt uns beim Flüstern und legt Pen eine Hand auf die Schulter. »Wir sollten wieder ins Haus gehen.«

Sie schüttelt ihn ab. »Du kannst ja gehen, wenn du willst. Ich habe eine Verabredung mit den Fischen. Und ich will diesen Ehco sehen, von dem ich schon so viel gehört habe, der den Zorn und die Trauer der ganzen Welt in sich aufgenommen hat.«

Bevor er sie aufhalten kann, tritt sie sich die Schuhe von den Füßen und springt über die Reling. Als sie ins kalte Wasser eintaucht, schreit sie auf.

»Pen!«, ruft Thomas. Wir alle laufen zum Bootsrand.

Pen lacht und rudert mit den Armen, um an der Oberfläche zu bleiben. »Ich sehe keinen von deinen Haien, Nimble. Das Einzige, was mich hier beißt, ist die Kälte.«

Thomas streckt die Hände nach ihr aus. »Komm raus, bevor du krank wirst.«

»Zumindest sollte das Wasser sie wieder nüchtern machen«, sage ich zu Basil.

Pen schwimmt auf die Yacht zu, aber dann hält sie inne und starrt im Mondlicht auf ihre Hand. »Mein Verlobungsring ist weg.«

»Was?«, fragt Thomas ausdruckslos.

»Er muss abgegangen sein, als ich ins Wasser sprang.« Sie starrt in das dunkle Wasser, aber da blitzt nur ihre Kleidung auf, wenn sie sich bewegt.

»Komm einfach raus«, sagt Thomas. »Du wirst ihn jetzt nicht finden.«

Ich balle die Faust, um meinen Ring zu schützen. Die Vorstellung, er könnte in diesen seltsamen Gewässern voller merkwürdiger Kreaturen unwiederbringlich verloren gehen, ist unerträglich. »Pen, wir können morgen danach suchen, wenn es hell ist.«

»Da unten funkelt etwas«, sagt sie. »Ich glaube, dort ist es seicht. Ich komme dran.«

»Pen!«, mahnt Thomas, aber sie ist bereits verschwunden. Basil drückt Thomas' Schulter, um ihn zu beruhigen, aber er ist so niedergeschlagen und verloren wie dieser Ring. »Ich sollte zu ihr, bevor sie sich noch verletzt«, sagt er mit einem Seufzen und tritt sich die Schuhe von den Fersen.

Als er ins Wasser taucht, zucke ich zusammen. Ich kann die Kälte von hier aus riechen.

»Ach ja, wahre Liebe«, sagt Nimble. »Ich würde mir für niemanden auf der Welt eine Lungenentzündung holen.«

»Nicht mal für mich?«, fragt Celeste und stößt ihn an.

Ich starre ins Wasser und versuche, eine Spur von ihnen zu entdecken.

Basil zieht einen Stapel gefalteter Handtücher unter einem der Sitze hervor. »Siehst du was?«, fragt er mich.

»Sie sind schon lang verschwunden«, sage ich.

»Vermutlich streiten sie sich dort unten«, meint Nimble. »Etwas anderes scheinen sie ja nie zu tun.«

Die Wasseroberfläche teilt sich, aber meine Erleichterung ist nur von kurzer Dauer, denn Thomas taucht allein auf. Er holt tief Luft und verschwindet wieder.

Irgendwas stimmt nicht. Er kann sie nicht finden.

Jetzt bin ich an der Reihe, die Schuhe abzustreifen. Ich schäle mich aus dem Mantel und nehme die kühle Luft kaum wahr. Basil will mich zurückhalten. »Nein!«, sagt er. Ich entwinde mich seinem Griff und springe kopfüber ins Meer.

Dieses Wasser ist viel rauer als in den Seen zu Hause. Es brennt in Augen und Nase, und selbst in der Dunkelheit erkenne ich, dass es dunkler ist. Einen Augenblick lang kann ich Oben und Unten nicht voneinander unterscheiden. Ich tauche lange genug auf, um mich zu orientieren und Luft zu holen.

Unter Wasser suche ich nach dem geringsten Anzeichen von Bewegung. Etwas Helles flackert. Ich schwimme darauf zu, aber etwas versperrt mir den Weg. Ich drücke die Hand gegen eine schattenhafte Mauer – der Bootsrumpf. Alle meine Instinkte wollen, dass ich zur Oberfläche zurückkehre. Meine Lunge brennt. Meine eingeschränkte Sicht wird noch geringer. An der Bootsseite kämpfe ich mir einen Weg in die Tiefe auf das kleine helle Ding zu. Meine Finger schließen sich darum, und im ersten Moment glaube ich, eine tote Meerjungfrau gefunden zu haben, bevor ich es als Pens Haar erkenne. Ich schnappe mir ihren Arm. Mein Herz klopft wild. Sie bewegt sich nicht. Sie löst sich von der Unterseite des Boots wie ein Stück Seetang. »Seetang« ist ein weiteres Wort, das keiner von uns kennen musste, bevor wir herkamen.

Ich drücke sie an mich und trete mit den Füßen, um den Weg nach oben anzutreten, erfülle das Verlangen meines Körpers nach Sauerstoff.

Ein kurzes Stück entfernt ist Thomas ebenfalls aufgetaucht. »Ich habe sie!«, rufe ich, bevor er wieder taucht. Sofort ist er an meiner Seite, nimmt mir den schlaffen Körper ab und hält Pens Kopf über die Wasseroberfläche.

»Pen!« Noch nie zuvor habe ich ihn so ängstlich erlebt. Auf der Suche nach einem Puls gräbt er den Finger in ihren Hals. Aber er findet ihn nicht, wie mir sein verzweifeltes Gefummel verrät.

Sie muss atmen, etwas anderes ist unvorstellbar. Das kalte Wasser ist um mich herum dicker geworden, ich habe das Gefühl, an Ort und Stelle einzufrieren. Ich kann mich gerade genug bewegen, um oben zu bleiben.

»Bringt sie her!«, ruft Nim. Er ist bereits am Ufer.

Basil springt vom Boot zu ihm. Sie knien sich an den Rand der Holzbohlen, und beide sind nötig, um Pen nach oben zu zerren. In Wasser war sie gewichtslos, aber jetzt ist der Körper schwer und unkooperativ. Thomas kniet bereits neben ihr und Basil streckt die Hände nach mir aus. Er muss mich den größten Teil des Wegs aus dem Wasser ziehen; meine Beine scheinen nicht funktionieren zu wollen.

Basil will mich von ihr fernhalten, aber ich schiebe ihn beiseite.

Sie liegt im Mondlicht, so reglos wie die Körper, die auf den Großen Zufluss warten. Aber am Boden gibt es keinen Großen Zufluss. Sollte einer von uns hier unten sterben, werden wir für alle Zeit verloren sein, eingesperrt in einen Steingarten.

Basil zieht mich in die Arme und will mich beruhigen, bevor ich in Panik ausbreche. Aber die Panik kommt im nächsten Augenblick und ich schüttle den Kopf. »Nein, nein, nein«, stoße ich hervor. Von ihren Augen ist nur das Weiße zu sehen; die Vorstellung, sie nie wieder funkeln zu sehen, wenn ihr eine Idee kommt, ist unerträglich.

Nimble erklärt Thomas, wie sie versuchen können, sie wiederzubeleben. Davon habe ich schon gehört. Irgendwo in Lex' Medizinbüchern sind viele Seiten der Kunst gewidmet, wie man in verzweifelten letzten Augenblicken noch

Hoffnung haben kann. Aber die Illustrationen lassen das alles so nüchtern aussehen; dort steht nichts darüber, was man tatsächlich verlieren könnte.

Hilflos sehe ich zu, wie Thomas ihre Nase zuhält und in ihren Mund atmet, während Nimble auf ihre Rippen drückt. Sie wechseln sich ab, als wäre das ein Schulhofspiel, bei dem sie nicht verlieren können.

Basil legt ein Handtuch um meine eiskalten Schultern und hält mich krampfhaft fest, als wäre ich diejenige, die sich davonstiehlt. Ich habe es aus dem Wasser geschafft, aber das spielt keine Rolle. Wenn wir Pen verlieren, werde ich den Rest meines Lebens mit dem Versuch verbringen, mir den Weg zur Oberfläche rechtzeitig zu krallen, um sie zu retten.

Thomas murmelt ein paar verzweifelte Worte, bevor er wieder die Lippen auf ihren Mund drückt. Ihre Brust hebt sich mechanisch mit der Luft, die er ihr gibt. Aber dann verkrampft sich ihr ganzer Körper und Wasser schießt aus ihrem Mund. Mit wildem Husten und Keuchen wird sie lebendig.

»Braves Mädchen«, sagt Nimble.

Ich stoße die angehaltene Luft aus.

Über mir treten die Sterne wieder aus der Dunkelheit, und ich habe das Gefühl, ebenfalls von den Toten zurückzukehren.

Pen bäumt sich auf und würgt.

Thomas ist seine Erleichterung deutlich anzusehen. Er scheint Jahre gealtert zu sein, und er zittert am ganzen Leib, als er sich nach vorn beugt, um ihr Gesicht zu sehen. »Bist du jetzt zu mir zurückgekehrt? Margaret?«

Sie spuckt einen Mundvoll Wasser aus. »Ich hasse diesen Namen, das weißt du genau!«

»Es geht ihr gut«, verkündet Thomas.

Er wickelt sie in ein Handtuch und nimmt sie auf den Arm. Normalerweise würde sie gegen so ein Schauspiel protestieren, aber sie ist benommen und immer noch etwas betrunken.

»Nach Hause?«, sagt sie.

»Nicht ganz, meine Liebe.« Er drückt einen Kuss auf ihre Stirn, während er sie über den Sand trägt. »Wenn ich das nur könnte.«

Nimble läuft ihnen voraus und brüllt seinen Geschwistern, die aus dem Hotel kommen, um zu sehen, was passiert ist, Befehle zu. Celeste und Birdie sind dicht hinter ihm.

Basil wischt Wasser von meinem zitternden Unterkiefer.

»Bist du irgendwo verletzt?«

»Ich glaube nicht. Aber ich fühle meinen Körper nicht.«

Ich blicke zu dem in der Ferne befindlichen Hotel. Hinter den Fenstern bewegen sich Gestalten.

»Hey«, sagt Basil.

Ich sehe ihn an.

»Ich will, dass du weißt, wie stolz ich auf dich bin.«

»Ich habe nichts getan.« Meine Zähne klappern. »Ich bin nur schwimmen gegangen, das ist alles.«

»Dieses Wasser ist völlig anders als das Wasser zu Hause. Es war das Unbekannte. Und du bist einfach reingesprungen. Das war außerordentlich tapfer.«

Vermutlich sind meine Wangen mittlerweile aufgetaut genug, um mein Lächeln zu zeigen.

»Aber tu so etwas nie wieder, hörst du?«

»Wenn sie noch mal reingeht, ist sie auf sich allein gestellt.«

»Komm. Ich schaffe dich aus dieser Kälte raus.« Basil hilft mir auf und stützt mich, als ich stolpere. Er hüllt mich in seinen Mantel und ich lehne mich gegen ihn.

»Basil, ich weiß nicht, was ich mit Pen machen soll.«

»Du bist ihr eine gute Freundin.« Er reibt meine Arme. »Aber lass Thomas sich um sie kümmern. Das ist seine Aufgabe. Und das brauchen sie beide.«

Als sie aufwuchsen, haben Thomas und Basil Pen und mich damit aufgezogen, wie wir uns umeinander kümmerten. Meiner Ansicht nach war da auch eine Spur Eifersucht mit im Spiel; beide Jungs wussten, dass sie das Mädchen, das sie liebten, teilen mussten. Was Pen und ich haben, ist keine Bedrohung für unsere Verlobten, trotzdem gehört uns das Herz der anderen.

Aber ich sage nur: »Ich weiß.«

Wir haben den Hoteleingang erreicht.

»Versprich mir, sofort ins Bett zu gehen, wenn du wieder trocken bist«, sagt Basil. »Diese Kälte könnte tödlich sein.«

»Ich verspreche es.« Heute Nacht wird es keine Abenteuer in der Stadt geben. »Du solltest auch schlafen gehen.«

In der Wärme der Lobby kehrt das Gefühl in meine Gliedmaßen zurück. Mein Kopf schmerzt, meine linke Hüfte ist wund. Ich habe eine vage Erinnerung daran, gegen die Anlegestelle geprallt zu sein, als ich an Land stieg.

Annette rennt aufgeregt auf uns zu. »Ihr seid beinahe von einem Killerwal verschlungen worden? Ist das wahr?«

Haie. Killerwale. Dieser Ort reicht aus, um mich für den Rest der Welt vom Schwimmen abzubringen.

»Wer hat euch denn das erzählt?«, will ich wissen.

»Niemand. Ich habe es einfach angenommen. Alle waren tropfnass. Nimble hat gesagt, ihr seid direkt hinter ihnen, also habe ich bereits ein Bad für euch eingelassen.«

»Annie, im Augenblick habe ich keine Worte für meine Dankbarkeit.« Ich gebe Basil einen Kuss auf die Wange und lasse mich von der kleinsten Piper nach oben führen.

Ich bleibe im Wasser, bis es nicht mehr heiß, sondern kalt ist, und mein Haar riecht trotz mehrfachen Einseifens immer noch nach Salz.

Als ich den Korridor betrete, höre ich Stimmen vom Kamin. Nimble und Birdie lenken die Fragen der Kinder ab und ersetzen sie durch fantastische Geschichten über Meeresgeschöpfe, die sie verschlingen werden, wenn sie sich jetzt nicht beruhigen. Ich will ins Bett. Ich will nichts davon hören. Ich will nur noch schlafen und vergessen, dass es diesen schrecklichen Abend je gegeben hat.

Die Tür zu meinem Schlafzimmer ist geschlossen. Ich greife nach dem Türknauf. Das Schloss ist verriegelt.

»Pen?«

»Bist du allein?«, sagt sie.

»Ja.«

»Bist du sicher? Du hast keine Lektion mitgebracht, oder?«

»Heute Abend nicht. Wundersamerweise.«

Eine kurze Pause tritt ein, bevor das Schloss entriegelt und die Tür geöffnet wird.

Pen ist bereits auf dem Rückweg zu ihrem Bett, eine Tasse Tee in beiden Händen. »Ich hatte gehofft, mir heute Abend Ihre Königliche Hoheit vom Leib halten zu können.«

Sie lehnt sich gegen das Kopfteil und zieht die Knie an die Brust. Ihr Gesicht hat wieder Farbe, und ihr Haar ist geflochten, um ihre Locken zu bewahren. Gereizt vom Salzwasser, sind ihre Augen ganz rot. Auf ihrer Stirn ist ein Bluterguss, was das Geheimnis löst, warum sie nicht an die Oberfläche gekommen ist. Normalerweise ist sie die personifizierte Anmut – eine starke Schwimmerin und eine großartige Sportlerin, aber genug Tonikum verwandelt sie in ein völlig anderes Mädchen.

Schüchtern lächelt sie mich an, sich ihres traurigen Erscheinungsbilds durchaus bewusst.

»Ach, Pen«, sage ich. »Wo hast du dieses starke Mädchen versteckt, das ich so bewundere?«

»Ich habe es umgebracht«, sagt sie und grinst durchtrieben in ihren Tee.

Ich nehme ihr die Tasse weg und stelle sie auf dem Nachtschränkchen ab. »Hoffentlich bekommst du von diesem eiskalten Wasser kein Fieber.« Ich ziehe die Decke zurecht, die um ihre Schultern gewickelt ist.

Sie hebt den Arm, damit ich ebenfalls darunterschlüpfen kann.

»Pass auf«, sagt sie. »In dem Kissenbezug habe ich ein Messer.«

»Warum?«

»Weil ich dumm wäre, würde ich darauf verzichten.«

Ich hebe den Saum des Kissens an. Da ist in der Tat der Griff eines Küchenmessers zu sehen. Sie hat jede erdenkliche Vorsichtsmaßnahme gegen diese Welt getroffen, aber keine gegen ihre größte Bedrohung – sie selbst.

Sie kann mein Stirnrunzeln spüren und richtet den Blick auf mich.

»Du hast mich fast zu Tode erschreckt, das muss ich dir sagen«, sage ich. »Ich kann nicht zulassen, dass du vom Meer verschluckt wirst.«

»Oder einem Hai.« Sie bettet den Kopf auf meine Schulter.

»Nicht ohne den Hai vorher zu warnen, dass du dich auf ihn stürzt.« Das entlockt ihr ein leises Lachen.

»Jedes Mal, wenn ich blinzle, sehe ich Wasser«, sagt sie. »Kannst du bei mir bleiben? Ich habe das Gefühl, einfach davonzutreiben, wenn ich nichts habe, an dem ich mich festhalten kann.«

»Natürlich.« Ihre Finger schieben sich zwischen meine. »Aber ich bin böse auf dich. Das wirst du nie wiedergutmachen können.«

»Du wirst es mir nicht vorhalten. Dafür hast du ein zu gutes Herz.«

»Ich bin nicht diejenige, wegen der du dir Sorgen machen solltest. Deinen Verlobten solltest du beschwichtigen.«

Sie legt den Arm über die Augen. »Es war dumm von ihm, mir zu folgen. Und ich habe keinen Ring, um zu zeigen, dass ich ihm je gehört habe. Er könnte mich jederzeit verlassen, falls ihm das in den Sinn kommt.«

»Ich will so etwas heute Abend nicht hören. Ich kann das Tonikum noch immer an dir riechen.«

»Man nennt es hier nicht Tonikum«, sagt sie und blüht sofort etwas auf. »Es ist Alkohol. Oder Absinth oder Gin.«

»Wie auch immer. Wir haben etwas abgemacht. Und du hättest ertrinken können.«

»Du fängst an, mich zu langweilen.«

»Schön.« Ich befreie mich aus der Decke. »Dann schlaf allein.«

Pen schnappt sich mein Handgelenk. »Sei nicht so. Komm schon. Wenn du gehst, kommt Thomas herein, und ich fühle mich schrecklich wegen meines Rings.«

»Der Ring ist ihm egal.« Ich lasse zu, wieder an ihre Seite gezogen zu werden. »Du hast den Ausdruck in seinem Blick nicht gesehen, als man dich aus dem Wasser gezogen hat.«

Ich weiß nicht, ob die Größenordnung meiner Worte sie erreicht, aber zum ersten Mal an diesem Abend sieht sie wirklich zerknirscht aus. »Ich kann ihm nicht gegenübertreten. Nicht heute Nacht. Du bist die Einzige, deren Nähe ich ertrage. Bitte bleib.«

Sanft drücke ich sie zurück auf die Matratze und stecke die Decke fest.

Sie schließt die Augen. »Es war ein Unfall. Ich mache es ihm immer schrecklich schwer, aber ich habe diesen Ring nicht einmal abgenommen. Das würde ich nicht tun.«

»Das weiß er. Wir finden ihn schon wieder.«

Sie gähnt. »Machst du das Licht aus, bist du so nett?«

Ich tue ihr den Gefallen, dann lege ich mich neben sie.

Der Mond brennt durch die Vorhänge. Zunehmender Vollmond. Ein Auge, das nie blinzelt.

»An dem Tag, an dem mir meine Mutter erzählt hat, dass deine ganze Familie tot ist, rannte ich nach oben zu eurem Apartment«, sagt Pen. »Die Tür stand offen. Möglicherweise hat sie versucht, mich davon abzuhalten – ich erinnere mich nicht mehr genau. Sie hat es jedenfalls nicht geschafft. Ich ging in dein Schlafzimmer und sah deine Sachen dort liegen, genau da, wo du sie hingelegt hattest. Und ich konnte nicht atmen. Meine Eltern mussten mich dort wegzerren, und ich erinnere mich, die ganze Zeit über geschrien zu haben.«

»Pen, reden wir nicht ...«

»Du fühlst dich schuldig, weil ich die Reise mitmachen musste. Aber das war besser so. Das musst du wissen. Internment oder Havalais oder die dunklen Abgründe zwischen den Sternen, ohne dich würde ich keine Welt ertragen.«

Ich schließe die Augen, kann den Mond aber hinter den geschlossenen Lidern sehen. Diese Welt hätte Pen heute Nacht beinahe getötet, und hier bemüht sie sich, mich zu trösten.

»Wir beide haben uns gegenseitig Angst eingejagt und jetzt sind wir quitt«, sage ich. »Darum müssen wir beide vorsichtiger sein.«

»Damit wir hundert Jahre alt werden können.«

»Und Menschen auf dem Mond spazieren sehen können.«

»Morgan?« Ihre Stimme ist heiser und müde. »Hast du den Gott des Himmels um irgendetwas gebeten, seit wir Internment verlassen haben?«

»Nur dass wir nicht sterben, als wir von dort in die Tiefe sausten. Ob uns der Gott des Himmels von hier unten erhört, was glaubst du?«

»In letzter Zeit frage ich mich, ob uns der Gott des Himmels je gehört hat, als wir noch im Himmel waren.«

Diese Worte sehen ihr so gar nicht ähnlich. Seit dem Zwischenfall mit Lex stimmen unsere Glaubenssysteme nicht mehr überein, und ich habe mich oft bei dem Wunsch ertappt, sie könnte für die anderen Welten zumindest ein kleines bisschen Interesse aufbringen und die Dinge infrage stellen, die ich infrage stellte. Aber nun erleben zu müssen, wie sie den Glauben verliert, den sie immer aufrechterhalten konnte, bricht mir das Herz.

»Ich habe in der Lobby eines dieser Touristenbücher gelesen«, sage ich. »Es gibt etwas namens Kirche, das die Menschen hier unten besuchen, wenn sie das Bedürfnis verspüren, ihrem Gott nahe zu sein. Angeblich gibt es hier eine ganz in der Nähe, die ein historisches Bauwerk sein soll. Wenn du magst, könnten wir ihr einen Besuch abstatten.«

»Das habe ich auch gelesen«, erwidert sie. »Ich weiß nicht, Morgan. Ich glaube, ich würde jetzt gern schlafen. Ich bin ziemlich müde.«

Wir sagen nichts mehr. Nach einer Weile wird ihr Atem rhythmisch. Ich starre an die Decke und hoffe, der Gott des Himmels hört mich, wie ich um ihre Sicherheit bitte.

In der ganzen großen Welt und in dem Raum zwischen hier und Internment fällt mir keine Person ein, die ihn mehr braucht. Nicht mal die Prinzessin, die für alle Zeiten aus ihrem Königreich in die Tiefe gestiegen ist.

Nach einer Zeitspanne, die sich wie Stunden später anfühlt, öffnet sich die Tür leise quietschend. Ein Lichtspalt wird breiter; er erstreckt sich weit genug, um Pens helles Haar zu berühren.

Thomas flüstert ihren Namen.

»Sie schläft«, sage ich.

»In diesem Fall, auf ein Wort, Morgan. Falls du nichts dagegen hast.«

Das kann nichts Gutes bedeuten. Thomas hat nur selten Anlass, mit mir zu sprechen, es sei denn, Pen ist dabei. Aber sie schläft so tief, dass sie genauso gut tot sein könnte; sie regt sich nicht, als ich mich von ihr löse und hinaus auf den Korridor trete.

Thomas schließt die Schlafzimmertür und achtet darauf, den Türknauf festzuhalten, damit er nicht viel Lärm macht.

Das Dämmerlicht unterstreicht die tiefen Schatten unter seinen Augen. Sein Haar ist noch immer feucht und hängt schwer in seinem Gesicht. So schwer wie seine Schultern und der Atemzug, den er macht, bevor er das Wort ergreift. »Diese Spielchen sind jetzt lange genug gegangen, oder?«

»Spielchen?«

»Das Rausschleichen bis zum frühen Morgen. Das Trinken. Glaubst du, ich wüsste das nicht? Nur weil ich nichts gesagt habe? Ich kenne Pen so gut wie meinen Handrücken.«

An diesem Abend habe ich so gut wie nichts getrunken, aber mein Magen ist in Aufruhr, als hätte ich eine ganze Flasche Gin geleert. »Das ist kein Spiel.« Das ist kein besonders gutes Gegenargument, meine Stimme stockt. »Wir mussten nur damit fertigwerden …«

»Ihr müsst aufhören, euch wie Kinder zu benehmen«, unterbricht er mich. »Das müsst ihr. Pen muss diesen schrecklichen Ort verlassen. Er saugt ihr langsam das Leben aus. Das musst du doch sehen.«

Ich öffne den Mund, aber mir fehlen die richtigen Worte. Er hat recht. Ich habe das schon eine Weile verdrängt. Er ist nicht der Einzige, der Pen kennt; er war immer mit ihr verlobt, aber sie und ich wurden in derselben Woche auf derselben Krankenhausstation geboren. Die größte Entfernung zwischen uns war stets nur eine Etagentreppe.

Und um Pen wirklich zu kennen, um ihre Ängste zu begreifen, muss man nur ihrer Mutter begegnen, wenn sie betrunken ist. Was ein Dauerzustand ist.

»Was ihr heute Abend passiert ist, ist allein deine Schuld«, sagt Thomas. »Du hast uns alle hier heruntergezerrt.« Er drückt den Finger zwischen die Brauen und schließt die Augen. »Sie hätte sterben können und es wäre deine Schuld gewesen. Und wir hätten sie nicht einmal dem Großen Zufluss übergeben können. Sie wäre für alle Ewigkeit fort gewesen, einfach fort.«

Die Wahrheit ist wie eine Bombe in der Brust. Ihr blauer, offen stehender Mund. Meine Schuld. »Es tut mir leid.«

»Du hast deine Eltern verloren und das tut mir leid. Du wolltest niemandem schaden, das ist mir klar. Aber das

Leben meiner Verlobten ist kein Preis, den ich bereit bin, für deine Pilgerreise zu bezahlen. Wenn dir etwas an ihr liegt, findest du eine Möglichkeit, sie nach Hause zu schaffen.«

Das ist eine auffallend intime Seite von ihm. Er hat Pen schon immer abgöttisch geliebt. Er hat ihre gehässigen Bemerkungen erduldet, ihr Haar zurückgestrichen und weiter über seine Lieblingsromane geplaudert, während sie die Augen verdrehte. Aber heute Nacht hat er ihren leblosen Körper aus einem Ozean voller Meerjungfrauen und Haien gezogen, und das hat die Liebe entflammt, die er sein ganzes Leben lang für sie hatte – eine Liebe, die in ihrer Ehrlichkeit brutal ist.

»Thomas, ich wollte nicht, dass sie zusammen mit mir in diese Welt gezerrt wird.«

»Ja, aber sie wurde es.« Er sieht mich an und in seinen Augen erkenne ich eine Mischung aus Zorn und Mitgefühl. »Sie folgt dir, wohin auch immer du gehst, auf die eine oder andere Art. Selbst wenn sie es eigentlich gar nicht will.«

Ich bin Pen auch an Orte gefolgt, an die ich nicht wollte, aber das sage ich nicht.

Er lässt mich stehen, wie ich die Faust an die Brust gedrückt habe und mein Herz darunter hämmert. Er hat meine finsterste Furcht ausgesprochen: dass es die falsche Entscheidung war, mein Wissen über die Glasländer geheim zu halten.

Meine Eltern sind gestorben, um König Furlows Herrschaft zu entkommen. Das war ihre Entscheidung. Die Risiken waren ihnen bewusst und sie sind sie eingegangen.

Aber Pen hat um nichts von alldem hier gebeten. Sie lebt noch. Ich kann sie noch immer nach Hause bringen.

In der Nacht wache ich mehrere Male auf, um mich zu vergewissern, dass Pen nicht auf dem Meer weggetrieben ist.

Sie ist sicher, sage ich mir. Sie ist sicher.

Unbewusst dreht sie mir den Kopf zu. Wir haben immer aufeinander aufgepasst, Pen und ich.

Thomas hat recht. Dagegen kann man sich nicht wehren. Weit weg von Internment, ist sie wie eine der Blumen unten in der Lobby. Von ihren Wurzeln getrennt, kann sie nur sterben.

13

Als ich erwache, ist das Bett der Prinzessin leer und noch immer ordentlich gemacht. Gnädigerweise hat sie einen anderen Schlafplatz gefunden und Pen eine dringend benötigte Nacht ohne jede Aufregung gewährt. Aber möglicherweise brauchte auch sie eine Pause von Pen. Bei den beiden bin ich mehr Friedensstifterin als Zimmergenossin.

Im Hotel herrscht Stille, als ich nach unten gehe. Alle schlafen noch.

Ich öffne die Haustür und lasse Zugluft und das Zirpen der Insekten herein. Hüpfende Sängerinnen. Hier unten nennt man sie Grillen. Und Schritte sind Meilen, Längen sind Fuß, und Geldgutscheine sind Dollar und Farbmalereien Gemälde.

Aber Wind ist immer noch Wind und der Mond noch immer der Mond. Er steht noch immer hell am Himmel, obwohl er die Wolken mit Gold unterfüttert.

Ich trete hinaus, und auch wenn diese Welt nicht meine ist, begrüßt sie mich trotzdem. Falls man mich zu gehen zwingt, werde ich sie trotzdem vermissen. Hier bin ich keine Flüchtige und auch nicht die Tochter einer

Flüchtigen. Was würde der König wohl mit mir machen, sollte ich in den Himmel zurückkehren? Die Prinzessin mag mich, das ist gut, und sobald ich ihr von dem Phosan erzähle, wird sie unbeschreiblich glücklich sein, nach Hause zurückkehren zu können. Darum wird sie ihren Vater dazu bringen, Gnade walten zu lassen. Wir werden zu Freundinnen, zumindest glaube ich das.

Aber da sind auch die anderen zu bedenken. Judas kann niemals zurückkehren. Lex wäre stinkwütend, wüsste er, was ich plane. Aber Pen würde außer sich vor Zorn sein, nicht wegen ihrer Person, sondern wegen Internment. Sie würde mich hassen. Sie wird mich hassen.

Ein Rascheln in der Höhe lässt mich aufsehen. Ein Vogel flattert von seinem Ast. Zwischen den Blättern höre ich ein leises Kichern.

»Da hast du dir einen guten ausgesucht«, rufe ich nach oben. »Auf ganz Internment gibt es keinen so hohen Baum.«

»Hier unten ist alles ziemlich grenzenlos, nicht wahr?« Amy enthüllt ihr Gesicht.

»Ob es Daphne hier gefallen hätte?«

Sie zieht sich wieder zwischen die Blätter zurück, nur um Augenblicke später wieder an anderer Stelle zum Vorschein zu kommen. »Ja. Danke, dass du gefragt hast. Sonst fragt niemand mehr nach meiner Schwester.«

Ein Nagetier läuft über das Gras. Birdie zufolge kommen sie alle zum Vorschein, sobald der Schnee weg ist. Die Wärme hat auch Amy gutgetan. Sie hatte schon seit Tagen keinen Anfall mehr.

»Wie geht es deiner Freundin?«, fragt sie.

»Pen? Wieder besser.«

»Ich mag sie«, sagt Amy. »Sie sagt Dinge, für die die meisten Leute nicht genug Mut haben, oder?«

Das Licht berührt nun das Wasser. Von hier aus gesehen ist es ein endloser Juwelenschatz, als hätten die Meerjungfrauen ihre Schätze freigegeben, die nun alle an der Oberfläche treiben. Aber hier können schöne Dinge gefährlich sein, das habe ich lernen müssen.

»Für die Menschen hier unten ist das Meer wie für uns der Himmel«, sage ich. »Jede Welt muss etwas haben, das unendlich erscheint.«

»Jede Welt hat ihre eigenen Götter.« Amy klettert an den Ästen nach unten. »Das hätte Daphne gesagt. Sie hätte diesen Teil faszinierend gefunden.« Sie hüpft zu Boden. »Aber du bist nicht hergekommen, um über das Meer oder meine Schwester zu sprechen, richtig?«

»Ich wusste nicht, dass du draußen bist«, erwidere ich. »Ich wollte nur nachdenken.«

»Worüber denn?« Sie setzt sich neben mich und lehnt sich gegen den Baum. »Ich bin eine tolle Zuhörerin. Da bin ich ganz anders als Judas.«

Da hat sie allerdings recht. Wüsste Judas, was ich vorhabe, würde er mir den Kopf abreißen.

»Ich werde bald etwas tun, das man nicht wieder ungeschehen machen kann«, sage ich. »Die Entscheidung war unausweichlich. Das erkenne ich jetzt. Ich habe nur auf den richtigen Augenblick gewartet, als es eine Angelegenheit von Leben und Tod wurde.«

»Leben und Tod?«

Ich zögere. »Was würde deiner Meinung nach geschehen, wenn wir in den Himmel zurückkehren?«

»Ich weiß es nicht. Bestimmt würde nichts wieder so werden, als wären wir nie gegangen. Bestimmt hat der König unser Verschwinden vertuscht. Hat allen erzählt, dass wir getötet wurden, hat uns zu einem abschreckenden Beispiel gemacht, damit sich alle weiterhin vor dem Boden fürchten.«

Ich drehe den Kopf am Baum entlang, damit ich sie mustern kann. »Unsere Rückkehr würde alles ganz schön durcheinanderwirbeln, was?«

»Sehr.« Ich kann nicht sagen, ob das ein Lächeln auf ihrem Gesicht ist. Sie sieht besorgt aus. »Du kennst einen Rückweg, nicht wahr?«

»Sie werden ein Flugzeug entwickeln, das Internment erreichen kann. Das hat König Ingram gesagt. Vielleicht dauert es noch Jahre, falls es jemals für sie wichtig wird. Aber möglicherweise weiß ich eine Möglichkeit, um die Dinge zu beschleunigen.«

Ich habe angefangen, meinen Verlobungsring am Finger zu drehen. Sonnenstein. Phosan. In einer Welt ist es so gewöhnlich wie Glas. In einer anderen Welt ist es kostbar genug, um deswegen einen Krieg zu beginnen.

Amy umschlingt die Beine mit den Armen. »Das darfst du Judas nicht erzählen. Er würde versuchen, dich daran zu hindern.«

»Jeder der anderen auch. Basil würde sagen, dass es zu gefährlich ist. Lex würde sagen, dass dort nichts mehr auf uns wartet. Pen würde sagen, dass diese Welt Internment zerstören würde. Das würde der Professor auch. Abgesehen von der Prinzessin und Thomas würde jeder versuchen, mich aufzuhalten.«

»Ich nicht.«

»Vermisst du die Heimat?«

»O ja. Ich hätte das nie gedacht. Ich vermisse meine Eltern, selbst wenn sie alles andere als liebevoll sind. Und ich vermisse Wesley. Sogar sehr. Wir sollten für den Rest unseres Lebens zusammen sein.« Sie zieht an dem Verlobungsring, der noch immer an einer Kette um ihren Hals hängt. Sie schiebt den Finger hinein, aber er passt nicht. Noch nicht, aber bald wird er es tun. »Ich fange an zu verstehen, was das jetzt bedeutet. Das habe ich früher nicht.«

Ich sehe zum Himmel hinauf. Ich kann Internment als Schatten hinter einer Wolke ausmachen. »Ich habe Angst, was aus uns werden soll. Möglicherweise sind wir verdammt, ob wir nun hierbleiben oder zurückkehren.«

»Wir waren verflucht, weißt du noch?«, sagt Amy. »Wir sollten am Himmel eingesperrt bleiben und haben das Bündnis gebrochen.«

Verflucht, ja. Selbst wenn ich es gut meine, wie Thomas gesagt hat, bleibt das Versprechen bestehen, dass wir alle irgendwie zum Untergang verurteilt sind. So steht es in unserem Geschichtsbuch.

Ich lehne mich gegen Amy, und sie legt den Arm um meine Schultern und streicht mir über den Kopf, als wäre ich ein Kind.

»Was würde Daphne von mir erwarten?«, frage ich.

»Das Mutigste zu tun, das nur vorstellbar ist«, antwortet sie. »Immer.«

Mutig. Ja.

Es ist schon seltsam, wie die Stimme eines toten Mädchens vom Wind einer Welt geflüstert wird, die es nie gesehen hat.

• • •

Pen verschläft das Frühstück. Ich halte den Kopf gesenkt, um Thomas' Blicken von der anderen Tischseite zu entgehen. Basil sorgt sich. Annette fragt, ob ich Wale gesehen habe, und Riles rügt sie, nicht so dumm zu sein.

Man räumt das Geschirr ab, dann geht jeder in eine andere Richtung. Birdie und Nimble laden mich ein, mit ihnen fischen zu gehen, aber ich habe für den Rest meines Lebens genug vom Meer. Basil fragt mich, ob ich einen Spaziergang in die Stadt machen möchte, aber ich habe Angst, ihm von dem Phosan zu erzählen. Vielleicht versucht er dann, es mir auszureden. Also behaupte ich, im Bett lesen zu wollen, was seine Sorge natürlich nur noch verstärkt. »Vielleicht nehme ich mein Buch auch mit nach draußen«, sage ich. »Ich weiß es noch nicht.«

Wir stehen in dem Korridor vor seinem Zimmer und im Augenblick sind wir allein. »Und dir geht es auch sicher gut?«, fragt er. »Da gibt es nichts, was du mir vielleicht sagen willst?«

Mein Mund ist ganz trocken. »Was meinst du?«

»Du hast diesen Ausdruck«, sagt er. »Den hattest du tagelang, nachdem dein Bruder gesprungen ist.«

»Pen hat mir genauso große Angst eingejagt wie damals

mein Bruder«, erwidere ich. Das ist nicht die ganze Wahrheit, aber wenigstens die Wahrheit.

»Jetzt geht es ihr wieder gut«, meint Basil. »So ist es doch?«

Das ist es nicht und er weiß es. Das weiß ich genau. Das Wasser ist nicht das Einzige, das Pen unter die Oberfläche zu ziehen droht.

»Ich mache mir nicht nur um sie Sorgen«, sage ich. »Diese Welt macht etwas mit uns allen. Ich werde nie verstehen, warum du mir gefolgt bist. Es scheint dich nicht mal wütend zu machen.«

»Ich bin wütend. Ich bin sogar wegen vieler Dinge wütend.«

»Aber nicht auf mich?«

»Niemals.«

Er starrt meinen Mund an und wartet darauf, meine Geheimnisse zu erfahren. Das weiß ich. Ich glaube, er ist das schönste Wesen, das je geboren wurde, so wie er sich um mich sorgt.

»Gibt es etwas, das ich tun könnte, damit du deine Meinung änderst? Doch noch wütend auf mich wirst?«

»Da gibt es aber nichts, da bin ich mir sicher.«

»Es gibt etwas, das ich jetzt tun muss.« Ich hole tief Luft und atme die Worte aus. »Vertraust du mir?«

»Ja.« Er versucht mich nicht aufzuhalten, als ich loseile.

In der Lobby finde ich Pen auf dem Sofa, das schwere schwarze Buch vom Nachttisch aufgeschlagen auf ihren Knien. Die Menschen des Bodens nennen es *Das Buch.*

»Alles in Ordnung?«, sagt sie. »Du bist so rot.«

»Mir ist nur etwas warm. Ich gehe an die Luft. Wie ist das *Buch?*«

»Es fängt durchaus vernünftig an. Ihr Gott erschafft das Licht, dann die Erde und alle Dinge. Langsam halte ich es für die Vorgeschichte unseres Geschichtsbuchs.« Sie blättert vor und zurück, gestikuliert dabei. »Und dann erschafft ihr Gott den ersten Mann und die erste Frau und ein paar Seiten später werfen ihre Kinder Steine und bringen sich gegenseitig um. Keine guten Aussichten für den Anfang der Menschheit, was?«

»Vielleicht wird es ja besser.«

»Ich bin erst beim ersten Kapitel, und es ist bereits die Rede davon, die Welt unter Wasser zu setzen und jeden zu ertränken. Ich kann mir nicht vorstellen, wie das noch schlimmer werden soll.«

Aus der Küche lacht Nimble demonstrativ.

»Fantastisch«, grummelt Pen. Sie wirft mir ein bitteres Lächeln zu. »Wir sind an einen tollen Ort gefallen, Morgan. Ich kann dir gar nicht genug dafür danken, dass du mich gezwungen hast mitzukommen.«

Ich starre auf meine Schuhe. Ich kann ihren Blick nicht erwidern.

»So habe ich das nicht gemeint«, sagt sie dann.

Die Worte tun weh, aber noch mehr schmerzt es zu sehen, was ihr diese Welt antut.

»Egal«, sage ich. »Ich bin gleich wieder da.«

»Sei vorsichtig.« Pen vergräbt sich wieder in das *Buch.* »Da draußen sind Fluten und Wesenheiten, die dich ausspionieren.«

Celeste ist nirgendwo im Hotel zu finden, und seit das Wetter besser geworden ist, verbringt sie ihre Tage an der frischen Luft.

Ich brauche nicht lange, um sie aufzuspüren. Sie sitzt auf einer Bank in dem Garten zwischen Hotel und Themenpark. Hier sind alle Büsche so seltsam, man hat sie in die Form von Tieren und Türmen zurechtgeschnitten.

So wie Celeste zwischen ihnen sitzt, könnte sie noch immer eine Prinzessin sein. Ihre Haltung ist aufrecht, ihr Haar lang und voller Tageslicht. Und auch wenn die hier verstrichene Zeit ihr Gemüt langsam verfinstert, ist da noch immer ein Funkeln in ihren Augen – die Hoffnung, mit der sie geboren wurde.

Lange Zeit bleibe ich ein paar Schritte entfernt stehen und betrachte sie, versuche mich zu überzeugen, dass es noch nicht zu spät ist, es mir anders zu überlegen und ihr das Geheimnis nicht zu verraten. Ich könnte mich umdrehen, bevor sie mich sieht. Ich könnte wegrennen. Aber wo sollte ich hinrennen? Trotz seines unendlichen Raums bietet der Boden keine Lösungen. Noch immer ist es der Mut, der Veränderungen in Gang setzt.

Sei mutig, befehle ich mir.

Ich mache den Schritt.

Celeste beugt sich vor, um eine Skelettblume vom Rasen zu pflücken. Sie sieht mich kurz an, dann pustet sie auf die Blume, was die weißen, sternenähnlichen Früchte vom Kopf schweben lässt. »Skelettblumen«, sagt sie. »Hier unten nennt man sie Pusteblumen. Wusstest du das? Nim hat es mir erzählt.«

»Warum?«

Sie zuckt mit den Schultern. »Umgangssprache.« Sie klopft neben sich auf die Bank und lädt mich ein, mich zu ihr zu setzen. »Ich hoffe, Pen geht es besser. Ich hielt es für das Beste, ihr aus dem Weg zu gehen, bis sie wieder mehr sie selbst ist.«

Bei der Erwähnung ihres Namens fühle ich wieder das Gewicht von Internment auf der Brust. Ich stehe im Begriff, meine beste Freundin zu verraten, und die Worte bleiben mir im Hals stecken. *Ich muss dir etwas sagen. Ich muss dir etwas sagen.* Meine Knie zittern. Ich schlage den Rock um die Oberschenkel, damit sie still sind.

»Ich muss dir etwas sagen«, sage ich. »Ich wollte es dir vorenthalten, aber diese Entscheidung steht mir nicht zu.«

»Du sprichst in Rätseln.«

»Es tut mir leid.« Für einen langen Augenblick schließe ich die Augen. »Ich war nicht darauf vorbereitet, wie schwierig das ist.«

Sie sieht mich mit hochgezogenen Brauen an.

»Pen hat deinen Bruder verletzt. Aber bevor ich auch nur ein Wort von dem sage, weswegen ich gekommen bin, musst du mir ihre Sicherheit garantieren. Und die von Judas. Die von uns allen. Sollten wir in den Himmel zurückkehren, musst du mir ihrer aller Sicherheit garantieren.«

Jetzt ist sie diejenige, die erschüttert aussieht. »Du kennst einen Rückweg?«

»Ich brauche dein Wort.«

»Du hast es.« Sie zeigt eine Reihe perfekter Zähne, ein Lächeln, das sie nicht zurückhalten kann. Sie strahlt.

»Vor deiner ersten Begegnung mit König Ingram hast du Pen und mich nach den Gläsländern gefragt«, sage ich. »Sie werden von einer Substanz namens Sonnenstein angetrieben. Die ist auf Internment weit verbreitet. Die Erde produziert sie. Pen und ich haben ein paar Nachforschungen betrieben. Ihrer Ansicht nach war Internment einst ein Teil des Archipels, um den König Ingram und König Erasmus kämpfen, und der Sonnenstein, der die Glasländer betreibt, ist das Phosan.«

Die Prinzessin zerpflückt den Stängel der Pusteblume.

»Tatsächlich ist sie sich sogar sicher«, fahre ich fort. »Ihr Vater bringt gelegentlich Sonnensteinstücke mit nach Hause, und sie hat es sofort erkannt, als wir das Phosan in der Bibliothek nachgeschlagen haben. Und wenn König Ingram davon weiß, hat er vielleicht größeres Interesse daran, sich mit deinem Vater zu verbünden.«

»Und wir könnten in dem Fall nach Hause reisen«, sagt Celeste. Dann erlischt ihr Lächeln. »Aber wie sollen wir das beweisen? König Ingram könnte das nur für eine Erfindung von uns halten, um die Dinge zu beschleunigen. Pen kann bestimmt kein Bild der Glasländer präsentieren.«

»Es gibt etwas Besseres«, sage ich.

Ich starre ihren Verlobungsring an. Sie starrt ihn ebenfalls an. Aus Verwirrung wird Verstehen, dann schießen ihr Tränen in die Augen. »Sie sind aus …«

Ich nicke.

Sie umarmt mich.

Noch nie zuvor habe ich mich selbst so gehasst.

14

Amy sitzt oben auf der Treppe und beobachtet mich durch das Treppengeländer. Ich kann ihre Miene nicht lesen, aber sie sieht zu, wie Celeste ihren Mantel zuknöpft. Bestimmt weiß sie, was ich getan habe.

Pen blickt von ihrer Lektüre auf. »Ich würde diesen König gern kennenlernen, zu dem du ständig rennst.«

Celeste hakt sich bei mir ein. »Das wirst du«, sagt sie. »Nur nicht heute. Eine Privatkonferenz.«

Pen äfft sie lautlos nach und bedenkt ihr Buch mit einer Grimasse.

»Ich bin so froh, dass es dir wieder gut geht«, sagt Celeste. Ihre Ehrlichkeit überrascht Pen, die mich fragend ansieht.

»Wir sind vor dem Abendessen wieder da«, verkündet Celeste.

»Kann ich mitkommen?« Annette springt auf die Füße.

Nimble legt die Hand auf ihre Stirn. »Nein.«

Celeste öffnet die Tür. Sie kann hier nicht schnell genug weg. »Kommst du, Morgan?«

»Nein.« Ich sollte es tun, aber es hat mich allen Mut

gekostet, ihr von dem Phosan zu erzählen, und ich habe keinen mehr übrig, um zu erleben, was nun passieren wird.

»Aber du musst«, beharrt sie.

»Ich war der Ansicht, dass in diesem Königreich der freie Wille praktiziert wird«, sagt Pen.

»So ist es auch«, verkündet Annette. »Bleib, Morgan. Wir backen Kekse.«

Celeste starrt mich an, bis ich ihren Blick erwidere. »Bist du sicher?«, fragt sie.

Ich nicke.

Sobald sie weg sind, gehe ich zur Anlegestelle. Das Wasser ist heute besonders klar, und ich stelle mir vor, dass das Meer der Himmel ist und die Wolken so nah sind wie ihre Spiegelbilder.

»Du gehörst in den Himmel«, sagt eine Stimme.

Ich habe Judas nicht kommen gehört, aber jetzt steht er neben mir.

»Dagegen kann man nicht ankämpfen.«

»Wieso sagst du das?«

»Ich fühle es auch. Ich vermisse eine Stadt, die mich für den Mörder meiner Verlobten hält. Wie krank ist das?«

»Würden die Menschen des Bodens Internment für ein Paradies oder eine Bestrafung halten?«, zitiere ich Daphnes Essay.

Judas zeigt ein seltenes Lächeln. »Du hast ihn also gelesen?«

»Vom ersten bis zum letzten Satz. Manchmal fallen mir ganze Zeilen ein. Zeilen, von denen ich gar nicht wusste, dass ich sie mir gemerkt habe. Sie sind oft auf seltsame Weise relevant.«

»Sie war voll davon. Sie wird mich für den Rest meines Lebens heimsuchen.«

»Es tut mir leid, dass sie nicht hier sein kann«, sage ich. Es ist mein Ernst. »Judas. Wäre sie jetzt bei uns, was würde sie von einer Rückkehr nach Internment halten?«

»Wäre sie hier, wäre die Lage nicht so, wie sie ist.«

Das stimmt. Würde sie noch leben, befände ich mich noch immer dort oben, um mit meiner albernen Faszination für den Boden zu ringen, obwohl ich wüsste, dass ich ihn niemals sehen würde. An jenem Tag wäre der Zug nicht rückwärts gefahren; er hätte mich auf direktem Weg nach Hause gebracht.

»Aber ich glaube, sie wäre dafür«, sagt er. »Sie war neugierig und hätte das hier gern gesehen, aber sie war auch loyal.«

»Was ist mit dir? Du vermisst die Stadt, aber willst du zurück?«

»Ich kann nicht.« Er sieht zurück zum Hotel. »Ich bin überrascht. Dein Verlobter kommt gar nicht angerannt, um aufzupassen, dass ich nicht versuche, dich umzubringen.«

»Er will mich nur beschützen. Das ist nichts Persönliches.«

»Doch, ist es«, meint Judas. »Selbst hier kann ich diesem Stigma nicht entkommen.«

»Mach dir keine Gedanken, was Basil glaubt«, sage ich. »Du kennst die Wahrheit und zufällig glaube ich dir.«

»Du hast etwas von einer Rebellin in dir«, meint er.

»So hat mich noch keiner genannt, da bin ich mir sicher.«

»Es gibt schlimmere Bezeichnungen.«

»Ja.« Ich starre auf das Meer, vorbei an dem zerbrochenen Spiegelbild des Himmels, bis ich nichts mehr als Dunkelheit sehe. Von Pens Ring ist nichts zu entdecken; ihr kostbarster Besitz, und da er jetzt ins Wasser gefallen ist, scheint es, als hätte er niemals existiert. Etwas, das immer da war, ist einfach weg. »Ich hätte nie gedacht, mich einmal derartig vor Wasser zu fürchten«, sage ich. »Ich habe wirklich geglaubt, dass zumindest das Wasser am Boden genauso sein würde wie am Himmel, aber hier ist alles so viel beängstigender. Alles. Ich habe Angst, einen Schritt nach unten zu machen und dann in einen Abgrund zu stürzen.«

»Das ist ein guter Vergleich. Und alles kostet Geld. Sogar das Krankenhaus. Ich habe Jack Piper über die Rechnung für den Professor sprechen hören. Wenn wir hier jemals über unser Leben bestimmen wollen, werden wir uns alle Arbeit suchen müssen, sobald dieser Krieg vorbei ist.«

»Haben wir denn zu Hause über unser Leben bestimmt? Statt mit Geld haben wir mit Freiheit bezahlt. Was wäre geschehen, hätten wir unseren Verlobten nicht heiraten wollen? Oder über den Boden sprechen? Oder wenn wir – keine Ahnung – einfach nur mehr im Leben gewollt hätten?«

Unsere Antwort erfolgt wie aus einem Mund. »Für unzurechnungsfähig erklärt.«

Auf Internment konnte man schon für Kleinigkeiten wie zu viele Tage unfrisiert herumzulaufen verhört werden. Oder weil man zu viel Schminke trug, der Rock zu kurz oder das Hemd zu schlecht gebügelt war. Zu Hause kam mir das immer sinnvoll vor – ein schlampiges Erscheinungsbild impliziert ein gestörtes Familienleben, einen gestörten Geist. Aber hier hat der König wichtigere Dinge im Kopf. Alles ist nicht so streng. Das Individuum ist nicht so wichtig wie die Masse. Ich bin mir immer noch nicht sicher, was ich vorziehe.

»Also haben wir es hier besser«, meint Judas.

»Als du mir gesagt hast, ich soll vorsichtig sein, hat mich das geärgert«, sage ich. »Aber du hattest recht.«

»Ich hätte nicht so herablassend sein sollen«, erwidert er. »Ich habe wohl ein Problem mit Vertrauen.«

»Das ist verständlich.«

»Es ist nur, du scheinst zu der Sorte zu gehören, die sich immer an die Regeln hält. Du machst den Eindruck, als hättest du in deinem ganzen Leben noch nichts Falsches getan, und solchen Leuten mangelt es an gesundem Menschenverstand.«

»Gehört das zu deiner Entschuldigung?«

»Ja.«

»Übrigens habe ich genug falsche Dinge getan. Als Pen und ich noch Kinder waren, haben wir das Tonikum ihrer Mutter gestohlen. Wir mussten es ersetzen, indem wir etwas aus allen anderen Flaschen umgefüllt haben; für den Rest haben wir dann Wasser genommen. Wir waren tagelang krank.«

»Ihr beiden steht euch so nah wie Verlobte, oder?«

»Vermutlich sogar noch näher. Weil uns niemand befohlen hat, dass wir zusammengehören. Wir waren dazu bestimmt, Freundinnen zu werden.«

»Jeder braucht jemanden, für den er so empfindet. Das Leben ist zu einsam, wenn man es ganz allein für sich lebt.«

»Ich habe auch Basil«, sage ich, aber ich bin mir dabei nicht sicher, ob ich ihn oder mich daran erinnern will.

»Basil passt auf dich auf«, sagt Judas. »Pen scheint ein schlechter Einfluss zu sein.«

»Trotzdem ist sie ein Genie.«

»Es gibt verschiedene Arten von Genies. Du bist auch ein Genie. Mir ist noch kein Mensch begegnet, der so für Frieden sorgen kann wie du. Im Hotel hat jeder mit irgendwem ein Problem, aber du nicht. Das ist wirklich ziemlich charmant.«

»Das ist vielleicht das Netteste, was mir jemand seit unserer Landung gesagt hat.«

»Ich sagte ›ziemlich charmant‹, mehr nicht.«

»Das ist eine nette Vorstellung, aber es stimmt nicht.«

»Ich bin vielleicht ein Flüchtling, aber ich sage immer die Wahrheit. Jedenfalls meistens.«

Ich werfe einen verstohlenen Blick auf ihn, sehe aber weg, bevor er es bemerkt. Ich hoffe, ich habe nicht gerade seine Chance zerstört, sich hier ein Leben aufzubauen. Ich hoffe, er hasst mich nicht, wenn er herausfindet, was ich getan habe.

Beide starren wir auf den Horizont, als würde er sich für uns öffnen, als gäbe es eine Welt zwischen dem Meer und dem Himmel, in der alles perfekt ist.

Judas hört zuerst damit auf. »Ich gehe zurück. Kommst du mit?«

»Gleich.« Ich möchte gern noch hier stehen und die

Vorstellung genießen, dass niemand im Hotel etwas gegen mich hat. Falls das stimmt, wird es sicherlich nicht mehr lange so sein.

• • •

Als die Sonne untergeht, setzt sie den Himmel in Brand. Ich liege in einer riesigen Teetasse aus Metall, meine Beine baumeln über den Rand. Wenn sie eingeschaltet sind, drehen sie sich. Zumindest hat Annette das erzählt. Sie drehen sich, bis einige Leute lachen und andere sich übergeben müssen. Als sie mir das erzählt hat, war ich entsetzt. So etwas wäre zu Hause niemals gestattet. Aber ich glaube, mittlerweile verstehe ich es; die Besucher wollen einen Nervenkitzel, weil sie es dürfen. Sie wollen so weit gehen, wie sie es wagen.

»Morgan!«, singt eine Stimme. So wie die Prinzessin ihre Stimme projiziert, hätte sie eine vielversprechende Karriere beim Theater gehabt.

Mein einsamer Abend kommt jetzt an sein Ende. Ich antworte nicht, aber ich kann ihre Schritte hören, und ich weiß, dass sie mich gefunden hat. Sie versucht das Tor zu öffnen, es klappert. »Es ist verschlossen«, sagt sie. »Wie bist du reingekommen?«

»Du musst drüberklettern.« Ich blicke über die Schulter zu ihr. Die Mode des Bodens ist viel schlichter als die aufgebauschten Röcke, der Spitzenbesatz und die Puffärmel, die zu Hause Celestes Markenzeichen waren, aber sie sieht auch in einem braunen Vichy-Muster und mit einem Glockenhut aus wie eine Angehörige des Königshauses. Sie setzt einen Fuß auf die unterste Querstange des Tors, macht einen halbherzigen Sprung und schnauft empört.

»Oben sind Spitzen«, ruft sie. »Und wenn ich mich aufspieße?«

»Du musst eben vorsichtig sein.«

»Du hast deinen Rock nicht ruiniert?«

Forschend streiche ich über den Stoff. »Vielleicht bin ich hier und da hängen geblieben.«

Natürlich könnte ich mich anständig verhalten und ihr helfen, aber ich finde ihre Versuche sehr amüsant, und mit irgendwas muss ich mich aufmuntern.

»Hast du nicht behauptet, ihr wärt Experten im Rausschleichen? Du und dein Bruder?«

»Da gab es auch keine spitzen Stangen.«

»Du hast dein Königreich verlassen und bist fünfunddreißigtausend Fuß zu Boden gesegelt. Du kannst den Zaun bezwingen.«

»Ihn bezwingen.« Sie schüttelt den Hut vom Kopf und lässt ihn zu Boden fallen. »Richtig.« Sie versucht es erneut, diesmal nur energischer. Sie quetscht sich zwischen den Spitzen des Tors vorbei, holt tief Luft und springt.

Ich klatsche. Sie macht einen Knicks, dann klopft sie sich den Staub ab. »Was machst du hier?«

»Ich versuche, die Zeit anzuhalten.« Ein Vogelschwarm eilt durch den Himmel und breitet sich aus wie Wimpern.

Celeste steigt neben mir in die Teetasse. Neugierig spielt sie an dem kleinen runden Schalttisch in der Mitte herum. Die Tasse ächzt und fängt an, sich im Uhrzeigersinn zu drehen.

»Und?«, sagt sie.

»Und?« Ich sehe sie an.

»Willst du nicht fragen, wie es gelaufen ist? Was der König zu sagen hatte?«

Ich blicke zum Himmel. »Ich kann den Mond sehen, obwohl es noch hell ist. Die lange Jahreszeit fängt an. Aber hier nennt man sie Frühling.«

Celeste tätschelt meine Hand. Das ist alles nicht leicht für mich und das weiß sie. »Komm schon«, sagt sie sanft. »Frag mich.«

»Was hatte der König zu sagen? Die morbide Neugier verlangt, es zu wissen.«

»Ich habe die ganze Zeit gedacht, dass es nur eine Art Flugzeug gibt. Aber es gibt ganz viele, hast du das gewusst? Doppeldecker und Passagierflugzeuge und alle möglichen anderen, die für bestimmte Zwecke gebaut sind.« Wieder beugt sie sich über den Tisch. Die Hebel bewegen sich nur widerwillig, aber sie setzt Kraft ein. Die Tasse dreht sich ganz langsam. »Keines davon kann über der Troposphäre fliegen. Und selbst wenn sie es könnten, wären sie Interments Windbarriere nicht gewachsen.«

Das alles weiß ich bereits, aber ich lasse sie es erklären, weil ich mich vor dem fürchte, wo das enden wird.

»Aber die Ingenieure des Königs arbeiten an einem neuen Flugzeug, das eigentlich gar keins ist«, sagt sie. »Ein Jet.«

Es ist ein scharfes Wort. Jet.

»Klingt nach etwas, das den Himmel aufschneiden könnte«, sage ich.

»Ganz genau.« Die Teetasse bleibt stehen. »Ich wollte dir danken. Ich glaube, das wird die Sache wirklich beschleunigen, und wir werden bald in den Himmel zurückkehren. König Ingram hat gesagt, wenn mein Ring tatsächlich echtes Phosan enthält, könnten seine Ingenieure und Techniker es vielleicht als Treibstoff verwenden.«

Ruckartig setze ich mich aufrecht hin und starre auf ihre Hände, die gefaltet auf dem Schalttisch liegen. »Du hast ihm deinen Verlobungsring gegeben? Damit er ihn zerstören kann?«

»Nicht zerstören. Ihn benutzen. An meinem Finger war er zu nichts nütze.«

»Aber das ist dein Ring! Bedeutet er dir denn gar nichts?«

Sie lacht. »Ich glaube nicht, dass mein Ring für mich die gleiche Bedeutung hat wie deiner für dich. Was er allen anderen bedeutet. Ich kenne den Jungen kaum; ich kann an einer Hand abzählen, wie oft wir miteinander gesprochen haben.«

Jede Generation hat ihren Prinzen und ihre Prinzessin, die traditionellerweise abgeschottet leben. Das weiß jeder. Trotzdem hätte ich gedacht, dass sie ihre Verlobten kennen. »Wie sollst du dich denn verlieben, wenn ihr euch so gut wie nie seht?«

»Liebe hatte damit nicht das Geringste zu tun. Jedenfalls nicht für meinen Bruder und mich. Das ist alles ein Geschäft. Aber ich glaube, ich habe durchaus ein Talent dafür. Papa wird erfreut sein, wie ich König Ingram gehandhabt habe. Ich habe das Fundament für eine gute Beziehung zwischen Havalais und Internment geschaffen, die über Generationen Bestand haben wird.«

Ich weiß nicht, ob sie prahlt oder träumt.

»Das ist ein netter Gedanke«, sage ich.

»Vergiss nicht, das ist ein Krieg. Nachdem König Erasmus uns bombardiert hat, haben wir ihn bombardiert. Aber König Ingram will das nicht öffentlich machen. Er will für den Anschein von Frieden sorgen.«

»Eine Illusion von Frieden.« Ein Grund mehr, ihm nicht zu vertrauen.

Amy hat geträumt, dass Internment zu Boden stürzt und die Schreie jedes Einzelnen in den Wolken stecken bleiben. Das war in der Woche, in der wir alle dem Wetter erlagen, also kann das Fieber dafür verantwortlich gewesen sein. Oder es war eine Vorahnung.

»Du siehst aus, als wäre dir kalt«, sagt sie. »Es wird dunkel. Schaffen wir dich ins Haus.«

Ich schüttle den Kopf. »Ich will da nicht hin.«

»Ich werde niemandem auch nur ein Wort darüber verraten. Nimble auch nicht. Es ist zu früh. Du musst dir also keine Sorgen machen.«

Das mindert nichts von meiner Schuld. Ich war den ganzen Tag draußen. »Ich würde gern hier schlafen.«

»In der Nacht wird es kühl«, sagt Celeste. »Außerdem bekommst du Rückenschmerzen.«

»Geh ruhig rein. Was mein Rücken und ich tun, dürfte dich sowieso nicht interessieren.«

»Natürlich interessiert mich das. Ich bin deine Freundin.«

»Wir sind keine Freunde. Du willst mich sowieso nicht als Freundin haben. Ich bin nicht sehr gut darin.«

»Wovon redest du da? Du bist in den eiskalten Ozean gesprungen, um Pen zu retten.«

»Und dann habe ich dir ihre Geheimnisse verraten. Dass dieses Königreich Internment erreicht, ist das Letzte, was sie will. Ihrer Meinung nach wird man die Insel zerstören und vermutlich hat sie recht. Und ich bin schuld.«

»Hey«, sagt Celeste. »Würde ich das auch nur eine Sekunde lang glauben, hätte ich König Ingram nicht von den Glasländern erzählt. Internment ist auch meine Heimat. Mein Königreich. Ich würde eher hier unten alt werden und sterben, als für seine Vernichtung zu sorgen.«

Ich betrachte den Mond.

»Du bürdest dir einfach zu viel auf«, meint Celeste. »Lass mich einen Teil dieser Last übernehmen. Diplomatie liegt mir im Blut.«

»Pen hasst dich«, erinnere ich sie.

»Pen hasst jeden. Sie zählt nicht.«

Ich unterdrücke ein Lachen.

»Du bist vorsichtiger und scharfsichtiger. Und du magst mich«, sagt Celeste.

»Das habe ich nie gesagt.«

»Das tust du. Ich mag dich auch, du sollst dich nicht erkälten, also lass uns reingehen.«

»Ich verzichte.«

Sie stützt die Unterarme auf den Tisch und beugt sich zu mir. »Also gut. Du hast mir Pens Geheimnis anvertraut, da ist es nur gerecht, wenn ich dir ein Geheimnis anvertraue, das ich bewahrt habe. Vielleicht sorgt das ja für etwas Gleichstand.«

Das ist nicht nötig und vielleicht sollte ich ihr das sagen. Als ich zu ihr ging und sie über das Phosan unterrichtete, tat ich das nicht in Erwartung einer Gegenleistung. Trotzdem bin ich neugierig; sie hat ihr ganzes Leben in diesem Uhrenturm hoch über der Stadt verbracht, und niemand auf Internment erfährt je, wie das ist.

»Mein Bruder und ich haben seit unserer Geburt Verlobte, so wie jeder andere auch«, fängt Celeste an. »Meiner ist … nun ja, er ist mit Sicherheit nicht der netteste Junge. Ich hatte nie viel für ihn übrig, und für ihn bin ich nicht mehr als eine Möglichkeit, seinen gesellschaftlichen Status zu verbessern. Nach unserer Heirat wird er Prinz sein; sollte mein Bruder vor ihm sterben, könnte er sogar König werden. Und ich bin nur der Besitz, der dafür sorgt.«

»Das klingt furchtbar«, gestehe ich ein.

Sie wischt den Gedanken mit einer Handbewegung fort. »Ich habe ihn immer nur als ärgerliche Verpflichtung betrachtet, aber mein Bruder hat es noch schlimmer getroffen. Das Mädchen, mit dem er verlobt ist, ist sehr schön.« Sie wendet den Blick ab und sieht zum Hotel. Ihr scheint unbehaglich zumute zu sein. »Aber Azure hat kein Interesse an schönen Mädchen. Natürlich hält er das vor Mutter und Papa geheim. Was würde man mit einem Prinzen machen, der davon träumt, sich in einen anderen Prinzen zu verlieben? Er hat sogar versucht, es vor mir zu verbergen, aber da waren immer nur wir beide, die getrennt vom Rest der Stadt aufwuchsen. Wir waren der einzige

Freund des anderen. Natürlich wurde es mir irgendwann klar.«

Mir fällt der unbedachte Scherz ein, den sie gemacht hat, als ich ihre Gefangene war, dass sich ihr Bruder von ihrem Verlobten angezogen fühlt. Sich zum selben Geschlecht hingezogen zu fühlen, könnte einem die Unzurechnungsfähigkeit einbringen, falls ein Anziehungslager keinen Erfolg hat.

»Wann ist dir klar geworden, dass mit ihm etwas nicht stimmt?«, frage ich.

Sie wirft mir einen scharfen Blick zu. »Gewusst habe ich es, seit wir Kinder sind. Aber mit meinem Bruder *stimmt* alles. Es ist unsere Welt, unsere Regeln. Ich ...« Aufgebracht unterbricht sie sich. »Du kannst nicht wissen, was in diesen Lagern geschieht. Papa hat meinem Bruder und mir viele Dinge gezeigt, die wir wissen müssen, wenn Azure die Stadt erbt. Da werden Tonika verabreicht, es gibt Operationen, die schlimmer als der Tod sind. Du würdest das nicht sehen wollen, geschweige denn jemanden dorthinschicken, den du liebst. Ich habe jeden Tag um das Leben meines Bruders gefürchtet. Sollte Papa das jemals herausfinden, habe ich Angst, dass sich Az das Leben nimmt.« Sie kämpft mit ihrem nächsten Atemzug, als würden die Worte ihr die Luft abschnüren.

Hinter den Kulissen gibt es viele hässliche Dinge, die Internment funktionieren lassen. Das ist mir mittlerweile klar geworden. Selbst sein Prinz und seine Prinzessin leben in Furcht. Ich war davon überzeugt, dass die Prinzessin meine Familie verachtet hat, weil es bei uns einen Springer gab, aber in Wahrheit hatte sie ähnliche Befürchtungen wegen ihres eigenen Bruders.

»Du hast recht«, sage ich. »Ich habe das nicht gesehen, und ich will es auch nicht. Aber mein Vater und mein Bruder haben es, und es hat sie verändert.« Ich erwidere ihren Blick. »Ich habe dich beschuldigt, nicht zu wissen, was außerhalb deines Turms vorgeht. Dafür möchte ich mich entschuldigen. Anscheinend weißt du mehr als die meisten von uns.«

Sie versucht zu lächeln, aber es will ihr nicht richtig gelingen. »Az will die Verlobungen abschaffen, wenn er erst einmal König ist. Genau wie die Medikamente, die die Spaltung von befruchteten Eiern zu Doppelgeburten verhindern, und ähnliche Dinge. Aber das ist natürlich nur Gerede. So leicht wäre das nicht. Ohne ihre Regeln würde die Stadt auseinanderfallen.«

»Regeln.« Ich seufze. »Ich habe gelernt, dieses Wort zu hassen.«

»Ich habe auch den einen oder anderen Plan geschmiedet«, sagt sie. »Eines Tages wird mein Bruder König sein, aber er lässt sich von seinen Launen leiten und hat nicht viel mit Logik im Sinn. Er braucht mich. Eine Union zwischen Internment und Havalais wird Veränderungen bringen. Das ist meine feste Überzeugung. Internment muss nicht für alle Zeiten so bleiben, wie es ist. Die hässlichen Dinge müssen nicht der Mörtel sein, der die hübschen Dinge kontrolliert. Also wird Pens Geheimnis nicht verschwendet sein, wie du siehst.«

Ich wünsche mir so verzweifelt, dass sie recht behält.

»Also, das ist mein größtes Geheimnis. Mein Phosan, wenn du willst. Kommst du jetzt bitte mit mir rein, bevor wir uns den Tod holen?«

Sie ergreift meine Hände und zerrt mich aus der Teetasse. Meine Füße sind wie Blei. Celeste wird niemandem verraten, was ich getan habe. Noch nicht. Trotzdem wartet in diesem riesigen Gebäude, dessen Lichter auf das Gras fallen, die Schuld auf mich.

Nachdem ich über den Zaun geklettert bin, wird mir klar, wie weit weg das Hotel erscheint. Ein ganzes Leben weit. Celeste stört sich nicht an meinen langsamen Schritten. Sie bleibt an meiner Seite. Sie legt mir den Arm um die Schultern. Vermutlich glaubt sie, unsere Geheimnisse hätten einen Bund zwischen uns geschmiedet.

»Wie geht es eigentlich deinem Bruder?«, fragt sie. »Den habe ich bestimmt schon seit unserer Landung nicht mehr gesehen.«

Sofort bin ich in der Defensive. Auch wenn sie gerade ihre Familiengeheimnisse mit mir geteilt hat, will ich meinen Bruder instinktiv beschützen. Selbst am Boden bin ich davon überzeugt, wie wichtig es ist, seine geistige Gesundheit zu bekräftigen. »Er liebt nur seine Privatsphäre. Er ist keineswegs unzurechnungsfähig.«

»Das weiß ich«, erwidert Celeste. Sie bückt sich, um eine Pusteblume zu pflücken, aber statt zu pusten, dreht sie sie unablässig zwischen den Fingern. »Ich bin nicht die Spionin meines Vaters, weißt du. Ich werde keinen Bericht darüber schreiben, was jeder gesagt hat, um ihn ihm dann zu schicken, damit er weiß, wen er bestrafen muss.«

Die Pusteblume löst sich langsam in ihre Einzelteile auf. »Früher habe ich geglaubt, dass jeder im Königreich meinen Vater liebt«, sagt sie. »Aber du hast diesen ganzen Weg zurückgelegt, um von ihm wegzukommen, nicht wahr?«

Er hat meine Eltern getötet, aber daran kann ich sie nicht erinnern, weil es einfach unmöglich wird, das auszusprechen. Getötet. Tod. Ich bin so elende Wörter einfach leid. Ich nicke nur.

»Du musst dir keine Sorgen machen«, sagt sie. »Wenn du willst, kannst du hierbleiben. Ich gehe allein zurück.«

Ich sorge mich nicht nur, was aus uns wird. Ich sorge mich um die ganze Stadt.

Auf dem restlichen Rückweg sage ich kein Wort. Celeste füllt das Schweigen mit Geplauder über die Sterne und den Geruch des Grases, und wie schön es doch wäre, könnte Internment das Wunder namens Regen erleben.

In der Sekunde, in der wir durch die Tür kommen, steht Basil neben mir. »Ich habe überall nach dir gesucht.«

»Ich bin in die Stadt gegangen.« Seit unserer Ankunft habe ich so viele Lügen erzählt, da macht eine weitere keinen Unterschied. Mit jeder neuen verblasst das Stigma etwas mehr.

Ich weiß nicht, wie ich das Abendessen überstehe. Ich zwinge gerade genug herunter, um Basils Misstrauen zu beschwichtigen. Annettes Geplapper erfüllt den Raum, wofür ich dankbar bin.

Birdie trinkt einen Schluck Milch. »Wie gefällt dir das *Buch?*«, fragt sie Pen. »Du hast doch den ganzen Tag darin gelesen?«

»Faszinierend«, antwortet Pen.

»Ah ja, die größte erfundene Geschichte der Welt«, sagt Nimble.

Jack Piper wirft ihm einen giftigen Blick zu. »Du darfst aufstehen«, sagt er.

Nimble legt die Gabel nieder, salutiert uns allen fröhlich und verlässt den Raum.

»Ihr müsst ihm verzeihen«, sagt Jack. »Ich weiß nicht, von welcher Seite er das hat.«

»Von Mutter«, sagt Birdie.

Die anderen Kinder hören auf zu kauen. Es war mutig von ihr, das zu sagen, aber jetzt starrt sie auf ihren Teller, und das herabhängende Haar verbirgt ihr Gesicht. Jack Piper lässt das mit einem Räuspern durchgehen. Väter sind bei Töchtern nachsichtiger als bei Söhnen.

Ich bin froh, als abgeräumt wird und ich gehen kann.

Pen holt mich auf halber Treppe ein. »Wo hast du den ganzen Tag lang gesteckt?«

»In der Nähe.«

Ich kann sie nicht ansehen. Ich gehe schnell weiter, aber sie hält Schritt. »Weißt du, worüber Ihre Königliche Wasauchimmer mit dem König gesprochen hat?«

»Keine Ahnung. Ich sollte sie begleiten, weil sie gern möchte, dass wir Freunde sind, aber ich habe kein Interesse.«

»An der Politik des Königs oder an ihrer Freundschaft?«

»An nichts davon.«

Sie ist misstrauisch. Das flüstern mir nicht nur die Schuldgefühle ein, da bin ich mir ziemlich sicher. Aber sie bedrängt mich nicht weiter. Sie lässt mich ins Schlafzimmer gehen und folgt mir nicht. Augenblicke später höre ich, wie sie sich ein Bad einlässt.

Ich lege mich aufs Bett und versuche, den neuesten von Birdies Romanen zu lesen. Aber ich ertappe mich nur dabei, wie ich die Protagonistin um ihre Probleme beneide. Ihre Eltern haben sie in eine Schule geschickt, die man Internat nennt, um sie von dem Jungen fernzuhalten, den sie liebt. Aber sie hat keine Städte zerstört. In zweihundert Seiten wird alles wieder gut sein.

Mir kommt Prinz Azure in den Sinn, der unter der Verletzung leidet, die Pen ihm zugefügt hat. Aus menschlichem Anstand und Respekt vor dem Leben hatte ich gehofft, dass er überlebt, aber zum ersten Mal hoffe ich ehrlich, dass Celeste nach Hause zurückkehren kann und ihn sicher und gesund vorfindet. Selbst der Prinz und die Prinzessin, die ihre weißen Pelze tragen und die Tage nach Lust und Laune verbringen, sind nicht gegen die Schrecken von Internments König gefeit.

Als Student der Pharmazie wurde mein Bruder mehr als nur einmal in den Anziehungslagern gebraucht. Sie befinden sich weit von den Wohnsektionen entfernt, ganz in der Nähe der abgelegenen Felder, auf denen man die Nahrungstiere züchtet. Nicht einmal die Züge halten dort. Er hat nie darüber gesprochen, was er dort gesehen hat – mit Sicherheit wurde er zum Stillschweigen verpflichtet. Jedes Mal, wenn ich ihn nach seiner Arbeit gefragt habe, hat er mich als Nervensäge beschimpft und weggeschickt. Jetzt frage ich mich, ob er mich beschützen wollte. Oder ob er versucht hat, alles zu vergessen.

Anziehungslager sollten helfen. Unzurechnungsfähige haben etwas falsch gemacht oder waren irgendwie kaputt. Das habe ich geglaubt. Ich verspürte so viel Liebe für meine Stadt, und als ich aufwuchs, erfüllte es mich mit Glück, dass uns der Gott des Himmels verschont hat. Doch nun weiß ich nicht mehr, was ich glauben soll, und gegen jede Vernunft wächst in mir die Hoffnung, die Pläne der Prinzessin könnten alles wieder in Ordnung bringen.

Pen kehrt von ihrem Bad zurück und ich stelle mich schlafend. Ich spüre ihren Schatten auf meinen Lidern. »Morgan?« Sie rüttelt an meiner Schulter. »Schläfst du? Echt? Es ist erst halb acht.«

Als ich nicht reagiere, lässt sie mich in Ruhe. Ich höre, wie sie die steifen Seiten von dem *Buch* umblättert.

»Die Geschichte von der Arche war interessant«, sagt sie. »Ihr Gott überflutete die Welt, um noch einmal von vorn anzufangen. Also wenn ihr Gott jemanden nicht mag, versucht er ihn zu ertränken.«

Sie spricht wohl mit mir, aber dann höre ich Thomas antworten. »Das letzte Nacht war kein Akt Gottes, Pen. Das war Gin.«

»Vielleicht ist Gin dann ja ein Akt Gottes.«

»Wohl kaum.« Die Matratze quietscht. Leises Lachen. »Schläft Morgan schon?«

»Ja«, sagt Pen. »Sie ist eine Spaßbremse.«

»Weniger Spaß würde dir guttun«, erwidert Thomas.

»Dein Verlust«, neckt sie ihn. Ein Kuss. »Ich …«, setzt Pen an, um zu zögern. »Es tut mir wirklich leid, Thomas.«

Das Murmeln ist zu leise, um es verstehen zu können.

Eine Seite von ihr, die ich nicht kennen darf. Außer Basil und mir scheint jedes Pärchen auf Internment diesen Grad der Intimität zu erreichen. Ich bemühe mich, ihn auf die Weise zu lieben, auf die er mich liebt, aber statt Leidenschaft fühle ich nur, wie viel Mühe mich das kostet.

Seit frühester Jugend hat Pen Thomas' Annäherungsversuche verschmäht. Ihr gehen nie die Beleidigungen aus. Er sieht aus wie kompostierter Brokkoli, eher würde sie eine Kröte heiraten.

Aber jetzt, da sie glaubt, keine Zuhörer zu haben, sagt sie deutlich hörbar: »Ich liebe dich.«

Warum sollte ich so etwas sagen?, hat sie zu mir gesagt.

Also waren wir beide Lügnerinnen.

15

Thomas geht und Pen scheint noch stundenlang zu lesen. Ich schlafe nicht, nicht mal, als die Prinzessin reinkommt und das Licht löscht.

Zu Hause haben mich Lex' Schritte über mir in seinem Arbeitszimmer stets beruhigt; was mich auch beschäftigte, es erschien dann immer viel unbedeutender. Aber hier gibt es das Zirpen der hüpfenden Sänger, die man anders nennt, sowie das Atmen meiner Zimmergenossinnen, die sich nur dann nicht streiten, wenn sie schlafen. Und die Art von Stille, die nur ein Netz für zu viele Gedanken ist.

Nachdem mein ständiges Herumwälzen genug Unruhe veranstaltet hat, flüstert Pen: »Brauchst du einen Anker?«

»Ich finde einfach keine bequeme Stellung«, antworte ich. »Ich glaube, die Matratze muss umgedreht werden.«

»Dann tausch mit mir die Betten.«

»Es geht schon.«

»Wenn du böse auf mich bist, dann rück damit raus und sag es einfach.«

»Ich bin auf niemanden böse. Ich liege nur schlecht.«

»Du erzählst Mist, das ist es.«

Ich drehe ihr den Rücken zu und wickle die Decke fester um mich. Das Ticken der Standuhr in der Lobby nährt die Stille noch.

»Was auch immer ich getan habe, es tut mir leid«, sagt Pen. »Geht es um das, was ich heute Morgen gesagt habe, dass du mich gezwungen hast hierherzukommen?«

»Es hat nichts mit dir zu tun.«

»Mit der Matratze aber auch nicht.«

Gnädigerweise unterbricht uns ein leises Klopfen an der Tür. Sie öffnet sich quietschend. »Im Kino laufen zwei Tony-Valencia-Filme«, flüstert Birdie. »Hat jemand Interesse?«

»Wer ist Tony Valencia?«

»Habe ich dir nicht sein Foto in einem der Magazine gezeigt? Er ist ein Star.« Ich weiß nicht, was das bedeuten soll, aber Birdies schwärmerisches Seufzen lässt es mich erahnen.

»Genau das, was ich brauche.« Pen schlägt die Decke zur Seite. »Noch ein Mann in meinem Leben. Aber wenigstens redet der nicht.«

»Das ist ein Teil seines Charmes«, meint Birdie. Nachdem wir uns angezogen haben, stattet sie uns noch mit Perlenketten aus und drängt uns zum Fenster.

Die Luft ist kühl und hell. Bevor ich in diese Welt kam, bin ich nie außerhalb der Stadt mit ihren winzigen Parks und Gärten gewesen. Ich wusste nicht, dass sich Gras und Blumen weiter erstrecken können, als der Blick reicht.

Wir gehen zur Anlegestelle und besteigen die Fähre. Pen kniet neben der Reling und steckt die Hand ins

Wasser, zerteilt es mit den Fingern, als wir uns in Bewegung setzen.

Ich behalte sie im Blick, während ich mich an Birdie wende. »Erzählt dein Vater dir viel vom Krieg?«

»O nein.« Sie blickt über die Schulter aufs Wasser. »Seiner Meinung nach sollte man Mädchen damit nicht belasten. Gelegentlich vertraut er sich meinem Bruder an, obwohl Nim einen Krieg eher beenden würde, als daran teilzunehmen. Sie sind nie einer Meinung, aber Vater erzwingt diese Gespräche. Er bereitet Riles bereits darauf vor. Riles ist zwölf, er sollte sich nicht für Politik interessieren müssen, aber er bemüht sich so verzweifelt darum, dass Vater auf ihn stolz ist.«

»Ist deine Mutter darum gegangen?«, fragt Pen. »Dieser ständige Druck, seinen Anforderungen gerecht zu werden?«

»Pen«, fauche ich.

»Was?« Sie wendet sich Birdie zu. »Du bist diejenige, die sie beim Essen ins Gespräch gebracht hat. Es stört dich doch nicht, wenn wir über sie reden?«

Birdie schüttelt den Kopf. Ihr Haar hüpft über ihre Schultern. »Es ist wahr.« Sie lehnt sich mit den Ellbogen auf die Reling. »Sie wollte die Welt sehen, was Vater nicht verstehen konnte. Sie fing an, sich anders zu kleiden. Er hat behauptet, sie habe sich verändert, aber wenn ihr mich fragt, war sie die, die sie schon immer war. Sie wurde einfach nur mutiger und hat kein Blatt mehr vor den Mund genommen. Nimble hat seinen Spitznamen von ihr. Vermutlich befürchtete sie, er könnte wie Vater werden, weil er nach ihm benannt wurde. Aber das würde nie passieren; sie hat ihm gesagt, er habe eine friedliche Natur und sei kein Krieger.«

»Wo ich herkomme, sind Spitznamen eine Wiedergeburt«, sagt Pen. »Auf Internment gibt es sie oft. Sie sind eine Möglichkeit, das System zu betrügen.«

»Unsere Namen kommen alle von einer genehmigten Liste«, erkläre ich.

Birdie rümpft die Nase. »So etwas würde meinem Vater bestimmt gefallen. Er liebt seine Listen.«

»Und? Dein Vater hat sie vertrieben?«, will Pen wissen.

»Nein«, erwidert Birdie. »Was genau vorgefallen ist, weiß ich nicht. Eines Morgens war sie weg.«

»Weg?«, fragen Pen und ich wie aus einem Mund.

»Ja. Aber sie schickt Telegramme und Postkarten. Als ich das letzte Mal von ihr hörte, war sie gerade damit beschäftigt, zwölf Sprachen zu lernen; außerdem war sie Nacktmodell für ein paar Maler fast auf der anderen Seite der Welt geworden. Das war vor einem Jahr oder so.«

Ich kann mich nicht entscheiden, ob das romantisch oder einfach nur verrückt ist. Das muss der Grund sein, warum zu Hause Verlobungen vorgeschrieben sind. Um derart flatterhaftes Verhalten zu unterbinden. Andererseits könnte eine Frau, die ihre Familie verlässt, auf Internment nicht weit gehen.

»Aber ihr habt doch keine arrangierten Verlobungen«, sage ich. »Wenn eure Eltern so wenig zueinanderpassten, warum haben sie dann überhaupt geheiratet?«

Birdie grinst. »Nimble war der Grund für ihre Heirat. Er

war absolut nicht geplant, und es vergeht kein Tag, an dem Vater ihn nicht daran erinnert. Dabei sollte Vater sich bei diesem Thema nun wirklich nicht so weit aus dem Fenster lehnen, wenn ihr versteht, was ich meine.«

Sofort musste ich an Lex und Alice denken, an die Ungerechtigkeit, ihr Kind verlieren zu müssen, nur weil es nicht geplant war. Ich zwinge mich, den Gedanken zu verdrängen.

»Das könnte keiner erfinden, selbst wenn man es versucht«, meint Pen.

»Vater erzählt den Leuten, Mutter sei auf dem Land, wo sie sich um ihre kranke Mutter kümmert. Wenn er wegen etwas wütend ist, behauptet er immer, ich sähe genau wie sie aus, als wäre das eine Anklage. Er lebt in der Angst, ich könnte genauso werden wie sie.«

»Und, wirst du?«, will Pen wissen.

»Vielleicht. Ich wüsste nicht, was falsch daran ist, die Welt sehen zu wollen. Und ich habe kein Interesse an Schreibmaschinen oder Kinderkriegen, was alles ist, was von mir erwartet wird.«

»Schreibmaschinen und Kinderkriegen sind miserable Optionen«, sagt Pen.

»Ich wüsste nicht, was daran falsch wäre«, werfe ich ein.

»Morgan ist ein braves Mädchen«, sagt Pen zur Erklärung.

»Ich wünschte, du würdest aufhören, das zu sagen.« Ich beuge mich zur Seite, um an ihr vorbei zu Birdie sehen zu können. »Ich finde, du solltest tun können, wozu immer du Lust hast. Niemand zwingt dich, genau wie das eine oder andere Elternteil zu werden. Das habe ich damit gemeint.«

»Freunde wie euch beide hatte ich noch nie«, sagt Birdie. Ihr Lächeln ist der Hinweis auf ein langsames Erwachen. Sie formt sich langsam zur Frau. Davor hat ihr Vater Angst, und das würde ich ihr gern sagen, aber ich weiß nicht, wie ich das ausdrücken soll, damit es auch Sinn ergibt. Ich weiß nicht, wie ich erklären soll, dass wir mehr Macht haben, als wir wissen. Wir sind jung und klug, und wir warten auf die Erkenntnis, wozu wir fähig sind.

Der Nebel des Ozeans hat die Haare um unsere Gesichter gekräuselt, und ich wünsche mir, ich könnte diesen Augenblick festhalten, weil er perfekt ist.

Die Fähre erreicht die Stadt. Der Schwindel, den ich beim Wechsel vom Wasser zum Land verspüre, ist geringer geworden. Ich gewöhne mich an diesen Ort.

Birdie geht voraus und will etwas sagen, aber da hört sie ihren Namen und fährt auf dem Absatz herum. »Nim?«, fragt sie ungläubig. »Riles?« Ihre Brüder verlassen die Fähre. »Seid ihr die ganze Zeit an Bord gewesen?«

»Natürlich«, sagt Riles. »Wir sind nicht geschwommen.«

»Warum habt ihr euch denn nicht gezeigt?« Birdie stöhnt. »Sagt jetzt nicht, Vater hat euch mir nachgeschickt.«

»Sei nicht albern«, erwidert Nim. »Wir haben dich erst vor einer Sekunde entdeckt. Im Zentrum findet ein Messingkonzert statt, das Riles sehen will.« Er wirft mir und Pen einen Blick zu. »Unser Vater erlaubt zu Hause keinen Messing.«

»Teufelsmusik«, fügt Riles fröhlich hinzu. »Er ist der Meinung, sie würde mich hypnotisieren.«

»Auf Internment haben wir keine Messingmusik, aber ich verstehe nicht, warum man sie verbieten sollte«, sage ich.

»Wir verbieten nur Gespräche über den Boden«, sagt Pen. »Musik sollte in Ordnung sein, solange sie Leute dazu bringt, zu bleiben und sie sich anzuhören.«

»Internment ist seltsam«, meint Riles und zupft an Nimbles Ärmel. »Wir kommen zu spät.«

Birdie hebt den Fuß und drückt Riles den Schuh gegen den Hintern. »Verschwinde, Kleiner. Du gehst mir auf den Geist.«

»Aber auch nur, weil du so einen Wasserkopf hast.«

»Komm her und sag das noch mal.« Sie geht in die Knie, bis sie auf seiner Augenhöhe ist, dann drohen sie in einer vorgetäuschten Prügelei einander mit den Fäusten, bis sie ihn in den Schwitzkasten nimmt. Vergeblich versucht er sich zu befreien, aber er lacht dabei.

Darauf neidisch zu sein, bringt nichts, rede ich mir ein, mein Bruder und ich kommunizieren noch immer auf unsere ganz eigene Art miteinander, aber eigentlich vermisse ich nur die Jahre vor seinem Sprung, als er noch so voller Leben war.

»Du zerquetschst mir die Luftröhre«, krächzt er.

»Na schön, du großes Baby.« Sie lässt ihn los. »Viel Spaß bei deinem Konzert.«

Nimble tippt sich an den Hut. »Meine Damen, wir sehen uns beim Frühstück.«

Birdie winkt. Wir sehen zu, wie sie in der Menge verschwinden.

»Heute Abend sind viele Leute unterwegs«, meint Pen.

»Diese Woche ist das Frühlingsfest«, erklärt Birdie. »Anscheinend treibt es jeden aus Havalais in die Stadt. Das meiste fängt erst morgen an, aber ein paar Konzerte und Stände gibt es schon heute Abend.«

»Ich kenne mich nicht mit Krieg aus«, sagt Pen. »Aber ist es da nicht irgendwie der blanke Hohn, ein Volksfest zu feiern?«

»In gewisser Weise ist genau das König Ingrams Absicht«, sagt Birdie. »Wir sollen unbeeindruckt erscheinen. Soweit ich es verstanden habe, geht es Havalais im Augenblick wesentlich besser als Dastor.«

Sie hat den Satz noch nicht beendet, da höre ich es. Dieses ferne Pfeifen in der Luft. Mein Körper begreift lange vor meinem Verstand. Mein Blut gefriert, und ich packe Birdie und Pen an den Armen und ziehe sie an mich. Falls sie wissen, was ich weiß, erhalten sie keine Gelegenheit, es auszusprechen. Wir können nur erstarrt dastehen, während aus dem Pfeifen ein Donnern wird und der Boden unter unseren Füßen erzittert. Die Stadt verwandelt sich in Rauch und Flammen. Überall ertönen Schreie. Ich begreife nicht, woher sie die Kraft zum Schreien nehmen. Ich bekomme keinen Ton heraus. Meine Füße sind wie dort verwurzelt. Mein Atem geht flach und laut.

Birdie, die sich an meinem Arm festklammert, fängt an zu zittern. Zuerst ist es kaum merklich, aber dann überkommt es sie, und sie schreit auch.

Sie will loslaufen, aber nicht von den Flammen fort und zum Hafen wie alle anderen auch, sondern mitten in sie hinein. Pen und ich halten sie zurück, aber sie ist nicht mehr das sanfte Mädchen, das sich dafür entschuldigt, die Strümpfe heruntergerollt zu haben oder am Abendbrottisch von ihrer Mutter zu sprechen. Sie ist stärker als wir beide und wild. Sie schreit nach ihren Brüdern.

»Das kannst du nicht tun!«, ruft Pen.

Aber Birdie ist jenseits jeder Logik. Und ich kann ihr das nicht verübeln, aber ich kann auch nicht zulassen, dass sie Selbstmord begeht.

»Sie sind zusammen«, sage ich zu ihr. »Nimble wird Riles dort unversehrt wegschaffen.«

Ich halte sie am Handgelenk fest, und sie gräbt die Nägel in meine Haut und will sich befreien. Langsam löst sie sich. Meine logischen Argumente will sie nicht hören, und wenn sie in dieses Chaos läuft, sehen wir sie nie wieder.

»Ich begleite dich!« Unsere Finger greifen ineinander. Wenn ich sie schon nicht aufhalten kann, kann ich zumindest versuchen, für ihre Sicherheit zu sorgen. »Okay? Wir finden sie.«

»Was ist?« Pens Stimme klingt schrill.

»Warte am Hafen auf uns«, sage ich zu ihr.

Sie murmelt Flüche und nimmt meine Hand. »Als würde ich dich im Stich lassen.«

Wir laufen in eine Horde panischer Menschen hinein, die sich in Tiere verwandelt haben. Sie haben keine Gesichter mehr; da sind nur noch aufgerissene Münder und Augen und schreckliche Laute. Und als der Qualm dichter wird, liegen die Körper am Boden, kriechen umher und schnappen nach Luft. Ich weiß nicht, wo die Bombe eingeschlagen ist, aber offensichtlich kommen wir der Stelle näher.

Der Rauch verwandelt meine Augen in einen Sturzbach, aber Birdies Tränen sind echt. Ich kann sie aus ganzem Herzen schluchzen und nach Luft schnappen hören. Sie will nach ihren Brüdern rufen, aber aus ihrem Mund kommt nur ein Husten. Etwas zu sehen ist unmöglich, genauso wenig wie etwas zu verstehen. Pen zerrt an mir und ich zerre an Birdie. Sie will sich wehren, aber dazu fehlen ihr die nötige Kraft und die nötige Luft.

Meine Knie drohen nachzugeben. Pen hat sich zwischen Birdie und mich gedrängt, und sie ist diejenige, die uns beide auf den Beinen hält. Sie zieht unsere Kragen über unsere Münder, aber das nutzt nichts.

Dass wir den Hafen erreicht haben, begreife ich erst, als ich den Ozean erblicke. In einen Vorhang aus Asche gehüllt, die sich wie eine Krankheit auf Havalais herabsenkt, ist er kaum zu erkennen.

Wir treffen gerade noch rechtzeitig ein, um zu sehen, wie die Fähre ablegt.

Birdie lässt sich auf die Knie fallen, würgend folge ich ihrem Beispiel.

»Sie kommt doch zurück?« Pen kniet sich vor uns nieder. »Sie muss zurückkommen.«

Birdie nickt, während sie hustet.

Hunderte Menschen haben sich hier versammelt. Vielleicht sogar Tausende, und sie sind alle im gleichen Zustand wie wir – falls sie Glück gehabt haben. Ich sehe kaum etwas außer Grau, Schwarz und roten Schlieren. Pens Ärmel ist verschwunden, ihr Arm ist blutig. Ich bekomme nicht genug Luft, um sie zu fragen, ob sie Schmerzen hat. Sie ist so stoisch wie ein Stein. Sie wischt Birdies feuchte Augen ab.

»Sie sind tot«, stöhnt Birdie.

»Sag nicht so was«, erwidert Pen. »Vielleicht haben sie es zur Fähre geschafft.«

»Nim würde mich nicht zurücklassen«, sagt sie. »Das würde er niemals tun. Und sie hätten es auch nicht rechtzeitig zum Hafen zurückgeschafft. Sie waren auf dem Weg ins Zentrum.« Birdie dreht sich um und starrt in die Stadt, die ein Gefälle aus Schwarz und noch dunklerem Schwarz ist.

»Gut«, sagt Pen. »Wo ist dieses Zentrum denn?«

»Weg«, sagt Birdie. Sie schließt die Augen; ein Husten oder ein Schluchzen lässt ihren ganzen Körper erbeben.

Ich zucke zusammen, und mir wird bewusst, dass ich die Augen geschlossen habe. Ich zwinge sie auf. Ich kann nicht begreifen, was mit mir los ist. Wie kann ich in so einem Augenblick müde sein?

Pen wendet sich dem Wasser zu. »Haltet nach der Fähre Ausschau. Sie muss bald zurückkommen.«

Birdie schüttelt den Kopf. »Mein Gott«, sagt sie. Noch nie zuvor habe ich gehört, wie sie ihren Gott anruft. Aber noch nie zuvor hat sie ihn so sehr gebraucht wie in diesem Augenblick. »Mein Gott, mein Gott.« Ihre Stimme ächzt. Ich ertrage es nicht, sie so gebrochen zu sehen.

Die Schreie sind zu einem Wimmern und Stöhnen verblichen. Birdie ist nur ein schluchzendes Mädchen von Hunderten.

»Seht doch«, sagt Pen. »Wir haben Vollmond.«

Aber ich bin nicht dazu fähig, mich vom Himmel und seinen Wundern verhöhnen zu lassen. Ich habe meine Albträume hinter mir gelassen und ich will nach Hause.

Birdie setzt sich auf. Sie hustet, bevor sie rufen kann. »Nim? Nim!«

Ich bemühe mich, ihrem Blick zu folgen, kann aber nichts erkennen als ascheerfüllte Luft.

»Da ist doch niemand«, sagt Pen.

»Ich sehe ihn«, erwidert Birdie. »Er hat Riles. Etwas stimmt nicht! Nim!«

Sie stolpert auf die Füße, und ich sage noch: »Birdie, nein«, aber da ist sie bereits weg und rennt zwischen Körpern vorbei, die vielleicht lebendig oder auch tot sind. Sie läuft auf etwas zu, das ich nicht sehen kann.

»Wir müssen ihr nach«, sage ich.

Pen hält mich fest und sie ist auch mit dieser roten Wunde stark. »Wage es ja nicht.«

Sie hat die Worte noch nicht ganz ausgesprochen, da erbebt der Boden wieder, und neue Flammen verschlingen die Stadt.

16

Die Fähre kehrt nicht zurück.

Pen sagt immer wieder: »Morgan, Morgan, Morgan«, und die Worte verwandeln sich in Vögel. Wunderschöne blaue Vögel, die aufsteigen, bis sie sich in schwarze Linien verwandeln. Ich will Pen sagen, sie soll sich den Himmel ansehen. Die Flammen haben sich bis zur Troposphäre durchgefressen, und da ist Internment durch ein in den Himmel gebranntes Loch zu sehen. Ich könnte es berühren, so nah ist es; hätte ich nur die Kraft, meinen Arm auszustrecken. Da sind die Wurzeln von Bäumen, auf die ich einst geklettert bin, und weiche weiße Wolken.

Sieh doch, Pen, sieh doch! Du verpasst das ja.

Ich wünschte, sie würde aufhören, meinen Namen zu sagen, denn die Dringlichkeit in ihrer Stimme lässt neue Wolken erscheinen, und es wird schwerer, die Stadt zu sehen.

Sie schlägt mir ins Gesicht und ich öffne die Augen. Ich habe nur geträumt. Dort ist kein Internment zu sehen – nur Rauch. Am ganzen Leib zitternd, kniet Pen über mir. Aber vielleicht zittert auch der Boden – ich weiß es nicht. Hinter ihr brennt die Stadt.

»Verlass mich jetzt nicht«, sagt sie.

Ich will aufstehen, aber ich kann nicht. Und ich verstehe nicht, warum mein Bein so brennt.

»Kommt jemand?«, frage ich.

»Ich weiß es nicht.«

»Wo ist Birdie?«

»Ich weiß es nicht.«

»Hat sie ihre Brüder gefunden?«

Sie bettet meinen Kopf auf ihren Schoß. »Ich weiß es nicht.«

Sie hatte recht. Sie hatte mit allem recht. König Ingram und König Erasmus reißen fröhlich die Königreiche des jeweils anderen in Stücke und sie werden diese Hässlichkeit nach Internment bringen. Es wird keine friedliche Allianz geben. Celestes Mutter wird sich nicht erholen; es wird nur schlimmer werden.

Ich schließe die Augen, um Tränen abzuwenden, aber Pen sagt: »Hey!« Sie schüttelt mich. Sie wird mir keine Ruhe zugestehen. Wüsste sie, was ich getan habe, wäre sie nicht so begierig auf meine Gesellschaft. Und ich würde es ihr jetzt gern erzählen, wenn auch nur, um mein Gewissen zu erleichtern. Aber möglicherweise sind das unsere letzten Augenblicke, und sie sollte sie in dem Glauben verbringen, dass die Stadt, die sie ihr ganzes Leben lang geliebt hat, sicher ist. Dass sie noch lange, nachdem diese Narren ihre Königreiche vernichtet haben, am Himmel schweben wird.

Pen spielt mit der Kette um meinen Hals. Die Perlen sind Teil einer anderen Welt, tausend Meilen und eine Stunde hinter uns.

Ich taste nach dem Stoffstreifen an meinem Handgelenk, eine Erinnerung, dass ich einst anderswohin gehörte. Eines Abends hat Annette beim Essen danach gefragt, sie hielt es für ein seltsames Armband. Ich wollte es ihr nicht erklären. Es hätte sich einfach seltsam angefühlt, die Namen meiner Eltern in diese bizarre Welt zu bringen, die einen im einen Augenblick erstaunt und im nächsten vernichtet. Meine Mutter wäre bestimmt nicht stark genug gewesen, ein Leid zu ertragen, wie es gerade hier geschieht, und mein Vater hätte sich in den Wahnsinn getrieben bei dem Versuch, es wieder in Ordnung zu bringen.

»Die erste Bombe sollte nur alle zum Hafen treiben«, sagt Pen. »Alle Überlebenden würden herkommen und wie Tiere im Käfig sein.«

In ihrem Kopf sind so schreckliche Dinge. Aber was noch viel schlimmer ist: Sie hat recht damit. Das hat sie fast immer.

Eine Stimme ruft unsere Namen, und ich bin mir nicht sicher, ob ich sie mir nicht eingebildet habe. Im Rauch läuft ein Schatten auf uns zu. »Wir sind hier!«, erwidert Pen.

Nimble trägt noch immer seine Gläser. Dieser Gedanke schießt mir bei seinem Anblick zuerst durch den Kopf. Ich weiß nicht, wie viele Dinge diese Bomben vernichtet haben – Häuser, Knochen –, aber zwei winzige kreisrunde Gläser auf dem Gesicht eines Jungen sind noch immer unversehrt. Es lässt mich lachen und das Lachen verwandelt sich in ein Husten.

»Sie ist verletzt«, sagt Pen. »Ich glaube, ich habe die Blutung gestoppt.«

»Mir geht es gut«, sage ich. »Wo ist Birdie?«

Er antwortet nicht. Sein linker Arm ist eine tote Last.

»Wo ist Riles?«, frage ich.

»Mein Vater holt uns«, sagt er. »Bleibt hier, damit ich euch finde.«

»Warte«, sagt Pen, aber da ist er bereits schon weg.

»Vermutlich hat er Birdie und Riles an einen sicheren Ort gebracht«, sage ich.

»So etwas wie einen ›sicheren Ort‹ gibt es nicht«, erwidert sie.

»Doch, den gibt es wohl«, sage ich. »Und ich habe ihn vernichtet.«

Falls sie mich verstanden hat, zeigt sie es nicht. »Glaubst du, dass uns Jack Piper durch diesen Schlamassel bringen kann?«

»Ich weiß es nicht. Pen?«

»Hm?«

»Was meinst du, welche Geschichte aus *Die Geschichte von Internment* kommt dem hier am nächsten?« Vielleicht tröstet es mich ja, eine Geschichte aus unserer Heimat zu hören.

Sie streicht mit den Fingern über die Perlen an ihrem Hals. »Da gibt es keine. In unserer Geschichte ist nichts Vergleichbares passiert.«

Es scheint Ewigkeiten zu dauern, aber dann kommen Autos. Der Rauch löst sich auf. Jack Piper entdecke ich nirgendwo, aber ein Mann geht neben Pen und mir auf die Knie und fragt uns, ob wir die Mädchen sind, die bei den Pipers wohnen. Er nimmt uns in seinem Krankenwagen mit, der wie Nimbles Wagen ist, nur etwas länger, und ich werde dorthin getragen, statt gehen zu dürfen.

Und irgendwo auf dem Weg zum Krankenhaus sehe ich die rote Masse, zu der mein Bein geworden ist. Sie ist mit den Überresten von Pens Pullover umwickelt, der eigentlich Mrs Piper gehört. Und alles, was mir dazu einfällt, sind die gemurmelten Worte: »Lex wird mich umbringen.«

Pen lacht leise. »Thomas wird mich umbringen.«

»Heute wird niemand in diesem Auto sterben«, sagt der Fahrer. Das ist ein schöner Gedanke, den viele Menschen in Havalais nicht länger denken können.

• • •

Im Krankenhaus gibt es Regeln, so viele Regeln. Judas und Amy haben sich manchmal darüber beschwert; oft hat man sie weggeschickt, wenn sie den Professor besuchen wollten. Aber in Zeiten großer Krisen sind Regeln außer Kraft gesetzt, das wird sofort offensichtlich. Man bringt Pen und mich in einen Raum, wo man ihren Arm und mein Bein behandelt. Und jetzt, wo ich in unnatürlich hellem Lichtschein in einem weißen Nachthemd liege, das jeden kühlen Luftzug einlässt, weil es so dünn ist, und den Geruch scharfer Chemikalien einatme, spüre ich langsam die Schmerzen in meinem Bein. Ich rieche die Asche in meinem Haar. Ich sehe Birdie vor mir, die in die Wolke aus Schreien läuft und die ich nicht aufhalten kann. Immer wieder läuft sie, und einen Moment, bevor die Luft explodiert, beginnt der Augenblick wieder von vorn.

Aber erst als Basil atemlos durch die Tür stürzt, breche ich in Tränen aus.

Thomas ist direkt hinter ihm, und er läuft zu Pen, während sich Basil mir zuwendet. Die Krankenschwester hat zu viel zu tun, um Einwände zu erheben, also lässt sie uns in Ruhe. Draußen höre ich viel Lärm und Verzweiflung.

»Wie habt ihr uns gefunden?«, fragt Pen.

»Wir sind von Zimmer zu Zimmer gelaufen«, sagt Thomas.

Basil tupft meine laufende Nase und die Augen ab, aber ich lege die Arme um ihn. Er soll mich festhalten, das ist alles, was ich von der Welt will. Der Boden hört nicht auf zu zittern. Dieser Augenblick ist für mich wie die Augenblicke in der Stadt zwischen den Bombeneinschlägen.

»Basil«, wimmere ich.

»Ich bin da«, sagt er. Küsst meine Schulter. Streicht mein Haar glatt. »Ich bin da. Ich lasse dich nicht allein.«

»Ich weiß nicht, wo Birdie ist.« Ich kralle die Fäuste in sein Hemd. »Oder Riles und Nim.«

Er soll mir sagen, dass sie in Ordnung sind, aber das kann er nicht.

»Woher habt ihr gewusst, dass wir im Krankenhaus sind?«, fragt Pen. Dann wird ihr Tonfall besorgt. »Ist im Hotel etwas passiert?«

»Dort sind alle gesund«, berichtet Thomas. »Wir wurden durch die Nachricht von dem Angriff geweckt, und als eure Betten leer waren, hat die Prinzessin gesagt, dass ihr ins Kino wolltet. Und Nimble wollte Riles zu irgendeinem Konzert bringen.«

Basil drückt mich sanft auf die Matratze. »Deine Pupillen sind erweitert.«

»Vermutlich hat sie eine Gehirnerschütterung«, sagt Pen. »Nach der zweiten Explosion bekam sie ein Stück Schrapnell an den Kopf.«

»Daran erinnere ich mich nicht«, sage ich.

»Nein, das kann ich mir auch nicht vorstellen. Du warst viel zu sehr damit beschäftigt, etwas über Baumwurzeln am Himmel zu murmeln und mich dazu zu bringen, sie mir anzusehen.«

Basil runzelt die Stirn und fährt mit dem Daumen über meine Brauen. »Ich habe mir solche Sorgen um dich gemacht.«

»Ist Nim hier?«, will ich wissen.

»Irgendwo, ja.«

»Gut«, sage ich. Er wird nach seinem Bruder und seiner Schwester suchen, und er wird sie finden, so wie Basil und Thomas uns gefunden haben. Wir werden ins Hotel zurückkehren und uns die Strafpredigt für unsere Taten anhören, aber uns wird es gut gehen.

Uns wird es gut gehen, daran glaubt etwas in mir ganz fest – auch wenn mir ständig das Gegenteil bewiesen wird.

»Ich habe etwas für dich«, sagt Thomas zu Pen.

Er hält ihren Verlobungsring in die Höhe, bevor er ihn ihr auf den Finger steckt. »Annette hat ihn gefunden, während sie und Riles gestern die Yacht geputzt haben.«

Pen starrt ihn lange an, als wollte sie versuchen, sich an das Mädchen zu erinnern, das sie noch vor Stunden war, das den Verlobungsring für eines der wichtigsten Dinge in seiner Welt gehalten hätte.

• • •

Träume sind von der Wahrheit nicht zu unterscheiden. Ich weiß nur, dass ich wach bin, weil ich in meinen wachen Augenblicken immer nach Basil rufe, weil ich Angst habe, er könnte von meiner Seite weichen. Und ich rufe nach Pen, weil ich Angst habe, ihr Überleben sei nur ein Fiebertraum gewesen und sie wäre am Hafen verloren gegangen. Auf der anderen Seite des Zimmers ist sie nicht viel besser dran. Ich höre sie schluchzen und mit Thomas flüstern.

Als Nimble in der Tür erscheint, den linken Arm in einer Schlinge, bin ich mir zuerst nicht sicher, ob er wirklich da ist.

»Alle vollzählig und lebendig?«, fragt er. Etwas mit seiner Stimme stimmt nicht.

»Sie werden wieder«, antwortet Basil.

Nimble nickt. »Gut. Das ist gut.«

»Birdie?«, ist das erste Wort, das ich herausbringe.

Er sieht mich an, seine Miene wird weicher. Tränen schimmern in seinen Augen. Ich muss an das denken, was seine Mutter über ihn gesagt hat; er habe eine friedliche Natur.

»Es sieht nicht gut aus«, antwortet er.

»Aber sie lebt?«

Er reibt sich die Augen hinter den Gläsern und nickt.

»Riles?«

Auf der anderen Seite des Raums setzt sich Pen auf und hört genau zu.

Nimble wendet sich von uns ab, er will gehen. Er macht einen Schritt. Aber dann dreht er sich wieder um. »Riles ist tot.«

Ich verstehe nicht. Mein Körper will mich nicht verstehen lassen – für diese Neuigkeit kann er keinen Platz schaffen, dafür ist er zu erschöpft und in Mitleidenschaft gezogen. Meine Sicht verschwimmt und ich rieche Asche.

Nimbles Mund ist ein bebender Strich. Er sieht Basil und dann Thomas an. »Passt gut auf sie auf, Jungs. Wir haben bereits mehr Opfer, als dieses Königreich ertragen kann.«

•••

Es können Tage oder Stunden gewesen sein. Niemand will mir erzählen, was außerhalb des Krankenhauses geschieht. Die Krankenschwestern zwingen Basil und Thomas zu gehen, weil der Platz für die Verletzten zu gering wird, um auch noch die Gesunden zu beherbergen. Aber sie wollen nicht gehen. Falls nötig, werden sie auf dem Flur bleiben. »Macht euch keine Sorgen, wir sind in der Nähe«, sagen sie.

»Wir würden uns weniger Sorgen machen, wenn ihr ins Hotel geht. Dort seid ihr in Sicherheit«, sagt Pen. Das nächste Ziel könnte das Krankenhaus sein, aber das spricht sie nicht aus.

Einer Krankenschwester gefällt unser Akzent, sie will wissen, ob wir aus einem Ort namens Norsup kommen. Pen bestätigt das; hoffentlich handelt es sich dabei nicht um ein weiteres Königreich, das König Ingram verärgert hat. Drei neue Zimmergenossen belegen die freien Betten. Die Krankenschwestern trennen uns mit Vorhängen von ihnen, und ich kann nur das Stöhnen, Wimmern und Schnarchen der anderen Patienten hören. Pen und ich lassen den Vorhang zwischen uns immer geöffnet.

In den kommenden Stunden erholt sie sich schnell, und sie scheint die um ihren Arm gewickelten Verbände nicht zu bemerken. Mehrmals verlässt sie das Zimmer, nur um später von einer ungeduldigen Krankenschwester eskortiert zurückgebracht zu werden, die ihr jedes Mal einschärft, dass sie Ruhe braucht.

Sie setzt sich an mein Bettende. »Ich habe Birdie gefunden.«

Ich stemme mich auf die Ellbogen. Trotz der betäubenden Salbe pocht mein Bein. Ein durch die Luft fliegender Gegenstand hat es aufgeschlitzt, aber nicht gebrochen. Ich könnte mich zum Gehen zwingen, falls ich Birdie lebendig sehen könnte. »Wie geht es ihr? Kannst du mich zu ihr bringen?«

Pen schüttelt den Kopf und sieht zu Boden. »Das ist schlimm«, sagt sie. »Das ist alles einfach unvorstellbar. Bei der Explosion am Ufer gab es nicht einmal Todesopfer; das war ein Wochenende und alles war geschlossen. Das sollte eine Warnung sein. König Ingram hat sie ignoriert.«

»Jack Piper ist sein erster und einziger Berater. Bestimmt hatte er etwas damit zu tun.«

»Schön für ihn. Er hat gerade dafür gesorgt, dass eines seiner Kinder getötet wurde. Vielleicht sogar ein zweites.«

»Birdie lebt noch«, beharre ich. »Das hast du gesagt.«

Mit dem Handrücken streichelt sie meine Wange. »Morgan, es ist nicht gut.«

»Ich muss sie sehen. Pen, du musst mir zeigen, wo sie liegt.«

»Du kannst nicht laufen. Soll ich dich etwa tragen?«

»Wenn ich mich auf dich stützen darf, kann ich auch laufen.« Sie zögert. »Pen, falls sie es nicht schafft, sollte ich sie sehen. Es kommt auf jeden Moment an.«

Pen lehnt sich zurück, um einen Blick in den Korridor zu werfen. »Dort draußen herrscht Chaos. Wir könnten es unbemerkt schaffen.« Sie hilft mir auf die Füße.

In dem Augenblick, in dem ich mein Bein belaste, entflammt neuer Schmerz. Ich beiße mir auf die Lippe, um nicht aufzuschreien. Das reicht, damit Pen es sich anders überlegt. Sie drückt mich wieder auf das Kissen. »Du wirst dich nicht selbst noch mehr verletzen, das lasse ich nicht zu. Bleib einfach hier, einverstanden? Ich bin gleich wieder da.«

Sie hat unser Zimmer oft verlassen und ist recht gut darin geworden, den Krankenschwestern aus dem Weg zu gehen. Sie ist clever, das wusste ich schon immer, trotzdem beeindruckt sie mich, als sie mit einem Rollstuhl zurückkehrt. Sie scheint recht zufrieden mit sich selbst zu sein.

»Ich habe mir den Lageplan des Gebäudes so gut gemerkt, wie ich kann«, sagt sie und rollt mich hinaus in den Korridor. Das ist die Kartografin in ihr. »Wir befinden uns im Ostflügel, wo man anscheinend alle Fälle untergebracht hat, die nicht lebensbedrohlich verletzt wurden. Verbrennungen, Brüche und dergleichen. Birdie ist auf der gegenüberliegenden Seite des Gebäudes. Auf einem Schild steht Verbrennungsstation, aber überall sind Patienten. Niemand hat mich bemerkt.«

Durch diese Korridore bin ich gegangen, nachdem der Professor zusammenbrach und der Fahrer mich und

Celeste überall herumführte. Damals waren sie so gut wie menschenleer, die Stimmen leise und ruhig, lagen die Patienten still in ihren Betten. Aber jetzt sind dort Verbrennungen, Tränen und überall Tabletts voller blutiger Verbände.

Wir umrunden mehrere Ecken, bevor mein Rollstuhl mit dem weißen Rock einer Krankenschwester kollidiert, die schrecklich erschöpft aussieht. Ihr Käppchen hat sich auf der einen Seite gelöst und schlägt wie ein Hundeohr gegen ihren strengen Pferdeschwanz. »Was machen Sie außerhalb Ihrer Betten?«

»Festhalten«, ruft Pen mir zu, dann läuft sie los und schiebt mich so schnell, dass mein Haar weht. Ich kralle mich an den Armlehnen fest. Die hohen Absätze der Krankenschwester klappern auf dem auf Hochglanz polierten Boden, während sie uns verfolgt, aber ihre unpraktischen Schuhe sind Pen nicht gewachsen. Pen weiß das, darum lacht sie. Das ist so absurd und ich muss ebenfalls lachen. »Es tut uns leid, ehrlich«, rufe ich über die Schulter zurück, als wir um die nächste Ecke verschwinden.

Pen wird langsamer, um wieder zu Luft zu kommen, aber während sie hustet, lacht sie immer noch.

Jedenfalls bis wir vor einer offenen Tür anhalten. Im Gegensatz zu den anderen Korridoren herrscht hier Stille. Es gibt viele Türen, und ich würde gern glauben, vor der falschen zu stehen. Der Körper in diesem Bett kann unmöglich jemandem gehören, den wir kennen.

Langsam fährt mich Pen durch die Tür und bringt mich nah genug ans Bett, damit ich einen besseren Blick bekomme. Ein Bein des Körpers im Bett wird von einem Seil in die Höhe gehalten, das durch eine Rolle an der Decke läuft. Das Bein ist mit Verbänden voller brauner Flecken umwickelt. Blut. Der ein Stück geöffnete Mund wird von einem dicken Schlauch offen gehalten, der im Hals verschwindet. Die Augen sind zugeschwollen und gerötet, mit einer fettigen Salbe bedeckt. Das Gesicht ist zerkratzt und mit weißen Verbandsstücken bedeckt. Das Haar ist blutverklebt, es ist der erste Teil von Birdie, den ich erkenne. Es hat noch immer einen gewissen Schwung und ruht so wie immer auf einer Schulter.

»Birdie?«, flüstere ich.

Aber sie hört nichts. Ihre Brust hebt und senkt sich in Übereinstimmung mit einer seufzenden Maschine, die zusammen mit den Seilen und Verbänden das zusammenhält, was von ihr noch übrig ist.

Pen berührt meine Schulter. Sie wollte mich vor dem hier beschützen, aber ich bestand darauf. Bis zu diesem Augenblick war ich der Ansicht, dass Birdies Zustand unmöglich schlimmer sein konnte als der von Lex nach seinem Sprung vom Rand. Aber er sah zumindest noch immer wie er selbst aus. Ihn musste ich nicht anstarren, um Vertrautes zu finden.

Das ist … Ich weiß nicht, was ich davon halten soll.

»Mein Bruder hatte recht«, sage ich. »Auch hier gibt es Grausamkeit.«

»Ich habe das Gleiche gedacht«, sagt Pen.

Ich blicke sie über die Schulter an. »Warum ist niemand bei ihr? Sie sollte nicht allein sein.«

»Sie erlauben keine Besucher.«

»Aber ihr Vater ist der Berater des Königs. Das muss doch etwas zählen.«

»Im Gegenteil, es bedeutet weniger als nichts«, sagt Nimble. Ich drehe mich in meinem Stuhl um und sehe ihn in der Tür stehen. »Im Augenblick hasst jeder den König. Nur ein Tag ist vergangen, und man munkelt bereits, er hätte das alles geplant. Und das hört man in diesem Gebäude. Stellt euch vor, was der Rest des Königsreichs sagen muss.«

Ich kann mich nicht dazu überwinden, Birdie erneut anzusehen, also konzentriere ich mich auf ihren Bruder. Dunkle Schatten sind unter seinen Augen und er ist weißer als die Wände und die Bettbezüge hier. Er ballt die gute Hand zur Faust und entspannt sie wieder, und ich sehe, wie die Adern zum Vorschein treten.

»Es tut mir leid«, ist alles, was ich hervorbringen kann.

»Es ist meine Schuld«, sagt er. »Nachdem unsere Mutter gegangen war, hat Birdie die Gewohnheit entwickelt, sich nachts rauszuschleichen. Ich glaubte, es würde ihr guttun, ausnahmsweise mal ein paar Freunde zu finden, auf andere Gedanken zu kommen. Keiner von uns hat viel Freiheit.«

»Das hört sich so an, als hättest du nur ihre Interessen im Sinn gehabt«, sagt Pen.

Er nickt. »Die Stadt ist immer sicher gewesen, müsst ihr wissen. Darum habe ich mir nie Gedanken darüber gemacht, wenn sie allein losgezogen ist. Oder ich einen der Kleinen mitnahm.« Seine Stimme klingt belegt, seine Augen funkeln. Alle Pipers haben diese hellblauen Augen, die ich immer so schön gefunden habe. »Ich habe den Krieg einfach nicht ernst genommen. Irgendwie fand ich es witzig, wie König Ingram und König Erasmus wegen ein paar Felsen im Meer Drohungen austauschten.«

»Du konntest es unmöglich wissen«, sage ich.

»Das hätte ich aber müssen. Selbst Celeste hat versucht, mich zu warnen, und ich habe gelacht. Ich habe gelacht. Ich habe gesagt, dass dieser Unsinn mit dem Kalten Krieg schon seit Jahrzehnten so geht.«

»Um fair zu sein, hat sie selten mit etwas recht«, sagt Pen. Ich bin mir nicht sicher, ob sie einen Witz machen wollte, aber Nimble lacht trotzdem bitter.

»War euer Vater schon hier?«, will ich wissen.

»Für ihn wäre es hier nicht sicher, außerdem wird er im Moment beschäftigt sein. Der König braucht ihn.«

»Du und Birdie brauchen ihn mehr«, sage ich.

Nimble schüttelt den Kopf. »Nein, tun wir nicht. Unser Vater ist der letzte Mensch, den wir brauchen. Abgesehen vielleicht von unserer Mutter.«

Er betrachtet Birdie, die weder blinzelt noch sich bewegt. Ich frage mich, ob sie träumt oder das mittlerweile schon hinter sich hat. Ich frage mich, ob sie stirbt oder in gewisser Weise bereits tot ist.

»Wir sind für dich da«, bietet Pen an. Ihre Freundlichkeit überrascht ihn, wie man seiner Miene entnehmen kann. »Das heißt, wenn du uns brauchst. Wir sind da.«

»Danke.« Er betrachtet noch immer seine Schwester. Ich weiß nicht, woher er den Mut nimmt. Noch vor Stunden hat sie ihn im Licht einer Straßenlampe angegrinst. »Sie ist mir gefolgt, nicht wahr? Nach der Explosion.«

Er braucht keine Antwort von uns.

»Wir haben uns ein Versprechen gegeben. Unser Vater hat immer darauf bestanden, uns von allem abzuschirmen. Er bestand auf Privatlehrer und ließ uns getrennt von allen anderen leben, damit die politischen Diskussionen in Schulen und auf der Straße nicht mit dem in Konflikt gerieten, was er uns anerziehen wollte.

Nach der Abreise unserer Mutter zog er die Zügel fester. Birdie und ich haben immer davon geredet, irgendwie reich zu werden und zusammen wegzulaufen. Einer von uns würde die nächste Phosanmine entdecken oder den nächsten zeitlosen Roman schreiben und Millionen verdienen. Zuerst war das nur Gerede, aber je länger wir redeten, desto realer wurde es. Einer von uns würde es schaffen, und dann würden wir hier wegkönnen. Aber wir würden den anderen nicht zurücklassen, so wie es unsere Mutter getan hat.«

Als Pen meinte, Nimble und Riles würden nach der Bombenexplosion die Fähre nehmen, war Birdie vom Gegenteil überzeugt. Jetzt verstehe ich den Grund dafür. Und plötzlich habe ich den Mut, sie wieder anzusehen, das zu sehen, was meiner Meinung nach Nimble sieht. Spuren ihres weichen, verzagten Ausdrucks unter dem ganzen Blut und den Verbrennungen; ein Mädchen, dessen Leben unvollendet ist, Pläne und Absichten, die irgendwie in Rauch und Trümmern ausgesetzt wurden. Eine Schwester, eine Tochter, eine Freundin.

Ich nehme ihre Hand. In den Romanen braucht es nie mehr, damit ein Mädchen in Gefahr aus ihrer Trance erwacht. Aber ihre Finger liegen schlaff auf meiner Handfläche und ihre Haut ist kalt. Ich weiß nicht, wo sie ist, nur, dass ich sie nicht zurückbringen kann.

»Sie hat es euch erzählt, oder?«, fragt Nimble. »Das mit unserer Familie und in welcher Beziehung wir zum König stehen.«

»Ja«, sage ich, aber das war während einer langen, albernen Nacht, in der wir viel zu viel getrunken hatten. Sie hat es nie wieder erwähnt.

»Wir haben immer darüber gescherzt«, sagt er. »Aber bei dem ganzen Hass, den alle im Augenblick auf den König haben, weiß ich nicht, in welcher Gefahr wir schweben würden, falls das jemand herausfindet.«

»Niemand wird es herausfinden«, verspricht Pen. »Es ist schon so lange ein Geheimnis.«

»Du blutest«, sagt Nimble.

»Oh«, sagt Pen. »Das tue ich.« Ihre Verbände sind durchtränkt, ausgelöst vermutlich durch das Adrenalin, als sie vor der Krankenschwester geflüchtet ist. Sie drückt die Finger gegen den Fleck, es färbt ihre Haut.

»Du solltest zurück in dein Zimmer und dich ausruhen«, sagt Nimble. »Ihr beide.«

»Wir sind in Ordnung«, meint Pen. »Es ist nichts Ernstes.«

»Dann soll es auch so bleiben«, erwidert er. »Bitte. Birdie würde wollen, dass ich auf euch aufpasse. Ihr beide bedeutet ihr so viel.«

Ich lege ihre Hand zurück auf die Matratze. Eine komatöse Prinzessin in einem brennenden Königreich. »Sie bedeutet uns auch viel.«

Pen nimmt die Griffe meines Rollstuhls und schiebt mich an. »Wir sind im Ostflügel. Besuch uns, wenn du dich einsam fühlst. Wir müssen sicherlich noch eine Weile bleiben.«

Er schenkt uns so etwas wie ein Lächeln, als wir ihn passieren.

Wir kehren zurück in unser Zimmer, und nachdem mir Pen ins Bett geholfen hat, bringt sie den Rollstuhl in den Korridor. Jemand wird ihn dringender brauchen als ich.

•••

Nach der ganzen Energie, die Pen an diesem Nachmittag gebraucht hat, ist sie Sekunden, nachdem sie zu Bett gegangen ist, eingeschlafen. Ihr Atem wirkt unruhig; sie wälzt sich herum und murmelt. Während ich selbst einschlafe, höre ich sie. Ich weiß nicht, ob mein Schlaf überhaupt diese Bezeichnung verdient. Er besteht nur aus bereits erlebten Augenblicken, die jetzt lebhafter erscheinen, da sie Zeit zu wachsen hatten. Die Bombe weckt mich immer wieder auf. Birdie rennt in den Nebel. Nimble und Riles verschwinden in der Menge, ihre Lippen bewegen sich und formen Worte, die ich nicht verstehen kann. Der Boden bebt. Ich wache auf und kralle nach der Matratze.

»… er zerschlägt und drückt nieder und stößt zu Boden den Armen mit Gewalt.« Pen sitzt neben mir, ein aufgeschlagenes Buch auf den Knien. »Er spricht in seinem Herzen: Gott hat's vergessen; er hat sein Antlitz verborgen, er wird's nimmermehr sehen.«

»Was liest du da?«, frage ich.

»Psalme.« Sie kämpft mit der Betonung dieser

seltsamen Bezeichnung. »Das *Buch* wird zu dieser seltsamen Dichtkunst.«

»Wo hast du denn dieses Exemplar her?«

Sie lacht. »Die liegen überall. Als würde man hier unten damit die Wände tapezieren. Ich dachte, du hättest nichts dagegen, wenn ich laut lese.«

»Habe ich auch nicht.« Ich schließe die Augen. Ich muss nicht an die Worte glauben, um mich von ihnen trösten zu lassen. Trost liegt auch im Rhythmus ihrer Aussprache, den subtilen Betonungen, die ich zu Hause, wo alle so sprachen, für selbstverständlich gehalten hatte.

»Ich versuche, nur die netten Teile zu lesen. Aber manchmal klingt es nett, um dann irgendwie hässlich zu werden.«

»Das mögen sie hier unten gern, nicht wahr?«

»Kommt ihr irgendwo aus dem Norden?«, fragt eine Stimme hinter dem Vorhang.

»Norsup«, sagen wir wie aus einem Mund und verzichten darauf, weitere Unterschiede zwischen dem Himmel und dem Boden aufzuführen. Pen liest und ich döse vor mich hin. Irgendwann falle ich in Schlaf und diesmal ist er traumlos. Und als Pens Stimme so weit in der Ferne verschwunden ist und kaum noch zu hören, erlebe ich einen anderen Augenblick erneut. Ich stehe mit Celeste hinter dem goldenen Vorhang im Hotel, und wir sehen zu, wie Rauch vom Ufer aufsteigt, wo es bombardiert wurde. Sie lächelt mich an. »Dann sind wir ja genau rechtzeitig gekommen, um sie zu retten«, sagt sie. »Findest du nicht?«

Ich erwache und schnappe nach Luft.

Bestimmt werde ich nie wieder eine Nacht ununterbrochenen Schlaf haben, davon bin ich überzeugt.

Eine Krankenschwester steht mit einem Rollstuhl in der Tür. »Ihr werdet entlassen. Jemand will euch abholen.«

»Uns beide?«, fragt Pen.

»Ja, meine Liebe.« Die Krankenschwester hat es sichtlich eilig, wenn man bedenkt, wie schnell sie unsere Verbände wechselt und mich in den Rollstuhl verfrachtet. Vermutlich gibt es genug Leute, die unsere Betten brauchen.

Im Korridor frage ich mich, ob Jack Piper seine Sicherheit riskiert hat, um seinen einzigen verbliebenen Sohn einzusammeln und nach seiner ältesten Tochter zu sehen.

Aber am Eingang wartet nur sein Fahrer. Nimble ist bereits da und sieht aus, als würde er den Rollstuhl dringender brauchen als ich. Die Krankenschwester berührt seinen guten Arm und er zuckt zusammen. Sein Blick ist auf den Korridor gerichtet, zu der Stelle, wo er in verschiedene Richtungen abzweigt. Eine davon ist der Anfang des Labyrinths, das zu seiner Schwester führt, und er will sie nicht verlassen. Das ist ihm deutlich anzusehen.

Draußen werden der Geruch feuchter Erde und das Singen der Grillen durch nichts unterbrochen. Die Natur sieht keinen Grund, für Wesen wie uns still zu sein.

Sobald ich im Auto sitze, blicke ich zum Krankenhaus zurück. Es besteht aus rechteckigen Lichtern, die sich von einem schwarzen, sternlosen Himmel abheben.

»Auch ich hatte nie eine Freundin wie dich«, flüstere ich Birdie zu, während sich der Wagen in Bewegung setzt.

17

Da es keine Routine mehr gibt, wissen die jungen Pipers nicht, was sie mit sich anfangen sollen. Jetzt sind es nur noch Marjorie und Annette. Da ist kein Riles mehr, der ihnen sagt, welche Dinge fürs Bittgebet zu selbstsüchtig sind oder Kekse oben aus dem Schrank holt, wenn sie nach dem Essen noch Hunger haben. Und da ist auch kein Vater, der ihnen befiehlt, gerade zu sitzen, ihre gekochten Möhren zu essen und nicht mit dem Essen herumzuspielen. Sie weinen den ganzen Tag; es ist ein ununterbrochener Laut, der am Morgen beginnt und nie richtig verstummt, während die Sonne ihren Weg am Himmel beschreibt. Sie sprechen nicht. Etwas Irreparables ist geschehen, das haben sie begriffen.

Alice liest ihnen vor, und sie sitzen still da, hören aber nicht zu.

Nimble geht es nicht besser als seinen kleinen Schwestern. Er sitzt in dem Lehnstuhl in der Lobby und schweigt, während Celeste ihm Essen bringt, das er nicht isst, und Tee, den er nicht trinkt. Inbrünstig bittet sie ihn, doch mit ihr zu reden, er macht ihr Angst, sie will verstehen, was er denkt. Aber sie kann es nicht verstehen, so einfach ist das. Sie hat nicht die Dinge gesehen, die wir gesehen haben. Als er in einen unruhigen Schlaf verfällt und aufwacht, weil seine Füße zucken, als müsste er die Flucht ergreifen, hat sie keine Ahnung, wovon er möglicherweise geträumt hat. Pen und ich schon. Wir drei scheinen eine unausgesprochene Übereinkunft getroffen zu haben, in der Nähe des anderen zu bleiben. Beim Vorbeigehen Schultern oder Hände zu berühren, müde zu lächeln, wenig zu sprechen, falls überhaupt.

Celeste, Basil und Thomas haben ebenfalls eine Art Bund geschlossen. Sie befinden sich draußen und versuchen verzweifelt, die Mauer zu durchdringen, die zwischen ihnen und den Menschen, die sie lieben, aufgebaut wird. Und wenn sie uns nicht trösten können, trösten sie einander.

Alice liest weiter. Märchen, Romane und Theaterstücke. Eigentlich hört niemand genau zu, aber so füllt eine vertraute Stimme die Stille, und dafür bin ich dankbar.

Amy und Judas lauern am Rand des Raums und wagen nicht, sich einem von uns zu nähern. Es ist, als wüssten sie, dass es da ein kompliziertes Gleichgewicht gibt und ein falscher Schritt ausreichen wird, damit jeder Bewohner dieses Hauses in ein Chaos verfällt, das niemand je wieder richten kann.

Pen liest im *Das Buch allen Seins* und versucht, die Wesenheiten zu zeichnen. Von Ehco fertigt sie viele Versionen an, aber hauptsächlich ist es ein Wasserungeheuer mit menschlichen Fingern und schreienden Mündern als

Schuppen. Und ich beginne zu glauben, dass es Ehco wirklich gibt und Pen ihn genau getroffen hat.

Die Sonne geht unter. Jack Piper kehrt nicht zurück, und alle gehen zu Bett, weil sie nicht wissen, was sie sonst tun sollen. Basil trägt mich die Treppe hinauf und gibt mir einen Löffel der grässlichen Medizin, die mir das Krankenhaus in einem braunen Glasfläschchen mitgegeben hat. »Soll ich bei dir bleiben, bis du eingeschlafen bist?«

»Nein.« Ich will nicht so scharf klingen, aber ich bin zu erschöpft, um mich dafür entschuldigen zu können.

Er steckt die Decke um mich herum fest. »Ich sehe während der Nacht nach dir.«

Ich schließe die Augen. Hoffentlich gibt er mir keinen Gutenachtkuss oder flüstert noch mehr Nettigkeiten. In mir ist kein Platz für Zuneigung. Im Augenblick ertrage ich es nicht, von jemandem berührt zu werden. Aber mein Verlobter kennt mich gut und geht.

Augenblicke später höre ich Schritte im Korridor und glaube, er sei zurückgekommen, aber als ich die Augen öffne, steht mein Bruder in der Tür.

»Lex?«, frage ich ungläubig. Seit unserer Ankunft hat er sein Zimmer kaum verlassen.

»Dann bin ich im richtigen Zimmer«, sagt er. »Was liegt alles am Boden?«

»Nichts. Ein Bett steht links, zwei Betten stehen rechts. Ich bin im letzten davon. Ich würde dich ja führen, aber …«

»Dein Bein ist verletzt. Alice hat es mir gesagt. Ist es ernst?«

»Nein. Man hat es verbunden und mich mit einer Medizin

in einer braunen Flasche nach Hause geschickt. Das wird schon wieder.« Seine Anwesenheit erstaunt mich, so wie es mich erstaunt, dass er den Weg zu mir gefunden hat. Und das ohne Alice. Ich war immer diejenige, die zu ihm kommt.

Er tastet nach dem ersten Bett, das Pen gehört, dann nach meinem, und er setzt sich neben mich. Ich greife nach seinen Händen.

»Weißt du, du hattest recht«, sage ich. »Diese Welt ist schrecklich und ich hasse sie. Die einzigen Dinge, die mir hier gefallen haben, sind die Dinge, die mir Gertrude Piper zeigte.« Ich bringe es nicht über mich, ihm zu sagen, was mit ihr geschehen ist.

»Du hasst sie nicht«, erwidert er. »Du hasst nichts, jedenfalls nicht ernsthaft. Das sagst du nur manchmal, wenn du wütend bist.«

»Außerdem hasse ich es, wenn du mir sagst, was ich fühle.«

»Verwechsle meine Philosophien nicht mit deinen, Schwesterchen. Ich werde weiterhin alles hassen, und du wirst weiterhin das Gute in Dingen finden, die es nicht verdienen. Wir werden niemals einer Meinung sein, aber wir werden beide recht haben.«

»Bist du gekommen, um mir das zu sagen?«

»Nein. Ich bin hier, um dich anzubrüllen, weil du dich mitten in der Nacht rausgeschlichen und Alice einen fürchterlichen Schrecken eingejagt hast.«

»Sag Alice, es tut mir leid.«

»Ich weiß nicht, was du erlebt hast, Morgan, aber ich …«

»Ich möchte nicht darüber sprechen.«

»Vielleicht bin ich auch gekommen, um dir zu sagen, wie leid es mir tut, dass es so weit gekommen ist. Als Mom, Dad und ich darüber gesprochen haben, zum Boden zu reisen, hielten wir es für das Beste, dich davon abzuschirmen. Aber keiner von uns hat wirklich daran geglaubt, es jemals zu schaffen. Das musst du wissen. Wir haben weder mit Daphne Leanders Ermordung gerechnet, noch damit, dass der Professor den Vogel in unserer Lebenszeit fertigstellt.«

»Was geschehen ist, ist geschehen. Warum jetzt davon anfangen?«

»Weil mir in jener Nacht, in der wir bis zur Morgendämmerung auf die Nachricht warteten, ob du unter den Todesopfern in der Stadt bist, der Gedanke kam, dass du auf Internment sicherer gewesen wärst. Obwohl dich die Spezialistin des Königs vergiften wollte. Internment hat seine Schrecken, wie ich nur zu gut weiß, aber sie sind nichts, verglichen mit denen hier.«

»Wie kann es zwei Welten geben, eine im Himmel und eine am Boden, ich aber ständig das Gefühl haben, nirgendwohin zu können?«

»Internment ist noch immer dein Zuhause.«

»Aber dort gibt es nichts mehr für mich. Du und alle anderen sind hier. Mom und Dad sind tot.«

»Dad ist nicht tot«, platzt er heraus. Und bereut es auf der Stelle. Er wird blass und scheint nichts mit seinen Händen anfangen zu können. Kurz berührt er das Stück Stoff um sein Handgelenk, das fast identisch ist mit meinem. Das Zeichen unserer Trauer.

Hinter dem Schleier aus Schock, Trauer und abgrundtiefer Erschöpfung, die mir in den vergangenen Tagen jedes Gefühl geraubt haben, regt sich etwas. Etwas Furchteinflößendes. »Was?«

Reglos wie eine Statue sitzt er da.

»Lex.« Meine Stimme ist ganz leise, weil ich nicht mehr schaffe. Ich ziehe die Hände von ihm zurück. Meine Knochen beben. »Was willst du damit sagen?«

»Sein Tod ist nicht sicher«, sagt Lex. »Nach Daphnes Ermordung, als es immer mehr danach aussah, dass wir wirklich versuchen mussten, dort wegzukommen, haben mir Mom und Dad befohlen, dich in den Vogel zu schaffen, falls die Lage noch schlimmer werden sollte. Alice und ich sollten nicht nach ihnen suchen. Falls sie es nicht rechtzeitig zu uns schafften, sollte ich alles Nötige tun, um dich zu beschützen.«

»Was soll das heißen, *du* solltest *mich* beschützen?«, fauche ich. »Die letzten vier Jahre habe ich mich um dich gekümmert. Wer hat dafür gesorgt, dass du auch etwas isst? Wer war bei dir, wenn Alice den ganzen Tag Besorgungen erledigen musste? Wer hat Tag und Nacht wie ein Botenjunge Mahlzeiten und Botschaften die Treppen rauf und runter gebracht, als Mom zu stolz und Dad zu stur waren, um es selbst zu tun?«

»Du hättest versucht, ihn zu finden.«

»Natürlich hätte ich versucht, ihn zu finden!« Ich will noch mehr sagen, aber die Worte in meinem Inneren sind aufgewühlt und bewegen sich viel zu schnell, um Sinn zu ergeben.

»Morgan, versuch doch zu verstehen.« Dieses eine Mal ist er nicht herablassend; er klingt voller Reue.

Er greift nach meiner Schulter, aber ich weiche ihm aus. »Nein«, sage ich. »*Du* versuchst, es zu verstehen. Warum solltest du die Entscheidung treffen, ihn zurückzulassen? Warum hätte ich nicht selbst entscheiden sollen, ob ich nach ihm suche? Als hättest du ein größeres Recht dazu, nur weil du älter bist und den Rand gesehen hast. Weil du dabei Narben davongetragen hast. Auch ich trage Narben von diesem Tag, Lex. Weißt du, du bist nicht allein von Internments Rand gesprungen. Du hast uns alle mitgenommen. Mom, Dad, Alice und mich. Wir mussten alle zusehen, wie das unser Leben vereinnahmt. An dem Tag, an dem du die Gleise überquert hast, hast du nicht daran gedacht, was aus uns wird, nicht im Mindesten. Du hast Mom und Dad nicht mehr gebraucht, aber ich schon.« Meine Stimme ist immer lauter geworden, aber nun bricht sie. »Ich habe sie gebraucht.«

Mein Atem geht schnell.

»Du hast mir unsere Eltern schon einmal weggenommen. Wie konntest du mir das erneut antun?«

Am liebsten würde ich die Flucht ergreifen, aber mein Bein würde mir nicht gehorchen.

Meine Reaktion hat Lex Angst gemacht, und ich frage mich, was er erwartet hat.

»Morgan, bitte«, sagt er.

Er will mich berühren und ich weiche ihm aus. Dann schlage ich ihn, stoße ihn zurück, sage so schreckliche, hasserfüllte Dinge, dass es mir vorkommt, als hätte jemand die Gewalt über meine Zunge ergriffen, und ich könnte ihn nicht aufhalten. Die Worte werden immer lauter, bis meine Stimme zu einem Schrei geworden ist. Er geht nicht. Warum geht er nicht? Er versucht meine Hände zu ergreifen – das Einzige von mir, das ihm noch immer vertraut ist.

Eilige Schritte kommen die Treppe hinauf, dann stürmen Alice, Basil und Pen ins Zimmer. Alice zieht Lex vom Bett, und Pen schlingt die Arme um mich, schaukelt mich und flüstert. »Schon gut, Morgan, schon gut.« Nach dem, was uns im Hafen zugestoßen ist, ist ihr die Vorstellung, noch mehr Schmerzen sehen zu müssen, unerträglich. Sie sieht meinen Bruder an. »Was in aller Welt hast du ihr getan?«

Keiner von uns antwortet. Ich breche in Tränen aus. Ich sehe Explosionen vor mir, zahllose Explosionen, ich sehe, wie Birdie ermattet um ihr Leben kämpft, ich sehe die traurigen Augen meines Vaters und die Falten seiner Wachmann-Uniform. Mein Bruder ist der Selbstsüchtige von uns, hat er gesagt, aber nicht ich. Niemals ich.

Die Erinnerung an den Qualm lässt mich würgen, genau wie die Tränen und der Speichel in meinem Mund. Ich gebe ein schreckliches Schluchzen von mir. Diese Laute sind sicherlich nicht menschlich.

Lex steht mit gesenktem Kopf da, von Alice gehalten, und ich kann mir nicht sicher sein, aber ich glaube, dass auch er weint. So habe ich noch nie mit ihm gesprochen. Wie mich Alice stirnrunzelnd ansieht, verrät mir, dass sie weiß, was geschehen ist. Hat sie es die ganze Zeit über gewusst? Der Gedanke, auch sie könnte mich verraten haben, ist mir unerträglich.

»Morgan, du musst dich beruhigen«, sagt Pen. »Du wirst dich sonst noch übergeben.«

»Ich brauchte sie«, murmle ich durch meine Schluchzer.

»Schon gut, schon gut.«

Basil bringt einen feuchten Lappen, tupft mir damit Gesicht und Hals ab. »Was ist passiert?«, fragt er, sobald Lex gegangen ist und ich mich etwas beruhigt habe.

»Das werde ich ihm nie verzeihen«, sage ich. »Das nicht.«

»Doch, wirst du«, sagt Basil. »Er ist noch immer dein Bruder. Ihr hattet nur Streit, das ist alles.«

»Ein toller Streit«, meint Pen. »Was hat er denn getan, Morgan?«

»Er hat gelogen.« Mehr verrate ich ihnen nicht; ich habe keine Ahnung, wie ich mit dem, was ich gerade erfahren habe, umgehen soll.

Mein Bruder ist der Meinung, ich wüsste nicht, wie man richtig hassen muss, aber mir fällt niemand in dieser oder der nächsten Welt ein, den ich mehr hasse als ihn. Das ist hässlich und finster, und es macht mir auf die gleiche Weise Angst wie die Explosionen am Hafen.

Basil und Pen sitzen bei mir, während mein Körper zur Ruhe kommt. Mein Gesicht verliert seine Wärme, meine Lunge verfällt in einen sanfteren Rhythmus. Meine Tränen trocknen und das brodelnde Husten hört auf. Aber der Hass bleibt. Er ist in mir und um mich herum.

Nimble klopft gegen den Türrahmen. Er könnte genauso gut ein Geist sein. Ein Geist im gestreiften Pyjama und mit einer Armschlinge. In der Hand hält er eine Flasche und einen Löffel. »Das wird dich schlafen lassen«, sagt er. »Ich dachte mir, du brauchst das vielleicht.« Er stellt beides neben das *Buch,* in das ein Block und ein Stift gesteckt sind, mit denen sich Pen ausführliche Notizen gemacht hat. Ohne ein weiteres Wort zu verlieren, geht er.

Die Flüssigkeit hat die Farbe von Bernstein und schmeckt wie alle bitteren Dinge miteinander kombiniert, aber nach kurzer Zeit werden meine Lider schwer. »Auf Internment haben wir Pillen, aber auf dem Boden haben sie Flaschen und Löffel«, sage ich. »So groß ist der Unterschied nicht.«

»Gute Nacht«, flüstert Basil. Hinter meinen Lidern zeichnet sich Licht ab, als sein Schatten mich verlässt, und ich greife nach ihm und erwische seinen Arm.

»Bleib«, murmle ich. Ich rutsche zur Seite, um ihm Platz auf der Matratze zu machen. »Bitte bleib.«

»In Ordnung.« Er flüstert noch immer und versucht, die zaghafte Ruhe zu bewahren, die mir die Medizin gegeben hat. »Ich bin hier.«

Er legt sich neben mich, und ich schmiege mich an seinen Arm und drücke die Wange so fest gegen die Schulter, dass es schon wehtut. Ich bin für ihn so dankbar, so schrecklich dankbar, dass, wenn ich schon vom Himmel fallen musste, er sich entschied, ebenfalls zu fallen. Das will ich ihm sagen, aber die Worte lösen sich zusammen mit meinem Bewusstsein auf, und alles wird wunderschön, friedlich und medizinisch dunkel.

•••

Statt zu träumen, durchlebe ich eine andere Erinnerung.

Ich bin klein, und ich denke, wie groß Lex wird und wie sehr er unserem Vater ähnelt. Er ist so ernst mit dreizehn. An seinen Händen treten Adern hervor; er sagt, das kommt vom Laufen, mit dem er angefangen hat. Er tut gern Dinge, die sein Herz rasen lassen. Ihm gefällt das Gefühl des pochenden Pulses im Hals, seinen Atem zu verlieren und zu wissen, dass sein Körper richtig funktioniert. Ich laufe auch gern, aber das sei nicht das Gleiche, wenn Kinder es tun, meint er. Wenn ich älter bin, kann er es mir beibringen.

Mein Vater stemmt mich über den Kopf, und ich lache, als alle meine Gedanken wie Sonnenlicht auf Wasser brechen. In den Augenblicken, bevor sich die Sterne zeigen, steht ganz Internment in Flammen.

Die Uniform meines Vaters ist gestärkt; sie raschelt, als er mich sich auf die Schultern setzt.

Wir sehen dem Feuer auf dem Wasser zu, und er sagt: »Du wirst zu groß dafür.«

»Ich bin nicht größer als gestern«, protestiere ich.

»Ein Stückchen. Jeden Tag ein kleines Stück.«

»Ich will keine Adern auf meinen Händen.«

Er lacht. Ich glaube nicht, dass er weiß, wovon ich spreche.

Ich beginne mich zu sorgen, was die Sterne bringen werden, wenn sie einer nach dem anderen am dunkler werdenden Himmel erscheinen.

• • •

Am Morgen kehrt Jack Piper zurück. Die Köche, die die fehlende Routine nervös macht, servieren gerade das

Frühstück. Ein paar von uns setzen sich sogar an den Tisch und spielen mit.

Bei dem Windstoß, den Jack Piper bei seinem Eintreten mitbringt, drehen wir uns alle um.

Er sieht nicht so von Trauer ergriffen aus, wie er meiner Meinung nach sollte. »Jeder zieht sich etwas Anständiges an«, befiehlt er. »In zwanzig Minuten treffen wir uns bei den Autos.«

»Wo fahren wir denn hin?«, fragt Marjorie.

»Wir begraben deinen Bruder.«

Annette reißt die Augen auf und sie füllen sich mit Tränen. »Kein kirchliches Begräbnis? Aber der Priester muss doch das Grabgebet halten. Wenn er kein Gebet sagt, wie soll Riles dann in den Himmel kommen?«

»Das musst du Nimble fragen«, sagt Jack Piper und geht wieder raus. »Es ist seine Schuld.«

Das ist das Schrecklichste, was ich jemals jemanden habe sagen hören. Annette läuft schluchzend vom Tisch. Nimble bettet das Gesicht in die Hände. Celeste greift nach seinem Kinn, zwingt ihn, sie anzusehen, dann starrt sie ihn energisch an. Sie küsst ihn, und es ist ganz egal, wer es sehen kann. Die Regeln der Schicklichkeit sind zusammen mit den Opfern der Explosionen gestorben. »Es ist nicht deine Schuld«, sagt sie. »Das ist es nicht!«

Er schüttelt den Kopf und steht auf. »Ich sollte mich umziehen. Er wird in zwanzig Minuten fahren, ob wir fertig sind oder nicht.«

Alle verlassen den Tisch. Basil hilft mir die Treppe hinauf, dann versuche ich mich mit den Krücken, die mir das

Krankenhaus mitgegeben hat, allein zu bewegen. Ich bin etwas unsicher auf den Beinen, aber wenigstens komme ich voran.

Pen, Celeste und ich ziehen Kleider an, die Mrs Piper zusammen mit ihren Kindern zurückgelassen hat.

»Er will ihre Mutter nicht hier haben«, sagt Celeste und hilft mir mit dem Reißverschluss. »Vermutlich findet die Beerdigung darum heute statt. Er weiß nicht, wie lang es dauert, bis sie erfährt, was mit Riles geschehen ist. Das hat Nim gesagt.«

»Diese Familie ergibt keinen Sinn«, meint Pen. Sie sieht zu, wie sich Celeste vor dem Spiegel das Haar bürstet. »Wo ist dein Verlobungsring?«

»Ich habe ihn abgenommen«, erwidert Celeste kühl. »Es war an der Zeit.«

Pen kneift die Augen zusammen, sagt aber nichts. Sie nimmt meine Krücken und hilft mir die Treppe hinunter. Es erscheint nicht fair. Ich bin lediglich durch ein verletztes Bein behindert, während Birdie sich irgendwo in einem Bett ganz allein an ihr Leben klammern muss und Riles die Ewigkeit in der Erde verbringen wird.

Marjorie und Annette haben ihre Kleider falsch geknöpft, ihr Haar ist völlig zerzaust. Beim Eintreffen des Hauslehrers sahen sie jeden Morgen makellos aus. Vermutlich hat sich Birdie immer darum gekümmert.

Ich bringe die Kleider in Ordnung, während Pen sie kämmt, und langsam haben sie wieder Ähnlichkeit mit ihrem früheren Erscheinungsbild, nur mit grauen Gesichtern und verheulten Augen.

Annette sieht mich an, als ich ihren Kragen richte. »Kommt meine Schwester nach Hause?«, fragt sie.

»Sie will nichts mehr, als nach Hause zu kommen«, sage ich ihr. »Aber im Augenblick muss sie in der Nähe der Ärzte bleiben, damit die sie wieder gesund machen können.«

Annette starrt auf die Schuhe und nickt. Ich weiß nicht, ob sie mir glaubt, aber ich scheine sie nicht getröstet zu haben.

»Gibt es irgendetwas, das dich zum Lächeln bringen könnte, Annie? Und wenn auch nur für einen winzigen Augenblick?«, frage ich. »Ich war immer der Meinung, dass in deinem Lächeln echter Sonnenschein liegt.«

»Wirklich?«

»Ja.«

»Dann ein Kuss.« Sie tippt sich auf die Wange. »Genau da. Aber wenn du das tust, musst du lustige Geräusche machen wie Birdie.«

»Ein lustiges Geräusch, hm«, sage ich.

Marjorie, die nur einen Schritt weit entfernt steht, blickt mit einem Funken Neugier durch den Schleier ihrer Trauer.

»Etwa so?« Ich küsse Annettes Wange, dabei spitze ich die Lippen und stoße auf einer Seite die Luft aus, bis ein lautes und bizarres Prusten ertönt.

Annettes Schultern zucken mit einem unterdrückten Kichern. »Ja.«

»Muss das nicht eigentlich so klingen?« Dieses Mal mache ich ein anderes Geräusch. Sie legt die Arme um meinen Hals und erwidert den Kuss auf die gleiche Weise. Sie lacht, und das tun Marjorie und Pen auch. Selbst Nimble lächelt schwach von seiner Position an der Tür. Und ich könnte schwören, dass es etwas heller wird, als hätten wir das Sonnenlicht durch die Fenster eingeladen.

Aber das Sonnenlicht ist ein scheues Ding und flieht, als Jack Piper das Haus betritt. Das Kichern verstummt, und die Kinder zupfen an den Röcken und tasten nach den Haaren, um sich zu vergewissern, dass alles perfekt ist.

Jack Piper braucht nichts zu sagen. Die Mädchen wissen, dass sie ihrem Bruder folgen müssen. Sie haben sich immer ihrer Körpergröße zufolge bewegt, und jetzt klafft dort, wo Birdie gefolgt von Riles zur Tür marschieren müsste, eine Lücke.

Celeste schließt sich ihnen an und wirft Nimbles Hinterkopf einen stirnrunzelnden Blick zu. Pen hilft mir, mit den Krücken zurechtzukommen und ins Auto zu steigen.

Am Ende sitze ich eingeklemmt zwischen Basil und Judas. »Wo ist Amy?«, frage ich ihn.

»Sie hat Angst, der Friedhof könnte einen Anfall auslösen.« Er spricht leise, damit nur ich es hören kann. »Sie wollte für keinen Zwischenfall sorgen.«

Nach allem, was passiert ist, hatte ich keine Gelegenheit, nach Amy zu sehen. Sie hat ein ganz besonderes Gespür, wenn es um den Tod geht, und ich frage mich, was sie wohl beim ersten Bombeneinschlag im Hafen gefühlt hat. Als sie mir von ihrem Traum erzählt hat, in dem Internment vom Himmel fällt, hat sie möglicherweise die Fakten durcheinandergebracht und in Wirklichkeit den Angriff vorhergesehen.

»Geht es dir gut?«, fragt Basil mich.

»Auf dem Weg zu so einer Veranstaltung kann man unmöglich fröhlich sein.«

»Ich spreche von gestern Abend.«

»Das habe ich im Augenblick verdrängt.«

»Wenn du willst, rede ich mit ihm. Ich hasse es, wenn ihr beiden euch so streitet.«

»Da gibt es nichts mehr zu bereden. Lass es.« Ich fühle mich schon schuldig genug, einen solchen Zorn auf meinen Bruder zu verspüren, wenn die Kinder der Pipers ihren begraben müssen. Als die Friedhofstore in Sicht kommen, verspüre ich Beklemmung.

Die Sonne kann sich nicht entscheiden, ob sie bleiben will oder nicht. Sie verbirgt sich hinter den Wolken, späht nur lange genug hervor, um Licht in die Baumwipfel zu bringen, und lässt ein paar der Grabsteine schimmern. Die Pipers marschieren in ihrer üblichen Reihenfolge, und der Rest von uns kommt ein paar Schritte dahinter nach.

Thomas hält Pens Hand, eine Geste, die sie weder abschütteln noch genießen kann; sie sieht ihn demonstrativ nicht an, und ihre Lippen bewegen sich, während sie die Namen auf den Grabsteinen liest, die wir passieren.

Basil geht an meiner Seite, unsere Arme berühren sich fast. Falls es da eine Spannung gab, als auf Internment unsere Zuneigung für den anderen erblühte, herrscht nun eine Spannung, da unsere Zuneigung abzunehmen scheint. Wir können uns nicht entscheiden, ob wir uns daran klammern oder loslassen sollen. Ich weiß nur mit Sicherheit, wie viel er mir bedeutet; wäre er in jener Nacht im Hafen gestorben, so wäre auch ein Teil von mir gestorben, genau wie ein Teil von mir seit den Explosionen zwischen Leben und Tod verharrt und wie Birdie in ihrem Krankenhausbett ums Überleben kämpft.

»Ich glaube, das ist der Priester«, flüstert Judas hinter mir. Er meint den ganz in Schwarz gekleideten Mann, dem ein weißer Stoffstreifen als Kragen dient.

Auf Internment haben wir Amtsträger, die die Asche tragen, über den Großen Zufluss vorlesen und sie dann im Wind verstreuen.

Statt Asche gibt es eine lackierte Holzkiste in der genau richtigen Größe für ein Kind und ein klaffendes Loch im Boden. Annette und Marjorie fangen wieder an zu weinen. Jack Piper wirft ihnen einen Blick zu, und seine angespannte Miene wird etwas weicher. Er wendet sich an den Priester. »Die Mädchen hätten gern, dass Sie das Grabgebet lesen.«

Vermutlich ist das heute die einzige Freundlichkeit, die seine Kinder von ihm erwarten können.

Der Priester blättert in seiner Ausgabe des *Buchs*. Bis zu diesem Augenblick war es für uns lediglich eine Quelle der Unterhaltung, ein bisschen Mythologie, die uns dabei helfen sollte, etwas über diesen Ort zu erfahren. Aber jetzt erkenne ich, dass sie für die Menschen des Bodens so real ist wie das Geschichtsbuch für uns. Ob der Große Zufluss tatsächlich existiert oder die Worte in diesem schwarzen Buch der Wahrheit entsprechen, die Idee, die sie verkörpern, ist genauso wichtig. In jeder Welt besteht das Bedürfnis, an Dinge zu glauben, die man nicht sehen kann.

Der Priester liest das Gebet, das sich die Mädchen gewünscht haben, in einem theatralischen, fast schon singenden Ton. Mir ist es unbekannt, aber Pen flüstert es mit. Sie hat es bereits gelesen.

Ich sehe Nimble an. Sein Haar ist gescheitelt und glatt gekämmt und er ist viel älter als sein karierter Anzug. Celeste hält seinen Arm. Aber er hält sie nicht auf die Weise, wie sie ihn hält. Falls sie angefangen haben, sich ineinander zu verlieben, bevor das alles passierte, ist sie schon viel weiter, während er in der Zeit erstarrt ist. Er steht noch immer im Hafen und wartet darauf, dass Riles und Birdie aus dem Rauch kommen, damit er sie unversehrt nach Hause bringen kann.

Ich hoffe, sie wird Geduld mit ihm haben. Er braucht sie, und das wird er begreifen, wenn er bereit ist, sich wieder unter die Lebenden zu gesellen.

Der Priester verstummt. Da sind zwei Männer in schmutzigen Kleidern, und sie arbeiten mit einer Reihe von Seilen und Flaschenzügen, um die Kiste in den Boden zu bekommen. Die Bewegungen lassen sie rucken, als wäre der Junge, der in ihr liegt, wieder zum Leben erwacht.

Das Loch im Boden scheint unendlich tief zu sein, und ich bin überrascht, als die Kiste den Grund erreicht und noch immer zu sehen ist. Die Pipers nehmen jeder eine Handvoll Erde und wechseln sich der Größe nach ab, sie auf den letzten Ruheort ihres Sohns und Bruders zu werfen.

Ein Augenblick des Zögerns tritt ein. Ein heftiger Windstoß gibt mir das Gefühl, dass er etwas getrennt hat, das niemals wieder repariert werden kann.

Ich hoffe, Annette behält recht und die Grabpredigt führt Riles zu dem Ort, an den er gehen muss.

Basil stößt mich verstohlen an, und als ich ihn ansehe, deutet er mit dem Kopf in die Ferne. Jenseits des Friedhofszauns steht eine hochgewachsene Frau, halb von Bäumen verborgen. Nimble sieht sie auch, und die Betäubung in seinem Blick verwandelt sich in Sorge. Er dreht seine Schwestern so, dass sie ihr den Rücken zuwenden. »Kommt«, sagt er zu ihnen. »Wir gehen zurück zu den Autos.«

»Fahren wir nach Hause?«, fragt Marjorie.

»Nein«, sagt Jack Piper. Ich glaube nicht, dass er die Frau bei den Bäumen gesehen hat. »Ich habe eine Überraschung für euch. Wir besuchen den König. Er wird etwas ganz Besonderes im Radio verkünden.«

Celeste dreht ruckartig den Kopf zu mir um.

Ich ahne etwas. Jetzt. König Ingram will seinem Königreich die Neuigkeit über die Jets verkünden, jetzt, da das Land vom Krieg zerrissen ist und sich die Menschen am ehesten an die Hoffnung klammern werden, dass es am Himmel etwas gibt, das sie retten kann.

In Celestes Blick liegen tausend entsetzte Entschuldigungen.

Das Murren stimmt: König Ingram trifft die Schuld an den Ereignissen im Hafen. Er wollte Internment präsentieren, wenn die richtige Gelegenheit gekommen ist, und die Bombardierung war genau das, was er im Sinn hatte. Vielleicht war es sogar Jack Pipers Idee: die Warnung durch die Bombe am Ufer zu ignorieren und auf den richtigen Angriff zu warten. Natürlich hatte er nicht mit der Anwesenheit seiner Kinder dort gerechnet, aber er hatte kein Problem damit, die Kinder von anderen zu opfern. Oder die Eltern, Geschwister und Freunde. Und die Beerdigung seines jüngsten Sohns wird ihn nicht aufhalten. Alles wurde in dem Augenblick in Bewegung gesetzt, in dem ich der Prinzessin von den Glasländern erzählte.

18

Die Mauern von König Ingrams Schloss schim-mern in der Sonne. Judas starrt sie angeekelt an, während wir uns ihnen nähern. Er hat ein Vorurteil gegen jede Hierarchie, aber zumindest hatte der König, der seine Verlobte ermordet hat, den Anstand, mit einer gewissen Bescheidenheit zu leben.

Pen ist viel zu abgelenkt, um das Schloss überhaupt wahrzunehmen. »Morgan? Im Hafen, als ich sagte, es gäbe keinen sicheren Ort, hast du das bestritten, es gäbe ihn sehr wohl, aber du hättest ihn zerstört. Was hast du da gemeint?«

Ich antworte nicht.

»Ich werde nicht böse sein«, verspricht sie. »Im Augenblick bin ich vermutlich nicht fähig, zornig zu sein. Ich will nur die Wahrheit wissen.«

»Wessen genau beschuldigst du sie eigentlich?«, fragt Judas.

»Sie hat nichts falsch gemacht«, mischt sich Basil ein.

Ob das tatsächlich seine Meinung ist? Ich glaube kaum; er erträgt einfach nur nicht, dass Judas Hensley mich verteidigt.

Aber Pen sieht mich direkt an, ganz egal, wie sehr ich in meinen Schoß starre. »Morgan weiß ganz genau, wovon ich spreche.«

»Dann muss ich es dir ja auch nicht erklären«, sage ich.

»Du hast es versprochen! Du hast mir versprochen, niemandem zu verraten, was wir in der Bibliothek herausgefunden haben.«

»Dann hat diese Welt uns beide zu Lügnerinnen gemacht.«

Basil berührt meine Schulter und ich zucke zusammen.

»Ich wollte nicht, dass es auf diese Weise geschieht«, sage ich. »Ich wusste nicht, dass die Bomben fallen werden.«

»Natürlich nicht«, erwidert Pen. »Man weiß nie, was passiert, wenn man mit Königen oder Menschen aus einem anderen Land zu tun hat. Und genau darum hält man auch den Mund, wenn man etwas Wertvolles entdeckt.« Sie spricht ganz ruhig, aber in ihren letzten Worten liegt genug Feuer, um Internment vom Himmel zu brennen.

»Was hast du getan?« Judas sieht mich an.

Der Wagen hat angehalten, der Fahrer öffnet uns die Tür. Basil hilft mir mit den Krücken. »Was auch immer es ist, wir bringen es in Ordnung«, sagt er.

Ich schüttle den Kopf. »Das können wir nicht. Es ist erledigt.«

Pen ist uns bereits voraus; sie drängt sich an Thomas' Seite. Das ist alles, was er jemals wollte, seit Lex gesprungen ist – das Mädchen, das er liebt, soll sich von mir distanzieren. Es ist Celeste, die nun an meiner Seite steht. »Die

Gerüchte stimmen bestimmt nicht«, sagt sie. »Der König wusste nicht, dass man den Hafen bombardiert.«

»Wenn du das wirklich glaubst, dann bist du in Politik nicht so versiert, wie du glaubst«, erwidere ich.

Sie starrt auf das Schlosstor, das man für uns geöffnet hat. Ihr Entsetzen ist deutlich spürbar.

Wir betreten das Schloss und gehen an der Halle vorbei, weiter durch Korridore in Tiefen, die mir unbekannt sind. Als würde uns dieses Gebäude ganz verschlingen.

Basil bietet sich an, mich zu tragen, aber ich habe kein Recht, diesen Gang für mich leichter zu machen.

Pen sieht über die Schulter zu mir; auf ihrer Miene zeichnet sich kein Zorn ab, aber auch keine Wärme. Thomas sagt etwas zu ihr und sie wendet ihm wieder ihre Aufmerksamkeit zu.

Celeste verlässt meine Seite nicht. Dafür sind wir verantwortlich. Gemeinsam werden wir uns dem stellen, was auch immer da auf uns zukommt. Sie ist selbstsicher und makellos, aber ich kann fühlen, wie ihre Hoffnung stirbt. Sie ist die Erbin eines schwebenden Königreichs und möglicherweise hat sie ihm gerade den Untergang gebracht.

Judas macht den Abschluss und starrt meinen Hinterkopf an. Ich sehe sein Spiegelbild in Fenstern, polierten Vasen und Bilderrahmen, die wir passieren.

Endlich kommt dieser unheilvolle Marsch zu seinem Ende. Jack Piper hat uns zu einer wuchtig aussehenden Tür geführt, die direkt außerhalb der Reichweite des durch die Fenster fallenden Lichts liegt. Und als er sich umdreht, um seine jungen Kinder zu fixieren, sehe ich, wie sehr ihn die

Fahrt vom Friedhof zum Königsschloss erschöpft hat. In seinen Töchtern erkennt er unvermittelt mehr Leben, als er ertragen kann, und er räuspert sich, bevor er sie ansprechen kann.

»König Ingram wird in sein Mikrofon sprechen, und es nimmt jede Stimme im Raum auf, also müsst ihr so still sein wie die Mäuse.«

Sie nicken und schieben sich hinter ihren Bruder. So jung sie auch sind, selbst ihnen ist klar, dass es auf der anderen Seite der Tür etwas gibt, das man fürchten muss.

Jack Piper klopft dreimal, hält inne, klopft zweimal, macht wieder eine Pause und klopft dreimal. Lautstark werden Riegel zurückgezogen, dann schwingt die Tür auf.

In meinem ganzen Leben habe ich noch nie so viele Drähte gesehen. Sie fallen von der Decke, ergießen sich in dicken schwarzen Strömen von einer Wand weiter über den Boden. Als hätten wir eine lebensgroße Karte betreten. Der König sitzt an einem Tisch an der Wand, wo alle Drähte mit Maschinen aus Messing verbunden sind. Eine davon scheint eine Art Horn zu sein, in das man sprechen kann. In jeder Ecke des winzigen Raums stehen die Männer des Königs und sie dirigieren uns zur Wand. Die Tür schließt sich. Pen sieht mich nervös an, und ich bin mir nicht sicher, ob in ihrem Blick Zerknirschung oder Anklage liegt.

»Willkommen«, sagt König Ingram, ohne uns anzusehen. Er steckt Drähte in eine Tafel voller kleiner Löcher. »Ich habe gewartet.«

Nimble und Celeste beugen sich an den Seiten unserer Gruppe vor, um sich anzusehen.

»Unsere Himmelsprinzessin hat mir viele interessante Dinge über ihre schwebende Stadt erzählt«, fährt der König fort. »Ganz besonders haben mich eure Bildschirme interessiert. Sie hat mir erzählt, dass das Ähnlichkeit mit unseren Filmvorführungen hat, aber wie unsere Radiowellen können sie etwas live übertragen. Sie hat mir auch erzählt, dass es auf Internment kein Radio gibt und die Bildschirme vom König kontrolliert werden. Da kam mir ein Gedanke. Vermutlich gibt es dafür einen ganz bestimmten Grund. Seine und unsere Signale sollen sich nicht miteinander kreuzen. Euer König will wirklich keine Kommunikation mit uns, oder?«

Er sieht Celeste an, die sich an die Wand drückt. Sie hat jedes Strahlen ihrer Herkunft verloren. Die Hoffnungen, die sie in den Boden setzte, sind so tot und begraben wie Jack Pipers jüngster Sohn.

König Ingram ist ein kleiner und unscheinbarer Mann, aber da ich sein Familiengeheimnis nun kenne, erkenne ich ein gewisses Funkeln in seinen Augen. Ich erkenne, dass seine Enkel eine gewisse Ähnlichkeit mit ihm haben. Ich frage mich, ob der Thron ihnen auch die Seele rauben würde, so wie er es mit seinem König gemacht hat.

»Aber damit diese Bildschirme funktionieren, muss es Radiowellen geben«, sagt der König. »Und nur euer König Furlow und seine Männer haben Zugang zu ihnen.«

Er wendet sich wieder seinen Maschinen zu. Ich stütze mein ganzes Gewicht auf eine Krücke und schnappe mir mit der freien Hand die von Celeste. Dankbar drückt sie sie.

»Ich hatte gestern Abend das große Privileg, mit eurem

König zu sprechen«, sagt er. »Verständlicherweise hat er gezögert, unseren Jets den Zugang zu seiner Stadt zu gewähren. Denn wir würden Platz zum Landen brauchen. Würde unser Jet in ein Gebäude krachen und die ganze schwebende Insel in Rauch aufgehen lassen, würde das ihr ganzes Phosan zerstören. Damit wäre keinem genutzt. Und wenn er sich weigert, uns eine Rollbahn zu bauen, könnte das für uns alle ein böses Ende nehmen.«

Celeste schließt einen langen Augenblick die Augen und sammelt sich.

»Er hat gefragt, warum er uns helfen sollte. Er hat durch seine Fernrohre gesehen, wie zerstörerisch wir sind. Er will seinen Himmelsgott nicht verärgern.« Der König greift nach einer Kette, die an einer Tasche befestigt ist. Statt des Augenglases ist eine Uhr daran befestigt. »Ich habe ihm gesagt, dass ich einen überzeugenden Grund kenne, falls er heute Mittag daran interessiert ist, sich ihn anzuhören. Dazu kommen wir jetzt.« Er dreht an den Knöpfen und zieht an den Drähten, ein Maestro seines schrecklichen Instruments. »Hallo?«, fragt er. »Hallo, hallo?«

Es rauscht laut, dann erklingt so etwas wie eine Stimme.

»Wie geht es Ihnen?«, sagt König Ingram. »Spricht dort König Furlow?«

Es knistert und summt, dann ertönen Worte wie aus weiter Ferne. »Ja, am Apparat.«

»Ich komme direkt zur Sache.« König Ingram blickt über die Schulter und blinzelt uns zu. »Hier ist jemand, der Hallo sagen will.«

Einer der Königsmänner zieht Celeste nach vorn. Sie

lässt meine Hand los. Mit geballten Fäusten steht sie hoch aufgerichtet da. Der König hält ihr das Metallhorn vors Gesicht und flüstert: »Sag etwas, mein Schatz.«

»Pa…« Sie stockt. »Papa?«

Statisches Rauschen. Quälende Augenblicke Rauschen. Und dann: »…leste? Celeste! Du lebst?«

Ihre Schultern zittern, aber eines muss man ihr lassen: Sie weint nicht. »Ja. Ja. Ich bin hier.«

Oben in seinem Himmel zögert König Furlow. Fünfunddreißigtausend Fuß über uns hat er gerade seine größte Schwäche enthüllt – er liebt seine Kinder. Und eines davon ist König Ingrams Gnade ausgeliefert.

Celeste sagt: »Geht es Az…«

König Ingram nimmt ihr das Horn weg und weist einen seiner Männer mit einem abschätzigen Wink an, sie wieder gegen die Wand zu stoßen.

Sie schlägt die Hand vor den Mund, aber ich höre durch Haut und Knochen die Worte, die sie zum Gott des Himmels flüstert.

König Furlows Stimme ist gebrochen, verstreut im Luftraum zwischen den beiden Königreichen. Immer wieder sagt er das Wort »Ja«. Er wird bauen, was gebaut werden muss. Er wird vorbereiten, was vorbereitet werden muss. Er wird die Männer holen, um das Feld jenseits der Bahngleise zu befestigen. Dafür bittet er nur um die sichere Rückkehr seiner Tochter.

Hilfe für die kranke Königin wird mit keinem Wort erwähnt.

•••

Auf der Heimfahrt sagt keiner ein Wort. Reglos sitzen wir in unseren hübschen Kleidern da und meiden die Blicke der anderen. Und als wir das Hotel betreten, verkündet das Radio in der Küche, was ich bereits weiß.

Hallo, ja, hallo, hier spricht euer König.

Verzweifelt nicht.

Es gibt Hoffnung.

Bald kommt Hilfe.

So schnell meine Krücken es erlauben, eile ich zur Treppe. Arme greifen nach mir, um mich zu stützen. Pen und Celeste. Ganz egal, welche Spannungen auch zwischen uns herrschen, wir gehören noch immer derselben Welt an. Wenn wir müssen, halten wir zusammen.

Auf dem Weg die Stufen hinauf sagen wir nichts. In unserem Zimmer setzen wir uns auf die Bettkanten und bilden eine Art Dreieck.

Celeste ergreift als Erste das Wort. »Ich konnte Papa nicht nach Azure fragen. Als ich ihn das letzte Mal sah, gab er kaum ein Lebenszeichen von sich. Ich weiß nicht mal, ob er aufgewacht ist.«

Pen schüttelt den Kopf. »Du hättest nicht herkommen sollen. Du bist der Grund, aus dem Internment Havalais den Zutritt gewährt. Alles wird zerstört werden.«

»Pen, nicht«, sage ich.

»Wage es nicht«, erwidert Pen. Ihre Stimme ist leise und gefährlich. »Du wirst mir nicht befehlen, was ich sage und was nicht. Nicht nach dem, was du gerade getan hast. Ich weiß nicht mal mehr, wer du bist, seit wir hergekommen sind.«

Sie starrt mich an und ich senke den Blick nicht. Denn sie hat recht und ich muss mich dem stellen. Ich habe sie verraten und ich habe unser Königreich verraten. Und es tut mir nicht leid. Für ihr Wohlergehen würde ich tausend Königreiche verraten.

»Warum musst du nur immer so schrecklich sein?«, will Celeste von ihr wissen. »Wir alle haben etwas verloren und kommen damit zurecht. Du bist die Einzige, die alles noch schlimmer machen will, als es ohnehin schon ist. Was ist nur in deinem Leben passiert, um dich so schlimm zu machen?«

Pen zuckt zusammen, als hätte ihr ein unsichtbarer Dämon in den Nacken gehaucht. »Das muss ich mir nicht anhören«, sagt sie und verlässt den Raum.

Ich lasse mich auf meine Matratze fallen. »Noch so ein furchtbarer Schlamassel.«

»Mein Vater hat ein Ass im Ärmel«, sagt Celeste. Aber sie klingt nicht gerade überzeugt. »Falls König Ingram Internment wirklich irgendwie schaden will – und ich sage keineswegs, dass er das vorhat –, werden mein Vater und seine Leute schon wissen, wie sie das verhindern müssen.«

»Du hast gesagt, König Ingrams Ingenieure arbeiten daran, die Jets in die Luft zu bringen. Wann werden sie bereit sein?«

»Das weiß ich nicht. Möglicherweise schon jetzt, wenn er es im Radio verkündet. Falls mein Ring aus echtem Phosan gemacht ist, sollte das als Treibstoff ausreichen, hat er gesagt.« Ich fühle ihren Blick. »Du siehst nicht gut aus. Du schwitzt.«

»Mir geht es gut. Der heutige Tag war nur anstrengend und der Mittag ist kaum vorbei.«

Sie setzt sich auf mein Bett und berührt meine Stirn. »Kann ich dir was holen? Einen Schluck Wasser?«

»Du hast nicht zufällig eine Zeitmaschine?«

Sie lacht. »Das wäre schön.«

Das wäre schön. Ich würde Riles, Nimble und Birdie zurück auf die Fähre drängen. Ich würde behaupten, ein merkwürdiges Gefühl zu haben, dass wir nicht an diesem Ort sein sollten.

Celeste tätschelt mein Knie und steht auf. »Du solltest schlafen. Ich gehe zu Nim.«

»Hey.«

Sie ist bereits an der Tür und dreht sich noch mal zu mir um. »Sei geduldig mit ihm«, sage ich. »Er leidet und er hat Angst.«

Sie lächelt mit einem traurigen Ausdruck in den Augen. »Das weiß ich.« Und dann ist sie weg.

Als ich die Augen schließe, sehe ich Birdie und Riles, die gemeinsam kauern und auf die Sterne zeigen. Sie lachen. Mich nehmen sie nicht wahr.

•••

Die Schmerzen wecken mich.

»Entschuldige«, sagt Pen. Celeste ist gegangen und ich höre die Grillen durch das geöffnete Fenster. Pen sitzt am Fußende meines Betts. Sie hat den Verband abgenommen und tupft meine Wunde mit einer Flüssigkeit aus einer Glasflasche ab. Sie runzelt die Stirn. »Ich kann nicht sagen, ob das entzündet ist.«

»Wo warst du?« Meine Stimme scheint aus weiter Ferne zu kommen.

»Wenn du es unbedingt wissen willst, im Krankenhaus, um nach Birdie zu sehen. Vergangene Nacht habe ich geträumt, sie sei verschwunden. Ich habe überall nach ihr gesucht, und es stellte sich heraus, dass sie Königin wurde. Ihr Thron war tausend Schritte hoch, und als ich zu ihr hochsehen wollte, blendete mich die Sonne.«

»Das klingt nach einem schönen Traum. Ich habe nur Albträume.«

»Wie kommst du darauf, dass das kein Albtraum war? Von jemandem zu träumen, der mit ziemlicher Sicherheit fort ist, um dann eingeredet zu bekommen, dass er noch immer da ist.«

Wieder tupft sie meine Wunde ab und ich ziehe zischend die Luft ein.

»Hat das wehgetan?«

»Bevor du damit angefangen hast, eigentlich nicht. Könntest du damit aufhören?«

Sie zerreißt Verbandsstoff mit den Zähnen und wickelt ihn um mein Bein. »Thomas hat mir erzählt, was er in der Nacht, in der ich um ein Haar ertrunken wäre, zu dir gesagt hat. Du hast König Ingram meinetwegen über das Phosan informiert. Stimmt das?«

»Ich habe es aus vielen Gründen getan.«

»Thomas ist ein Idiot. Er hatte kein Recht, dich für Dinge verantwortlich zu machen, die ich getan habe.«

»Du willst nach Hause, Pen. Etwas anderes kannst du mir nicht einreden. Und ich will es auch.« Selbst wenn es keine Heimat mehr gibt, in die ich zurückkehren könnte.

»Ich bin dir immer noch böse.« Sie bindet den Verband fest. »Aber was ich da gesagt habe, dass ich nicht mehr weiß, wer du bist, das habe ich nicht so gemeint. Ich weiß, wer du bist.« Sie sammelt die dreckigen Verbände ein und gibt mir einen Kuss auf die Stirn, bevor sie geht.

Ich schließe die Augen. Riles wartet mit einer Handvoll Erde auf mich; die Toten sind geduldig und warten, bis wir einschlafen, damit sie mit uns sprechen können.

»Wir müssen sie begraben«, sagt er. Hinter ihm brennt der Hafen. Ich will ihn dort fortbringen, aber er hat nicht den Luxus aufzuwachen. Er hat keine weiteren Morgen mehr.

Ich lasse mich von ihm in den Rauch dieses Traums führen. Obwohl ich Angst habe, leiste ich ihm eine Weile Gesellschaft. Das ist das Mindeste, was ich für ihn tun kann.

19

Nachdem ich Riles durch die qualmenden Trümmer gefolgt bin, verschwindet er, und ich starre auf das Licht an der Decke. Die Grillen haben sich in Regengeplätscher verwandelt. Es regnet den ganzen Frühling.

»Sie glüht förmlich. Ich hole Lex«, sagt Pen. Sie hat mich gerufen, als ich träumte.

Basil sitzt mit einem feuchten Tuch in der Hand über mich gebeugt. »Morgan?«

»Nicht Lex«, krächze ich.

»Das müssen wir aber. Er wird wissen, wie man dein Fieber bekämpft.«

»Ich will ihn nicht sehen«, sage ich. »Ich will ihn nicht in meiner Nähe haben. Holt Alice.«

»Ich bin hier.« Alice tritt ein. »Was ist denn los, mein Schatz? Geht es dir nicht gut?«

»Pen sagt, sie hätte im Schlaf aufgeschrien«, sagt Basil.

Pen wringt nervös die Hände.

»Ich bekomme keine Ruhe, das ist alles«, sage ich. »Jedes Mal, wenn ich die Augen schließe, erlebe ich alles noch mal. Ich sehe die Toten.«

Alice streicht mit den Fingern über meine Stirn.

»Damit ist zu rechnen.« Ihre Miene ist besorgt. »Du bist ja auch ausreichend traumatisiert.«

Ich schließe die Augen und Birdie lächelt mich in dem Augenblick vor der Explosion an.

»Morgan?«, fragt Alice. Ich weiß bereits, was sie sagen wird. »Du solltest dir von Lex helfen lassen. Er wird auch nicht mit dir sprechen, wenn du das nicht willst. Ich sage es ihm.«

»Lieber würde ich sterben«, erwidere ich.

»Ach, hör endlich auf damit«, sagt Pen. »Was auch immer er getan hat, es kann unmöglich schlimmer sein als dieser ganze Schlamassel.«

Ein Teil von Pen ist noch immer auf Internment, wo Streit und Auseinandersetzungen nur eine Weile Bestand haben, bevor alles verziehen ist. Könnte ich doch auch noch immer so denken. Aber mein Bruder hat mich auf eine Weise verraten, die ich für unmöglich gehalten hätte. Er hat mir gezeigt, dass wir nicht mehr zu der Welt gehören, die wir hinter uns gelassen haben.

Alice tätschelt meine Wange. »Er ist in einer Minute da.« Sie verlässt das Zimmer und kehrt kurz darauf mit Lex im Schlepptau zurück.

Er gibt keine Silbe von sich. Ich starre zum Fenster hinaus. Die Vorhänge sind zurückgezogen und ich kann den Regen die Scheibe hinunterströmen sehen.

Er tastet meinen Hals ab, dann die Unterseite meines Kiefers, berührt meine Stirn. Er ist ganz besonders sanft.

Er bittet Alice, den Verband an meinem Bein zu öffnen

und ihm die Verletzung zu beschreiben. »Hast du dich selbst verbunden?«, fragt Alice.

Ich schüttle den Kopf. »Pen.«

»Da hast du tolle Arbeit geleistet«, sagt Alice zu ihr gewandt. »Richtig professionell.«

Pen lächelt schmal.

»Es gibt keine roten Striche oder Geschwüre«, sagt Alice. »Aber es ist etwas geschwollen.«

»Es sieht besser aus als heute Nachmittag«, meint Pen.

»Gut. Das ist gut.«

Nach Lex' Anleitung trägt Alice die Medizin auf, die schäumt und brennt, dann verbindet sie mein Bein neu. »So, wie du es beschreibst, klingt das nicht nach einer Entzündung.« Lex spricht mit ihr, nicht mit mir. »Sag meiner Schwester, sie soll aufhören, so viel herumzuhumpeln. Das Krankenhaus hat sie nur entlassen, weil es überbelegt war. Das bedeutet nicht, dass es ihr schon wieder gut geht. Sie muss so viel schlafen wie möglich.«

Alice sieht mich an. »Verstanden?«

Ich nicke. Lex tätschelt meinen guten Knöchel. Damit sagt er, dass er noch immer für mich da ist und weiß, dass ich meine Einstellung ändern werde, auch wenn ich ihn im Augenblick am liebsten treten würde.

Alice führt ihn hinaus. Ich hoffe, sie findet noch mehr von der Schlafhilfe, die Nimble uns vergangene Nacht gab. Ich höre, wie Lex im Korridor sich nach Pens Arm erkundigt. Sie sagt, es sei nichts weiter. Sie unterhalten sich, aber ihre Stimmen sind zu leise, als dass ich es verstehen könnte.

Nun sind nur noch Basil und ich da. Celestes Bett ist leer,

dabei ist es schon weit nach Mitternacht, wie mir die Uhr verrät. Vielleicht sind sie und Nim ja irgendwo zusammen.

»Weißt du, was ich glaube?«, fragt Basil.

»Was?«

»Ich glaube, du bist nicht kleinzukriegen.«

»Ich kann mir nicht vorstellen, wie du darauf kommst.«

»Solange du noch am Leben bist, geht es mir gut.«

Ich lache. Ich weiß nicht, wie er es geschafft hat, mich zum Lachen zu bringen, aber er genießt es. Seine Lippen verraten den Triumph.

Basil.

Ich betrachte ihn und sehe nicht den Jungen, den ich heiraten werde, sondern den Jungen, der immer zu mir gehören wird, so wie ich immer zu ihm gehören werde. Vielleicht haben sich die Entscheidungsträger geirrt, als sie uns zum Paar machten, denn wir werden nie wie Alice und Lex oder Judas und Daphne sein. Für uns gibt es einen Plan, aber der wird ganz anders aussehen, als man je gedacht hätte.

Er zieht die Decke bis zu meinem Kinn hoch. »Weißt du, was ich glaube? Ich glaube, du machst dich selbst krank, weil du dich schuldig fühlst, die Explosionen überstanden zu haben, wo es Birdie und Riles nicht geschafft haben.«

Das klingt ungefähr richtig.

»Du wirst geliebt, Morgan. Wärst du aus dieser Nacht nicht zurückgekehrt, wären viele Leute am Boden zerstört. Ich wäre ein gebrochener Mann.«

»Viele Menschen sind gebrochen, weil viele Menschen tot sind«, sage ich. Ich will noch mehr sagen, aber er legt den Finger an meine Lippen.

»Du bist hier. Und es gibt noch immer Königreiche, die du erobern musst, und Wunder, die du sehen musst.«

Ich lege die Hände auf seinen Kragen. »Ich habe dich nie für einen Dichter gehalten.«

Er berührt meine Wange. »Schlaf jetzt.«

»Bleibst du in der Nähe?«

»Immer.«

20

Aus Regen wird Sonne, die wieder zu Regen wird. Tagelang komme ich kaum aus dem Bett. So ungern ich das auch zugebe, Lex hatte recht. Jetzt, wo ich ruhe, fängt mein Bein an zu heilen. Solange ich langsam mache, kann ich ohne Krücken laufen.

Während es donnert, stellt Pen das Transistorradio auf mein Nachttischchen und stöpselt es ein. Sie setzt sich mit untergeschlagenen Beinen auf mein Bett und sieht mich an, während eine Stimme aus dem statischen Rauschen dringt.

»… die Gesellschaft, die auf der schwebenden Insel lebt, hat ihre Unterstützung angeboten. Noch diese Woche wird der König einige Repräsentanten schicken. Die Einzelheiten der Unterstützung von der schwebenden Insel müssen noch geklärt werden. Wir halten Sie auf dem Laufenden.«

Die Stimme des Sprechers verwandelt sich in den Trompetenschall, der die Hymne des Königs ist. Pen schaltet das Radio aus.

»Ich glaube, Internment befindet sich jetzt offiziell im Krieg.«

»Hat man uns erwähnt?«

Pen schüttelt den Kopf. »Eigentlich überrascht es mich, dass man uns nicht als Beweis für die Existenz der Stadt benutzt. Ich hätte geglaubt, man würde uns singen und tanzen lassen.«

»Das würde ihnen niemand abkaufen«, sagt Nimble von der Tür. »Wisst ihr, wie viele Leute sich einen merkwürdigen Akzent zugelegt und behauptet haben, von der schwebenden Insel oder aus dem Weltall zu kommen? Tausende. Würde König Ingram euch als Beweis präsentieren, sähe er aus wie ein Idiot.«

»Was wird dann mit uns geschehen?«, will Pen wissen.

»Das weiß keiner«, antwortet Nimble. »Ich glaube, das weiß nicht mal mein Vater. Falls das überhaupt schon entschieden wurde. Diese Ansprache sollte das Königreich nur auf den Glauben einstimmen, dass unser prächtiger König auf einem weißen Pferd angaloppiert kommt und uns rettet.«

Er trägt keine Schlinge mehr, von seiner Verletzung ist nur noch ein Verband an seinem Handgelenk zu sehen. Ich frage mich, wie lange ich eigentlich im Bett gelegen habe.

»Ist die Ankündigung seiner Reise nach Internment nicht gefährlich?«, fragt Pen. »Wird König Erasmus diese Ankündigung denn nicht hören?«

»Das wird er. Aber Internment befindet sich in Havalais' Luftraum. König Erasmus kann absolut nichts tun, es sei denn, er will unser Territorium besetzen. Aber dazu fehlen seinem Königreich im Augenblick die Mittel. Vermutlich tut er das im Augenblick als Wahnsinn ab und hofft, dass wirklich nicht mehr dahintersteckt.« Er verlagert das Gewicht. Er besucht uns bestimmt nicht, um über Politik zu sprechen. Der Versuch, seine Familie ohne seine Schwester zusammenzuhalten, muss schrecklich und einsam für ihn sein.

»Weißt du, du kannst auch reinkommen«, sage ich.

Er setzt sich ans Ende von Celestes perfekt gemachtem Bett. »Danke.«

»Alles in Ordnung mit dir?«, will Pen wissen.

»Ja. Ich … Vielleicht.« Er starrt auf sein verbundenes Handgelenk. Die letzten seiner äußerlichen Narben verblassen. »Heute hat man im Krankenhaus Besucher erlaubt. Ich habe sie gesehen.«

»Gibt es eine Veränderung?«, fragt Pen.

»Vielleicht eine kleine. Ein paar der Verbrennungen scheinen zu heilen und man hat sie sauber gemacht. Es ist überraschend, wie viel so etwas ausmacht. Sie sieht wieder mehr wie sie selbst aus. Aber das ist auch schon alles. Sie ist noch nicht wieder bei Bewusstsein.«

Er sieht so erschöpft aus.

»Sie wird sich erholen«, sagt Pen.

Das ist ein riskantes Versprechen.

»Sie ist eine Kämpfernatur. Nach den ersten Explosionen wollten Morgan und ich sie zurückhalten und sie hat uns beide überwältigt.«

Ich beneide Pen um ihre Zuversicht. Birdie in diesem Krankenhausbett zu sehen, war meiner Meinung nach wie der Blick auf den leibhaftigen Tod.

»Hat dein Vater sie besucht?«, frage ich.

Er schüttelt den Kopf. »Ich weiß es nicht. Vermutlich ist es besser, er lässt es. Es wird ihn nur wütend machen.«

»Wütend?«, fragt Pen. »Er sollte wütend sein. Wir sind alle wütend. Sieh dir doch nur an, was mit deinem Königreich passiert und was meinem passieren wird.«

»Ich meinte damit nicht, dass er deswegen wütend wird«, sagt Nimble. »Es ist nur, sie erinnert ihn so sehr an …« Er kämpft mit sich und kann das Wort nicht aussprechen, aber ich verstehe.

»Diese Frau, die ich auf dem Friedhof zwischen den Bäumen sah, ist deine Mutter«, sage ich, »nicht wahr?«

»In letzter Zeit eher nicht. Aber ja. Und unser Vater hat stets befürchtet, dass Birdie genau wie unsere Mutter eines Tages einfach geht. Ich weiß nicht, was es mit ihm anstellen würde, wenn er sie jetzt sieht. Er könnte etwas Verzweifeltes tun – sie nach Übersee in irgendeine tolle Klinik bringen oder irgendeine radikale Operation machen lassen, die sie vermutlich eher umbringt als heilt.«

»Sie ist noch unter uns«, sagt Pen.

»Du musst nicht …«

»Nein. Hör mir zu. Ich würde dir nicht sagen, dass sie durchkommen wird, wenn ich es nicht glauben würde. Und du musst auch daran glauben, denn im Augenblick bekommt sie diese ganze Negativität garantiert mit. Unser Glaube an sie ist für sie lebenswichtig.«

Nimble mustert sie. »Du glaubst das wirklich, oder?«

»Ja, das tue ich. Und im Augenblick spielt der Krieg für sie keine Rolle. Ihr ist es egal, wie hoch die Jets fliegen können oder was aus der magischen schwebenden Insel wird.

Man kann sie nicht damit belästigen, wo ihre Mutter steckt oder was ihr Vater davon hält. Sie kann nur versuchen zu überleben. Du musst zu ihr gehen und mit ihr sprechen, selbst wenn sie deine Worte nicht immer hören kann. Das braucht sie jetzt von dir. Sie braucht jetzt den Glauben, den wir an sie haben.«

Sie starrt Nimble nieder, so wie sie den Ozean niedergestarrt hat, bevor und nachdem er sie ertränken wollte. Ohne jede Furcht. Da ist sie, die Pen, die ich an diesem Ort verloren glaubte. Ich habe sie schrecklich vermisst.

Nimble sieht sie an, dann überrascht er mich mit einem Lächeln.

»Ich bin froh, dass wir dir das Leben gerettet haben, Mädchen«, sagt er.

»Ich bin nicht nur böse«, erwidert Pen. »Ganz egal, was die Prinzessin dir auch erzählt.«

Nim lächelt schwach, aber es dauert nicht lange. »Hat Birdie ... Hat sie noch etwas gesagt, bevor sie loslief?«

Pen und ich zögern. Weil wir nicht an unser Scheitern erinnert werden wollen, für ihre Sicherheit zu sorgen. Weil die Erinnerung, wie sie sich unserer Reichweite entzog, unerträglich ist.

»Bitte«, sagt Nimble. »Ich will es wissen. Ich muss es wissen.«

»Vor der zweiten Explosion rief sie nach dir«, platze ich heraus. »Pen hat ihr gesagt, dass da niemand ist, aber sie war sich sicher, dich gesehen zu haben. Sie hat gesagt, dass mit Riles etwas nicht stimmt.«

»Wir konnten sie nicht aufhalten«, sagt Pen.

»Dann hat sie uns also gesehen.« Nimble ist nachdenklich. »Ich habe versucht, Riles zum Hafen zu tragen. Die erste Explosion hat ihn verletzt, aber ich wusste nicht, wie schlimm es war. Aber wir mussten dort weg, das war klar.«

Ich will das nicht hören, aber ich lasse ihn sprechen. Vielleicht sind wir die Einzigen, die zuhören werden. Seine Schwestern sind zu klein, sein Vater nicht zugänglich. Celeste hat ihn angefleht, mit ihr zu reden, aber er liebt sie und will ihr diese hässlichen Bilder nicht in den Kopf setzen.

»Da kam Blut ... aus seinem Bauch, und der Hafen war in Sicht, aber dann war er verstummt, und ich bin stehen geblieben. Um uns herum war diese Menschenmasse, überall war Leben und Tod. Und ich wusste, dass Riles nicht mehr unter uns war. Es gab nicht einmal einen richtigen Augenblick, um darauf zu reagieren. Da war eine weitere Explosion, und ich glaubte, nein, ich hoffte, dass es das Ende der Welt war. So hat es sich angefühlt.

Das ist die Illusion des Kriegs. Stürzt deine Stadt ein, hältst du es für das Ende der Welt. Aber es ist nur eine Stadt auf einem Planeten von der Größe von zehn Millionen Städten, wie dir dann klar wird.«

Er ist der einzige lebende Sohn eines korrupten Politikers, aber er ist zurückhaltend und freundlich. Und ich verstehe, warum ihn Celeste, die Tochter eines gebrochenen Königs, liebt; beide wollen sie Frieden in ihren Welten. Es bricht jede Regel, aber sie sind dazu bestimmt, zusammen zu sein.

»Ich fand Birdie ein paar Meter weit entfernt. Ich hatte Angst, sie umzudrehen. Ich hielt sie mit Sicherheit für tot.

Aber da war noch ein kleines bisschen Leben in ihr, nicht wahr? Gerade genug.«

»Ich habe einmal geglaubt, mein Bruder würde sterben«, sage ich. »Ich weiß nicht, ob er durchhielt, weil er es wollte, oder weil die Ärzte ihn dazu gebracht haben. Zu dem Zeitpunkt hielt ich es für hoffnungslos. Aber es ging ihm wieder besser. Er ist noch immer da, um mich in den Wahnsinn zu treiben. Auch Birdie kann es wieder besser gehen.«

»War das ein Unfall?«, fragt Nim.

»Man könnte es so bezeichnen.«

»Wurde er je so wie zuvor?«

»Nun ja, nein. Aber das war egal. Wenn jemand leidet, der einem etwas bedeutet, dann ist es einem egal, ob die ganze Welt um ihn herum niederbrennt, er Narben davonträgt oder blind wird. Man will ihn einfach nur zurück. Und man akzeptiert jegliche Bedingungen, die es mit sich bringt.«

Ich denke an Birdies Lächeln im Licht der Straßenlaterne an jenem Abend, an dem wir den Messingclub verließen. Die Straßenlaterne und der Club sind verschwunden, aber ich hoffe noch immer, dass Birdie bei ihrer Rückkehr wieder dieses Mädchen sein kann. Falls sie zurückkehrt.

»Du scheinst zu jung zu sein, um mit solcher Sicherheit zu sprechen«, sagt Nimble.

Er ist nur zwei Jahre älter als ich, aber das sage ich jetzt nicht. Wenn ich zu jung bin, um solche Erfahrung mit Leid zu haben, dann ist er es auch.

Das Klingeln einer Glocke unten lässt mich zusammenzucken. Ich habe es bereits mehrmals gehört, aber ich kann mich einfach nicht daran gewöhnen, dass es in einem Haus einen Rufkasten gibt.

Nimble wirft einen besorgten Blick zur Tür. Die Stimme seines Vaters ertönt. Ich kann kein Wort verstehen; Nimble und Pen bemühen sich ebenfalls darum. Minuten vergehen, bevor der Hörer wieder auf die Gabel gelegt wird.

»Wie oft gibt es Anrufe?«, fragt Pen.

»Vor der Urlaubssaison? So gut wie nie.« Nimbles Gesicht hat jede Farbe verloren. Es kann um seine Schwester gegangen sein, um den Krieg oder sonst was, aber vermutlich war es nichts Gutes.

Wir sagen kein Wort. Und als mehrere Minuten später Schritte auf der Treppe ertönen, kann ich mein Herz schlagen hören.

Celeste bleibt in der Tür stehen, die Hände vor dem Körper gefaltet. Sie wirft einen Blick auf uns, dann bricht sie in Tränen aus.

Nim läuft zu ihr. »Was ist? Was ist passiert?«

»Jetzt passiert es«, sagt sie. »Heute Abend reise ich ab.«

»Abreisen?« Pen steht auf. »Um nach Hause zurückzukehren?«

Celeste reibt sich die Augen, nickt. »König Ingram schickt ein paar Männer, um mich abzuholen, dann geht es auf direktem Weg zu seinem Jet.«

»Ich bin verwirrt«, sagt Pen. »Warum heulst du dann? Genau das hast du doch gewollt, oder nicht?«

»Alles ist schiefgelaufen«, erwidert Celeste. »König Ingram hat die ganze Zeit beabsichtigt, mich als Schachfigur zu benutzen. Mein Vater wird alles tun, was der König befiehlt, solange ich seine Geisel bin.«

»Du bist keine Geisel«, sagt Nim, aber sie hat recht, und das weiß er auch. Das höre ich seiner Stimme an.

Celeste sieht ihn an. »Ich weiß nicht, wann ich zurück bin. Ich weiß nicht, ob ich überhaupt zurückkomme.«

»Natürlich kehrst du zurück«, sage ich. »König Ingram will eine Allianz zwischen unseren Königreichen. Man wird oft hin- und herreisen.« Das muss so sein. Ich muss noch immer Pen nach Hause schaffen und ich muss noch immer meinen Vater finden.

Aber falls Celeste mich hört, reagiert sie nicht darauf. »Ich weiß nicht einmal, ob König Ingram meiner Mutter helfen wird«, sagt sie unglücklich. »Falls meine Mutter überhaupt noch lebt.«

Nim hält sie bei den Schultern, aber er hat keine tröstenden Worte. Er hat schon so viel verloren und jetzt wird er auch sie verlieren. Er legt das Kinn auf ihren Scheitel, zwischen das zu einer Krone geflochtene Haar. Sie legt die Arme fest um ihn und flüstert durch ihr Schluchzen, etwas über einen letzten Plan als Ausweg. Er bringt sie zum Schweigen und wiegt sich mit ihr.

»Warum sollte ihre Mutter nicht mehr leben?«, fragt Pen. Ich ergreife ihr Handgelenk und ziehe sie aus dem Raum.

»Wir sollten sie allein lassen«, sage ich.

»Also das war's?«, fragt Pen auf der Treppe. »Sie geht nach Hause und wir alle müssen zurückbleiben?«

»Sie wird als Druckmittel benutzt«, sage ich. »Das

hat sie nicht gewollt und wir sollten sie auch nicht darum beneiden.«

Pen wirft mir von der Seite einen Blick zu. »Uns wird man vermutlich auch benutzen. Wir werden eine nützliche Ware sein, sobald König Furlows Existenz bewiesen wurde und deutlich wird, wie er Havalais bei den Kriegsanstrengungen helfen will.« Theatralisch fuchtelt sie mit den Armen. »Die Bewohner der magischen schwebenden Insel. Seht sie euch für einen Penny an, schießt ein Foto für zehn Penny.«

»Vielleicht auch nicht.«

»Vielleicht auch nicht«, äfft sie mich nach. »Ach, Morgan. Wirst du diesen wahnhaften Optimismus bei deinen schlechten Entscheidungen niemals leid?«

»Lass das nicht an ihr aus«, sagt Judas. Ich habe keine Ahnung, wie lange er schon unten an der Treppe steht und uns zuhört. »Wenn ich mich richtig erinnere, hast du einen ordentlichen Anteil zu diesem Schlamassel beigetragen. Du bist doch nur hier, weil du Prinz Azure mit einem Stein erschlagen wolltest.«

»Ich wollte den Prinzen nicht ermorden«, sagt Pen.

Es ist eine schwache Erwiderung und Judas ignoriert sie. »Du bist doch diejenige, die das mit dem Phosan und den Glasländern überhaupt erst entdeckt hat. Also musst du auch schlau genug sein, um etwas zu kapieren. Hättest du dich nicht um ein Haar umgebracht, hätte Morgan dein Geheimnis vermutlich bewahrt. Aber du warst viel zu betrunken, um zu begreifen, was mit dir geschieht, geschweige denn, was mit dem Rest von uns geschieht.«

»Judas, das reicht«, sage ich.

»Sie ist dir hinterhergesprungen«, fährt Judas fort. »Sie hat dir das Leben gerettet. Es gibt auf keiner der Welten viele Leute, die das tun würden. Falls du überhaupt etwas sagen solltest, dann doch wohl ›Danke‹.«

Pen hat die Arme verschränkt und sie scheint den Blick nicht heben zu können. »Du warst nicht mal dabei«, murmelt sie, bevor sie zur Küche eilt und ihn dabei mit der Schulter rammt.

»Judas«, zische ich. Ich will ihr nach, aber er greift nach meinem Arm.

»Ich wollte mit dir reden«, sagt er. Jetzt, wo wir allein sind, schwindet der Zorn in seiner Stimme.

Ich reiße mich von ihm los. »Dann rede.«

Er lässt den Blick durch die Lobby schweifen. Marjorie und Annette schmiegen sich an Alice, die ihnen aus einem Märchenbuch vorliest.

»Können wir irgendwo hingehen?«, fragt er. »Nach draußen?«

»Das kommt darauf an, ob du mich auch anfauchen willst.«

»Dich nicht. Ich weiß nicht, was deine Freundin an sich hat. Sie provoziert mich.«

»Das ist für uns alle eine schwierige Zeit.«

»Ich weiß.« Er hält mir die Tür auf, und der Ausgang rahmt das Bild eines Tages ein, der zwar regenfeucht ist, aber von Grün und Weiß erhellt wird; überall stehlen sich Blumen aus dem Boden. Es ist unwiderstehlich. Ich folge Judas vom Haus weg zu einem Baum, dessen Stamm von Schlingpflanzen und Blättern umringt wird.

Ich setze mich ins Gras. Es ist feucht, aber das stört mich nicht. Judas scheint sich zuerst nicht dazu überwinden zu können, aber dann setzt er sich neben mich.

»Als Amy mir erzählt hat, was du getan hast, habe ich geglaubt, du hättest deinen Verstand verloren«, sagt er. »Zurück nach Internment zu reisen, nach allem, was die Stadt dir angetan hat – was sie uns allen angetan hat. Ich wollte dich schon als unzurechnungsfähig abtun.«

Da wäre er nicht der Erste, da bin ich mir sicher.

»Aber dann habe ich gesehen, was mit deiner Freundin Pen passiert und wie dir das zu schaffen macht. Und ich wusste nicht genau, was die Prinzessin mit dem Flug zum Boden erreichen wollte, aber vermutlich wolltest du auch ihr helfen.«

Mit der Fingerspitze streiche ich über eine gelbe Blume, die wild im Gras wuchert. »Wenn du mir sagen willst, was für einen Schlamassel ich aus allem gemacht habe, das weiß ich bereits.«

»Lass mich ausreden. Ich mache nicht viele Komplimente. Das ist ungewöhnlich für mich.«

Ich blicke ihn an. Komplimente?

»Damals in dieser Nacht, in der du mich in den See gestoßen hast, um mich vor den Wachmännern zu verstecken, habe ich mich gefragt, was für ein Spiel du treibst. Seitdem habe ich darauf gewartet, dass du den Preis für den Gefallen einforderst. Aber das wirst du nicht tun, oder? Du wolltest mir einfach nur helfen.«

Ich zucke mit den Schultern. »Sie waren hinter dir her. Du warst unschuldig. Es war richtig so.«

»Du bist die Einzige, die an meine Unschuld glaubt«, sagt er. »Also außer Amy und dem Professor.«

Ich lasse mich ins Gras zurückfallen. »Leider nimmt mich niemand ernst, was Pech für dich ist.«

»Ich tue das schon.« Er stützt sich auf dem Ellbogen ab. Sein Schatten verhindert, dass mich die Sonne blendet.

»Warum?« Jeder Nerv spannt sich an, als ich zusehe, wie er sich das Kinn und den Hals reibt. Sonnenlicht fällt durch seine Finger, lange Schatten sind Ovale, die an seinen Knöcheln haften bleiben, und ich will, dass er mich berührt.

»Du bist ein seltener Geist«, sagt er.

»Ich bin nichts Besonderes.« Die Worte schweben hinauf ins Sonnenlicht, wo sie verbrennen. Alles verbrennt, und ich sehe nur ihn; er besteht nur aus Winkeln wie ein ins Licht gehaltenes Prisma.

»Du weißt nicht mal, was du bist«, sagt Judas.

Die Worte summen in meinen Ohren. Er ist näher herangekommen und ich greife nach seiner Schulter. Die Knochen stehen hervor; ich will sie seit der Nacht berühren, in der er mich im Mondlicht gegen diesen Baum gedrückt hat. Jetzt bin ich endlich mutig genug dazu.

Er kommt näher. Meine Augen schließen sich und er küsst mich. Mein Herz ist wie der Regen dieser Welt, der gegen das Fenster prasselt. Ich kann nicht atmen. Ich hatte geglaubt, alle Küsse seien so wie die, die ich mit Basil geteilt habe, dass sie zögerlich und unsicher anfangen. Aber der Kuss geht unter die Haut. Judas ist so selbstsicher, ein ganz anderer Junge als eben noch.

Ja. Daphnes Stimme. Die Worte, die sie auf das Papier schrieb, das zu ihrem Tod führte. *Als mein Verlobter und ich im Gras lagen, bat er mich, ihn zu heiraten … Ja.*

Hat er sie auf diese Weise geküsst?

Ich ziehe mich zurück. Mich aufzusetzen, kostet mich meine ganze Kraft. Ein Blatt klebt an meinem Haar und raschelt an meinem Ohr. »Judas, ich …«

»Es tut mir leid«, sagt er, aber ich glaube ihm nicht. Sein Blick hat eine schläfrige, berauschte Qualität angenommen, und trotz meiner Schuldgefühle finde ich die Vorstellung aufregend, dass ich dafür der Grund bin.

»Das hättest du nicht tun sollen«, sage ich. »Ich gehöre nicht dir. Du gehörst nicht mir.«

Er pflückt das Blatt aus meinem Haar. »Du und ich, wir gehören niemandem.«

Die Insekten singen im Gras und meinem Blut. Ich will den Boden um uns herum wegreißen wie die Zeichnung auf einem Stück Papier. Dann können wir in den Himmel schweben und eine leere Stelle in Gestalt unserer Umrisse zurücklassen. Ich will ewig an diesem kleinen Ort leben, den wir ohne Regeln oder Konsequenzen erschaffen haben. Ich will noch einmal von ihm geküsst werden.

Aber Erinnerungen an den Rauch im Hafen erfüllen meine Sinne, und im Hotel hat sich ein Fenster geöffnet und jemand ruft meinen Namen.

»Morgan?« In der Ferne beugt sich Celeste aus dem Schlafzimmerfenster. »Morgan? Bist du da draußen?« Sie sieht mich nicht.

»Ich muss gehen«, sage ich. Meine Beine sind ganz taub und ich stolpere. Judas stützt mich. »Danke.«

Er lässt mich gehen. Ich gehe so schnell zum Hotel, wie ich kann. Ich fühle, wie er mich beobachtet. Und hinter ihm steht der Geist des Mädchens, das er lieben sollte.

• • •

Als ich eintrete, starrt Celeste aus dem offenen Fenster.

»Ich werde vor allem den Regen vermissen«, sagt sie. »Und die großen Kreaturen – Elegors und Giramos. Aber ich habe weder einen Wal noch eine Meerjungfrau gesehen. Fische mit Menschenhaaren. Man stelle sich das vor.«

»Aber kann man es als menschlich bezeichnen, wenn es einem Fisch wächst?«

»Das habe ich mich auch gefragt, aber ich habe Nim nie danach gefragt. Es gibt viele Dinge, die ich ihn nicht gefragt habe.«

»Du wirst zurückkehren. Ich habe dir das mit dem Phosan verraten, damit du helfen kannst, uns alle wieder nach Hause zu schaffen.«

»Darüber wollte ich mit dir reden.« Sie wendet sich vom Fenster ab. »Ich weiß nicht, was aus mir oder allen anderen wird, sobald dieser Jet den Boden verlassen hat. Aber eines sollst du wissen. Ich halte mein Versprechen. Ich erzähle meinem Vater alles, was du getan hast, um mir zu helfen, und er muss nicht erfahren, dass Pen diejenige war, die Azure verletzte. Falls mein Bruder lebt, wird er es auch nicht verraten haben, davon bin ich überzeugt.«

»Du musst dir Sorgen um ihn machen.«

»Mein Bruder hat nicht viel im Kopf, aber er liegt mir am Herzen.« Sie versucht zu lächeln. »In jeder Generation wird ein Prinz geboren. Ein Prinz, der aufwächst, um der König zu sein, der die Last einer Stadt tragen und derjenige sein wird, der zum Gott des Himmels spricht und die Antwort des Gottes im Himmel erfährt.« Trotz ihrer Trauer funkelt eine Spur Aufregung in ihrem Blick. »Aber das stimmt nicht. Dieses Mal werde ich das sein. Selbst wenn ich niemals eine Krone tragen werde, und ob ich im Himmel stehe oder am Boden, ich hatte immer das Gefühl, von uns beiden die Person zu sein, die dazu bestimmt ist, etwas Wichtiges zu erreichen.«

Sie kam in dem Glauben her, zwei Königreiche vereinen zu können, und sie geht als politisches Werkzeug. Ihr Blick ist traurig, aber ich sehe genau, wie ihr Temperament durchschimmert. Sie wird alles geben, was sie hat, selbst wenn es nur ein paar ehrliche Worte sind.

»Ich werde auf dich warten«, sage ich. »Und wenn du wieder da bist, fahren wir mit der Fähre und locken die Meerjungfrauen mit Perlen aus der Tiefe hervor. Natürlich nachdem wir unsere Welt gerettet haben.«

»Das würde mir gefallen.«

»Und ich möchte dich um einen Gefallen bitten, falls ich so unverschämt sein darf.«

Ihre Augen werden feucht, mit den Fingerspitzen tupft sie Tränen fort. »Natürlich.«

»Mein Vater könnte noch am Leben sein. Ich weiß nicht, ob er der Gefangene deines Vaters ist oder sich versteckt, aber wenn du einfach … Wenn du ihm sagen könntest, dass es mir leidtut, ihn zurückgelassen zu haben. Ich werde versuchen, ihn zu holen. Vermutlich wird es nicht in deiner Macht liegen, ihn zu befreien, das ist mir klar, aber wenn du ihm etwas ausrichten könntest. Ich hätte ihn nicht zurückgelassen, wenn ich das gewusst hätte.«

Sie schnieft. »Das werde ich. Morgan, es tut mir so leid.«

Ich lege die Arme um sie. Überrascht erstarrt sie, bevor sie die Umarmung erwidert. »Sieh mich nur an«, sagt sie kläglich, »so in Stücke zu gehen.«

»Eine andere wäre schon lange zuvor in Stücke gegangen«, sage ich. »Seit wir den Boden berührt haben, habe ich ungefähr tausendmal meinen Verstand verloren.«

Sie zieht sich gerade weit genug zurück, um mich ansehen zu können. Sie schüttelt den Kopf. »Du hättest dem Königshaus angehören können. Du hast den stählernen Willen eines Königs und das Herz einer Königin.« Ich rümpfe die Nase. Sie lächelt schwach. »Doch, es stimmt. Ich muss es wissen.«

»Dann lass uns hoffen, dass du recht hast. Ich werde wohl beides für das brauchen, was auf uns zukommt.«

»Ich werde mich um den Himmel kümmern und du um den Boden«, sagt Celeste. »Ich suche nach deinem Vater, und ich werde mein Bestes tun, meinen Vater von der Notwendigkeit einer Allianz zu überzeugen. Aber während meiner Abwesenheit musst du auf Nimble aufpassen. Und Pen daran hindern, diesen ganzen Ort niederzubrennen.«

Ich lache. »Ich tue, was ich kann.«

Celeste legt die Stirn an meine. »Wir sehen uns nicht

zum letzten Mal. Du wirst sehen. Etwas Großes wird diese beiden Welten zusammenführen.«

• • •

Beim Essen herrscht Stille. Jack Piper gesellt sich nicht zu uns; seit man Celeste abgeholt hat, ist die Tür zu seinem Arbeitszimmer verschlossen. Ich bin mir nicht sicher, ob seine und ihre Abwesenheit miteinander zu tun haben. Seit Riles' und Gertrudes Plätze am Tisch leer sind, fällt es ihm schwer, seinen Sohn und seine Töchter anzusehen. Seine Kinder sind sich alle sehr ähnlich, so als könnten sie am Kamin sitzen und ihre Mienen untereinander tauschen, wie sie Karten und Spielzeuge tauschen. Das breite Grinsen einer Schwester, das Stirnrunzeln eines Bruders. Die jungen Mädchen wissen das, so wie sie wissen, dass ihre Ähnlichkeit mit ihrem toten Bruder und ihrer verletzten Schwester nicht zu ändern ist. Durchquert ihr Vater den Raum, ducken sie die Köpfe; sie kichern nicht, heißen ihn nicht willkommen und stellen ihm auch nicht ihre neuesten Fragen nach dem Tod. Vermutlich ist das die einzige ihnen bekannte Art, auf die sie ihm ihre Liebe zeigen können. Mit Zerknirschung und Bußfertigkeit.

Aber Nimble ist mutiger. Er hebt den Blick mit Augen, die Explosionen gesehen haben, und verschränkt Arme, die seinen sterbenden Bruder gehalten haben und mit seinem Blut befleckt waren. Er starrt seinen Vater an, als wollte er sagen, dass er ihn durchschaut hat. *Das war dein Werk,* sagen diese Augen. *Und das wirst du nicht lange verbergen können.*

»Ich bin nicht hungrig«, sagt Annette.

»Es gibt Pfannkuchen zum Abendessen«, sagt Nimble müde. »Dein Lieblingsgericht.«

»Ich habe auch keinen Hunger«, sagt Marjorie und folgt dem Beispiel ihrer Schwester.

Nimble reibt sich die Stirn. »In Ordnung. Was würdet ihr denn lieber machen?«

»Auf einem Elegor reiten«, sagt Annette.

»Aber es ist dunkel«, erwidert Nimble. »Die Elegors schlafen schon und die Mietställe sind geschlossen.«

»Ich will darauf zum Krankenhaus reiten. Ich will Birdie besuchen.«

»Sie schläft. Weißt du noch? Darüber haben wir doch gesprochen.«

»Ich glaube, dass du lügst«, sagt Annette mit lauter werdender Stimme. »Ich glaube, dass sie tot ist und du es mir nicht sagen willst.«

Hätte ich es nicht mit eigenen Ohren gehört, hätte ich mir niemals vorstellen können, dass ein kleines Mädchen mit Locken zu einem so finsteren Gedanken in der Lage ist. Aber sie ist frustriert über ihren Bruder, weil nur er noch übrig ist, um ihr Antworten zu geben. Und sie weiß, dass die Antworten nicht vollständig sind. Er und Birdie waren ein Team, das sich um seine jüngeren Geschwister gekümmert hat. Sie haben sie vor den Schrecken ihrer Welt abgeschirmt und dafür gesorgt, dass sie glücklich, gesund und rechtzeitig fürs Frühstück angezogen waren. Birdies Gegenwart war sanft und still, aber ihre Abwesenheit ist gewalttätig. Das makellose Porträt, das die Kinder kannten, ist zu Staub zerfallen, und jetzt sehen sie, was sich die ganze Zeit dahinter verbarg.

»Das ist nicht wahr«, sagt Marjorie. »Sie ist nicht tot. Richtig, Nim?«

»Nein, ist sie nicht. Ich habe euch die Wahrheit gesagt. Sie schläft. Aber das ist kein normaler Schlaf, aus dem sie am Morgen erwacht. Sie hat einen sehr langen Traum.«

Marjorie hat angefangen zu weinen. »Ich will auch einen sehr langen Traum haben«, sagt sie.

»Nein, das willst du nicht«, sagt Annette. »Du wirst nicht aufwachen.« Sie fährt mit dem Arm über den Tisch und wirft ihren Teller zu Boden. Der laute Knall, mit dem er entzweigeht, lässt Nimble die Augen schließen. Seine Schwester läuft weg, und er unternimmt keinerlei Anstalten, sie aufzuhalten.

Marjorie wimmert. Ihr Gesicht ist rot angelaufen. Dann schleudert auch sie ihren Teller zu Boden, obwohl es eher aus Solidarität als aus Zorn zu sein scheint. Annette ist jünger, aber von ihnen beiden ist sie die Anführerin. »Es tut mir leid«, sagt Marjorie. »Nim, es tut mir leid.« Sie klettert auf seinen Schoß und wühlt sich in seine Arme.

Seine Augen sind rot und müde. »Schon in Ordnung«, sagt er. Sie umklammert ihn fest und lässt nicht los, als er aufsteht. »Ich glaube, für Annie und dich ist es Zeit, zu Bett zu gehen. Und du wirst ganz normale Träume haben und morgen früh sieht alles besser aus.«

Wir sehen alle zu, wie er sie aus dem Raum trägt. Judas betrachtet mich und meine Wangen brennen. Ich kann mir nicht sicher sein, ob aus Schuldgefühlen oder Verlangen; ich weiß nur, dass ich diese Gefühle los sein will. Ich halte mich am Tisch fest und bücke mich, um die Scherben aufzuheben.

»Lass es«, sagt Basil. Er geht neben mir auf die Knie und nimmt meine Handgelenke. »Du wirst dich noch schneiden.«

»Ich hole ein Kehrblech«, sagt Alice.

Ich starre das Porzellan am Boden an. So wird alles enden. In Scherben. Das kann selbst ein Kind sehen.

21

In dieser Nacht hält mich das Ticken der Uhr auf dem Nachttisch wach. Es ist das Geräusch sich von mir entfernender Zeit, die in Streifen aus Jetabgasen in den Himmel treiben. Celestes Bett ist leer. Pen wälzt sich herum. Bodendielen quietschen. Die jüngsten Pipers haben damit angefangen, nachts durch das Haus zu wandern. Vermutlich haben sie Angst, nicht aus ihren Träumen zu erwachen. Sie flüstern und spielen im Taschenlampenlicht mit ihren Spielzeugen. Doppeldecker und Helme aus Zinn genau wie die, die in diesem Krieg benutzt werden. Letztens fand ich Annette morgens schlafend in der Badewanne mit den Klauenfüßen, wo sie Birdies Kaleidoskop fest umklammerte. Damit habe sie in der Nacht Piraten gejagt. »Mehr Gold, als du je in deinem Leben gesehen hast«, erzählte sie mir, »aber das Geld ist ganz blutig.«

Im Hotel ist jeder in eine Art Wahnsinn verfallen. Es gibt nichts anderes zu tun, als zu warten und ruhelos zu sein. Auf Neuigkeiten von Bomben, Jets oder Bündnissen zu warten. Jack Piper, der unwillige Maestro dieses unberechenbaren Befehls, macht sich rar. Ich habe angefangen, jedes Zeichen seiner Anwesenheit zu fürchten; das Rascheln von Papieren hinter verschlossenen Türen, das Räuspern oder harte Schritte auf den Bodendielen. Ist er in der Nähe, geschieht Schreckliches. Jemand geht fort oder wird in ein Loch im Boden geworfen.

Er hat auch das Transistorradio entfernt, das die Köche in der Küche hatten. Wir dürfen uns nicht weit vom Hotel entfernen. Die Fähre und die Mietställe sind geschlossen. Die Stadt ist endlich eingeschlafen, und wir erfahren nicht das Geringste darüber, was geschieht oder geschehen wird.

Die Uhr tickt unentwegt, lauter als je zuvor.

Pen schreckt hoch. »Morgan ...!« Noch immer in ihrem Traum gefangen, greift sie nach mir, aber dann erkennt sie ihre Umgebung und lässt sich zurück ins Kissen fallen.

»Ein schlechter Traum?«, sage ich.

»Ich hörte eine Bombe fallen«, sagt sie. »Ich wollte nicht, dass du getötet wirst.« Sie gähnt. »Ich verliere noch den Verstand. Ich höre sie noch immer.«

Ich setze mich auf. »Ich glaube, ich höre auch etwas.« Aber sie ist bereits schon wieder eingeschlafen, falls sie jemals wach war.

Ich trete ans Schlafzimmerfenster, aber da ist nichts zu sehen außer einer ruhigen Frühlingsnacht. Das Geräusch kommt von der anderen Seite des Gebäudes.

Pen regt sich nicht, als ich an ihrem Bett vorbeigehe und den Türknauf drehe. Sie erholt sich schneller von ihren Albträumen über den Hafen.

Sobald ich unten bin, wird das Geräusch lauter. Es hat

nicht die geringste Ähnlichkeit mit den Bomben im Hafen, sondern erinnert eher an das Grollen eines Motors.

Ich trete hinaus und verschränke die Arme gegen die kühle Nachtluft. Ich umrunde die Seite des Gebäudes gerade noch rechtzeitig, um zu sehen, wie Nimble sein Auto rückwärts in den Feueralter fährt. Die Reifen graben sich in die Erde, und es knirscht, als der Wagen auf die steinerne Plattform gezwungen wird.

Selbst hier kann ich den Treibstoff riechen, als wäre der Wagen damit getränkt. Nimble steigt auf der Fahrerseite aus, und einen Moment, bevor er es tut, begreife ich, was da geschieht. Er holt ein Streichholz aus der Brusttasche seines gestreiften Pyjamas und zündet es an, und im nächsten Augenblick brennt der Wagen.

Er steht so nah daran, wie er es wagt, mit verschränkten Armen.

Sein Kopf ist gesenkt, die Lippen bewegen sich in etwas, das nur ein Opfergebet sein kann.

»Oh, Nim«, flüstere ich, obwohl ich viel zu weit weg bin, damit er mich hören könnte. Er hat diesen Wagen geliebt. Dieses Hotel ist seine schwebende Stadt, sein Vater sein König und Unterdrücker. Dieses Auto war seine einzige Freiheit auf dieser Welt.

Ich nähere mich langsam, gehe in den Spuren, die die Reifen ins Gras gebrannt haben. Meine Augen tränen von dem Gestank nach Gummi und Qualm.

Als er sein Gebet beendet hat, wendet er sich mir zu.

»Als Birdie und ich noch Kinder waren, haben wir immer zur schwebenden Insel hochgeschaut und den Atem angehalten, wenn eine große Wolke darunter vorbeischwebte«, sagt er. »Das war ein Spiel. Sie konnte den Atem immer länger anhalten als ich. Ich habe das Gefühl, dass sie jetzt genau das tut, den Atem anhält, bis eine dunkle Wolke an uns vorbei ist.«

Etwas zerplatzt in den Flammen, und ich zucke zusammen, aber er ist so stoisch wie der Altar unter dem ganzen Feuer.

»Glaubst du, es stimmt, was Pen gesagt hat? Dass meine Gebete meine Schwester erreichen.«

Dichter schwarzer Rauch verschwindet in der Dunkelheit der Nacht und verdeckt ganze Sternhaufen. Irgendwo dort oben, höher als seine Welt oder meine, befindet sich der Ort, an den alle Dinge gehen, wenn sie zu atmen aufgehört haben. Mein Bruder hat diesen Ort besucht und Birdie hat ihn vielleicht auch gesehen. Ganz oben, wo es ruhig und still ist, und es braucht mehr als ein paar Stimmen, um ihn zu erreichen.

»Das tue ich.«

Es war wirklich eine exquisite Maschine. Das Metall funkelt noch immer.

Das Dach bricht zusammen, das Tosen der Flammen verschluckt den Laut. Es ist gewalttätig, hässlich und wunderschön. Es hat nicht die geringste Ähnlichkeit mit der Zerstörung am Hafen.

Nimbles Augen blicken stählern, in ihnen liegen neue Gebete. Er hat keine andere Wahl, als zu glauben. Er hat nichts mehr, was er noch opfern könnte.

•••

Am Morgen weckt mich der Schrei eines Kinds.

Pen stöhnt und zieht sich die Decke über den Kopf, während wir hören, wie Annette und Marjorie die Treppe hinunterlaufen.

»Dein Auto!«, ruft Annette. »Vater wird ausrasten.«

Nim bringt sie zum Schweigen, danach sind die Stimmen zu leise, um sie verstehen zu können.

»Was ist mit seinem Auto?«, will Pen wissen.

»Er hat es vergangene Nacht in Brand gesteckt.«

Sie zieht die Decke vom Gesicht. »Was?«

»Auf dem Feueraltar, als Opfer, damit es Birdie besser geht. Er hat deinen Rat befolgt.«

Sie starrt zur Decke. Dann blinzelt sie. »Wow.« Nach einem langen Moment wendet sie mir das Gesicht zu. »Ich hätte nicht gedacht, dass er sich meine Worte so zu Herzen nimmt.«

»Es gibt Menschen, die würden alles geben, um deinen Glauben zu haben. Da kommt man nur schwer dran.«

»Du willst mir doch wohl keinen Honig ums Maul schmieren?« Sie rümpft die Nase. »Nur weil wir ein paar persönliche Tragödien geteilt haben und ein paar Mal beinahe zusammen gestorben wären.«

Sie setzt sich auf die Bettkante und löst sorgfältig ihre Zöpfe. Die Locken fallen perfekt so, wie sie sollen. »Am besten mache ich mich schnell aus dem Staub. Sollte Jack Piper zu Ohren kommen, dass ich der Grund dafür bin, dass sein Sohn seinen Wagen angezündet hat, wäre das nicht gut für mich. Vermutlich setzt er dann mich in Brand.«

Ich setze mich auf. »Wo willst du hin?«

Sie streift das Nachthemd vom Körper und mustert die Kleider im Schrank, bevor sie ein schwarzes mit großen weißen Punkten aussucht. Auf seinem Kleiderbügel sieht es abscheulich aus, aber sobald sich Pen hineingewunden hat, verwandelt es sich in etwas Elegantes. Nachdem wir nun eine Weile hier sind, sieht sie viel erwachsener aus. Ich frage mich, ob das auch für mich gilt.

»Pen? Wo gehst du hin?«

Sie wirft mir einen Blick über die Schulter zu. »Morgan, ich bete dich an. Hör auf, mich zu erdrücken.«

Ich kann nicht länger versuchen, ihr in dieser Welt zu folgen, an ihrem Atem nach Tonikum zu schnuppern und in Gassen nach ihr zu suchen. Wir sind nicht mehr die Kinder, die wir zu Hause waren. Ich kann nicht ihre Hüterin sein, nur ihre Freundin.

»Versprich mir, dass ich dich nicht dem Gesicht nach unten in einer großen Wassermenge treibend finde.«

Sie stößt das Fenster auf. Also will sie mit diesem Ausgang allen aus dem Weg gehen. »Würde ich etwas außerordentlich Dummes tun, würdest du mich gar nicht finden.«

Und dann ist sie weg.

•••

Ich ziehe mich an und suche mir vorsichtig einen Weg durch das Haus. Ich weiß nicht, welche Laune Jack Piper haben wird, sobald er mitbekommen hat, was mit dem Auto seines Sohns passiert ist. Er scheint die Sorte Mann zu sein, die ihre Besitztümer sehr schätzen.

Wären Feueraltäre ein Teil von Internments Kultur, und

hätte ich etwas so Extravagantes wie ein Auto besessen, hätte ich das Gleiche getan, um Lex zu retten, als das nötig war. Und meine Eltern hätten mich unterstützt, weil das Leben immer mehr wert ist als bloße Dinge. Weil ihnen ihre Kinder alles bedeutet haben.

Am Rand der Treppe bleibe ich stehen und kämpfe mit den Tränen. Die Faszination mit dem Boden hat mein ganzes Leben bestimmt, aber jetzt, wo ich hier bin, würde ich alles dafür geben, um wieder ungeschehen zu machen, was ich gesehen habe: ein Mann, der fünf Kinder hat und nicht eines davon schätzt. Grenzenloses Land, das von Bomben zerstört wird.

Ich gehöre nicht hierher, und dieser Ort hat mich verändert, hat mich teilweise vergessen lassen, wer ich war, bevor ich meine Heimat verließ.

Darum schlage ich den Weg zur Tür meines Bruders ein, statt nach unten zu gehen, wo Frühstücksgeklapper zu hören ist.

»Alice?«, fragt er, als ich den Türknauf drehe.

»Ich bin es.« Früher hat er stets gewusst, wenn ich es war.

»Oh.« Er sitzt vor dem Bett am Boden und streicht mit den Fingern über das Papier aus seiner Transkriptionsmaschine. »Sie sollte mir Frühstück bringen.«

»Warum kommst du nicht runter und holst es dir selbst?« Ich bemühe mich, nicht wütend zu klingen, aber ich hasse es, wenn er sich wie ein Invalide benimmt.

»Weil ich nichts mit den Pipers zu tun haben will. So ähnlich, wie du nichts mit mir zu tun haben willst.«

»Wenn du im Selbstmitleid baden willst, gehe ich wieder.«

Sein dramatisches Schnaufen ist seine Entschuldigung. »Bitte, komm rein. Bleib. Sprich mit mir.« Sein Ton ist bissig, aber ich glaube, er meint es ernst, also setze ich mich ihm gegenüber auf den Boden. »Mir geht bald das Transkriptionspapier aus.« Er raschelt mit der Seite in seinen Händen.

»Ist die Geschichte bald fertig?«

Er verzieht die Lippen. »Ich glaube nicht, dass sie ein Ende haben soll.«

Einen Augenblick lang ist es, als befänden wir uns in seinem Büro über meinem Schlafzimmer, und zwischen uns ist alles wieder wie zuvor.

Er senkt den Kopf. »Wie ich gehört habe, ist die Prinzessin zurück nach Internment.«

»Ja.«

Er hält inne. »Morgan, es ist mir wichtig, dass du verstehst, warum ich dir das mit Dad nicht gesagt habe.«

»Ich hasse es, das zugeben zu müssen, aber ich verstehe es. Das macht es jedoch noch lange nicht richtig. Alice hättest du nicht zurückgelassen, mich auch nicht. Warum also Dad?«

»Er wollte es so. Er hat nicht alles riskiert, nur damit seine Kinder bei dem Versuch sterben, ihn zu retten.«

Ich kneife die Augen zusammen, um die Tränen zurückzuhalten. Ich konzentriere mich auf meine Atmung, damit er nicht bemerkt, wie ich zu weinen anfange. »Vielleicht hat er das gewollt, aber ich will ihn finden. Ich weiß nicht, ob ich jemals wieder nach Hause komme, aber falls sich eine Gelegenheit dazu bietet, werde ich sie ergreifen.«

Er streicht über die Seiten seiner unvollendeten Geschichte. »Dann vergiss dein Versprechen nicht. Du kommst immer zurück, hast du gesagt.«

Ich tätschle sein Knie. »Ich denke daran.«

Alice bringt ein Tablett mit seinem Frühstück, und ich gehe Basil suchen, der sich bestimmt fragt, wo ich den ganzen Morgen gesteckt habe.

Wir treffen uns am Treppenaufgang, und bevor er ein Wort sagen kann, nehme ich seine Hände. »Lass uns hinausgehen. Ich liebe den Duft der Luft an solchen Tagen.«

Im Gegensatz zu der klaustrophobischen Atmosphäre, die dieses Hotel angenommen hat, ist die Frühlingsluft süß. Fast wie zu Hause, nur duftender.

Wir gehen an dem Hotel vorbei, und als wir zu Nims zerstörtem Wagen kommen, zuckte Basil zusammen.

»Ein Opfer«, sage ich. »Für Birdie.«

Er bleibt stehen und studiert die verbrannten Reste. Es sieht aus wie eine von Pens Skizzen, hätte sie mit einem Stück unbearbeiteten Steinstift auf einem schmutzigen Stück Papier gearbeitet.

Basils Mund zuckt, als würde er dagegen ankämpfen, ihn zu verziehen. »Ich hoffe wirklich, es funktioniert«, sagt er. Und weil ich ihn schon mein ganzes Leben lang kenne, weiß ich, dass er Nimbles Opfer anstarrt und an seine eigene Familie dort oben in der schwebenden Stadt denkt, die an diesem blauen Himmel nur eine verblasste Narbe ist.

»Möglicherweise besteht für uns noch immer eine Möglichkeit, nach Hause zurückzukehren«, sage ich. »Celeste sagte, sie hätte einen Plan. Ihre Pläne sind immer schrecklich, keine Frage, aber das ist alles, was wir im Moment haben.«

»Ich bin nicht davon überzeugt, ob das wirklich gut wäre.«

»Ich versuche es trotzdem.«

»Das weiß ich.« Er setzt sich wieder in Bewegung, und ich muss laufen, um mit ihm Schritt zu halten. »Morgan, ich hatte hier unten mehr als genug Zeit, um in Ruhe nachzudenken. Ich habe gesehen, was Internment seinen Menschen antut – wie es dich beinahe umgebracht hat. Ich habe gesehen, was diese Welt tut.«

»Mehr vom Gleichen, nicht wahr?«

»Ja. Und selbst wenn eines Morgens eine Leiter zwischen dieser Welt und Internment erscheinen sollte, wüsste ich nicht, für welche ich mich entscheiden sollte.«

»Der Aufstieg würde dich zuerst umbringen«, versuche ich zu scherzen. Diese Seite von ihm zu sehen, macht mich nervös. So ernst. Er wird auf völlig uncharakteristische Weise wütend.

»Ich weiß nicht, für welche Welt ich mich entscheiden sollte«, wiederholt er, »aber ich sehe keinen Sinn in dem Versuch, dich von der Rückkehr abzuhalten, falls sich dir die Möglichkeit bietet. Das würde ich sowieso nicht schaffen. Ich konnte dir niemals sagen, was du tun sollst.« Er geht langsamer und wirft mir einen Blick zu. »Nicht dass das etwas Schlechtes wäre. So bist du nun mal. Ich mag dich.«

»Ich mag dich auch«, erwidere ich unsicher. Worauf will er hinaus?

Er beschattet die Augen und sieht kurz in den Himmel, dann richtet er den Blick wieder auf mich.

»Internments Regeln scheinen nie zu dir gepasst zu haben«, sagt er. »Und ich bin zu dem Schluss gekommen, dass es unfair von mir ist, auf unserer Verlobung zu beharren. Ich werde keine Regeln erfinden, um dich zu zwingen, mich zu lieben, wenn du nicht so empfindest.«

Ich greife nach seinem Arm, damit er stehen bleibt. Er stolpert, dann wendet er sich mir zu.

»Es ist nicht so, dass ich dich nicht liebe«, sage ich entschieden. »Glaub das nicht. Das ist nicht wahr. Aber ich habe mein ganzes Leben lang Alice und Lex beobachtet und meine Eltern. Manchmal sogar Pen und Thomas. Und dabei habe ich gedacht: Was stimmt nicht mit mir? Warum bringe ich nicht den Mut auf, ›ich liebe dich‹ zu sagen, wenn allen um uns herum das so leichtfällt?

Aber wir können nicht das haben, was andere Leute haben. Das habe ich nun begriffen. Ich will es auch nicht. Ich bin damit aufgewachsen, auf meine Weise für dich zu fühlen, das ist einfach etwas, das in mir steckt, und das war mir immer schon klar. So wie ich ein Lied liebe, das ich zum ersten Mal höre, selbst bevor ich alle seine Worte kenne; wie ich meine Lieblingsfarbe liebe, oder wie der Zug an meinem Schlafzimmer vorbeirast, wenn alles ganz still ist und ich ihn in meinem Bauch spüren kann. Ich liebe dich auf eine Weise, die es nicht nötig hatte, in Worte gefasst zu werden.«

»Du hast es gerade gesagt«, sagt Basil.

»Das habe ich wohl.« Ich richte den Blick auf meine Schuhe, dann auf ihn. »Also das ist es.«

Er berührt meine Wange, und ich schmiege mich an seine Hand. Ich fühle das kühle Glas seines Verlobungsrings auf meiner warmen Haut.

Ich kann mir nicht vorstellen, jemand anderen zu heiraten. Wer könnte mich so kennen, wie er mich kennt? Hier unten auf dieser Welt gibt es unendlich viele Jungen, die nicht einer anderen versprochen sind. Aber keiner von ihnen ist an meiner Seite aufgewachsen. Keiner von ihnen kennt mich, so wie Basil und ich einander kennen. Vielleicht ist keiner von ihnen für mich bestimmt. Vielleicht bin ich dazu bestimmt, allein zu sein.

»Vermutlich hast du es dir anders vorgestellt, wenn ich dir zum ersten Mal sage, dass ich dich liebe«, sage ich.

»Ich habe noch nie gewusst, was ich von dir erwarten soll.« Er grinst. »Also ist es in vielerlei Hinsicht genau das, was ich mir vorgestellt habe.«

Jetzt wird er mich küssen. Stattdessen nimmt er die Hand von meinem Gesicht.

»Du kannst das, was wir haben, als Verlobung bezeichnen oder auch nicht«, sagt er. »Aber ich werde trotzdem da sein.«

Ich lache leise. »Ja, wir stecken hier unten beide fest, nicht wahr? Aber für mich gilt das Gleiche. Ich werde immer noch da sein, wenn du mich brauchst.« Das will ich sehr. Das brauche ich sehr.

»Und es gefällt mir, meinen Verlobungsring zu

behalten«, sage ich. »Er hat nicht die Bedeutung, die Internments Regeln ihm zugemessen haben, aber das macht ihn nicht wertlos. Ich brauche nur – ich brauche Zeit.«

»Zeit«, sagt Basil nachdenklich. Er schaut zu dem grenzenlosen Land jenseits des Hotels. »Diese Welt hat kein Ende, bis sie im Kreis zurück zu der Stelle führt, an der wir stehen; man sollte glauben, dass die Zeit hier unendlich ist, aber ich weiß nicht, ob wir viel davon haben werden. Ich weiß nicht, was uns erwartet.«

Er sieht mich an. »Aber was auch immer kommt, versprich mir, nichts zu tun, was dich umbringt.«

»Das werde ich mit Sicherheit nicht versuchen.«

Ich weiß nicht, was kommen wird, aber ich weiß, dass er mir alle Zeit geben wird, die er hat. Er würde mir bis zum Ende der Welt Zeit geben. Dafür will ich etwas geben, das genauso wichtig ist. Ich will ihn zurück zu seiner Familie bringen. Ich will, dass er glücklich ist, ob nun mit mir oder nicht.

Wir verbringen den Rest des Nachmittags miteinander, bewundern die seltsam hellen Blumen und versuchen, Steine über die Meeresoberfläche tanzen zu lassen, versuchen mit zusammengekniffenen Augen unsere Heimat oben am Himmel zu entdecken. Aber zwischen uns hat sich etwas verändert.

Beim Abendessen trägt Annette ein Sieb als Helm und tut so, als wäre ihr Besteck die Kontrollen eines Jets. Ihr Vater ist nicht da, um sie zur Ordnung zu rufen. Es macht ihr Spaß, das Chaos herauszufordern, das sich in ihrer Familie ausgebreitet hat, obwohl es ihr gleichzeitig Angst zu machen scheint.

Pen kehrt nicht zurück. Thomas hat den ganzen Tag mit der Suche nach ihr verbracht; er ist zur Stadt und zurück gelaufen. Dafür macht er mich verantwortlich, obwohl ich genauso wenig weiß, wo sie steckt. Jedes Mal, wenn sie auf eigene Faust wegläuft, wächst meine Sorge um sie. Auf Internment gab es eine begrenzte Zahl von Orten, an die sie konnte, aber hier wäre es so leicht, für alle Ewigkeit verloren zu gehen. Ich weiß nicht, wie die Menschen hier unten leben können, ohne das ständig befürchten zu müssen.

Nach dem Abendessen lenke ich mich mit dem schweren schwarzen Buch von Pens Nachttisch ab. Ich stoße auf die Geschichte, wie die Menschen des Bodens ihre Sterne nach ihren Helden benannten. Das sind dieselben Sterne, die über Internment leuchten, dort aber völlig andere Geschichten haben.

Die Liebe, die ich für meine Heimat empfinde, hat sich nicht gemindert, aber sie versteckt sich in Dingen wie dieser Geschichte, um mich jedes Mal auf neue und schmerzlichere Weise daran zu erinnern. Nicht mal die Sterne auf dem Boden können mich trösten.

Ich blättere die dünnen Seiten nach einer neuen Geschichte durch. Ein Zettel flattert zu Boden, und als ich ihn auffange, halte ich eine weitere Erinnerung an die Heimat in den Fingern. Es ist ein Stück Wunschpapier, dessen Beschaffenheit nicht die geringste Ähnlichkeit mit dem Papier hat, das ich auf dem Boden kennengelernt habe. Es dient dazu, in Brand gesetzt zu werden und dann in den

Himmel zu steigen, um den einen Wunsch zu befördern, den wir jedes Jahr an den Gott des Himmels richten. Bei unserem Sturz aus dem Himmel muss Pen ihren Zettel bei sich gehabt haben.

Ich will ihn nicht lesen. Ich will ihn dorthin zurückstecken, wo er die Seiten markiert hat. Aber ihre Zeichnung erregt meine Aufmerksamkeit, und meine Bewunderung verwandelt sich unvermittelt in etwas, das mich frösteln lässt.

Schritte verharren auf der Türschwelle und ich schaue auf.

Pen sieht das Stück Papier in meiner Hand und ihr Gesicht verliert jegliche Farbe. Sie blickt von dem Zettel zu mir.

»Also gibt es auf dieser Welt keinerlei Privatsphäre«, sagt sie.

»Was ist das?«

Es handelt sich nicht um eine traditionell formulierte Bitte, aber Pen hat Papier noch nie auf traditionelle Weise benutzt. In zierlicher Schrägschrift hat sie das Wort »Stirb« geschrieben. Darum herum hat sie Flammen, Knochen und Flaschen gemalt. Die Flaschen und die Rauchwolken enthalten alle dasselbe Wort in verschiedenen Größen und Schattierungen: stirb, stirb, stirb. Im Hintergrund ist eine winzige Stadt, und die Gebäude bestehen alle aus demselben Wort: stirb, stirb, stirb.

»Darf ich das bitte wiederhaben?« Sie streckt die Hand aus. Eine Hand, die zusammen mit mir Bäume erklommen hat, die mit mir zusammen in die Höhle gekrochen ist, die mir diese erste Flasche Tonikum gereicht hat, die mir helfen sollte, mit meinen Sorgen ins Reine zu kommen. Ihre Hand ist klein, hübsch und weich, und ich ertrage es nicht, ihr so ein hässliches Papierstück zu geben.

Als ich untätig verharre, stürmt sie herbei und greift danach, aber ich weiche zurück. »Pen. Sag mir, für wen das bestimmt ist.«

Ich halte den Zettel über meinen Kopf, um ihn ihr vorzuenthalten, aber sie hat genau meine Größe. Als ich mich weigere, das Papier aus meiner geballten Faust freizugeben, ringt sie mich zu Boden. Ihre Schenkel umklammern meine Hüften, und der Sturz hat mir die Luft geraubt, aber irgendwas hält mich davon ab, meine Finger zu öffnen, obwohl sie daran krallt.

»Morgan!« Ihre Stimme klingt verzweifelt. »Das kannst du nicht haben. Ich habe dir sechzehn Jahre Geheimnisse gegeben. Das da gehört mir.«

Der Instinkt zwingt mich, mit den Knien nach ihr zu stoßen, bis sie von mir runter ist. Ich will aufstehen, aber sie gräbt die Nägel in mein Handgelenk. Ihr Gesicht ist knallrot, und in ihrem Blick liegt etwas, das sie plötzlich zu einer völlig Fremden macht.

»Lass mich los«, sage ich.

»Das kannst du nicht haben«, schreit sie.

»Sag mir, was das bedeuten soll.«

Ich kann mich von ihr losreißen, und der Schwung stößt mich rückwärts gegen den Nachttisch und befördert das Transistorradio zu Boden. Sie stürzt sich wieder auf mich, aber ich komme auf die Füße. Zwischen meinen Schulterblättern pocht der Schmerz.

»War es Thomas?«, sage ich. »Hat er dich verletzt?«

»Natürlich nicht.«

»Aber jemand hat dich verletzt.« Ich stelle mich vor die Tür. »Und wir verlassen dieses Zimmer nicht, bis du mir verraten hast, wer es ist.«

Sie folgt mir nicht. Sie setzt sich dort auf den Boden, wo ich sie zurückgelassen habe, und atmet flach und schwer. Ich befürchte, dass sie gleich in Ohnmacht fällt.

»Pen.«

»Ich muss das nicht beantworten«, sagt sie. Keuchend starrt sie zu Boden. Sie zeigt auf das Papier. »Da liegt alles vor deiner Nase, oder? Du bist doch ein schlaues Mädchen.«

Ich glätte den Zettel. Der Schweiß meiner Handfläche hat ihn kaum verschmiert – Wunschpapier ist ganz besonders widerstandsfähig. Auf den von ihr im Geheimen gemalten Pfaden lasse ich mich in Pens Geist tragen. Die Flammen und die Flaschen zeigen alle in Richtung der winzigen Stadt aus Wörtern. Und jetzt, wo ich richtig hinsehe, ist die Stadt vertraut. Es ist eine Stadt in einer Stadt. Die Glasländer, auf die Pen von ihrem Schlafzimmerfenster einen perfekten Blick hat.

Unwillkürlich fällt mir wieder das Farbgemälde ein, das sie von den Glasländern gemacht hat, und wie sie es zerknüllte und in den Recyclingschacht stopfte.

Als ich den Blick von dem Zettel nehme, starrt sie mich an. Sie macht nicht die geringste Bewegung in meine Richtung.

»Solange ich mich erinnern kann, habe ich nur einen

Wunsch geäußert«, sagt sie. »Und er ist nie erfüllt worden.«

Sie schneidet eine Grimasse und beherrscht sich wieder.

»Als ich klein war, hat mich mein Vater dorthin mitgenommen«, sagt sie. »Er hat gesagt, ich sei ein kluges Mädchen mit einem klugen Verstand, und ich sollte mir ansehen, wie die Dinge funktionieren.«

»Er hat dich mal mitgenommen? Das hast du mir nie erzählt.« Das ist genau die Art Erlebnis, die sie mir hätte erzählen wollen; die meisten Bürger von Internment werden das Innere der Glasländer nie zu Gesicht bekommen.

Ich kann mir nicht vorstellen, warum sie sie so hassen sollte. Warum sie ihren Vater so hassen sollte. Nie hat sie ein böses Wort über ihn verloren. Oder überhaupt etwas, wenn man es bedenkt.

»Ach, Morgan, sei nicht dumm.« Mühsam kommt sie auf die Beine und reibt sich den Arm, der während der Rangelei etwas abbekommen haben muss. »An diesem Tag ist eine schreckliche Sache passiert. Du hättest es nicht verstanden. Du warst nur ein kleines Mädchen.«

Scham. Das ist das Wort, das mir einfällt, als ich sie betrachte. Das ist so seltsam an ihrer Miene. Sie ist nicht wütend und will auch nicht in Ohnmacht fallen. Sie schämt sich.

»Da waren wir beide kleine Mädchen«, sage ich vorsichtig. »Was du verstehen konntest, hätte ich auch verstanden.«

»Aber ich habe es nicht verstanden«, flüstert sie.

Das Herz schlägt mir bis zum Hals. Der Gedanke, den

ich versuche, nicht zu haben, kann unmöglich stimmen. Ich will es nicht laut aussprechen und es real machen, aber es kommt einfach aus mir heraus. »Dein Vater hat dir wehgetan. Und es fing an dem Tag an, an dem er dich in die Glasländer mitnahm.«

Sie wirft mir einen scharfen Blick zu. »Du bist nicht gerade in der Position, um über normale Familien zu sprechen, nicht wahr?«

»Sag mir, dass ich mich irre. Ich warte.«

Sie starrt das Stück Papier in meiner Hand an und ich folge ihrem Beispiel. Es ist eine kleine Welt, in der sie gefangen war und aus der ich sie nicht retten konnte.

Pen. Was hat er mit ihr gemacht? Es gab nie blaue Flecke zu sehen. Ich wuchs in dem Apartment direkt über ihr auf und hatte nie auch nur den geringsten Verdacht.

Das Messer unter ihrem Kissen. Die Art, wie sie Thomas' Annäherungsversuche abwehrt. Die vielen teuren Geschenke ihres Vaters, die sie kaum zur Kenntnis nimmt. Wie sie sich in Tonikum ertränkt.

Mir wird übel. »Sag mir, was er mit dir gemacht hat«, verlange ich, aber es ist eine wenig überzeugende Bitte, die sie mir nicht erfüllen wird. Was auch immer es war, ihre in der Flasche ertrunkene Mutter konnte es nicht verhindern. Pen konnte sich nur einem Stück Wunschpapier zuwenden.

»Ich hatte keine Ahnung, Pen. Du schienst nie Angst vor ihm zu haben.«

»Vor ihm hatte ich auch keine Angst. Ich hatte Angst, für unzurechnungsfähig erklärt zu werden. Ich hatte es nicht eilig, dass man meinen Ruf zerstört und ein Knöchelband anpasst, damit ich die Wohnung nie mehr verlassen durfte, bis ich alt genug war, um mit Thomas verheiratet zu werden. Das verstehst du doch, oder?«

Sie hat mich auf einen der gefährlichsten Fehler unserer Welt hingewiesen – wie sie mit jenen umspringt, die Einwände haben, Dinge infrage stellen oder kämpfen. Und doch würde sie Internment bis zum Tod verteidigen. Sie liebt unsere Stadt, so wie Alice das Kind liebt, das sie gezwungen wurde auszubluten. Wie der Prinz die Freiheit lieben würde, seinen Prinzen zu finden, und all die anderen Dinge, die uns als zerbrochen kennzeichnen.

Sie betrachtet den Zettel und ihre Miene wird finster. Noch nie zuvor habe ich solchen Hass in ihren Augen gesehen. »Wenn dir das so viel bedeutet, dann behalte es«, sagt sie. »Vielleicht wird es ja eine heimelige Erinnerung an zu Hause werden.«

Sie stößt mich von der Tür fort. Ich stolpere.

»Pen, bitte«, sage ich.

Sie lässt mich dort zurück. Die Pen, die ich mein ganzes Leben lang gekannt habe, eilt aus dem Zimmer, läuft die Treppe hinunter und schlägt eine Tür zu. Eine Fremde ist zurückgeblieben, die mich von dem Zettel anstarrt.

22

Die Sterne sind das Einzige, was der Himmel nicht verschlingen kann. Selbst meine schwebende Stadt kann in der weißen Trübheit eines bewölkten Tages verschwinden und dort den ganzen Winter lang als Geisel gehalten werden. Ich habe erlebt, wie Vögel ins Blaue hineinflogen, bis nichts mehr von ihnen zu sehen war. Und jetzt hat der Himmel einen Jet verschluckt, der Internments einzige Prinzessin befördert. Und sie hat sämtliche Chancen auf unsere Heimkehr mitgenommen.

Aber die Sterne bleiben. Ich frage mich, ob sie die wahren Götter sind. Aber ich bitte sie um nichts. Lebenslange Hingabe bedeutet keineswegs, dass eine Bitte zur Kenntnis genommen, geschweige denn erfüllt wird. Das hat Pen mir gezeigt. Es war auch nicht die Pflicht eines Gottes, sie zu beschützen. Ich war diejenige, die es hätte sehen müssen.

Ich versuche mir vorzustellen, welche schrecklichen Dinge sie durchgemacht hat, und in meiner Vorstellungskraft wird sie zu etwas weniger als Staub und verschwindet. Vermutlich war genau das ihr Wunsch, zu verbrennen wie die Bitte, die sie nie in Brand setzen konnte.

Quietschend öffnet sich die Tür und lässt kurz Licht einfallen, bevor sie sich wieder schließt. Dann drückt Pens Gewicht meine Matratze nach unten, als sie sich hinter mich legt.

Sie schlingt die Arme um mich und drückt die Stirn gegen meinen Nacken.

Ihrer Haut ist kühl von der Nachtluft. Ich weiß nicht, wo sie den ganzen Abend gesteckt hat. Vielleicht sollte sich an ihr etwas verändert haben, aber mir erscheint sie wie immer.

»Für heute Nacht habe ich die Nase voll von Worten«, sagt sie.

Es gibt viele Dinge, die ich ihr gern sagen würde, und da sind so viele Fragen, die ich gern stellen würde, aber ich weiß nicht, ob es die richtigen sind. Falls das überhaupt möglich ist. Wenn sie sich also heute Nacht Schweigen wünscht, werde ich es ihr geben, denn sie war mein Trost, wenn ich ihn brauchte.

Ich schiebe die Finger zwischen die ihren und sie drückt meine Hand.

Alle meine unbeantworteten Fragen sind in dem Rauch und den Flaschen, die sie zeichnete, und die darum bettelten, verbrannt zu werden.

23

Mein ganzes Leben lang habe ich meinen Bruder beneidet.

Als Kind folgte ich ihm überallhin, wo er es mir erlaubte, und abends legte ich die geöffneten Schulbücher auf meinen Schoß und befragte ihn für seine Prüfungen, nur damit er auf die ihm eigene gedankenverlorene, verrückte Weise mit mir sprach. Schon damals hatte ich das Gefühl, dass er über diese seltene Art von Intelligenz verfügt, die einem nicht beigebracht werden kann. Wäre er in einer ganz anderen Welt geboren, hätte er trotzdem über die gleiche, unerschütterliche Weisheit verfügt.

Nachdem ihn der Rand verletzt hatte, fragte ich mich, ob dieser Teil von ihm nun für alle Zeit zerstört war. Sein Augenlicht war weg, und damit auch seine Lebhaftigkeit. Ich betrauerte ihn. Aber dann besorgte ihm Alice seine Transkriptionsmaschine und er schrieb wieder wie ein Wilder. Und ich erkannte, dass er sich nicht verändert hatte. Nur der Blickpunkt war ein anderer. Er war unsere winzige Welt leid geworden, er hatte mehr erforscht, als ihm lieb war, und jetzt hatte er die Freiheit, sich mit einer grenzenlosen Selbstvergessenheit, die der Rest von uns niemals haben würde, in den eigenen Verstand zurückzuziehen.

Auch darum habe ich ihn beneidet.

Das Fenster lässt das Morgenlicht herein. Eine Frühling genannte Jahreszeit ist dabei, den Frost vom Gras und den hellen Gewächsen zu beseitigen. Diese Welt braucht Wochen zum Erwachen. Lex hat sein Leben mit der Frage verbracht, was sich jenseits unserer Welt befindet, und jetzt, da wir hier sind, hat er aufgegeben. Da er sich so sehr in seinem Verstand verlor, zieht er die Fiktion vor. Er hat Frieden mit seiner Dunkelheit geschlossen, weil es keine Dunkelheit ist. Jedenfalls nicht richtig. Sie ist nur etwas, das der Rest von uns nicht schätzen kann.

Aber trotz meines Neids habe ich etwas übersehen, das er mir immer wieder begreiflich machen wollte: Lex ist Lex, und ich bin ich. Ich mag mich über seine Neugier wundern, aber ich verfüge über eine eigene Neugier. Zwar bemühe ich mich, seine Blindheit zu verstehen, aber ich würde mich niemals dort zu Hause fühlen.

Ich will das Leben kennenlernen, obwohl es grausam ist.

Lex hat von der Gesellschaft anderer genug, und vielleicht gelingt es mir ja eines Tages, ihn andersweitig zu überzeugen, aber bis dahin kann ich nicht genug von neuen Dingen kriegen. Vermutlich wird das auch nie geschehen.

Das hat Pen mir gezeigt. Unsere Welt hat auch sie verletzt, trotzdem besucht sie noch immer neue Orte und zeichnet Karten davon, damit sie immer bei ihr bleiben werden, irgendwie in ihrem Inneren.

Ich liege reglos da, um sie nicht zu wecken, bis die Piper-Kinder erwachen und sich die Korridore mit Lärm füllen. Annette macht nicht länger die Runde, um an allen Türen zu klopfen und »Aufstehen« zu rufen.

Jemand knallt die Badezimmertür zu und Pen erwacht und zuckt zusammen. Ihr Verstand gönnt ihr nicht einmal einen Augenblick Frieden und sie seufzt. »Guten Morgen.« Sie setzt sich auf.

»Wie fühlst du dich?«, frage ich.

»Du hast eine Kirche erwähnt«, sagt sie. »Das hat mich neugierig gemacht. Willst du hingehen?«

»Ob sie geöffnet ist? Nach dem, was im Hafen passiert ist?«

»Sie ist nicht einmal in der Nähe des Hafens. Drei Blocks von der Bibliothek entfernt. Und soweit ich es nachgelesen habe, schließen Kirchen nur selten. In solchen Zeiten besuchen Menschen sie am häufigsten.«

»Wir könnten gehen.«

Sie schnappt sich ein Kleid aus dem Schrank und geht hinter die Trennwand. »Ich bin noch immer sauer auf dich.«

»Und mir tut es immer noch nicht leid.«

»Nun gut. Solange wir uns da verstehen.«

»Sollen wir die Jungs fragen, ob sie uns begleiten wollen?« Ich schlüpfe in ein Kleid. Zu Hause war es eigentlich selbstverständlich, dass Basil und Thomas uns begleiten, und ich halte gern an dieser vertrauten Gewohnheit fest, aber da Pen der nächtliche Streit noch immer gegenwärtig ist, könnte ich verstehen, wenn sie nicht in Thomas' Nähe sein will. Er weiß genau, wann sie Sorgen hat, manchmal sogar, wenn ich es nicht erkenne.

Aber sie sagt nur: »Klar. Ja. Aber nimm es bitte nicht persönlich, wenn Thomas dir die kalte Schulter zeigt. In letzter Zeit ist er arg launisch.«

Seit sie beinahe ertrunken ist, meint sie. Zu Hause hat er mich meistens mit ausgesuchter Höflichkeit behandelt, obwohl Lex' Sprung die Beziehung belastet hat. Das war der Augenblick, in dem ihm der Verdacht kam, ich sei wie mein Bruder und würde eines Tages etwas ähnliches Waghalsiges tun.

Pen wendet mir den Rücken zu, während sie ihr Spiegelbild betrachtet. Sie holt tief Luft, zögert. Ich hoffe, sie wird etwas zur letzten Nacht sagen oder mich bitten, meine Fragen zu stellen, um es hinter sich zu bringen. Stattdessen sagt sie: »Ich habe dich vor ein paar Tagen gesehen. Mit Judas.«

Plötzlich fällt mir das Atmen schwer.

»Wie lange geht das schon so?«

»Da ist nichts. Da geht gar nichts vor. Es ist nur einmal passiert.«

Sie setzt sich auf ihr Bett und sieht mich an. Wäre das auf Internment geschehen, läge möglicherweise Furcht in ihrem Blick. Vielleicht würde sie mir sagen, dass ein Kuss mit einer anderen Person als Basil gefährlich ist. Aber nach so vielen Tagen in dieser Welt ohne Vernunft ist sie so gut wie furchtlos geworden. Sie stützt sich auf ihre Arme zurück. »Wie war es? Von einem Jungen begehrt zu werden, wo du doch einem anderen versprochen bist?«

»Was für ein Wort«, sage ich. »Begehrt.« Aber sie hat

recht – etwas in seinem Blick war Begehren, als er mich ansah, selbst als er mir das Blatt aus den Haaren pflückte.

»Falsch«, platze ich heraus und versuche, die Erinnerung loszuwerden. »Es fühlte sich falsch an.«

»Morgan«, seufzt sie. »Da tust du zum ersten Mal in deinem Leben etwas Gefährliches und bereust es, bevor du überhaupt Gelegenheit hattest, es zu genießen.«

»Da gibt es nichts zu genießen. Es ist passiert, und wenn ich es zurücknehmen könnte, würde ich es tun.«

»Du lügst.«

»Selbst wenn das stimmen würde, bist du nicht besser, was das Lügen angeht. Und würde Basil das Gleiche mit einem anderen Mädchen machen, würde es mir das Herz brechen.«

»Würde es das?«, fragt sie. Ihr streitsüchtiger Ton gefällt mir nicht.

»Lass es«, sage ich. »Ich gehe runter.«

Sie folgt mir schweigend, aber während des ganzen Frühstücks fühle ich ihr gehässiges Grinsen, wenn Judas auch nur einen Laut macht. Aber sie irrt sich, was ihn angeht. Mit ihm würde es keine Zukunft geben. Auch wenn es im Augenblick schwerfällt, sich vorzustellen, wie unsere Zukunft aussehen wird.

Nachdem das Frühstücksgeschirr abgeräumt ist und die Pipers den Raum verlassen haben, sagt Pen: »Morgan und ich besuchen die Kirche. Falls ihr mitkommen wollt.«

Als sie es sagt, sieht sie Thomas nicht an. Schon den ganzen Morgen konnte sie seinen Blick anscheinend nicht erwidern, also sieht sie auch nicht die Sorge in seinem Gesicht.

»Warum jetzt?«, fragt er.

»Um den historischen Wandschmuck zu bewundern, Thomas. Ich weiß es nicht. Weil es etwas ist, das man tun kann.«

»Das klingt furchtbar«, sagt er. »Bestimmt fällt uns etwas Fröhlicheres ein, um den Nachmittag zu verbringen.«

»Fröhlich?«, fragt Pen. »Der Hafen liegt in Trümmern, und die einzige Freundin, die Morgan und ich auf dieser Welt finden konnten, liegt im Sterben. Internment wird bald zerstört und du willst etwas Fröhliches unternehmen?«

»Pen«, sage ich warnend. Annette oder Marjorie sollen sie nicht sagen hören, dass ihre Schwester im Sterben liegt.

Sie mustert mich mit der gleichen Wildheit, die sie am vergangenen Abend zeigte, bevor sie sich auf mich stürzte. »Ich gehe. Du kannst mitkommen oder es lassen.«

Sie schiebt den Stuhl vom Tisch zurück und geht zur Haustür. Ich folge ihr, und sie greift gerade nach der Klinke, als die Tür aufgestoßen wird.

Jack Piper steht auf der Schwelle, so grau wie eine Sturmwolke. Seit der Hafenbombardierung ist er mehr Geist als Mensch.

»In zehn Minuten ist der Wagen da«, sagt er. Er erscheint immer nur, wenn er weiß, dass das Frühstück abgeräumt wurde. Falls er überhaupt auftaucht. Er erwidert niemandes Blick.

»Wen meinst du?« Nim steht jetzt in der Tür, hinter sich seine Schwestern. Mittlerweile folgen sie ihm ständig, als würde er ihnen auch genommen werden.

»Ich sprach mit unseren Gästen. Der König ist zurück und befiehlt die Audienz von fünf Bewohnern von Internment.«

»Warum fünf?«, fragt Annette. Ich kann mir nicht vorstellen, dass es sie wirklich interessiert. Sie will nur die Gelegenheit nutzen, zum ersten Mal seit Tagen mit ihrem Vater zu sprechen.

»Weil so sein Befehl lautet«, sagt Piper. »Ich vermute, eine größere Zahl würde für sein Vorhaben zu überwältigend sein. Es ist egal, wer die fünf sind. Entscheidet das selbst. Zehn Minuten.« Er ist wieder weg, noch bevor der letzte Satz beendet ist.

»Ich gehe«, sage ich sofort.

»Was?«, erwidert Basil. Er senkt die Stimme und beugt sich zu mir. »Das kannst du nicht tun – du weißt doch gar nicht, was er vorhat. Soweit wir wissen, könnte es auch eine öffentliche Hinrichtung sein.«

»Ich habe das getan«, sage ich. »Es ist meine Schuld. Ich habe das mit den Glasländern verraten, und ich bin dafür verantwortlich, dass Celeste weg ist. Und worum es auch geht, man wird mich auch dafür verantwortlich machen. Ich gehe.«

Basil will widersprechen, aber Judas kommt ihm zuvor. »Ich bin dabei«, sagt er.

»Ich auch«, sagt Pen.

»Ich auch«, sagt Basil. Er weiß, dass es sinnlos ist, mit mir darüber zu diskutieren.

»Ich lasse dich nicht gehen«, sagt Thomas zu Pen. »Geht dieser Irrsinn nicht schon lange genug?«

»Er fängt erst an«, meint Nimble. »Ihr solltet euch lieber schnell entscheiden. Euch bleiben nur noch sieben Minuten.«

»Ich gehe«, sagt Amy.

»Äh, nein«, widerspricht Judas.

»Ich gehe.« Thomas seufzt. Ich frage mich, ob er je die Entscheidung der Entscheidungsträger verflucht hat, ihn mit einem Mädchen wie Pen zu verloben, die ununterbrochen in Bewegung ist, wo er sich doch nur wünscht, dass sie beide stehen bleiben.

Als der Fahrer des Königs eintrifft, stehen wir alle im Eingang. Alice fummelt an meinem Kragen herum.

»Erzähl Lex nichts davon«, sage ich. »Du musst ihn nicht beunruhigen und ich bin bald zurück. Ich wette, es dauert höchstens eine Stunde. Maximal.«

So wütend ich auch auf ihn bin, ist er noch immer mein Bruder, und ich sorge mich um ihn.

»Du siehst so erwachsen aus«, sagt Alice. Ich glaube, sie würde gern noch mehr sagen, aber ihre Augen schimmern feucht, und der Fahrer hat gerade auf die Hupe gedrückt, um uns zu sich zu befehlen. Ich umarme sie, bevor ich die Stufen hinunterlaufe.

Nimble sieht uns von der Tür zu, das Mitleid in seinem Blick beunruhigt mich. Seine Schwestern spähen mit weit aufgerissenen Augen und stumm zu beiden Seiten an ihm vorbei.

»Was soll diese ganze Dramatik?«, murmelt Pen. Sie streicht den Rock zurecht, als sich der Wagen in Bewegung setzt. »Wir begeben uns ja nicht an den Rand des Bodens.«

Das ist das Letzte, was einer von uns für den Rest der Fahrt sagt.

Ich befinde mich nun schon so lange auf dieser Welt, dass ich die Straßen kenne. Schon vor der Ankunft an unserem Ziel weiß ich, dass wir in Richtung Stadt fahren und zum Hafen kommen werden, wenn wir nur weit genug fahren.

Aber die Fahrt zum Hafen ist unmöglich, wie deutlich wird, als die Stadt in Sicht kommt. Die Straße endet dort, wo Trümmerhaufen aus Stein und Holz beginnen. Und obwohl es heute nur wenige Wolken gibt, ist die Stadtluft dunkel.

Basil holt scharf Luft, und mir wird bewusst, dass ich mich an seinen Unterarm klammere. Nach der Bombardierung kam er direkt zum Krankenhaus, aber er hat nie gesehen, was ich sah. Was Riles getötet und Birdie zerbrochen hat.

Pen starrt einen langen Augenblick aus dem Fenster, dann seufzt sie und sieht mich an. »Bereit für das, was auch immer es ist?«

»Soweit es mir jemals möglich sein wird.«

»Wo warst du, als das hier passierte?«, will Judas wissen.

»Das kann ich von hier aus nicht sehen«, antworte ich. »Irgendwo auf der anderen Seite des Gebäudes, das da einst stand.«

»Ich glaube, das war der Messingclub«, meint Pen.

»Das kann nicht sein.«

»Ist es aber. Sieh doch, da sind noch Stücke von der Leuchtreklame.«

Aber ich sehe nicht hin. Ich ertrage den Anblick nicht länger. Ich spüre Judas' Blick auf mir, seit unserem Kuss ist er außerhalb meines Luftraums geblieben und treibt meine Sinne in den Wahnsinn, ohne auch nur ein Wort von sich zu geben. Ich will seine Worte auch nicht. Ich will, dass er mich noch einmal küsst, selbst hier, an diesem schrecklichen Ort, und ich hasse mich dafür.

Man öffnet die Wagentür für uns und wir steigen aus. In der Luft liegt ein bitterer Geruch. Blut, Haut und Stein sind zu nicht voneinander zu unterscheidenden Aschehaufen gemahlen worden. Ich atme Tod und Geister ein.

Der Fahrer des Königs führt uns einen Pfad entlang, den man zwischen den Trümmern freigeschaufelt hat.

»Hört noch jemand Stimmen?«, fragt Pen.

Ich hatte angenommen, das ferne Murmeln bestünde nur in meiner Vorstellung oder wäre eine Erscheinung, aber Thomas sagt: »Ich höre es auch.«

»Ist das …« Basil beschattet die Augen vor einem Sonnenstrahl, der sich hierher verirrt hat. »Ist das eine Bühne?«

Mein Entsetzen spiegelt sich auf Pens Gesicht wider, als sie mich ansieht. Ihre Vorhersage hat sich erfüllt. Noch bevor wir uns den Weg die fadenscheinigen Stufen zu der provisorischen Bühne hinauf bahnen, die aus zerstörten Gebäuden gebaut wurde, wissen wir, was das ist.

Ich trete über ein Drahtbündel. Vor uns hat sich eine Menge versammelt und plötzlich verstummt sie.

Der König steht dort, wo die Drähte auf eine Art Kupferhorn stoßen, das große Ähnlichkeit mit dem Gerät hat, mit dem er mit König Furlow gesprochen hat. Einer seiner Männer tritt vor, um etwas an den Drähten zu richten. Ein schreckliches Kreischen dringt aus dem Horn, bevor der König sprechen kann.

»Ihr habt um Hoffnung gebeten«, sagt er zu der Menge. Seine mechanische Stimme hallt. »Und jetzt steht sie vor euch. Oben auf der magischen schwebenden Insel befindet sich eine Stadt. Hier ist der Beweis.«

Den Namen der Stadt nennt er nicht, er macht sich auch nicht die Mühe, uns vorzustellen. Stattdessen tönt er weiter über die Allianz mit dem König der schwebenden Stadt – etwas, das das Königreich von Dastor seinen Untertanen niemals bieten kann. Er sagt, welch ein Glück sie haben, Teil von so etwas Spektakulärem sein zu können. Welches Glück wir alle haben. Denn das ist schließlich der Beginn eines neuen Zeitalters: Jets, die uns in neue Höhen tragen können, und eine winzige schwebende Welt, die ihre Wunder mit uns teilen will. Es ist etwas für die Geschichtsbücher, sagt er.

Die neuen Steine auf dem Friedhof finden keine Erwähnung. Auch König Erasmus wird nicht erwähnt. Es gelingt König Ingram, alles so fröhlich klingen zu lassen, als würde eine Wendeltreppe vom Boden hinauf in den Himmel gebaut werden. Aber er kann keine Wendeltreppe versprechen. Er kann nur unsere Gruppe als Beweis präsentieren. Wir haben gesehen, was dieser Krieg anrichtet, sagt er, und wir wollen helfen. Wir wollen ihm ein Ende machen.

Die Menge bricht nicht gerade in Jubel aus; sie betrauert ihre Verluste im Hafen, und die Erinnerung an die Bomben und die Furcht vor weiteren Bombardierungen rauben ihnen den Schlaf. Aber diese Menschen glauben, was man ihnen sagt. Ihre Verzweiflung hat sie weich gemacht, sie sind Wachs in seinen Händen, genau, wie er es geplant hat. Und wir sind seine Demonstration, ebenfalls genau, wie er geplant hat. Er hat nie vorgehabt, uns zu töten oder eine Bombe zu unserer kleinen magischen Insel zu bringen; seine Absicht besteht darin, sie zu einer Neuheit zu machen, so wie eine von Birdies Schneekugeln. Sie hat sie in ihrem Schlafzimmer auf der Fensterbank aufgestellt, damit sie das Licht einfangen. Auf Internment habe ich von dem endlosen Boden geträumt, während sie irgendwo unter meiner Stratosphäre diese winzigen kleinen Welten sammelte, die sie von allen Seiten betrachten konnte.

Pen nimmt meine Hand. Das ist keine Zurschaustellung von Schwäche, sondern von Trotz. Zwingt man sie, hier als Requisit für die Ansprache eines fremden Königs zu stehen, wird sie entscheiden, woran sie sich festhält. Thomas folgt ihrem Beispiel, dann Basil, schließlich sogar Judas, bis wir alle einander halten. Wir wurden zur gleichen Zeit an diesen Ort gebracht, alle aus den verschiedensten Gründen, aber diese Welt aus sich drehenden Teetassen und unheimlichen Königen wird uns niemals nehmen können, wer wir sind und wo wir herkamen. Selbst wenn wir Angst haben, selbst wenn wir zornig aufeinander sind – auf Internment stehen die Menschen loyal zueinander. Wir sind gefährliche Träumer und wir sind stark. Die verzweifelte Menge verblasst unter uns zu Dunkelheit. Ich stelle mir vor, wie wir durch die Wolkenmauer treten können, die den Horizont berührt, und nach Hause zurückkehren.

Eva Siegmund

Cassandra – Niemand wird dir glauben

ca. 400 Seiten, ISBN 978-3-570-31183-7

Nachdem Liz und Sophie dem Sandmann entkommen sind, arbeitet Liz als Blog-Jounalistin bei Pandoras Wächter. Nach einem kritischen Artikel über die Abschaffung des Bargelds wird sie verhaftet – sie soll den Chef der NeuroLink AG getötet haben. Alle Beweise sprechen gegen sie – aber ist sie wirklich eine Mörderin? Als Liz verurteilt und aus Berlin verbannt wird, bleibt ihre Schwester Sophie in der Stadt zurück. Nun ist es an ihr, die Wahrheit herauszufinden, doch bald ist auch Sophie in Berlin nicht mehr sicher.

cbt

www.cbt-buecher.de

30320